고전소설의 인물과 비평

고전소설의 인물과 비평

정선희 저

보고사

머리말

대학 4학년이던 1991년 가을부터 이화여대 고소설 연구 모임에 들어가 소설 강독을 시작했으니 필자의 학문 연구의 여정은 올해로 만 20년이 되었다. 2001년에 문학박사학위를 받았고 2005년에 첫 번째 저서를 낸 후 6년 만에 두 번째 단독 저서를 출간한다.

그동안에 필자는 한문소설 작가 목태림의 문학에 대한 재검토를 하였다. 유일본인 줄 알았던 그의 문집이 하나 더 발견되었기 때문이다. 그의 문학과 사상에 대한 필자의 해석이 크게 달라진 점은 없지만, 부(賦) 작품들, 기행문, 제화시(題畫詩)들을 망라하여 그의 생애와 의식 세계, 문학 경향의 특징 등을 총체적으로 검토하는 시간을 가졌다.

다음으로는 고소설 비평론에 대해 관심을 가지고 그 연원과 발전 과정을 추적해보려 하였다. 우리나라의 소설 비평은 조선후기에 본격적으로 시작되었는데, 이는 우리의 소설론의 축적과 더불어 중국 소설과 소설 비평론의 영향으로 심화될 수 있었다. 그 정확한 증거를 찾기 위해 17세기부터 19세기까지의 문인 수십 명의 문집들을 살폈다. 조선후기의 문인들이 중국 소설을 얼마나 많이 읽었고, 어떤 책들을 주로 읽었으며, 어떤 방식으로 수용하고 변용했는지, 소설 비평론은 어떻게 정립되어 갔는지 등을 알 수 있었다.

다음으로는 국문장편 고전소설에 대한 연구를 시작하였다. 이는 장편가문소설이라고도 불리는 유형의 소설들로, 한 가문의 창달과 계승을 중심 구조로 두면서 다른 가문과의 혼인, 가족 간의 관계, 복잡한 심리 묘사를 통해 삶의 다양한 국면들을 반영하거나 굴절하여 보여주는 작품들이다. 특히 가족 서사의 전형과 서사 기법의 완숙미, 세련된 장편화 방식을 보여주면서, 다양한 인물들을 생생하게 묘사하고 선악의 대비와 주변 인물들의 활약을 통해 재미를 주며, 독자들의 지적인 호기심을 만족시켜 주었다는 면에서 의의가 있다. 이 소설들의 현대역본들을 출간함과 동시에 그 인물론과 서사론에 천착하는 연구를 하고 있다.

이렇게 필자의 관심의 추이는 한문소설 작가론, 고전소설 비평론, 국문장편 고전소설 인물론으로 옮겨 갔지만, 요즘 필자의 연구의 초점이 국문장편 고전소설에 있기에 이에 관한 연구를 앞쪽에 두었다. 이 유형의 소설에 대한 좀 더 심화된 연구 즉, 다각화된 인물론과 서사기법, 생활 문화에 관한 연구 성과들은 조만간 따로 출간할 예정이다.

학문의 방향을 찾지 못해 방황하던 제자의 숨어 있는 열정을 알아봐 주시고 북돋워주셨던 스승 정하영 선생님께 다시 한번 머리 숙여 감사드린다. 부족하기 짝이 없는 필자가 지치지 않고 꾸준히 연구할 수 있었던 것은 고비마다 일으켜 세워주신 선생님의 사랑과 격려가 있었기에 가능했다.

2011년 8월
정선희

목차

머리말 / 5

제1부 국문장편 고전소설 인물론

17세기 국문장편소설 〈소현성록〉 연작의 중심축 ·················· 13

1. 〈소현성록〉 연작의 남성 인물들 ····························· 13
2. 절제와 금욕의 군자상, 효의 화신－소현성 ···················· 17
3. 지혜로운 가장(家長)이 되어가는 영웅호걸－소운성 ········· 24
4. 미색을 탐하고 감정에 휘둘리는 범인－소운명 ················ 31
5. 남성인물들을 통해 본 〈소현성록〉 연작 ···················· 40

〈소현성록〉 연작에서의 은근한 폭력 ························· 47

1. 여성주의적 소설의 시작, 그러나 그 안에 숨겨진 ············ 47
2. 〈소현성록〉 연작에서 드러나는 남편들의 폭력성 ············· 51
3. 〈소현성록〉 연작의 서술 시각 ······························· 76
4. 남성 욕망의 표출, 은근한 폭력 ····························· 82

국문장편 고전소설에서의 이방인 ························· 85

1. 국문장편 고전소설 인물연구의 중요성 ····················· 85
2. 가문의 이방인, 교화의 대상인 며느리 ····················· 89
3. 가문중심주의의 소산, 못나거나 문란한 사위 ················· 98
4. 새롭게 편입된 가족을 바라보는 시선 ····················· 105

제2부 고전소설 비평론

동양 혹은 한국 서사론의 모색 ·· **111**

1. 중국의 서사(서사론)와 한국의 서사(서사론) ····················· 111
2. 중국의 서사와 서사론의 전개 ··· 114
3. 중국 소설론과 한국 소설 연구의 접목 ····························· 119
4. 한국 서사론의 정립을 위하여 ··· 123

조선후기 문인들의 명말청초 소설평비본 독서와 담론 ·········· **125**

1. 조선 문인들의 중국 서적 독서열풍과 김성탄 소설평비본 · 125
2. 명말청초 비평가 김성탄의 소설 평비의 특성 ················· 133
3. 조선후기 문인들의 중국 소설 독서 실태와 그 의미 ········ 141
4. 조선후기 문인들의 김성탄 평비본 독서와 담론 ············· 151

소설 비평론의 발전과 평비본(評批本) 소설의 탄생 ·············· **173**

1. 김성탄(金聖嘆)의 소설평비본의 영향력과 독서후평 ········ 173
2. 조선후기 소설비평론과 문예미학의 발전 ······················· 177
3. 〈광한루기(廣寒樓記)〉를 통해 본 소설비평론 수용의 실제 · 186
4. 조선후기 외국서적의 수용과 문화변동 ··························· 203

제3부 한문고전소설 작가론

19세기 초 소설작가 목태림(睦台林)의 생애와 문집 ·········· 209

   1. 영남 향촌 사족으로서의 생애와 위상 ························· 209

   2. 『운와집(雲窩集)』과 『부경집(浮磬集)』의 비교 ················· 214

부(賦)를 통해 본 작가 목태림의 의식세계 ····················· 221

   1. 부(賦) 문학의 전통과 목태림의 부 ························· 221

   2. 목태림의 부(賦) 작품들 ································· 225

   3. 목태림 부(賦)의 특성 ································· 230

   4. 부(賦)에서 드러나는 작가의 의식 ······················ 244

   5. 나오며 ··· 260

〈서유록(西遊錄)〉을 통해 본 목태림 문학의 의의 ············· 263

   1. 19세기 초 향촌 문인의 전국 기행문 ···················· 263

   2. 〈서유록〉에서 드러나는 문학적 특성 ···················· 266

   3. 〈서유록〉의 위상과 목태림 문학의 의의 ················· 285

   4. 나오며 ··· 290

참고문헌 / 295

찾아보기 / 305

제1부

국문장편 고전소설 인물론

17세기 국문장편소설
〈소현성록〉 연작의 중심축

1. 〈소현성록〉 연작의 남성 인물들

〈소현성록〉 연작[1]은 17세기 후반 경에 창작되었으리라 추정되는 국문장편소설이다. 특히, 명문가들에서 필사되고 독서되었기에 당대의 이데올로기를 적극적으로 반영했을 가능성이 크지만, 이 작품에 대한 연구자들의 시각은 단일하지 않다. 크게 둘로 나뉘는데, 여성들의 다양한 자존의식을 표출하고 그녀들만의 세계를 탐색하

---

[1] 전편인 〈소현성록〉 4권과 후편인 〈소씨삼대록〉 11권을 함께 이르며, 이대 소장본 15권 15책을 대상으로 한다. 이하, 〈소현성록〉이라 지칭하고 전편과 후편을 구별해야 할 때에는 〈소현성록〉 전편, 〈소현성록〉 후편(또는 〈소씨삼대록〉)이라 부르기로 한다. 본고의 대상본인 이대 소장본은 후편이 시작되는 5권의 첫 장에 〈소씨삼대록〉이라는 제명이 쓰여 있으나, 그 외의 〈소현성록〉 이본들에는 제명이 쓰여 있지 않다. 기존의 논의들에서는 서울대 소장본과 박순호 소장본이 대상본인 경우가 많았으나, 본고에서는 〈소현성록〉의 연작 상태를 가장 잘 보여주는 이대본을 대상으로 하였다. 하지만 논의의 혼란을 피하기 위해 권수 표시는 연작을 이어서 하도록 하겠다. 즉 〈소씨삼대록〉이 〈소현성록〉 연작의 5권부터 시작되지만 이를 '〈소씨삼대록〉 1권'이라 하지 않고 '〈소현성록〉 5권'이라 한다.

면서 여성주의 소설사의 전통을 확립한 소설이라는 평가2)와, 가문
의식의 강화나 벌열성향을 드러내는 작품이라는 평가3)가 그것이
다. 그런데 이 두 시각은 모두 옳다고도 할 수 있다. 작품의 실상이
그러하기 때문이다. 〈소현성록〉 연작은 가문의식을 강화하거나 벌
열성향을 드러내면서도 여성들의 세계를 정밀하게 묘사하면서 그
들의 의식을 반영하고 있는 것이다. 예를 들어, 가장(家長)인 소현성
이 가권(家權)을 노리는 화부인을 질책하는 장면에서도 이를 받아들
이는 화부인의 생각이나 주장도 함께 표출할 수 있도록 구성되어
있다. 화부인이 소현성의 질책을 받고 뉘우치면서 그에게 보내는
편지4)를 통해 절대적인 권위를 지닌 것처럼 보이는 남편 현성에게
삼강오륜을 거론하면서 잘못을 지적하기도 한다는 면에서 주목할
만하다. 이 편지를 받고 나서도 외사(外事)는 소현성 자신과 모친이,
내사(內事)는 부인들이 해야 한다는 소현성의 가부장권에 대한 생각
이 변치 않기는 하지만, 부인들의 의지를 절절히 표현할 수 있게
했다는 면에서 작자의 시각은 양면적이라고 할 수 있겠다. 또한 〈소
현성록〉에서는 여성들의 소소한 일상사, 부부간의 섬세한 감정 교
류나 싸움 등을 사실적으로 묘사하면서 여성적인 시각을 드러내는
경우가 많다. 특히 연작의 전편(前篇)에서는 더하다. 문맥을 자세히

---

2) 정창권, 「〈소현성록〉의 여성주의적 성격과 의의-장편 규방소설의 형성과 관련하
   여」, 『고소설연구』 4집, 1998. ; 백순철, 「〈소현성록〉의 여성들」, 『여성문학연구』
   창간호, 한국여성문학학회, 1999.
3) 박영희, 「〈소현성록〉 연작 연구」, 이화여대 박사논문, 1994. ; 조광국, 「〈소현성
   록〉의 벌열 성향에 관한 고찰」, 『온지논총』 7, 2001.
4) 〈소현성록〉 4권, 116~119면.

들여다보면, 소현성은 그 자신의 욕망이나 생각에 따라 움직이기보다는 어머니 양부인의 대리인 역할에 더 충실한 듯이 보이기도 한다.

이런 점들 때문에 〈소현성록〉은 여성 혹은 여성들을 잘 이해하는 작가가 지었으리라 짐작되는데, 기존의 연구자들도 이 작품의 작자는 필사자인 용인 이씨(1652~1712)와 가깝거나, 필사 상황을 기록으로 남긴 옥소 권섭 주변의 사대부 남성, 혹은 그 부인 중의 한 명이었을 것이라고 추정하고 있다.5) 특히 〈소현성록〉 연작의 전편(前篇)의 경우는, 이에서 좀 더 범위를 좁혀, 앞의 조건을 충족하는 사대부 가문의 나이 많은 여성이 작자였으리라 생각된다. 그녀들은 생물학적 성(性)은 여성이기에 여성 특유의 생활상이나 세세한 감정을 묘사할 수는 있지만, 사고는 남성 기득권층과 유사하게 가문중심적이면서 남성중심적으로6) 했을 가능성이 크기 때문에 작품에서 나타나는 서술자의 모습과 흡사해 보인다. 하지만 후편(後篇)인 〈소씨삼대록〉의 경우는 조금 달리 볼 여지가 있는 듯하다. 이에 대해서는 본고의 주된 탐구 대상인 〈소현성록〉의 남성들에 대해 고찰하는 과정에서 함께 논의될 것이다.

그동안의 〈소현성록〉에 대한 연구는 연작형 삼대록 소설들을 다루는 가운데 그 중 중요한 작품으로서 이본 연구와 연작 상황 등을

---

5) 박영희, 정창권 등.
6) 정길수(「17세기 장편소설의 형성경로와 장편화 방법」, 서울대 박사논문, 2005.)는 이 작품의 주독자층인 상층 여성들이 작품을 읽는 가운데 상층 남성의 목소리와 동화되었다(235면)고 보았으나, 반드시 독서 후에라야 동화되었다고는 볼 수 없을 듯하다. 당시의 상층 여성들의 실제 모습이 그러했을 가능성이 크다.

고찰한 연구[7], 작품에 대한 고증과 분석, 파생작들의 양상까지를 연구한 논문[8]에서부터 시작하여, 〈소현성록〉의 여성들에 대해 고찰하거나[9], 그 여성주의적 성격과 의의를 규명하는 연구[10], 양부인의 여가장(女家長)으로서의 면모를 살피거나[11], 〈소현성록〉과 그 주변 작품들과의 관련과 교섭 상황을 탐구하거나[12], 인물 형상과 갈등의 의미를 탐구한 연구[13], 여성 반동 인물을 고찰한 연구[14] 등이 있었으며, 최근에는 성적 표현 방식과 그 안의 이데올로기를 살피는 연구[15]와 그 장편화 방식과 17세기 소설사적 의의 등을 고찰한 연구[16] 등이 있었다. 꽤 많은 연구가 진행되었다고 할 수 있지만, 작품에서 산출할 수 있는 다양한 의미망과 소설사적 중요성에 비하면 아직도 부족한 실정이라 하겠다.

이제, 〈소현성록〉의 서사를 이끌어가는 중심축이 되는 중요 남성 인물 삼인인 소현성, 운성, 운명에 대해 고찰함으로써 작품의 실상

---

7) 임치균, 『조선조 대장편소설 연구』, 태학사, 1996.

8) 박영희, 앞의 논문.

9) 백순철, 앞의 논문.

10) 정창권, 앞의 논문, 293~327면.

11) 양민정, 「〈소현성록〉에 나타난 女家長의 역할과 사회적 의미」, 『외국문화연구』 12, 한국외대, 외국문학연구소, 2002.

12) 지연숙, 「〈소현성록〉의 주변과 그 자장」, 『한국문학연구』 4집, 고려대 민족문화연구원 한국문화연구소, 2003.

13) 문용식, 「〈소현성록〉의 인물형상과 갈등의 의미」, 『한국학논집』 31, 한양대 한국학연구소, 1997.

14) 장시광, 「〈소씨삼대록〉의 여성반동인물 연구」, 『온지논총』 9, 2003.

15) 조혜란, 「고소설에 나타난 남성 섹슈얼리티의 재현 양상」, 『고소설연구』 20, 2005.

16) 정길수, 앞의 논문.

에 좀 더 가까이 다가가 보도록 하겠다. 〈소현성록〉은 여가장(女家長)인 양부인을 중심으로 한 여성 인물들이 소설 내의 사건들을 전개해 나가며, 여성들의 주체적인 활동의 의지가 보이기에 진정한 주역은 여성이라고 평가받기도 하는 작품이다.17) 하지만 이러한 해석은 〈소현성록〉 연작 15권 중의 전편(前篇)인 1~4권만을 대상으로 했을 때에만 정당하다고 할 수 있다. 후편(後篇)에서는 소현성과 운성의 영웅적 행위와 치적담(治績談) 등에 상당 부분이 할애되어 있으며, 소현성의 아들들을 하나하나 소개하고 일화를 엮어가는 가운데에 운성과 운명의 혼인, 부부 갈등 등을 주된 사건으로 다루기18) 때문에 무게 중심이 남성 인물 쪽으로 가 있다. 따라서 이들 남성 인물들에 대한 구체적인 고찰이 필요하며, 이 과정을 통해 이러한 남성상을 구상해 내고 이들의 역학 관계를 설정한 작자, 그들이 추종하는 이데올로기 등에 대한 논의도 가능할 것으로 보인다.

2. 절제와 금욕의 군자상, 효의 화신-소현성

〈소현성록〉을 유교 이념의 수호, 가문의식의 강화, 체제내적인 봉건 이념 설교의 장으로 평가19)받게 만드는 가장 큰 요소는 주인

---

17) 백순철, 앞의 논문, 132면.

18) 소현성의 아들들에 대한 이야기는 5권부터 본격적으로 시작되어 12권 중반까지 이어진다. 그 뒤부터 15권 마지막까지는 딸들과 손자들에 관한 이야기들이다. 본고에서는 손자들의 경우는 다루지 않는다.

19) 박영희, 앞의 논문.

공인 소현성의 인물됨일 것이다. 그는 철저히 수신(修身)에 전념하고 당대의 유교 이념을 수호하는 유학자의 전형이면서 절제와 금욕을 실천하는 군자의 모습을 지니고 있다. 가장 이상적인 사대부의 모습이면서 문(文)을 숭상하는 청빈한 사대부상을 표상하기에 〈소현성록〉 전편(全篇)을 통해 가장 숭앙받는 인물이기도 하다. 권섭의 기록에서 〈소현성록〉을 장손에게 물려주는 내용이 나오는데 이는 이 책이 남성의 수신서로서 손색이 없음을 드러낸다. 그 이유도 소현성의 인물됨 때문일 것이다.

소현성이 가장 중요하게 여기면서 성실히 실천하는 덕목은 바로 효(孝)이다. 과거 시험장에서 문사 5인을 위해 대신 과거를 봐주는 이유도 그들의 위친(爲親)함 때문이었으며, 창기와 놀다가 어머니께 책망 받고 나서는 '어머니의 치가(治家)하시는 위풍(威風)을 떨어뜨린 죄가 죽어도 좋을 정도[20]'라고 말하는 아들이다. 혼인 후에도 어머니 앞에서는 부인 화씨에게 전혀 눈길을 보내지 않으며 설만히 말하지도 않고 함께 잠자리에 드는 날에도 늘 혼정신성에 힘쓰며[21], 재취하는 것도 어머니의 명대로 하고, 효도로 일생을 살겠다

---

20) 〈소현성록〉 1권, 42면.

21) 소성이 화시를 어드니 스스로 그 위인이 주가의 써디믈 아나 스식디 아니코 공경ᄒ고 후디ᄒ나 다만 침소의 가기를 드므리 ᄒ야 일삭의 십일은 침소의 드러오고 이십일은 셔당의셔 글닑기를 힘쓰고 모젼의 니르나 긔운을 온화히 ᄒ고 스식을 주약히 ᄒ야 져〃와 두 셔모로 한가히 말슴ᄒ여 혹 아담흔 회희로 찬조ᄒ여 주친의 뜻을 승안ᄒ며 화긔를 도으디 힝혀도 화시긔 눈 보내는 일이 업고 녹운당의 가는 날이라도 야심토록 모젼의 뫼셔 친히 침금을 포셜ᄒ고 벼개를 바르게 ᄒ야 누으신 후 믈러 화시 방듕의셔 자고 새박북을 동ᄒ매 관셰ᄒ고 니러나 신셩ᄒ고, 〈소현성록〉 1권, 49~50면. 띄어쓰기 필자. 이하 원문 인용시 동일함.

고 다짐한다. 나라에서 금하는 종교인 불교에 대해서도 어머니께는 숭상하지 마시라고 간하는 데에서 그칠 뿐, 더 이상 강한 금지를 하지 못한다. 양부인이 승상과 그 아들들이 모두 조정의 잔치에 간 사이에 찾아온 여승에게 며느리들의 관상을 보게 하기도 하고, 여승의 말을 믿고 이옥주를 자기 처소에 머물게 하면서 운명을 만나지 못하게 하지만, 이를 알면서도 여승을 집에 들인 종을 중책하는 운성을 오히려 치죄한다.

이런 면들로 보았을 때에 소현성은 사대부가의 노부인인 어머니들이 원하는 아들상이라고 할 수 있겠다. 어머니보다 먼저 판단하거나 행동하지 않고, 묵묵히 있거나 기다렸다가 양부인이 언지를 주거나 결정을 하고 나면 그제야 행동하는 식이어서, 양부인의 대리인[22]으로 보이기도 한다. 어머니가 누이 교영에게 독주를 먹여 죽인 후 선산에 묻지 못하게 했을 때에도 눈물을 흘리기는 하지만 뭐라 한마디 말도 못하고 묵묵히 어머니의 말을 따른다. 그러면서 어머니가 슬퍼하실 터이니 서모인 석파에게 슬퍼하지 말라고 당부하기까지 한다.[23] 병이 위중하고 열이 나서 신음하다가도 어머니가 오시면 바른 자세로 앉아 담소하고, 가시고 나면 또다시 신음한다. 강주에서는 승경(勝景)을 보니 사친지회(思親之懷)가 솟아난다고 하면서 사친지정(思親之情)이 부부상사(夫婦相思)를 이긴다고도 하였다.

---

22) 이러한 면을 두고, "〈소현성록〉은 실은 '소현성을 통한 양부인의 치적담'"이라고 한 연구자도 있었다. 정창권, 앞의 논문, 319면.

23) 셔뫼 모부인 안젼의란 슬허ᄒᆞᄂᆞᆫ 빗츨 뵈디 마ᄅᆞ소셔 비록 졍도로 ᄉᆞ약ᄒᆞ시나 즁심은 슬허ᄒᆞ시미 버히ᄂᆞᆫ 둣ᄒᆞ야 ᄒᆞ시ᄂᆞ니 내 감히 모젼의ᄂᆞᆫ 슬픈 빗츨 뵈ᅀᆞᆸ디 못ᄒᆞᄂᆞ이다, 〈소현성록〉 1권, 39면.

마지막에서는 모친이 죽자 자신도 살 뜻이 없어져 죽는다.

아울러 그는 매우 금욕적인 생활을 하는 도덕군자이다. 기생을 접하지 않으며, 부인들과도 낮에는 바라보지도, 말을 섞지도 않는다. 여인들이 그에게 반해서 다가가도 전혀 반응하지 않는다. 한 예로, 호광 순무사로 나가서 만난 윤소저와는 의남매를 맺은 후에야 동행을 허락하였고, 그렇게 하여 수십 일을 같이 가면서 내내 공경하고 겸손하며 친근하게 지냈다고 서술된다. 남녀 사이에 불미스러운 일이 생기는 것을 애초에 차단하여 성인들의 가르침에 어긋나지 않는 모습만 보이는 것이다. 물에 빠진 가시랑의 딸도 16세의 아리따운 여자여서 경국지색(傾國之色)이요 침어낙안지태(沈魚落雁之態)가 있었으나, 조금도 유의하여 정을 둔 적이 없고 오히려 다른 서생과의 혼인을 주선한다.[24]

그리하여 소현성은 '인중성인(人中聖人)'이라는 말을 자주 듣는다. 화부인과도 은정은 좋았으나 전혀 희롱하지 않으며, 아내가 잉태한 사실도 칠 삭까지는 식구들에게 숨길 정도이다. 또한 부인들을 공평하게 대우하는데, 한 달에 열흘은 서당에서 홀로 지내고, 열흘은 화부인과, 열흘은 석부인과 지내는 것을 규칙으로 삼아 이를 항상 지킨다.[25] 여색은 꿈같이 여기고 시서(詩書)에 잠심(潛心)하며, 웃음이 적고, 시인(詩人), 재사(才士), 문인(文人), 명공(名公)들과 사귀며,

---

24) 〈소현성록〉 3권, 86~87면.

25) 샹셰 죠곰도 일편된 일이 업서 가디록 공경호야 일삭의 십일은 화시긔 잇고 십일은 셕시믜 잇고 십일은 셔당의 이셔 셕셕고 단엄호미 흔굴 ᄀᆞᆺ투니, 〈소현성록〉 2권, 57면.

기개가 청고하고 뜻이 낙낙하다.

또한 부인들이나 자녀들을 매우 엄격히 다스리는데, 석부인이 외간 남자와 정을 통했다는 여부인의 말을 곧이 듣고 석부인에게 독주를 먹고 자살하라고 말하며, 석부인과의 혼서지와 채단을 내오게하여 불을 지른다. 처가에 들렀다가도 친정에 가 있던 석부인을 찾지 않으며, 심지어 석부인이 둘째 아들을 낳아도 보러 가지 않는다. 후에, 석부인이 여부인의 모함을 받은 것임을 알게 되어서도 남자가어찌 부녀를 데리고 다니겠냐면서 혼서와 채단만 고쳐서 보낸다. 이에 화가 난 장인이 꾸짖으니 사과는커녕 말싸움을 하다가 그냥와 버린다. 열흘 정도가 지나서 팔왕이 중재해야 장인과 조금 화해가 되나, 석부인에게는 여전히 한 마디 말도 건네지 않는다. 그래서결국, 소현성은 '찬 물의 돌 같이 너무 견고하고, 장부의 풍채가 없다'거나 '도학 선생으로는 으뜸이지만 풍류낭으로는 말자26)'라는평을 듣게 된다. 또 매우 청렴하여 녹봉 외에 받는 것이 전혀 없고, 사사로운 재물도 없으며, 가법(家法)도 매우 삼엄하여 부인 친가에서 온 것들도 쓸 일이 있을 때에만 부인에게 말한 후 쓴다. 그리하여당대인들이 예법을 배우려면 소현성의 부중(府中)으로 가라고 할 정도로 그 청고함을 공경했으며, 이를 배우려는 10세 이하의 소아들이 책을 끼고 문에 메일 정도였다.27) 그 숙부들도 '소현성을 대하면

---

26) 〈소현성록〉 3권, 57면.

27) 그 가법의 숨엄ᄒ미 이 ᄌᆞᆺ튼디라 시졀 사롬들이 아니 탄복ᄒ리 업서 그 예법을
   비홀딘대 당〃이 소현성 부중으로 가라 ᄒ며 ᄌ식 둔 쟤 다 그 청고ᄒᆞᆯ 공경ᄒᄋᆘ
   ᄀᆞ르치믈 청ᄒ니 십셰이하 소ᄋᆞ들이 칙을 씨고 문의 메여시니 참졍이 ᄒᆞᆫ번 보아 그
   우열을 술펴 이십오인을 싸 뎨ᄌᆞ의 두어 가르치더, 〈소현성록〉 4권, 41~42면.

자연히 수련이 되고, 말을 들으면 성교(聖敎)를 대한 듯하니 아마도 공맹(孔孟)의 후손인가 보다[28]'라고 칭탄해 마지않는다.

한편, 소현성은 여러 면에서 비범한 인물이다. 문재(文才)가 뛰어나, 자신을 비롯하여 그가 대필(代筆)해 준 5인의 답서까지 모두 급제할 정도이며, 외모 또한 출중하다. 사람을 알아보는 능력도 있다. 구미호를 알아보았고, 아들 운명이 데리고 온 남복(男服)한 이씨가 여자인 것을 알아보았다. 집에 양식을 구하러 온 걸인의 풍채가 청수(清秀)한 것을 보고 불러들여 문재(文才)를 시험한 뒤 재주가 광박(廣博)함을 알고는 아들들의 스승으로 삼기도 한다. 또한 소현성은 성인(聖人)이기 때문에 요괴도 스스로 피해가고[29], 그런 요괴를 글자 몇으로 제거할 수도 있다. 백화정에서 학을 길들이고 동자와 신선처럼 지내면서 주역을 외고 점복을 하며 앞날을 예견할 수도 있다. 억울한 선비의 사연을 듣고 사건을 해결해 줄 뿐만 아니라 배필도 구해주는 덕을 베풀기도 한다.

그러나 소현성은 한편으로는 섬세하고 사려 깊은 면도 있으며 부인에 대한 정도 표현할 줄 아는 남성이다. 석파에게 싫은 소리를 했다고 책망 받은 화부인이 화병이 나 절식(絕食)하자 처음에는 긴 설교를 하거나 못 본 체 했으나, 화부인이 만삭의 몸으로 계속 절식하면서 혼절하자 이제는 달래고 용서해 준다. 석소저와 혼인하던 날에도 남편이 재취를 얻는 것을 못 이겨 혼절한 화씨에게 와서 약

---

28) 〈소현성록〉 4권, 68면.

29) 샹지 닐오디 그 요괴 닐오디 이제 셩인이 오시니 내 엇디 감히 이시리오 금일ᄭ디는 내 ᄀᆞ혈의 도라가리라 ᄒᆞ고 뎐도히 나아가더라 ᄒᆞ대, 〈소현성록〉 4권, 49면.

을 먹이고 다독이며 함께 밤을 지낸다. 또 여부인을 맞는 혼인 날
자신이 입게 될 길복을 성심을 다해 짓는 석부인을 보고 감탄하여
며칠을 방에 들어와 손을 잡고 친애한다. 석부인이 자신을 간호하면
서 약을 달이다가 손을 다치자 상처에 약을 바르고 싸매 준 후, 잠시
졸고 있던 부인의 손을 잡고 잔다. 서모인 석파와는 희학도 잘 하며,
그녀가 석부인이 죽었다고 거짓말을 하자 거의 속아 넘어가기도 한
다.30) 평소에는 화열(和悅)하여 웃음을 머금고 희색을 띠나 관(官)의
일에는 분별을 잘하고 거동이 엄하다고 평가받는다.

　이상의 소현성의 모습은 절제와 금욕을 생활화하는 군자이자 모
든 면에서 비범한 성인의 모습이다. 또한 처자를 엄격히 다스리는
가장(家長)이면서도 아내에 대한 애정을 자상하게 표하기도 하는 남
성이다. 이러한 남성의 모습은 당시 사대부가의 모부인(母婦人)들이
바라는 아들의 모습이자 남편의 모습이 아니었을까 생각된다. 이는
작품의 서술자와 거의 동일시되거나 가장 우호적인 시선을 보내는
양부인과 석부인이 요구하는, 때로는 강요하는 군자다운 삶인 것이

---

30) 셕패 원니 셕시의 ᄋᄌ의 병을 보고 근심ᄒ야 수식을 씌여 도라오다가 참정을 만나
니 평일 셕시로 미몰ᄒᄆᆯ ᄒᄒ야 믄득 시험코져 ᄒ야 짐즛 발을 구르고 가슴을 두드
려 닐오디 낭군아 이런 일이 어디 이시며 홍안박명인들 이대도록 단명ᄒ재 이시랴
셩이 믄득 셕신가 놀나디 날호여 답왈 므스 일이니잇가 셕패 거즛 오열ᄒ야 ᄉ매로
눗츨 ᄀ리오고 닐오디 셕부인이 샹공 가신 후도 일양 신음으로 디내시다가 ᄆ츰내
셰샹을 ᄇ리시니 장사 디내연디 오삭이오 …(중략)… 비록 밋디 아니나 놀라오미 격디
아닌고로 일빵 봉안의 눈믈이 어릴믈 씨닷디 못ᄒ며 옥ᄀ톤 얼골이 참면ᄒ야 오직
머리롤 수기고 팀음챠경ᄒ야 ᄀ장 오란 후 신식을 뎡ᄒ고 말을 아니터니 셕패 니러
간 후 셩이 다시옴 싱각ᄒ디 뎍실ᄒ 줄을 아디못ᄒ다가 홀연 씨텨 왈 내 벽운누의
가 볼 거시라 ᄒ고 거롬을 두로혀 벽운당의 니ᄅ니, 〈소현성록〉 4권, 5~8면.

다. 그는 아무 데에서나 자고도 싶고, 1년이나 떨어져 있던 정 둔
부인과 같이 있고도 싶으나, 외당에서 혼자 자든지 첫째 부인인 화
부인에게 가서 자기를 강요받는다고도 할 수 있는 것이다. "맹렬하
고 엄정하며 현숙한 양부인"과 "초준(峭峻)하고 모질며 통달한 석부
인31)"에게서 말이다.

3. 지혜로운 가장(家長)이 되어가는 영웅호걸 – 소운성

늘 옳기만 한 성인군자인 아버지에 비해 아들 운성은 옳은 면과
그른 면을 모두 지니고 있는, 그래서 더 실감나는 인물이다. 운성이
태어나기 전, 소현성이 길을 가다가 만난 걸인이 칼 하나를 주면서
나중에 그 주인이 나올 터인데 그의 이름은 '구름 아래의 별, 즉 운
성'이라고 하였다.32) 그는 8세까지 글을 배우지 않아 글자를 전혀
몰라, 형제들이 동기라고 하기 더럽다고까지 하였는데 어느 날부터
홀로 병서(兵書)를 읽어 병법(兵法)을 깨우쳤다. 상서가 이를 염려하
자 기운을 줄여 유학(儒學)을 힘써 문리(文理)가 트이게 되어 3년 만
에 만 권의 책을 통달하게 된다. 그래서 '성정이 총명하고 의논이

---

31) 〈소현성록〉 4권, 100면.
32) 기인이 다만 웃고 허리 아래로셔 석자 칼을 내여 주어 왈 내 고인을 만나디 줄
거시 업서 일로써 표정ㅎㄴ니 오라디 아녀 이 칼 가질 사롬이 날 거시니 헛도이 님자
롤 일티 말고 아직 그디 벽상의 거러두라 참정왈 초는 즁뵈라 내 감히 밧디 못ㅎ리로
다 기인이 노왈 내 그디롤 주미 아냐 구롬아래 별을 주ㄴ니 그디는 다만 바다두라,
〈소현성록〉 4권, 21~22면.

상쾌하며 언어가 호상하고 마음이 철석같다[33]'는 호평을 받지만, 한편으로는 '방탕하고 정직하지 않다'거나, '너무 발월(發越)하여 유생(儒生)의 온용(溫容)한 행실이 적다[34]'거나, '미친 아이'라는 부정적인 언급도 자주 서술된다.

운성은 소년기에 석파가 앵혈 찍은 것에 화가 나 그녀가 키우던 소영을 겁탈하여 앵혈을 없앰으로써 서모에게 복수함과 동시에 스스로 생각하는 남자다움을 되찾고야 만다. 겁탈을 하고 나서 앵혈이 없어지니 환희할 만큼 남에 대한 배려는 없으며 자신의 생각과 기분에 따라 움직이는 인물이다. 소승상이 출타한 틈을 타 운희, 운현 등 형제들과 함께 창녀들을 불러 희롱하면서 석파가 주는 술 한 동이로는 부족해 술 다섯 동이를 몰래 더 갖다 먹을[35] 정도로 제멋대로이다. 이렇게 술 취해 놀다가, 승상에게 들켜 호되게 혼이 나고 한 달 동안 깊은 당에 갇히기도 한다. 그러니 '승상의 품격을 닮지 않았다'는 평을 받는다. 나중에 명현공주와 혼인한 후, 그녀에 대한 불만으로 형제들과 소일하면서 창녀 10인과 즐기다가 공주와 임금의 화를 불러일으키기도 하며, 공주가 아버지인 왕이 당 태종보다 낫다고 하자 그 말이 그릇되었다고 비판하여 공주의 반발을 사거나 석부인의 꾸짖음을 받는다. 형부인이 공주에게 쫓겨 친정으로 가 있자 운성이 상사병이 나 일주일 이상 앓는데, 공주가 운성을 수죄

---

33) 〈소현성록〉 5권, 63면.

34) 〈소현성록〉 5권, 70면.

35) 운성왈 혼 준이 족호나 엇디 우리 여슷 사룸이 취호리오 드더여 ᄀ만이 시녀로 호야곰 ᄀ마니 쥬방의 가 다ᄉ 준을 도적호야 내여다가 노코 졍히 서ᄅ 브어 취호식, 〈소현성록〉 5권, 116면.

(數罪)하자 자신도 공주에게 일곱 가지 죄를 들어 조목조목 공주가 더 잘못이라고 윽박지른다.[36] 이처럼 운성은 하고 싶은 말을 거침 없이 하며, 술과 창녀를 아무렇지도 않게 즐긴다는 면에서 소현성과 대조적이다.

첫째 부인인 형씨에 대한 애정행각을 어떻게 볼 것인가도 중요한 문제이다. 그가 정말로 그녀를 사랑해서 그렇게 집착하는 것인가? 그렇지 않은 듯하다. 사혼(賜婚)에 대한 구속감과 거부감, 자신의 권력 훼손에 대한 반발심의 표출일 뿐이라고 해석되는 면이 많기 때문이다. 그가 무지각적으로 쏟아 붓는 애정을 받는 여성인 형씨가 이를 행복해 하지 않고 오히려 두려워하면서 피하고 싶어 하는 정도가 되었으며, 주위 사람들도 운성의 편벽함 때문에 형씨만 난처한 상황이 되고 있다고 판단하면서 운성을 책망하는 지경이 되었고, 이 때문에 승상에게 50대의 매를 맞기도 한다.[37] 급기야는 공주가 운성

---

36) 싱이 텽파의 놋출 우러〃 츠게 웃기를 마디아냐 왈 금일 공쥬의 수죄ᄒ물 드르니 족히 그 인믈을 알니라 내 쏘 이룰 말이 이시니 쳥컨대 편히 안자 드르라 공쥐 당초 녀쥬의 몸으로셔 외뎐을 즈로 츌입ᄒ야 젼후의 녜법 일ᄂᆞᆫ 죄 ᄒᆞ나히오 나의 얼골을 보고 믄득 흠모ᄒ야 믄득 수빅관을 셰우고 지아비ᄅᆞᆯ 굴히니 음난ᄒᆞᆫ 죄 둘히오 샹의롤 도〃와 조강을 폐츌ᄒ고 내게 도라오랴 ᄒ니 그 의리 모르ᄂᆞᆫ 죄 세히오 후리의 나의 가친의 샹셔 오르매 공쥐 믄득 야〃 가도기를 권ᄒ야 텬뇌 발ᄒ시니 그 아비를 가도고 그 아돌의 쳬 되기를 요구ᄒ니 블측ᄒᆞᆫ 죄 네히오 …(중략)… 죄 닐곱이라 이제 도로혀 날을 수죄ᄒ고 죠곰도 녀쥬의 조심ᄒᆞᄂᆞᆫ 빗치 업스니 이ᄂᆞᆫ 싀랑의 ᄆᆞ음과 호샤의 우인이라 셰샹의 용납디 못홀 죄롤 짓고 므슴 면목으로 이에 니르러 말을 쑤며 칙ᄒᄂᆞᆫ뇨, 〈소현셩록〉 6권, 99~100면.

37) 승샹이 싱을 보매 ᄭᅮᆯ니 좌우로 ᄒᆞ야곰 결박ᄒ야 크게 ᄭᅮ지저 굴오디 네 이제 어ᄂᆞ 면목으로 날을 와 보며 아비ᄅᆞᆯ 비반ᄒ고 인뉴의 셔리오 드디 큰 매ᄅᆞᆯ 굴히야 …(중략)… ᄒᆞᆫ 매예 피육이 써러디고 피 흘너나니 임의 오십당의 니르러ᄂᆞᆫ 뎜〃ᄒᆞᆫ 술뎜과 ᄀᆞ득ᄒᆞᆫ 피 승샹의 오시 ᄡᅵ러디 가드록 고찰ᄒᆞ니, 〈소현셩록〉 7권, 40~41면.

을 못 믿어 형씨를 자신의 처소에 머물게 하는 상황에서까지 형씨를 찾아가 만나니 이에 더욱 화가 난 공주는 형씨를 핍박하고, 이를 견디다 못한 형씨는 목을 맨다. 그러자 운성은 형씨를 지키겠다고 다짐하면서 울다가 심기를 걷잡기 어려워 칼로 자결하려 하고, 어쩔 수 없다고 생각한 형부인은 운성의 마음을 돌리는 것을 포기하고 하늘의 뜻에 맡기게 된다. 그의 이런 편집증적인 집착 때문에 형씨는 죽을 위기에 몇 번이나 처하게 되고 나중에는 죽었다고 거짓말을 하기에까지 이른다.

우여곡절 끝에 화병이 난 명현공주가 처녀인 채로 죽고 형씨와 다시 합하였을 때에는 형씨의 사치를 못마땅하게 여겨 다투고 소영 만 찾으면서, 일부러 형씨를 꺾으려고 그녀를 보면 몸을 돌릴 정도 이며, 칠성검을 발견해 유람을 떠날 때에도 형씨에게 이별을 고하지 도 않고 떠나버려 형씨가 괴이히 여길 정도로 무심하다. 자신의 애 정에 대한 방해 세력이 없어지자 시들해진 것이니, 이전까지의 형씨 에 대한 애정 행각이 공주에 대한 반감의 표현이었다고 할 수 있는 것이다. 그런데 이번에도 또 자신이 원하는 여성인 소영이 자신을 피하자 노하여 책망하면서 칼로 죽이겠다고까지 한다.[38] 그녀가 아

---

38) 성이 츳야의 셔당의셔 소영을 브르니 영이 칭탁ᄒᆞ고 가디 아닌ᄃᆞ라…(즁략)…소영 쳔녀는 불과 상님의 쳔인이라 엇디 감히 방즈ᄒᆞ리잇고마는 요ᄉᆞ이 소딜 업슈이 너기 미 태심ᄒᆞ니 한심ᄒᆞᆫ디라 칼놀홀 다드마 시험코져 ᄒᆞᄂᆞ이다. 소부인이 경왈 고이ᄒᆞᆫ 말을 말나 비록 쳔쳡인들 부〃의 지의로 엇디 츳마 죽일 쓰디 잇ᄂᆞ뇨 셩왈 소딜이 무단히 해코져 ᄒᆞ미 아냐 실로 제가의 법도롤 셰우미니 손무지 합녀의 후궁을 군법 셰우려 버히니 딜이 졔가ᄒᆞ려 쳔쳡 ᄒᆞ나 죽이미 못홀 일이 아니니이다.…(즁략)…시 비 급히 닐오디 샹셰 칼홀 딥고 오시ᄂᆞ이다 소영이 대경실식ᄒᆞ고 형시 안셔히 닐오디 너는 쎨니 피ᄒᆞ라 영이 텽파의 더옥 챵황ᄒᆞ야 능히 움죽이디 못ᄒᆞ니 이 운셩이 볼셔

들을 낳고 산후병이 나자 차라리 잘 되었다며 약도 지어주지 않으려 하는 등 폭력적인 모습을 보인다. 그러다 또다시 소영의 미모를 보고 화락하는 등 그야말로 자신의 감정에만 충실할 뿐 애정의 대상인 여성들의 감정에는 관심이 없으며 매우 폭력적인 사랑을 감행하는 남성 인물로 묘사된다.[39] 한편, 장인 형공의 큰 사위이자 자신의 동서인 손공의 어눌함을 얕보고 놀리는 정도가 지나쳐 주변의 책망을 받기도 하고[40], 아버지 소현성을 시험해 보려고 미장산 시골 노

드러와 안즈며 시녀를 꾸지저 소영을 미러오라 ᄒᆞ니 목숨이 슈유의 이시디 형시 뎌의 긔식이 됴티 아닌디라 감히 말니디 못ᄒᆞ고 다만 시녀를 눈주어 셕파를 브르라 ᄒᆞ더니, 〈소현성록〉 9권, 47~49면.

39) 따라서 '강인한 의지로 애정을 성취하는 확대된 자아'(문용식, 앞의 논문.)라고 볼 수는 없을 듯하다.

40) 손성은 ᄒᆞᆫ 나모 사름ᄀᆞ티 안자시믈 보고 춤디 못ᄒᆞ야 도라 형셩등 ᄃᆞ려왈 손형이 아니 츌가ᄒᆞ야 참션을 ᄒᆞᄂᆞ냐 엇딘 고로 이러툿 단좌ᄒᆞ야 움족이디 아닛ᄂᆞ뇨 졔셩이 크게 웃고 ᄀᆞᆯ오디 그더 사름 보채미 너모 심ᄒᆞ도다 손형이 본더 좌와를 경동티 아닛ᄂᆞ니 샹셰 탄복왈 손션싱은 고인의 니론바 지뫼 겸젼ᄒᆞᆫ 군지라 팀졍온즁ᄒᆞ여 진짓 악양의 뜻의 마존 이셰라 뎌ᄀᆞᄐᆞᆫ 셩인을 어더 겨시거든 혹싱을 경박무례타 나므라 아니시리잇가 참졍이 어히 업셔 웃고 왈 비록 외모와 언에 그더만 못ᄒᆞ나 슌후ᄒᆞ기는 나으니라 싱이 더왈 진실로 올ᄒᆞ이다 참졍이 심하의 그 곤히 보채믈 민망이 너겨 …(중략)… 좌우를 지쵹ᄒᆞ야 물그릇슬 갓다가 손셩의 알픠 노코 닐오디 경인군지야 글짓기를 슬ᄒᆞ여 ᄒᆞ니 벌을 먹으라 온 가지로 괴롱ᄒᆞ니 손셩이 붓그러오믈 이긔디 못ᄒᆞ야 믄득 소리 딜러 우ᄂᆞᆫ디라 좌위 다 놀라고 샹셰 탄왈 뎐디의 조화 손셩의게 편벽히 모다 범뉴와 특츌ᄒᆞᆫ 고로 소리ᄂᆞᆫ 밋친 개 ᄀᆞᆺ고 용모ᄂᆞᆫ 주린 믈 ᄀᆞᆺᄐᆞ며 풍치ᄂᆞᆫ 닙 쩌러딘 나모 ᄀᆞᆺ고 지조ᄂᆞᆫ 눔의 글 도젹ᄒᆞ고 인ᄉᆞᄂᆞᆫ 거즛말을 능히 ᄒᆞ니 과연 영웅이라 뎌러커든 악양이 아니기리시랴 더욱 모든 듕의 고이ᄒᆞᆫ 곡셩을 내니 아니 샹쳑ᄒᆞᆫ 슬프미 니ᄅᆞ거나 놀랍다 아니 형이 졈복을 신긔히 ᄒᆞ야 집의셔 졀친이 불의예 죽은 줄 알고 이리 우ᄂᆞ냐 아디 못게라 엇던 사름이 죽은고 …(중략)… 셜파의 졔셩으로 더브러 일시의 대소ᄒᆞ니 손셩이 더욱 우ᄂᆞᆫ디라 형공이 다만 졔ᄌᆞ를 칙ᄒᆞ야 졍싁단좌ᄒᆞ니 운셩이 크게 웃고 니러나 ᄀᆞᆯ오디 우름의 니ᄒᆞ야 손셩이 벌을 먹디 아닛ᄂᆞᆫ디라 나의 녕이 ᄒᆡᆼ티 못ᄒᆞ니 도라가ᄂᆞ이다 악양은 이셔로 더브러 즐기시고 즁셔 소운셩을

인의 딸로 분한 구미호를 데리고 자운산까지 오기도 한다.

이처럼 소운성은 비상식적 언행을 일삼으며 여러 가지 갈등을 조성하기도 하지만, 이런 면으로만 그치는 것은 아니다. 후반부로 갈수록 작자는 운성의 무인(武人), 영웅호걸적인 면모에 더욱 초점을 둔다. 그는 기질이 넘치고 뜻이 호방해 장수의 기운이 있으며, 용력이 뛰어나 칠성검을 가지고 유람을 하는 도중에 호랑이와 다섯 축업 요괴를 물리치고, 조부인 소광의 절구시 30구를 얻으며, 부녀자를 겁탈하려는 도적 무리들을 물리치고, 오악신을 물리치기도 하며 억울한 선비를 구해주기도 한다. 그리하여 운성은 삼태성이 인간에 내려온 인물임을 보여 주는 것이다.

또 운남국이 모반하였을 때에 소승상이 출전하면서 운성을 데리고 출전하는데, 이때에도 소승상이 용왕의 군대와 싸울 때에 운성이 활약하여 기선을 제압하고 기습 작전을 펴서 승상이 인(仁)으로 적을 항복시킬 수 있는 발판을 마련한다. 화평을 논하는 자리에서도 왕비 팽환과 재주를 겨뤄 이김으로써 모든 싸움을 종식시키고 화평을 이루게 된다. 또한 자신에게 반한 팽환이 유혹하다 뜻대로 되지 않자 오히려 자신을 모함하니 그녀를 죽인다. 아버지인 승상의 만류에도 불구하고 죽이고야 마는 것이다.

이처럼 운성은 다소 성급한 면이 있기는 하지만 용맹함과 영웅적인 면모를 지닌 인물임에는 틀림이 없다. 소승상과 단선생 모두 '장

미안ᄒ야 마ᄅ쇼셔 다만 평일 하 기리시니 소문을 놉히 듯고 보온디라 ᄀ장 ᄂ자뵈ᄂ이다 언필의 쏘흔 대소ᄒ고 하디ᄒ니 형성 등이 아연셥 〃 ᄒ여 말뉴코져하디 이시면 손성을 보챌디라 마디 못ᄒ야 노하보내니, 〈소현성록〉 9권, 72~76면.

자가 셋째보다 못하다'고 하고 있으며, "여러 자식이 다 방탕하여
미쁘지 않은데, 오직 셋째 아들만 노련하고 완숙한 기백이 있어41)"
라고 평가되기도 하고, 운남국 모반을 막으러 출전한 사이 벌어진
집안의 혼란을 전해 듣고는 대번에 정씨의 모해임을 알아차리는 등
지혜롭기도 한 인물로 변화된다. 즉 운성은 소년, 청년기에는 그렇
지 못했으나 시간이 흐를수록 고집과 협기를 버리고 점차 엄정한
군자의 모습으로 변모하여 "진중한 논의와 법도에 맞는 말씀으로
묵묵한 위엄을 보여 공경 받고…(중략)…운성은 평소에 정직한 대신
이라··42)"는 평을 듣게 되는 것이다. 그리하여 집안의 기둥 역할을
제대로 해 내고, 나중에는 진왕이 되어 아우들과 영화를 누리는 인
물이 바로 운성인 것이다.43)

　운성과 같은 남성상의 묘사는 임병 양란을 거치면서 힘에 대한
열망, 무인(武人) 기질에 대한 희구가 강해진 당대인들의 염원을 반
영한 것이리라 여겨진다. 17세기의 대표적인 문인이었던 정두경(鄭
斗卿)도 이처럼 힘 있는 남성적 풍모가 그려지는, 중국의 변새파(邊塞
派)의 시에서처럼 굳건한 이미지의 남성이 그려지는 시들을 남겼
다.44) 이때에 주로 묘사되는 남성 인물이 역사의 변화를 주도할 만
한 영웅, 장부로서 자기 능력을 과시하고 공명을 세우는 호걸, 강한

---

41) 〈소현성록〉 9권, 9면.
42) 본문에서 작품을 직접 인용하는 문구의 현대역은 필자. 이하 동일함.
43) 〈소현성록〉의 파생작인 〈설씨이대록〉에서 남성들의 서열을 정할 때에도 아들 세대
　　중 1위를 차지한다.
44) 남은경, 「한국 한시에 나타난 남성-조선중기 정두경의 시를 중심으로」, 이화어문
　　학회 동계학술대회 발표요지집, 1999. 2.

육체적 힘을 지닌 무인 등이었다. 즉 나라를 위해 적극적으로 행동할 수 있는, 실제적으로 문제를 해결할 수 있는 무인 기질의 인물을 선호하고 찬양하는 분위기가 팽배했던 것이다. 물론 예(禮)를 지키고 중용(中庸)의 덕을 지키면서 늘 온화한 기운을 잃지 않는, 근신하는 군자상이 더 보편적으로 숭앙되기는 했을 터이지만 말이다. 거칠게 말해 병부상서 소운성을 그리는 작자와 병조판서 홍길동을 그리는 작자의 의식은 비슷한 면이 있는 것이다. 두 번의 큰 전쟁을 거치고 나서, 무비(武備)가 반드시 필요하고 용맹한 장군이 절실함을 체험적으로 느꼈기에 영웅적 면모를 지닌 호걸 남성, 문무(文武)가 편재(遍在)한 남성을 묘사해 낸 듯하다.

4. 미색을 탐하고 감정에 휘둘리는 범인 – 소운명

앞에서 살핀 운성은 석부인의 아들이지만, 운명은 화부인의 아들이다. 〈소현성록〉의 서술자는 석부인에게 매우 우호적이기 때문에 그녀의 아들, 딸들도 마찬가지로 뛰어난 인물로 설정된다.[45] 반대로 화부인은 성격이 조급하고, 순종적이지도 않으며, 지혜도 떨어지는 여성으로 늘 석부인과 비교되는 여성이기에 그녀의 아들들도 부족한 면이 있어 가권을 넘겨받기는 힘든 인물들로 설정된다. 장자인 운경도 화부인의 소생으로, 양부인이 가장 사랑하지만 '너무 단

---

[45] 운성의 경우가 대표적인데, 그의 용력도 외증조부인 석장군에게서 이어받은 것으로 되어 있다.

아하여 인약에 가깝고 강단이 없어 향염하며 행동에 과감함이 없다'[46]라고 평가되며, 그의 어짊은 '여자의 어짊'이고 사람됨이 '졸직(拙直), 연약(軟弱)'하다는 소승상의 경계를 듣게 된다. 이후, 양부인 등이 출타한 몇 달 동안 화부인이 석부인 소속 식솔들을 홀대하는 등 공정하지 못한 태도를 보이거나 악인인 정씨가 선인인 이소저를 모함하는 것을 알아채지 못하고 이소저를 박대하는 등 제가(齊家)를 잘 못하여 집안을 어지럽힌 탓으로 가권을 석부인에게 넘기게 되며, 아울러 그 아들인 운경도 장자권을 석부인 소생 운성에게 넘기게 된다.

8남이자 화부인의 4자인 운명도 그 어머니나 형과 비슷한 평가를 받는 인물이다. 구름 속 신선 같은 자태에 문장은 조비나 이태백의 시를 압두할 정도이지만, 사람됨이 문인재자(文人才子)에 경도되어 있으며 성정이 붙는 불같고 마음이 좁다고 지적되면서, 청아낭정(淸雅朗淨)하지만 관후(寬厚)한 위의(威儀)가 운성보다 떨어지고 인명(仁明)은 운경보다 못하다[47]고 평가된다. 이렇듯 문재(文才)는 있지만 성정이 편협한데다, 색탐하는 인물이기도 하다.

운명은 14세에 혼인하게 되는데, 첫째 부인인 임씨가 매우 박색인데다 얼굴에 혹이 셋이나 붙어 있는 것을 보고 그녀의 추물을 비웃으며 재취 둘 것을 노린다.[48] 그래서 그녀가 아무리 덕이 있고

---

46) 〈소현성록〉 5권, 2면.
47) 〈소현성록〉 9권, 85면.
48) 나히 십스세예 니르니 혼인을 너비 구ᄒᆞ더니 태샹경 님슈뵈 운명을 보고 심히 ᄉᆞ랑ᄒᆞ야 …(중략)… 폐빅을 드러 구고ᄭᅴ 나아갈식 ᄀᆞ득ᄒᆞᆫ 사룸이 ᄃᆞ토와 관명ᄒᆞ매 다만 아름답기의 버서날 ᄲᅮᆫ 아니라 극히 흉ᄒᆞ니 졔인이 ᄒᆞᆫ번 ᄇᆞ라보매 믄득 놀나온디라

검소하여 승상의 감탄을 받을 정도라 해도 마음을 붙이지 못하고 창녀들을 모아서 놀고 아내와의 침소에 들지도 않는 등 방탕함이 극해진다. 승상에게 크게 꾸지람을 듣고 나서야 결혼 3년 만에 임씨 처소에 들러 그녀의 문장을 보고 필적과 재주가 좋음을 칭찬하면서 공경하는 마음이 생긴다. 그러나 이렇게 공경하고 화락해야겠다고 다짐하면서도 한편으로는 그래도 그녀의 혹 셋은 봐주기 힘들다고 고민하는 모습49)에서 인간다운 면을 보게 된다. 아버지 현성이나 형 운성과는 다른 면모인데, 이것이 바로 보통 남성의 자연스러운 모습인지도 모르겠다.

　운명은 어린 나이에 과거에 급제해 한림원에 들어가게 되자 더욱 재취코자 노리면서 절대 미인을 얻어 한을 풀겠다고 다짐하지만, 승상이 허락지 않아 한동안 뜻을 이루지 못한다. 그러는 가운데 운명은 유람을 떠나게 되는데, 이때에 부모 사후에 시비와 함께 떠돌아다니던 11세의 남장 여인 이옥주를 만나게 된다. 처음에는 남자인

낫치 누르고 거므며 킈 ᄀ장 적고 허리 퍼디며 얽고미자 형용이 고이홀 ᄲᆞᆫ 아니라 낫치 큰 혹이 세히나 좌우로 드리워시니 가히 무염의 디난 박식이라 신낭이 ᄒᆞᆫ번 ᄇᆞ라보고 넉시 ᄲᅱ노니 안식이 츤 지 ᄀᆞᆺ고 아니 놀나니 업스디 홀로 화긔 견염ᄒᆞᆫ 존당과 승상이라 …(중략)… 의외예 뎌런 귀형을 만나니 실로 ᄇᆞ라미 긋처디고 심시 살란ᄒᆞ니 쟝ᄎᆞᆺ 부명의 긔구ᄒᆞᆯ 혼ᄒᆞ고 또 더릴 제 집의 보내여 그 얼골을 가듕의 업시ᄒᆞ야 실로 놀나오믈 덜고져 ᄒᆞᄂᆞ이다. 〈소현성록〉 9권, 85〜92면.
49) 싱이 뎌의 침졍ᄒᆞᆷ믈 돈연히 공경ᄒᆞ야 긔운을 ᄀᆞ다둠고 고요히 샹냥ᄒᆞ디 뎌의 셩음이 옥쇼 ᄀᆞᆺ고 안치 별 ᄀᆞᆺ트며 힝지 엄위신듕ᄒᆞ니 가히 니룬 바 슉녜로디 다만 혼ᄒᆞᄂᆞᆫ 거슨 평쟝ᄒᆞᆫ 얼골도 되디 못ᄒᆞ야 혹이 좌우로 드리워시니 만일 박디ᄒᆞᆫ 즉 날로ᄡᅥ 취식ᄒᆞᆫ 필뷔라 홀 거시오 후디코져 ᄒᆞᆫ 즉 ᄆᆞ음이 불평ᄒᆞ니 진실노 부명이 긔구ᄒᆞ미로다 싱각이 여긔 미ᄎᆞ매 옥면의 화긔 스라디고 츄파의 누쉬 어리여시니, 〈소현성록〉 9권, 103면.

줄 알고 형제 결약을 하지만 나중에 여인인 줄 알고는 혼인하자고 하는 등 마음을 빼앗긴다. 함께 자운산으로 돌아와 이상서 아들이라 소개하지만 소현성은 그녀가 여자임을 대번에 알아본 후, 운명 몰래 이옥주를 강정의 윤부인에게 맡긴다. 그러자 운명은 그녀의 소재를 몰라 안절부절 못하며 찾아다니는데, 이를 보고 운성이 "운명이 마치 정신 잃은 사람 같아 그 방탕한 흔적이 드러나기 쉬울 듯하니 급히 성례하자50)"고 제안할 정도이다. 태부인도 "운명의 인물이 다정하고 호방해 임씨의 얼굴을 한하여 매양 미인을 구하는 뜻이 간절하였으나 승상을 두려워해 발설치 않았으니 불쌍하다면서 이씨와 혼인시키자51)"고 묵인해 줄 정도로 미인을 갈구한다.

그리하여 결국 이소저와 혼인하게 되는데, 그 과정에서 남성의 다처(多妻), 축첩(蓄妾)을 당연시하는 서술자의 태도가 드러난다. 남편의 후처를 들이는 임씨의 입을 통해서인데, 그녀는 "남자의 일처일첩은 성인이 허물치 않았으니 어찌 세상에 한 처자로 늙을 자 있겠는가.…(중략)…낭군이 재취코자함이 당당하니, 어찌 한하리오.52)"라고 하거나, 부모에게 고하지 않고 혼인을 약속했다고 승상에게 매맞은 운명이 장독이 올라 앓아누워 있는 것을 보고 "오래지 않아 요조숙녀를 맞으리니 첩이 아름다운 사람을 구경하게 되어 영광스럽고도 다행입니다. 어서 나아 길일을 맞으십시오.53)"라고 한다.

---

50) 〈소현성록〉 10권, 38면.

51) 〈소현성록〉 10권, 43면.

52) 〈소현성록〉 10권, 52면.

53) 〈소현성록〉 10권, 54면.

이런 초연한 태도에 남편인 운명과 시숙인 운성도 놀라 감격하며, 혼인날에 신랑 길복을 입히면서도 태연하여 마음에 거리끼는 일이 없는 듯하니 모두 기특하게 여길 정도이다.

이렇게 남편의 후처 들이는 일을 태연하게 받아들이는 아내의 모습을 묘사하고 칭찬함으로써 이를 읽는 주독자층인 사대부가문 여성들을 교육시키는 효과를 노리는 것으로 보인다. 이는 〈소현성록〉 전편(前篇)에서 남편 소현성의 길복을 짓기 싫어하거나 어쩔 수 없이 지으면서 한없이 눈물 흘리는 화부인을 묘사했던 서술자와는 다른 태도이다. 그곳에서도 물론 그런 화부인이 책망 받기는 했지만 그 절절한 심정 묘사에 독자들은 충분히 공감했을 것이기 때문이다. 이후, 운명과 3처인 정씨와의 혼인에서도 남편의 후처 맞이에 초연한, 온화한 모습의 임씨와 이씨 부인을 묘사함으로써 이러한 행태를 더욱 강화한다. 또한 손자며느리의 그런 모습을 '문호(門戶)의 큰 경사이며 복'이며 '소·양 두 가문의 조상께서 보조하신 음덕'이라면서 칭탄하는 태부인과, 온 얼굴에 흔연함을 머금어 환희하는 소승상에게서 남성중심적이면서도 가문중심적인 사고를 읽을 수 있다.

운명은 우여곡절 끝에 그토록 바라던 여인 이옥주와 혼인하지만, 그녀는 친정 부모의 상(喪)이 아직 끝나지 않았음을 들어 운우지락(雲雨之樂)을 거절한다. 그래도 운명은 이씨 곁에서 떠날 줄 모르고 노심초사하며, 한 달이 지나도 합친하지 못한다. 그러다 이씨가 아버지의 사당을 열지 못하였고, 사람들이 첩의 옥 같은 절개를 알지 못하니 부끄러움이 간절하다고 하자, 이 상서의 사당을 창개하고 제사를 지내게 해 준다.54) 그런데 재미있는 것은 운명이 이렇게 이

씨의 청을 들어 준 후 '사당을 봉안하고 즉시 동낙하면 혐의롭겠지'
라고 생각하면서 그대로 따로 잔다는 것이다. 하루라도 빨리 동침하
고 싶어 안달이 난 것을 누구라도 알고 있지만 이를 숨기고 잠시
참는 것이다. 그런데 여기서 또 일이 꼬인다. 한 여승이 와서 이씨는
지아비와 떨어져 있어야 서른을 넘길 수 있다고 하니 태부인이 이씨
를 자신의 협실에 두는 상황이 벌어지고 만다. 그러니 운명은 이씨
를 만나고 싶어 어머니인 화부인에게 애걸하기도 하고, 석부인, 석
파 등을 찾아다니기도 하지만 어쩔 수 없음을 알게 되고, 우울한
날들을 보내면서 근심이 가득하게 된다.

그러던 중 후궁 정귀비의 사촌인 정참정의 딸 강선이 운명의 풍도
를 보고 흠애하여 혼인하게 되는데[55], 혼인이 결정되었으면서도 운
명은 늘 이씨를 생각하다가, 태부인의 병간호 끝에 며칠 말미를 받
아 자신의 처소에 머물게 된 이씨를 날마다 찾아가 은근하고도 곡진
한 정을 표현한다. 그래도 한사코 거절하던 이씨가 다시 태부인 처

---

54) 그 후 운명이 공역을 모도와 니샹셔의 스당을 창기ᄒ고 녕위롤 봉안ᄒ니 니시의
슬픔과 감격ᄒ몰 이긔디 못ᄒ고 부모 졔스롤 소시의 덕을 무춤내 닙으니라, 〈소현성
록〉 10권, 77면.

55) 이젹의 참졍 뎡챵이 늇ᄌ삼녀롤 두어 댱녀 강선이 ᄌ식이 관셰ᄒ고 긔질이 슈려ᄒ
니 ᄀ툰 빵을 굴히더니 녜부시듕 소운명의 풍도롤 보고 십분 흠익ᄒ야 녀셔롤 삼고져
ᄒ디 인연ᄒ야 결승을 일울 길히 업스니 졍히 우려ᄒ더니 …(중략)… 황휘 일족 후궁
뎡귀로 더브러 말솜ᄒ셔 ᄌ딜의 수롤 무ᄅ실시 귀비는 뎡참뎡의 ᄉ촌미라 이에 믄득
흔 계교롤 상냥ᄒ야 대후의 알픠셔 느죽이 외고 왈 신쳡의 족딜 뎡시는 뎡챵의 녜라
나히 초도록 군ᄌ롤 ᄉ모ᄒ야 가비야이 뎡혼흔 디 업습다니 녜부시듕 소운명을 보고
뜻을 결ᄒ야 셤기고져 ᄒ디 뎌집 쥬의롤 아디 못ᄒ야 평싱을 혼자 늙고져 ᄒ니 복원
셩샹과 낭〃은 소문의 뎐교ᄒ샤 아화롤 빗내고 뎡녀의게 흔이 업게 ᄒ쇼셔, 〈소현성
록〉 10권, 105면.

소로 가게 되자, 이제 운명은 정을 제어치 못하게 되며, 정씨와 혼인한 첫 날 밤에도 이씨의 형용을 잊지 못해 뜬 눈으로 탄식하면서 잠을 이루지 못한다.[56] 그 후 임씨, 정씨 두 부인과 담소하다가도 탄식하고, 침상에서도 탄식하며, 상사(相思)의 시를 읊조리는 등 모든 마음이 이씨에게 가 있어 두 부인에게는 외친내소(外親內疏)하니, 임씨 같은 '통철한 여자'가 아닌 정씨는 운명의 사랑을 갖고자 이씨를 모해하려는 계획을 짜게 되는 것이다.

이렇듯 운명은 자신이 정을 둔 여인 이씨에게 온통 마음을 빼앗겨 다른 일은 아무 것도 생각할 수 없는 지경이 된다. 태부인께 문안할 때에도 그 옆의 이씨의 얼굴을 보면 정신이 산란해지고, 어느 날 보지 못하면 시녀에게 안부를 묻는다. 그녀가 평안하다고 하면 얼굴을 펴지만, 평안하지 못하다고 하면 정신을 다 잃고 식음을 폐하며 매우 당황스러워한다.[57] 물론 아내를 그리워하는 남성의 모습을 운성에게서 보기는 했지만, 운명 같은 경우에는 황권처럼 절대적인 장막이 가로막는 것이 아닌데도 사모하는 여인을 만나지 못하는 상황과, 그가 운성같이 강하지도 못한 심성이기에 더욱 안타깝게 느껴

---

56) 초일 운명이 뎡시로 더브러 신졍이 흡연ᄒᆞ야 서ᄅ 즐기믈 비길 더 업스나 니시의 이원코 졍결ᄒᆞᆫ 형용을 닛디 못ᄒᆞ야 경″이 탄식고 ᄒᆞᆫ 줌을 일우디 못ᄒᆞ니 신뷔 고이히 너기더라. 〈소현성록〉 10권, 111면.

57) 니시ᄂᆞᆫ 회 진ᄒᆞ야가더 각 고더 쳐ᄒᆞᄆᆞ로 잉티ᄒᆞᄂᆞᆫ 경시 업스니 셩이 ᄆᆞ양 그 너모 쳥슈ᄒᆞ고 셤약ᄒᆞ야 슈복이 ᄀᆞᆺ디 못ᄒᆞ고 팔지 박ᄒᆞᆯ가 두려 이셕ᄒᆞᄂᆞᆫ 쓰디 듕ᄒᆞ야 더욱 ᄌᆞ식이 더디믈 흔ᄒᆞ고 슬허ᄒᆞ며 됴셕문안의 그 얼골을 보면 졍신이 산난ᄒᆞ나 오히려 방심ᄒᆞ더 만일 보디 못ᄒᆞ면 시녀로ᄡᅥ 평부ᄅᆞᆯ 무러 만일 평안ᄒᆞ다 ᄒᆞᆫ죽 ᄇᆞ야ᄒᆞ로 미우ᄅᆞᆯ 펴고 담쇼ᄅᆞᆯ 여더 만일 불평타 ᄒᆞᆫ죽 심혼을 다 일코 식음을 폐ᄒᆞ며 불승황″ᄒᆞ니, 〈소현성록〉 10권, 120~121면.

지는 면이 있다. 또한 운성의 경우에는 만남을 가로막는 명현공주의 악행에 초점이 맞춰지는 반면, 운명의 경우에는 만남을 가로막는 태부인이 악인이 아니기에 여인을 만나지 못해 노심초사하는 운명의 모습에 초점이 맞춰진다. 그러니 독자들은 운성의 경우에는 몹쓸 공주를 책하게 되지만, 운명의 경우에는 심약해서 여인에 휘둘리는 운명을 책하게 된다.

소현성과 갈등을 빚은 화부인·여부인의 경우나, 소운성과 갈등을 빚은 명현공주의 경우, 현성이나 운성은 옳으나 여성들이 투기하고 실덕(失德)한 것으로 서술되는 경향이 있었지만, 운명의 경우에는 그 여성들만의 잘못이 아니라 사태 파악을 제대로 못하고 모함을 알아채지 못한 남성의 잘못을 부각시키는 경향이 있다. 이는 운명이 아버지나 형처럼 비범하지 않은 인물임을 보여주는 대목이기도 한데, 창기와의 유희의 면에서도, 현성은 명창 4인과 풍류를 즐겼으나 그것으로 그쳤고, 운성은 명현공주와의 갈등 때문에 괴로워서 명기 수십 인을 불러 형제들과 놀면서 근심을 달래며 특히 다섯 창기를 아껴 데리고 논 것으로 되어 있다. 그러나 운명은 노는 데에서 그치는 것이 아니라 창첩(娼妾)을 둘이나 들이기에 이른다. 그러니 아버지와 형에 비해 유희적이라고도 할 수 있다.

이상에서 살펴 본 운명은 자신의 감정을 절제하지도 못하고, 도덕적이지도 않으며, 영웅호걸적이지도 않은 보통의 남성에 가까운 인물이다. 그렇다면 왜 작자는 운명 같은 남성상을 창조한 것일까? 그는 아마도 작자가 소설의 흥미를 높이고 서사전개상의 변화를 주기 위해 만들어낸 인물일 것이다. 비범하고 훌륭한 남성 인물들로

현성과 운성의 이야기를 계속해 오다가 운명마저도 마찬가지라면 반복에 지친 독자들은 별 흥미를 못 느낄 것이기 때문이다. 또한 운명은 가장(家長)의 제가(齊家)능력의 중요성을 보여주는 수단으로도 이용되었다고 할 수 있다. 그 어미인 화부인과 함께 가문을 망치는 이로 평가되는데, 화부인의 편지를 들고 강정 윤부인 댁으로 간 운명에게 태부인이 화가 나서, "너의 모자는 인면수심(人面獸心)이라. 나의 법제를 어지럽히고 소씨 가문의 맑은 덕을 상하게 하였다. 사람의 인물됨을 보고 짐작하여 알 바인데, 어찌 이씨의 사람됨을 보고도 의심했느냐? 너희 모자가 내가 없는 틈에 집안을 산란하게 하여 견융(犬戎)의 집이 되게 했으니 한심하다.[58]"라고 한다. 석부인도 "운명은 조급하고 혼암하여 의리를 모른다."고 하였으며, 나중에 전장(戰場)에서 돌아온 승상도 운명을 수죄하면서 그렇게 사람 볼 줄을 모르고 사리 판단할 줄도 모르냐며 60대를 치고도 분이 안 풀려 석, 소부인이 말려야 그칠 정도로 꾸짖는다. 이런 정황으로 보아, 작자는 이 일화를 통해 악인인 정씨의 투기와 실덕을 책하기도 하지만, 그보다는 화부인과 운명의 사리판단이 흐림을, 그리하여 집안이 어지러워졌음을 더욱 책망한다고 볼 수 있는 것이다.[59]

혹자는 운명을 '자유연애를 실현하면서 중매혼 관습을 비판하는

---

58) 〈소현성록〉 11권, 73~74면.

59) 소현성도 여부인에게 속아 선인인 석부인을 핍박한 적이 있었다. 하지만 그는 개용 단에 대한 이야기를 친구들에게서 들은 후 스스로 깨우치고 더 이상의 핍박을 하지 않으나, 운명은 태부인과 소부인의 조언을 듣고 와서도 개유하지 않고 이씨를 사당에 가두거나 사당을 부수고 자신의 아이를 알아보지 못하고 죽이려 하기까지 했으므로 더 큰 책망을 듣게 된다.

예이며, 윤리나 세계의 횡포에 맞서는 인물'로 평가[60]하기도 하지만, 이런 평가는 운명에게 너무 과하지 않나 싶다. 운명은 비판하거나 맞설 만한 의지가 있거나, 그렇게 해석될 수 있는 행동을 의도적으로 한 적이 없다. 다만 자신의 감정대로, 취향대로 미녀를 탐하고, 이러한 욕구가 채워지지 않으면 안절부절 못하며, 선택의 순간마다 고민하는 평범한 남성이다. 그런데 그런 운명은 작품 내에서 결코 긍정적으로 평가되지 못한다. 현성과 운성의 일화에서는 그들이 완벽하거나 긍정적인 인물이었으나, 운명의 일화에서는 남성인 그가 부정적으로 그려지고 반대로 그의 아내들인 임씨와 이씨가 도덕군자인 듯이, 지혜로운 듯이 묘사되는 것이다. 그러나 그렇다고 해서 작자가 여성중심적인 시각을 보여준다고 말할 수는 없다. 적어도 이 부분에서는 말이다. 임씨와 이씨가 남편인 운명보다 더 완벽하고 뛰어난 것처럼 묘사되고는 있지만, 그녀들이 칭송되는 부분은 대개가 남편의 후처 맞이에 의연하거나 가내(家內) 화목에 기여했을 때이기 때문이다.

5. 남성인물들을 통해 본 〈소현성록〉 연작

〈소현성록〉 연작은 조선후기에 많은 독자들에게 사랑받아 새로운 작품으로 재창작되기도 한 작품이다. 그 방향이 다양하기는 했지만, 〈소현성록〉의 인물들을 재해석한 것들이 많다. 〈화씨팔대충의

---

60) 문용식, 앞의 논문.

록〉에서는 예법과 윤리를 강조하던 소현성을 바꾸어 보다 자애로운
모습의 위왕으로 설정하였으며, 운명의 처였던 임씨도 순종하고 후
덕한 여인이었던 데에서 나아가 예견 능력이 뛰어나 위기를 모면하
고 남편인 화현성도 구할 정도로 힘을 지닌 여성 영웅으로 형상화하
였다.[61] 반대로, 〈소현성록〉에서 영웅화되었던 운성은, 어리석다
고 놀렸던 동서인 손기에게 오히려 모욕을 받는다는 식으로 관계가
역전되면서 〈영이록〉이라는 작품으로 재창작되기도 하였다.

　〈소현성록〉 연작이 이렇게 애독되고 재창작된 것은 당대 독자들
의 요구에 부응하는 면들이 강해서였을 터인데, 그 중에서도 중요한
요소가 다양한 인물의 설정과 묘사였을 것이다. 작품의 서사를 추동
해 가는 남성인물들의 경우도, 절제와 금욕의 군자상이면서 효의
화신인 소현성에서부터 충동적이었지만 지혜로운 가장(家長)이 되
어가는 영웅호걸 소운성, 미색(美色)을 탐하고 감정에 휘둘리는 범
인(凡人) 소운명에 이르기까지 다양한 면모를 보여주었기 때문이다.

　그런데 연작의 전편(前篇)인 〈소현성록〉에서는 소현성이나 양부
인이 가부장권에 대한 확고한 생각을 지니고 있기는 하지만, 화부인
이나 석부인 등의 의지와 욕망을 절절하게 표현할 수도 있게 하거나
여성들의 소소한 일상과 섬세한 감정 표현 등을 묘사하기도 한다는
면에서 여성중심적이다. 더군다나 주인공 소현성은 자신의 욕망이
나 생각에 따라 움직이기 보다는 어머니 양부인의 대리인 역할에
더 충실한 듯이 보이기도 한다. 또 성인이면서 군자인 소현성을 부

---

61) 차충환, 〈화씨팔대충의록〉에 대하여, 고소설학회 70차 정기학술대회 발표 요지집,
　　2005. 7. 50~67면.

각하여 어머니에 대한 효심을 강조하거나 처자를 엄격히 다스리면 서도 아내에 대한 애정을 자상하게 표하기도 하는 남성으로 묘사하고 있기에 더욱 그러하다. 이러한 남성의 모습은 당시 사대부가의 모부인(母婦人)들이 바라는 아들의 모습이자 남편의 모습이 아니었을까 생각된다. 이는 작품의 서술자와 거의 동일시되거나 가장 우호적인 시선을 받는 양부인과 석부인이 요구하는, 때로는 강요하기도 하는 군자다운 삶으로 볼 수 있는 것이다. 아울러 전편(前篇)의 서사는 매우 정적(靜的)이며 아주 세밀하게 진행된다는 점에서 후편과 차이가 있다. 사건이 복잡다단하게 엮이기 보다는 어떤 일을 겪는 인물들의 심리를 찬찬히 따라간다거나 그 일을 바라보는 여러 인물들의 말과 생각을 차례로 보여준다거나 하는 식이다. 이런 서술 방식은 여성들의 글들에서 자주 볼 수 있는 바이며, 여타 소설 장르, 대표적으로 군담·영웅소설들에서는 보기 힘든 방식이다.

하지만 후편(後篇)인 〈소씨삼대록〉에 오면, 주요 인물인 운성과 운명에 대한 검토를 통해 볼 수 있었듯이, 충동적이면서 폭력적인 심성의 운성이나 미색을 탐하는 남성인 운명, 그런 남성을 용인하는 부인들을 통해 남성 중심적인 시선이 강해짐을 느낄 수 있었다. 소운성은 비상식적 언행을 일삼으며 여러 가지 갈등을 조성하다가 후반부에서는 무인(武人), 영웅호걸적인 면모를 드러내는 인물이다. 그는 기질이 넘치고 뜻이 호방하며, 용력이 뛰어나서 호랑이와 요괴를 물리치고 도적 무리들과 오악신을 물리치기도 하였다. 또 운남국이 모반하였을 때에 출전해 크게 활약하여 기선을 제압하고 적을 항복시킬 수 있는 기반을 마련하였다. 이러한 그의 영웅적 행위 중심으로 후편의 상당 부분이 할애되므로 전편(前篇)에서의 섬세한 심리 묘사나 장면 묘사 중심의 정적인 서술 방식과는 판이하게 다른 느낌으로 읽히게 되는 것이다.

후편에서의 또 한 명의 주요 인물은 소운명인데, 그는 어머니인 화부인이나 형인 운경과 마찬가지로 성격이 조급하고 유약하며 지혜도 떨어지는 인물로 설정되었다. 운경은 집안의 장자(長子)이면서도 장자권을 제대로 행사하지 못하는 것으로 보이는데, 이는 그의 너무 단아하고 강단이 없어 향염(香艶)하며 행동에 과감함이 없는 면 때문인 것으로 서술되었다. 즉 후편의 서술자는 남자가 연약하고 과감성이 없는 점을 큰 단점으로 내세우고 있는 것이다. 아울러 그가 장자권을 제대로 행사하지 못한 데에는 어머니 화부인의 경도함, 어질지 못함 등이 큰 원인으로 설정되었는데, 한 예로 양부인 등이 출타한 몇 달 동안 화부인이 석부인 소속 식솔들을 홀대하는 등 공정하지 못한 태도를 보이거나 악인(惡人)인 정씨가 이소저를 모함하는 것을 알아채지 못하고 이소저를 박대하는 등 제가(齊家)를 잘 못하여 집안을 어지럽힐 때에도 한 마디 경계하지 못하는 운경의 모습을 보여준다. 그리하여 화부인은 가권(家權)을 석부인에게 넘기게 되며, 아울러 그 아들인 운경도 장자권(長子權)을 석부인 소생 운성에게 넘기게 되는 것이다. 운명도 신선 같은 자태에 문장은 조비나 이태백의 시를 압두할 정도이지만, 사람됨이 문인재자(文人才子)에 경도되어 있으며 성정이 붙는 불같고 마음이 좁다고 지적되었다. 이렇듯 문재(文才)는 있지만 성정이 편협한데다, 색탐하는 인물이기에 운명의 일화에서는 정씨 등 악인 여성의 잘못이 부각되는 것이 아니라 사태 파악을 제대로 하지 못하고 모함을 알아채지 못하는 남성, 운명의 불현(不賢)함을 부각하는 경향이 있었다. 이는 운명이 아버지나 형처럼 비범하지 않은 인물임을 보여주면서 그의 사리판단이 흐림을, 그리하여 집안이 어지러워졌음을 책망하기 위한 방편이었다고 볼 수 있었다. 그는 자신의 감정대로, 취향대로 미녀를 탐하고, 이러한 욕구가 채워지지 않으면 안절부절 못하며, 선택의 순간마다 고민하는 평범한 남성의 모습인 것이다. 그런 운명이 작품 내에서 결코 긍정적으로 평가되지 못하고 있으며, 반대로 전편에서 남성인 소현성이 그러했던 면을 후편에서는 운명의 아내들인 임씨와 이씨가 이어받아 도덕군자인 듯이, 지혜로운 듯이 묘사된 점에 주목하게 된다. 이는 후편을 전편과 다른 방식으로 구성하여 독자의 흥미를 끌려 한 의도와 함께, 전편에서는 소씨 가문의 창달이 완성되지 않은 상태였기에 가장인 소현성의 도덕성, 현철함이 강조될 필요가 더욱 컸기 때문이었을 것이며 후편에서는 이미 완성된 가문의 기반 위에서 아들대의 다양한 인물군이 어떤 식으로 사랑하고 혼인하고 살아가는가 하는 것을 보여 주는 것에 초점을 두었기 때문인 것으로 볼 수 있겠다.

아울러 자신의 감정을 절제하지도 못하고, 도덕적이지도 않으며, 영웅호걸적이지도 않은 보통의 남성에 가까운 인물인 운명 같은 남성상을 설정함으로써 소설의 흥미를 높이고 서사전개상의 변화를 주기도 했지만 그렇게 한 더 큰 이유는, 그런 남성을 잘 보필하며 함께 살아가는 임씨와 이씨 부인의 모습을 통해 작품의 주독자층인 사대부가문 여성들을 교육시키려는 의도 때문이었을 것으로 보인

다. 이는 전편(前篇)에서 남편 소현성의 길복(吉服)을 짓기 싫어하거
나 어쩔 수 없이 지으면서 한없이 눈물 흘리는 화부인을 절절하게
묘사했던 서술자와는 다른 태도인 것이다. 운명과 그 셋째 부인인
정씨와의 혼인 장면에서 남편의 후처 맞이에 초연하고 온화한 태도
의 두 부인을 묘사하면서 그런 모습을 '문호(門戶)의 큰 경사이고 복'
이며 '소·양 두 가문의 조상께서 보조하신 음덕'이라면서 칭탄하는
태부인의 입을 통해 가문중심적이면서도 남성중심적인 사고를 읽
을 수 있는 것이다.

　이렇듯 〈소현성록〉 연작은 전편과 후편의 세계관이나 인물 창조,
구성 방식 등에서 차이가 나기 때문에 그 작자가 다른 사람이었을
것이라는 논의가 나오기도 하였다.[62] 필자의 고찰을 통해서도 보았
듯이 그 차이는 단순히 동일 작자의 다채로운 소설적 기교라고 보기
에는 석연치 않은 면이 많다. 후편으로 갈수록 전편의 작자보다는
더 젊은 세대이거나 다양한 종류의 소설을 독서한 작자였을 가능성
이 커 보이며, 전편의 작자는 사대부가문의 여성이 작자일 가능성이
크다면 후편의 작자는 남성이었을 가능성이 커 보인다.[63] 하지만

---

62) 〈소현성록〉 연작의 전편과 후편의 작자가 다를 것이라고 한 연구자는 정병설(「장편
　　대하소설과 가족사 서술의 연관 및 그 의미」, 『고전문학연구』 12집, 1997.), 정길수
　　(앞 논문) 등이고, 같을 것이라고 한 연구자는 임치균(앞 논문), 지연숙(앞 논문)
　　등이다. 작자가 달랐을 것이라는 추정의 근거는, 전편은 인물이 서열순으로 제시되
　　는 데 반해, 후편은 선남후녀(先男後女) 순으로 제시되고, 전편에는 장회전환 투식어
　　가 없으나 후편에는 있으며, 전편에서의 소현성은 문인 기질의 남성이었으나 후편에
　　서는 문무가 겸전한 남성으로 제시되는 등 인물의 성격 변화 등이다.
63) 글쓰기 방식이나 남성 인물이 여성 인물을 대하는 태도와 사랑에 대한 생각과 방식
　　등을 보았을 때에 그러하다.

작자의 동일성 여부에 대한 논의는 본고의 주된 관심사는 아니었기에 좀 더 숙고해야 할 문제로 남겨 둔다.

〈소현성록〉 연작에서의 은근한 폭력

1. 여성주의적 소설의 시작, 그러나 그 안에 숨겨진…

〈소현성록〉[1]은 17세기 후반에 양반 가문에서 즐겨 읽히던 소설
로 당시의 여성 교훈서들을 충실하게 반영했다고 평가받기도 하
고,[2] 여성들의 소소한 일상을 섬세하게 담아내면서 그녀들의 다양
한 자존의식을 표출하고 그녀들만의 세계를 탐색하면서 여성주의
소설사의 전통을 확립했다고 평가받기도 하였다.[3] 그렇기에 여성
혹은 여성들을 잘 이해하는 작가가 창작했으리라는 추정도 나오고

---

1) 이 글에서 지칭하는 〈소현성록〉은 〈소현성록〉 연작을 의미하며, 대상본은 이화여
대 소장본 15권 15책이다. 1~4권은 소현성록, 5~15권은 '소현성록 별전 소씨삼대록'
이라고 되어 있으므로 이들을 구별하여 지칭해야 할 때에는 1~4권은 본전, 5~15권은
별전이라고 부르기로 한다. 다른 논문들에서는 전편, 후편으로 지칭하기도 하였다.

2) 박영희, 「〈소현성록〉 연작 연구」, 이화여대 박사학위논문, 1994 ; 조광국, 「〈소현
성록〉의 벌열 성향에 관한 고찰」, 『온지논총』7, 2001.

3) 정창권, 「〈소현성록〉의 여성주의적 성격과 의의-장편 규방소설의 형성과 관련하
여」, 『고소설연구』4, 1998 ; 백순철, 「〈소현성록〉의 여성들」, 『여성문학연구』창간
호, 한국여성문학학회, 1999.

있다.[4] 물론 〈소현성록〉 본전에서 여성인물들의 심리와 일상생활이 비교적 상세하게 묘사되고 있다는 면에서 그렇게 평가할 수 있지만, 더 많은 분량을 차지하고 있는 별전까지 포함하여 본다면 꼭 그런 것만은 아니다. 별전에서는 영웅호걸적인 운성이나 미색을 탐하는 충동적인 운명의 이야기가 주된 서사로 자리하면서 본전과는 확연히 다른 분위기와 서술방식을 보여주며, 아울러 여성을 이해하려는 태도는 줄어들고 남성중심적인 시각이나 가부장적 이데올로기는 강화되기 때문이다.[5]

지금까지의 〈소현성록〉에 대한 연구는 이본과 연작 상황, 파생작들의 양상 등을 고찰한 연구[6]에서부터 여성 인물들에 대해 고찰하거나 여성주의적 성격과 의의를 규명하는 연구,[7] 〈소현성록〉과 그 주변 작품들과의 관련과 교섭 상황을 탐구하거나 장편화 방식에 대해 논의한 연구[8] 등이 있어 왔다. 특히 최근에는 인물이나 서사방식, 표현들을 세밀하게 분석하는 일련의 연구[9]가 있었고, 성적 표

---

4) 박영희, 정창권의 앞 논문.

5) 앞의 글인 「17세기 국문장편소설 〈소현성록〉연작의 중심축」을 참고하기 바람.

6) 임치균, 「연작형 삼대록소설 연구」, 서울대 박사학위논문, 1992(본고에서는 임치균, 『조선조 대장편소설 연구』(태학사, 1996)를 참고함); 박영희 앞의 논문.

7) 백순철, 앞의 논문; 정창권, 앞의 논문; 양민정, 「〈소현성록〉에 나타난 女家長의 역할과 사회적 의미」, 『외국문화연구』12, 한국외대 외국문학연구소, 2002 ; 장시광, 「〈소씨삼대록〉의 여성반동인물 연구」, 『온지논총』9, 2003.

8) 지연숙, 「〈소현성록〉의 주변과 그 자장」, 『한국문학연구』4, 고려대 민족문화연구원 한국문화연구소, 2003 ; 정길수, 「17세기 장편소설의 형성경로와 장편화 방법」, 서울대 박사학위논문, 2005.

9) 박영희, 「〈소현성록〉에 나타난 공주혼의 사회적 의미」, 『한국고전연구』12. 2005 ; 서경희, 「〈소현성록〉의 '석파'연구」, 『한국고전연구』12, 2005 ; 정선희, 「〈소현성

현 방식과 이데올로기를 살피는 연구[10]도 있었다. 이렇게 다양한 연구가 진행되고 있기는 하지만, 이데올로기 측면에서는 당대 사대부가의 교양과 예교의 전범, 모범적 생활상을 보여주는 작품으로 여전히 인식되고 있다. 물론 이러한 면이 〈소현성록〉에서 주도적으로 나타나기는 하지만 작품에 대한 선입견을 버리고 그 안에 숨겨진 실상을 세밀하게 들여다본다면 새롭게 해석할 수 있는 면이 드러날 수 있을 것이다.

〈소현성록〉은 여타 국문장편소설[11]들과 마찬가지로 부부간의 일이 서사의 근간을 이루고 있다. 소현성과 화·석·여 부인의 관계에서부터 그 아들들인 운경, 운성, 운명 등과 그 부인들의 관계가 중요하게 그려지고 있는 것이다. 그런데 이 작품은 상술했다시피 조선후기 사대부가에서 모범적인 인간상 제시와 치가(治家)의 예로 애독되었던 작품이다. 그렇기에 작품에서 그려지는 부부관계가 당대 현실을 어느 정도 반영하고 있으면서도 당대인들을 교육시키는 역할을 했을 터이므로 그 안에서 그려지는 부부관계는 매우 중요한 의미를 지니고 있다고 할 수 있다. 특히 소현성은 작품 내에서 지속적으로 가장 바람직한 인물로 그려지고 있으며, 셋째 아들인 운성도 그 뒤

록〉 연작의 남성 인물 고찰」, 『한국고전연구』12, 2005 ; 김경미, 「주자가례의 정착과 〈소현성록〉에 나타난 혼례의 양상-본전을 중심으로」, 『한국고전연구』13, 2006 ; 임치균, 「〈소현성록〉에 나타난 혼인의 양상과 의미」, 『한국고전연구』13, 2006 ; 조혜란, 「〈소현성록〉 연작의 서술과 서사적 지향에 대한 연구」, 『한국고전연구』13, 2006 ; 지연숙, 「〈소현성록〉의 공간 구성과 역사 인식」, 『한국고전연구』13, 2006.
10) 조혜란, 「고소설에 나타난 남성 섹슈얼리티의 재현 양상」, 『고소설연구』20, 2005.
11) 가문소설, 대하소설, 대장편소설 등으로 불리는 일군의 소설을 본고에서는 이같이 지칭한다.

를 이어 가권을 계승하는 뛰어난 인물로 그려지고 있으므로 그 두
인물의 처세는 당대 독자들에게 큰 영향을 미칠 수 있었을 것이다.
그런데 이들이 아내들을 대하는 태도를 들여다보면 그 아내들의 입
장에서는 매우 부당하다고 여겨질 만한 부분들이 종종 눈에 뜨인다.
즉 부부간에 문제가 생기거나 갈등이 있을 때에 남편들은 전적으로
자신의 감정과 의도에만 충실하며 아내의 감정이나 처지는 고려하
지 않는다는 점이다. 이러한 사항들은 당시 사대부가문의 남편들이
보편적으로 아내를 대하던 방식이었을 수도 있으나, 이 작품의 교훈
서적인 성격과 여성 우호적이라고 평가되는 점을 감안한다면 문제
적인 지점이라고 하지 않을 수 없다.

이에 필자는 〈소현성록〉에서 남편들이 아내와의 관계 속에서 자
신의 의도와 감정, 욕망에만 충실하고 아내들의 상황과 감정을 존중
하지 않아 그녀들에게 정신적, 신체적인 괴로움과 피해를 입히는
행위를 '폭력적인 행위[12]'라고 규정하고 이에 대해 구체적으로 살
펴보고자 한다. 이 작품에서의 남편들의 폭력성은 심리적, 간접적
인 경우가 대부분이기에 간과되기 쉽다. 그러나 이러한 심리적인

---

12) 일반적으로 '폭력'은 육체적 손상을 가져오거나 또는 심리적, 정신적 압박을 주는
강제력으로 정의된다. 이는 매우 다양한 형태로 나타날 수 있는데, 신체적 공격부터
언어적 공격, 정신적 상해, 심지어 침묵까지도 포함된다. 즉 살인, 구타, 굶주림,
욕설 등 인위적이고 직접적인 공격뿐만 아니라 사회에서의 격리, 신뢰도 낮추기,
부당한 대우, 조롱 등 간접적 폭력도 해당된다. 그렇기에 〈소현성록〉에서 남편들이
보여주는 행위들도 '폭력', '폭력적인 행위'라고 해석할 수 있는 것이다. 『두산동아백
과사전』, 1999; 이문웅, 「폭력의 사회문화적 배경에 관한 연구」, 『형사정책연구』,
1991; 곽진희, 「미디어 폭력의 맥락차원과 시청자의 폭력성 지각에 관한 연구」, 성균
관대 신문방송학과 박사학위논문, 2000 참조.

폭력을 통해서 남편들은 아내를 자신이 의도하는 대로 길들이거나 자신의 욕망을 충족시키는 데에 주력하고 있기에 아내들의 입장에서는 분명히 폭력적이라고 느낄 수 있다. 이에 본고에서는 작품에 숨겨져 있는 남성들의 폭력성을 오랫동안 버려두기, 일방적으로 구애하기, 오해하여 심하게 내치기, 무력으로 제압하기 등의 항목으로 나누어 고찰해 보고자 한다. 이러한 논의를 통해서 당시에 추앙받던 인물로 묘사되거나 긍정적으로 인식되던 남성 인물들이 실은 여성들에게 폭력적이었다는 점, 그리고 여성이 창작했거나 여성주의적 성격을 지니고 있다고 평가[13]되는 작품임에도 불구하고 실은 남성 욕망 중심적이거나 가부장적 질서 유지를 최우선으로 삼는 시각이 깊이 내재해 있다는 점을 확인할 수 있을 것이다. 아울러 이 과정에서 조선후기 부부의 역학관계, 시가와 며느리, 처가와 사위의 관계 등에 대해서도 논할 수 있을 것으로 기대한다.

2. 〈소현성록〉 연작에서 드러나는 남편들의 폭력성

1) 오랫동안 버려두기

아내가 잘못을 저질렀을 때에 그 잘못을 말로 훈계하는 것보다 더 큰 벌은 그녀를 오랫동안 찾지 않고 내버려 두는 일일 것이다. 이 기간 동안 그녀가 겪는 심리적 불안과 기다림은 그녀를 심한 절

---

13) 백순철, 양민정, 정창권의 앞 논문.

망으로 몰고 가 자결을 결심하게 만들기도 하기 때문이다. 그런데 이렇게 잔인한 일을 천하의 성인군자로 묘사되는 소현성[14]은 아무렇지도 않게 종종 행하며, 그의 이러한 행동은 작품 내에서 비난을 받기는커녕 아내 교육을 잘 시키는 남편의 예로 긍정적으로 평가되기까지 한다.

　석 소저를 소현성의 재취로 삼으라고 권한 석파에게 화씨가 심한 말을 했다는 것을 알게 된 소현성이 화씨에게 화가 나 그녀의 유모를 60대나 치고도 분이 덜 풀려 여덟 달 동안 화씨의 거처를 찾지 않는 대목이 있다. 소현성이 석 달간 아내의 방에 들어가지 않자 이를 보고 누나인 월영이 그를 책망하고 회유하지만 아랑곳 하지 않는다. 화씨의 심한 말의 피해자인 석파까지도 자신이 노여웠던 것은 사실이지만 이 때문에 그녀를 심하게 잡지는 말라고 사정하기에 이른다. 그러자 그는 마지못해 화씨에게 가겠다고 했지만 끝내 찾아가지 않으며 갈수록 숙엄한 태도를 보인다. 그러자 화씨가 밤낮으로 울고 곡기를 그친 지 십여 일이 되어 병이 나기에 이르러도 전혀 안부를 묻지 않고, 이후로도 월영과 석파가 화해하기를 권해도 말을 듣지 않는다. 이렇게 하여 6~7개월이 지나[15] 양부인도 알게 되어 화씨를 용서하라고 권하기에 이르고, 화씨의 친정식구들인 화공과 화생 형제들도 그에게 화씨의 처소에 한 번 들기를 권하게 된

---

14) 본전에서는 '소경'이라고 지칭되지만 별전에서나 표제명에서 '소현성'이라고 지칭되므로 본고에서는 '소현성'이라고 통일하여 지칭한다.

15) 이렇게 소현성이 화씨를 찾지 않고 내버려두는 것에 대해 주변인들의 회유가 이어지고, 소현성은 그래도 말을 듣지 않는 모습이 서너 면에 걸쳐 제시된다. 〈소현성록〉 4권, 3~6면.

다. 이렇게까지 하는데도 그는 여전히 안색을 단엄하게 하고 목소리
와 기색을 엄하게 하여 한 마디도 답하지 않을 뿐이었다. 이에 설움
과 분함을 이기지 못한 화씨가 죽기로 마음을 먹게 되고 시랑이 발
걸음을 그친 지 8개월에 이르자 아예 곡기를 끊어 20여 일이 지나
죽을 지경에 이른다. 이렇게 되고 나서야 겨우 화씨의 방에 가는데
그것도 '어머니의 명령에 순종하기 위해' 가는 것이었고 가서도 그
녀를 달래기보다는 긴 설교를 늘어놓는 것이 우선이었다. 그의 설교
를 잠시 보도록 한다.

> 무릇 여자란 것은 네 가지 덕이 넉넉하고 칠거지악(七去之惡)을
> 삼가며 유순하려 힘쓰고 지아비를 부끄러워하며 섬겨야 합니다. …
> (중략)… 그런데 부인은 그렇지 않아 어머니를 받들 때에 효성이 적
> 고 사람을 대할 때에 기색이 너무 강하여 온순하지 않으며 나를 섬
> 길 때에 당돌하고 그리 열심이지 않으며 말을 할 때에 온화하지 않
> 으니 무슨 일을 칭찬하여 공경스럽게 대하겠습니까? …(중략)… 석
> 파의 지위가 비록 어머님과 차이가 있기는 하지만 나의 서모입니다.
> 무릇, 일에는 귀천이 있어 길 가의 천한 창기라도 이미 서모가 되면
> 감히 방자하게 못하는 것인데 하물며 이 서모는 공후의 평민 신분의
> 첩의 딸로 13세에 아버지께 시집와 은혜와 사랑을 많이 받으셔서
> 어머니께서도 함부로 대접하지 않습니다. 또 내가 서모를 공경하는
> 것은 그대도 알 것인데 어찌 서모와 나란히 잘잘못을 따집니까? …
> (중략)…지금 나에게 사람들이 재취하라고들 하지만 일이라는 것은
> 다 하늘의 운수여서 사람의 힘으로 할 바가 아닙니다. 그런데도 부
> 인은 드러내 놓고 투기를 하니 어찌 죄를 주지 않겠습니까? 내가
> 비록 못나고 훌륭하지 못하지만 여자가 투기하는 잘못은 용납하지

않을 것이며, 내가 당당히 아름다운 숙녀를 얻어 재취하여 부인이
그녀를 찢어 죽이는가 볼 것입니다. 부인의 말이 이렇듯 패악하니
장차 무슨 일을 못하겠습니까? …(중략)…내가 비록 어질지는 못하
지만 일곱 살 때부터 수행하여 선비의 도리를 행하지 않은 적이 없
으니 부인이 나를 패려하다고 하는 책망은 달게 받지 못하겠습니다.
내 패려함은 걱정 말고 그대의 패악함이나 고치십시오.16)

이 부분의 초점이 소현성의 서모(庶母)에 대한 효심을 보여주고,
부인네들에게 다처제 또는 처첩제를 묵인하게 하는 교육적 효과를
각인시키는 데에 있기는 하지만, 버려진 아내 화씨의 입장에서 보면
남편이 오랫동안 자신을 찾지 않는 것은 분명 폭력적이다. 여덟달
만에 겨우 들어와서는 위와 같이 일장 연설을 하는데 "온화한 낯빛
이 없고 엄정하고 굳건함이 눈 위에 서리를 더한 것 같고 너그러운
빛이 없었"으며 "다시는 그녀의 말을 들으려 하지 않고 혼자만 자기
자리에 누워 평안히 자되 부인을 돌아보지 않았다"17)고 하니 그녀
의 상심은 더욱 컸을 것이다. 그런데도 남편은 아침이 되자, 밤새
눈물을 비같이 흘리며 밤잠을 설친 그녀를 홀로 남겨둔 채 곧바로
외당으로 나가 버리는 쌀쌀한 모습을 보인다. 이 대목에 대해 서술
자는 "시랑이 원래 화씨와 더불어 은정이 중하였지만 그 허물을 책
망하느라고 일부러 매몰찬 기상을 하면서 얼굴을 보지 않으려 한
것"이라고 하면서 이렇게 시랑이 엄하게 아내를 다스렸기 때문에

---

16) 〈소현성록〉 2권, 7~12면.
17) 〈소현성록〉 2권, 12면.

"화씨가 이후로는 감히 도리에 어긋난 행실을 하지 않고 두려워하게 되었다"[18]라고 설명하고 있다. 즉 남편이 아내를 엄하게 다스려야 아내의 나쁜 행동이 계도되는 것이니 소현성의 이런 행동은 전혀 좋지 않은 행동이 아니고 오히려 권장할 만하다고 여기는 것이다.

이상의 경우는 화부인이 불공한 말을 한 잘못이 있어서이기에 소현성의 행위가 정당화될 수 있는 여지가 있기는 하다. 하지만 석부인의 경우에는 그녀가 뚜렷이 잘못을 저지르지 않았는데도 오랫동안 내버려두는 경우가 있다. 석부인이 아버지 석상서가 편안하지 못하다는 말을 듣고 나서 걱정도 되고, 화부인의 미움을 받는 자신의 신세가 슬프기도 하여 친정에 다니러 가서 열흘 정도 머무는 대목에서이다. 아내가 잘못을 저지르지도 않은 상황에서 친정에 간 것이었는데도 조정에 가는 길목에 있던 처가에 들르지 않을뿐더러 공무(公務)로 가게 되었을 때에도 석부인은 찾지 않고 다른 일만 보고 그냥 와버린다. 이 정도의 내버려두기는 사대부 남성으로서의 진중한 태도라고 해석할 수 있다고 해도 이후에 계속되는 상황과 친정 식구들의 반응 등을 본다면 결코 그런 관습적인 태도로만 넘길 수 없는 정도였음이 드러난다. 소현성이 석부에 있는 아내 석씨를 이십여 일 동안 한 번도 찾지 않다가 우연히 석부에 들르자 장인인 석공이 같이 방에 들어가 석씨를 만나 보자고 한다. 그 말에 억지로 석부인과 대면하게 되는데 그 때에도 다른 말은 하지 않고 단지 아이를 어머니가 보고 싶어 하니 아이만 내일 보내라고 하고는 집으로

---

18) 〈소현성록〉 2권, 15~16면.

돌아가 버린다. 이런 사위의 모습을 보고 장모 진부인은 걱정이 되어 앓아누울 지경에 이른다. 하지만 이 부분에서도 이렇게 지나치게 무심한 남편에 대해 서술자는 침묵하며, 이야기는 소현성의 셋째 부인인 여씨를 소개하는 장면으로 옮겨가 버린다. 그래서 석부인은 남편의 재취를 들이는 혼인날에 맞추어 몇 개월 후에 집으로 돌아오는 것으로 처리되고 만다.19)

소현성의 셋째 아들인 운성의 경우 아내를 오랫동안 버려두는 정도가 더욱 지나치다. 운성은 자신이 원하지 않는 결혼을 했다는 이유로 둘째부인인 명현공주를 오랫동안 내버려둔다. 공주가 죽기까지 4~5년 동안이나 아내를 처녀로 남겨두는20) 잔인함을 보이는 것이다. 물론 공주가 시집온 후에도 자신의 권세를 믿고 사치스러운 생활을 한다든지 겸손하지 않다든지 하는 잘못을 하기는 했다. 하지만 공주는 그런 잘못이 지적되었을 때에 별 저항 없이 자신의 행동을 수정하는데도21) 불구하고 운성은 여전히 공주와 운우지락(雲雨之樂)을 즐기지 않고 형제들과 소일하거나 청주에서 온 창기 10인과 어울린다. 그리하여 급기야는 공주가 그 창기들의 귀와 코를 베고

---

19) 이후, 석부인이 여부인의 모함을 입어 쫓겨났을 때에도 소현성은 자신이 잘못 판단하고 처리했음을 알고 나서도 여전히 사과하거나 용서를 바라는 모습을 보이지 않는다. 이에 대해서는 '오해하여 심하게 내치기' 항목에서 서술하도록 한다.

20) 공주를 염할 때가 되어 칠왕이 공주의 손을 잡고 울다가 문득 공주의 오른쪽 팔 위에 앵혈 한 점이 없어지지 않고 그대로 있는 것을 보고 몹시 놀라 한탄하며 말하였다. "공주가 비록 잘못이 많더라도 운성이 어찌 이 정도까지 하였느냐?", 〈소현성록〉 8권, 88면.

21) 공주가 비록 기뻐하지는 않았지만 한씨의 말이 옳기에 이후로는 시녀를 적게 데리고 다녔고 태부인과도 마주 앉지 않았다. 〈소현성록〉 6권, 41면.

머리를 깎아 냉방에 가두는 일이 벌어지게 된다.

　요컨대 공주의 성품이 진중하고 바르지 못한 부분이 있는 것은 사실이지만, 남편인 운성이 그녀의 화를 돋우는 면도 매우 강하다는 점에 주목해 보았으면 한다. 매우 긴 분량이 할애되어 있는 운성과 명현공주의 갈등 부분을 읽어가다 보면 명현공주의 못된 성품도 문제적이지만 그녀의 애정욕구를 좋지 않은 것으로만 치부하면서 계속하여 딴청을 피우고 화를 내며 가까이 하지 않는 운성의 집요함에도 혀를 내두르게 된다. 운성에게 있어 공주는 아내이기 보다는 자신의 자존심을 짓밟은 적대자, 계속해서 주도권을 다퉈야 할 대결자에 다름 아닌 것으로 비춰진다.[22] 반면에 운성은 또다른 아내인 형씨를 지나치게 편애하는데, 그가 그녀의 처소인 죽오당에만 늘 출입하는 것에 질투가 난 공주가 형씨를 자신의 처소로 옮겨놓자 형씨를 만나기 위해 공주의 처소에까지 몰래 들어가 만나기까지 한다. 그의 이 같은 행동에 대해서 아버지인 소현성이나 어머니 석부인뿐만 아니라 할머니인 태부인까지도 꾸짖는다. 운성이 노골적으로 형씨만을 편애하면서 공주를 박대하고 그녀의 화를 돋운다고 말하는 것이다. 그래도 듣지 않자 급기야 소승상은 운성을 책망하면서 50여 대를 때리기까지 하지만 크게 달라지지 않는다. 이렇게 운성에게 사랑받지 못해 점점 패악해진 공주가 급기야 시어머니, 시할머니에게 반말을 하고 시아버지에게 욕하며 욕보여 승상의 화를 돋우기에 이른다. 그래서 옥에 갇히는 등 우여곡절을 겪고 나서

---

22) 운성은 공주가 죽고 난 후에 속 시원해 하면서 명현궁은 선비가 있을 곳이 아니라고 여겨 집을 허물고 그 재목들을 이웃들에게 흩어준다.

소승상이 공주를 어느 정도 제어하게 되었는데도 운성은 더욱 공주를 매몰차게 대하면서 형부인만 생각한다. 그러자 석부인은 다음과 같이 꾸짖는다.

> "공주가 비록 무례하지만 네가 너무 한 쪽으로 치우쳤기 때문에 여자의 원한이 생겨 잘못된 곳에 빠진 것이다. 그러니 이것이 어찌 대장부가 할 일이냐? 너는 마땅히 스스로 생각이 너무 좁았음을 반성해라. 아녀자의 일생을 잘못되게 만들지 말고 오늘부터 공주를 너그럽게 대하고 임금의 은혜를 생각하여라. 만약 거역하면 오늘부터 자식이라고 하지도 않고 보지도 않을 것이다."[23]

운성과 명현공주의 관계를 잘 설명해준 대사이다. 어머니까지도 그의 행동이 지나치게 치우쳐 있고 그 치우침이 공주로 하여금 원한을 갖게 하여 잘못을 저지르게 한다고 평가하고 있는 것이다.

어머니의 책망을 들은 운성은 마지못해 공주를 찾아가지만 살갑게 이야기를 하는 것도 아니고 따뜻하게 대하는 것도 아니다. 이에 공주도 차갑게 쏘아 붙이자 그는 단번에 다시 나와 버린다. 급기야 화병이 난 공주가 수십 일을 앓아누워 병세가 심해진다. 그러자 또 다른 어머니인 화부인도 "공주인들 네가 대접을 잘하면 원망하는 마음이 일어나겠느냐? 너는 반드시 공주의 원한이 감화될 수 있도록 해야 할 것이다."[24]라고 꾸짖는다. 하지만 끝내 화해하지 못하

---

23) 〈소현성록〉 8권, 84면.
24) 〈소현성록〉 8권, 86면.

고 공주가 19세의 젊은 나이로 죽게 된다. 장례를 치르는데도 운성
은 조금도 슬퍼하는 빛이 없고 오히려 평안하고 기쁜 빛을 보이니
석부인과 화부인이 꾸짖을 정도였다. 이처럼 일련의 상황과 주변
사람들의 평가를 종합하면 명현공주만 못되고 폭력적인 여자로 볼
것이 아니라 그렇게 만든 운성의 처사, 즉 아내에게 관심 갖거나
사랑해 주지 않고 오랫동안 내버려둔 점도 명백히 폭력적인 행위라
고 봐야 할 것이다.

한편, 소현성의 여덟 째 아들 운명도 아내를 오랫동안 내버려두
는 경우가 두 번 있는데 첫 번째 경우는 '아내 임씨가 너무 못 생겨
서'이고, 두 번째 경우는 '다른 아내를 그리워해서'이다. 먼저, 첫째
부인인 임씨를 내버려두는 경우는 임씨의 외모가 "단지 아름답지
않은 것만이 아니라 지극히 흉하여 사람들이 한 번 보고는 놀랄 정
도였다. 낯이 누렇고 검으며 키가 몹시 작고 허리가 펑퍼짐하며 얼
굴이 얽었고 이상할 뿐만 아니라 큰 혹이 세 개나 좌우로 나 있으
니…"25)라고 서술될 정도로 못났기 때문인 것으로 되어 있기는 하
지만, 이에 대한 운명의 반응이 지나치다. 첫날밤에 신방에 들어가
지 않은 것에서부터 시작하여 '저런 귀신 같은 형상', '그 흉한 외모
가 원통하고 분할 정도'라고 한다거나 '임씨를 자기 집으로 돌려보
내 얼굴을 집안에서 보지 않도록 하여 놀란 가슴을 진정시키게 해
달라'고 할머니에게 애걸하기까지 한다. 그러다가 뜻대로 되지 않자
외당으로 창기들을 불러다가 밤낮으로 놀기에 이른다. 임씨가 덕이

---

25) 〈소현성록〉 9권, 87면.

있다는 식구들의 칭찬을 수도 없이 들은 뒤에 혼인한 지 3년이 되서
야 처음으로 그녀의 처소에 가는 것으로 되어 있다. 그러니 '추모(醜
貌)'라는 이유 하나만으로 아내를 3년이나 버려둔 셈이다.

운명은 또 둘째 부인인 이씨와 혼인한 후에는 이씨만 생각하여
셋째 부인 정씨를 한동안 내버려둔다. 정씨와의 첫날밤에도 정이
흡족하여 즐기기는 했지만 이씨의 슬프면서도 원망하는 듯하면서
도 정갈한 모습을 잊지 못하여 탄식하며 잠을 이루지 못하는[26] 것
으로 되어 있다. 신부 정씨의 입장에서 본다면 신랑이 자신을 앞에
두고도 물끄러미 딴 생각을 하며 울적해 하는데 그것이 바로 다른
부인에 대한 그리움 때문이라면 심한 모멸감을 느꼈을 것이기에 이
는 분명 폭력적인 행동이라고 할 수 있다.

2) 일방적으로 구애하기

이 항목은 얼핏 폭력성에 적합하지 않다고 볼 수도 있을 듯하다.
하지만 남편이 아내의 마음이나 상황을 전혀 고려하지 않고 자신의
감정만 앞세움으로써 아내가 매우 큰 고난을 받고 급기야 죽음에
임박하게 되는 경우이기 때문에 폭력적인 행동이라고 할 수 있
다.[27] 여기서의 남편의 사랑은 상대방의 의사와는 상관없는 일방적

---

26) 〈소현성록〉 10권, 114면.

27) 그리스신화에서의 아폴로와 다프네의 관계를 떠올리면 이해가 쉬울 듯하다. 남성
신 아폴로는 다프네를 '사랑하여' 뒤쫓아 갔다고 하지만 여성 신 다프네에게 그것은
사랑이 아니라 '무서운 일을 당하는' 것이었기에 그 상황에서 벗어나고자 나무로
변할 수밖에 없었다. 이때의 아폴로의 사랑은 폭력적이다. 현대에 스토커를 처벌하
는 것도 같은 이유이다.

인 그 무엇이며 소유욕에 다름 아니다.

운성의 첫째 부인인 형씨의 경우가 대표적인 예인데, 그들이 혼인하게 된 계기부터 당시로서는 법도에 어긋난다고 여겨지던 방식이었다.[28] 운성이 형씨를 '몰래 엿보고 그 단엄하고 침착한 풍모에 반해서' 그리움 때문에 이전의 호기(豪氣)가 가라앉아 입맛이 달지 않고 잠도 이루지 못할 지경에 이른다. 이런 상태로 10여 일이 지나자 늘 인상을 찡그리고 세수도 게을리 하면서, '왜 그녀의 얼굴을 보게 하셨으면서 인연은 쉽지 않게 하시는 걸까?'[29]라며 탄식한다. 이때에 실은 운성의 장인이 될 형 참정도 그의 재주를 매우 아껴 그를 사위 삼을까 생각했지만 그에게 온순한 행실이 적고 또 너무 특출하기에 재앙도 많을 수 있어 주저하고 있던 차였다. 그러던 중 운성이 외조부인 석 공까지 동원하여 아버지인 소 승상을 설득하게 하고 형 참정에게 청혼하게 하여 혼인하게 된다.

이렇게 하여 부부가 된 다음부터 운성은 아내의 단엄하고 신중한 태도를 본받아 공부에 뜻을 두게 되고 침묵하고 묵직한 군자가 되어 간다. 그러니 형씨는 남편을 바로잡는 현명한 아내인 셈이다. 하지만 문제는 운성이 형씨만을 지나치게 편애한다는 점이다. 이런 편애는 나중에 사혼(賜婚)으로 아내로 맞게 된 명현공주가 형씨를 박해하게 만드는 원인을 제공한다. 그리하여 운성의 지나친 사랑이 그 사

---

28) 운성이 형씨를 몰래 엿본 일을 운성이 혼인한 다음에 알게 된 소승상이 자식 교육을 제대로 못한 자신의 탓이라면서 스스로 벌을 서고 운성을 꾸짖는다. 또 작품 말미인 15권에서 운성은 평생토록 가장 부끄러웠던 점이 바로 형씨를 몰래 엿본 일이었다고 회고한다.

29) 〈소현성록〉 5권, 68면.

랑을 받는 형씨에게는 도리어 큰 상처가 되고 고통이 되는 것이다.

운성이 명현공주와 혼인할 때에 왕이 형씨를 폐출하라고 하여 형씨가 친정으로 가 있게 되는데, 이때에 운성은 형씨만을 그리워하면서 그 마음을 창기들과 놀거나 형제들과 소일하는 것으로 달랜다. 이런 행동을 지켜보던 아버지가 공주를 너무 오랫동안 혼자 두지 말라는 훈계를 하자 어쩔 수 없이 혼인한 지 3개월 만에 처음으로 공주에게 가서도 "형씨를 잊지 못하여 마음이 슬퍼 한 잠도 이루지 못하고 전전긍긍하며"[30] 새벽을 맞는다. 그녀에게 편지를 쓰기도 하고 형공의 집에 가서 며칠 동안 머물기도 하지만 형씨와 정을 나눌 수 없게 되자 결국에는 상사병이 나서 앓아눕는다. 온 가족이 걱정을 하고 황제까지 놀라 어의를 보냈으나 점점 병이 심해져 발병한 지 22일이 되자 곡기(穀氣)를 아예 그치게 되고 혼절하기도 하였다. 이렇게 남편 운성이 옛 아내를 그리워하여 상사병까지 앓자, 이에 화가 난 공주가 형씨와 운성 모두 죽이겠다고 다짐하기에 이른다.

운성의 병을 낫게 하고자 우여곡절 끝에 다시 형씨를 집으로 데려오는데, 그러자 운성은 늘 형씨의 처소에만 있으면서 형씨만 사랑하여 급기야 공주가 형씨를 자기 처소인 명현궁에 거처하게 한다. 그래도 운성은 아랑곳하지 않고 공주 처소에 있는 형씨를 매번 만나러 다닌다. 자신의 처소에 자신이 아닌 다른 여자를 만나러 다니는 남편, 다른 여자와는 즐거이 시간을 보내지만 자신에게는 눈길 한번

---

30) 〈소현성록〉 6권, 52~53면.

주지 않는 남편이 미워지고 그에게 사랑받는 여자가 미워지는 것은
어쩌면 인지상정일 듯하다. 그래서 공주는 마음 속 미움을 점점 키
워가고 운성도 계속 그녀를 외면한다. 그런데 이 대목에서 주의를
기울여 보아야 할 점은 운성의 사랑을 받는 형씨가 그 사랑을 어떻
게 받아들이느냐 하는 점이다. 그녀는 그의 사랑을 전혀 달가워하지
않고 있으며 자신에게 상처와 고통만 주는 행위라고 생각한다. 이는
주변 사람들인 시아버지, 시어머니 그리고 다른 형제들의 발화에서
도 드러나는데, 먼저 형씨의 반응들을 살펴보자.

- 생이 명현궁에 가 형씨가 있는 경희당으로 나아가니 형씨가 매우
  놀라며 멀리 거절하고픈 마음이 간절하였다. (7권 30면)

- 낭군의 굳은 마음이 감격스럽기는 합니다만 낭군이 저를 진실로
  불쌍히 여기고 은정이 크다면 어찌 이렇게 굳이 근심을 만들어내
  십니까? (7권 31면)

- 형씨가 마음에 원망이 무궁했지만 어찌할 도리가 없어 다시 말을
  하지 못하고, (7권 32면)

- 황혼 무렵에 형씨가 돌아와 생이 와 있음을 보고 매우 원망하며
  '내가 무슨 잘못을 했기에 저렇게 날마다 내 처소에 와서 공주의
  화를 돋우는가?'라고 생각하였다. (7권 37면)

- 바라건대 그대는 이처럼 괴롭게 오셔서 저의 남은 목숨을 재촉하
  지 마십시오. (8권 15면)

물론 형씨에게 직접적인 핍박은 공주가 가하는 것이지만 운성이

공주가 그렇게 할 것을 충분히 알면서도 계속하여 자신을 찾자 원망하는 마음이 커진 형씨가 이제는 운성을 보면 놀라고 두려워할 정도가 된 것을 알 수 있다. 그를 거절하고 싶고 원망이 무궁해졌으며 괴롭고 근심스럽게 된 것이다. 이런 모습을 본 시어머니 석부인도 "불쌍하다, 어진 며느리야. 지아비가 지나치게 좋아하여 약한 자질로 괴로움을 겪으니 내 마음이 찢어지는 듯하다."[31]고 말한다.

결국 운성은 아버지가 오라고 불러도 아프다고 핑계 대고 형씨 처소인 경희당에서 나오지 않는 지경에 이르고, 이에 화가 난 승상이 50대를 때려 살점이 떨어져 나가기에 이른다. 하지만 그는 그렇게 맞고도 바로 또 경희당으로 간다. 그 때 마침 형씨는 자기 때문에 운성이 사리분별을 못하게 되었다고 슬퍼하여 수건으로 목을 맸다. 그리하여 거의 죽어가고 있다가 운성이 구하여 살아난 형씨는 그의 고집을 아무도 꺾지 못할 것임을 깨닫고 이제는 하늘의 명이 이끄는 대로 살기로 마음먹는다. 그래서 이후로는 운성이 하는 대로 놔두자 밤낮으로 형씨에게 와서 즐기는 것이다. 그리하여 급기야 식구들이 운성을 제정신이 아니라고 생각하기에 이르고 형씨도 무척 괴로워하며 제발 공주에게도 정을 베풀라고 간곡하게 설득한다. 점점 더 표독해지는 공주가 무서워 형씨가 운성에게 자신을 그만 찾으라고 아무리 말을 해도 듣지 않고, 이런 운성의 행동에 공주의 화도 극에 달한다. 급기야 형씨는 공주의 보모에게 맞기까지 하고, 명현공주는 화가 폭발하여 형씨를 연못에 밀어 넣어 죽이려고까지 하는 상황

---

31) 〈소현성록〉 7권, 33면.

이 된다.

이렇게 운성의 지나친 사랑 때문에 고통 받던 형씨는 병이 나게 되고 이러다가 정말로 그녀가 공주에게 죽게 될지도 모른다고 걱정한 가족들이 형씨를 몰래 친정인 형부로 보내 죽었다고 거짓으로 꾸밀 지경이 되는 것이다.[32] 하지만 나중에 이것이 거짓임을 알게 된 운성이 장인 형공에게 행패를 부리고, 집으로 돌아가지 않으면 형부인과 아이까지 죽이고 자기도 죽겠다고 위협한다. 간신히 그 화를 누그러뜨려 소승상의 명령을 전하여 집으로 돌아오기는 했지만, 그 폭력성에 놀란 형공이 딸을 살리기 위해 온 식구를 데리고 고향으로 몰래 이사하기에 이른다.

아내뿐만 아니라 본가의 가족들, 처가의 가족들이 모두 괴로울 정도가 되면 자신의 고집을 단념할 법도 하지만, 운성은 단념하지 않고 몰래 숨은 처가 식구들을 찾으려 한다. 결국 동생 운현을 통해 형씨 가족이 간 곳을 찾아내 형씨를 다시 데리고 오게 하여 숙모인 윤부인의 집에 머물게 하고는 그곳으로 찾아가 또 만난다. 운성은 아내를 사랑하여 자꾸 그녀를 찾아간다지만 상황이 아내인 형씨를 얼마나 고통스럽게 하는지는 다른 식구들 모두 절감하는 상황이다. 그러니 운성의 지나친 구애는 집착이며 자기중심적인 행동이고 따라서 폭력적인 것이라고 할 수 있는 것이다.

그의 이 같은 사랑이 실은 집착이고 자신의 감정에만 충실한 데에서 연유했다고 해석할 수 있는 이유는, 나중에 공주가 급기야 죽

---

32) 〈소현성록〉 7권, 97면.

고 나서 형씨가 집으로 돌아온 후의 생활을 보면 잘 드러난다. 그 전에는 형씨를 못 보면 아쉬워하던 운성이 이후로는 친정에 간 형씨를 몇 십일이 지나도 그리워하지 않는다.[33] 보검(寶劍)인 칠성검의 존재를 알고 나서 이것을 차고 여행을 떠나면서도 형씨에게 알리지 않고 가거나,[34] 형씨가 사치한다고 책망하면서 찾지 않기도[35] 한다. 심지어 다른 아내인 소영에게 자주 가면서 형씨를 꺾으려 하기도 한다. 그러므로 앞에서 집요하게 구애했던 행동의 저의가 순수한 애정이 아니었음이 드러나는 것이다. 즉 그가 형씨에게 그렇게 집착하면서 공주는 배척한 이유는 실은 자신이 여자를 선택한 경우인가 아닌가에 놓여 있다고 볼 수 있다. '자신이 선택한 여자'인 형씨를 못 만나게 하는, '자신을 선택한 여자'인 명현공주에 대한 미움과 거부감 때문에 그토록 공주를 박대한 것이라고 볼 수 있는 것이다.[36]

---

33) 그 시점에 외가인 석공의 집에 갔다가 소영이 그 집에 있다는 말을 듣고 외조모 진부인에게 소영을 주지 않으면 형씨를 버리겠다고까지 한다. 아무리 본의는 다른 데에 있다고 하더라도 이렇게 말한 것은 형씨를 중대하지 않은 증거라고 볼 수 있다.

34) 〈소현성록〉 9권, 14면.

35) 〈소현성록〉 9권, 43면.

36) 공주가 망측한 마음으로 나를 좋아하는 것이 마치 굶주린 나비 같고 용렬하고 세속적인 사람이 부귀에 미혹된 것 같아 자기 미모를 믿고 위세를 믿어 억지로 우겨 나를 부마로 삼았습니다. 내가 아무리 어리석은 사내라도 그런 거짓되고 사악한 형국에 어리숙하게 빠지겠습니까? 맹세컨대 그녀의 음란한 몸이 잘려 온 천하의 후세에 음란한 여자들에게 음란함을 꺼리고 두려워하게 하여 규방의 풍속을 가다듬게 하고 싶은 것이 내 뜻입니다. 비록 사람들이 사리로써 말한다 해도 나는 귀 밖으로밖에 들리지 않으니 자잘한 곡절은 생각하지 않겠습니다. 또 임금께서 나를 업신여겨 인륜을 어지럽히시더니 나중에는 공주의 평생을 생각하여 그대를 둘째 부인으로 정하셨습니다. 그러니 나도 공주의 평생을 방해하여 황제와 황후의 마음이 늘 평안치

 한편, 운명도 운성과 마찬가지로 아내 이씨를 그녀가 곤란하게
여길 정도로 찾아간다. 운명과 이씨는 운명이 산서 지방에 나가 근
무할 때에 만났는데, 이씨에게 반한 운명이 예(禮)를 갖추기도 전에
혼인하자고 하여 시비(侍婢) 춘앵이 먼저 예를 갖추라고 충고할 정도
로 저돌적이고 자기중심적이었다. 우여곡절 끝에 자운산에 돌아와
혼인을 했으나 여승(女僧)이 말해 준 이씨의 사주팔자 때문에 둘은
별거하게 된다. 그리하여 이씨는 할머니인 태부인의 처소에서 살게
되는데, 아침저녁 문안할 때에 행여 이씨가 보이지 않으면 운명은
마치 정신을 잃은 사람 같고 근심이 눈썹 가득 잠기게 된다. 간혹
우연히 만나게 되면 '나는 듯이 달려가 넘어질 듯 이씨의 비단 치마
를 붙들면서' 사모하는 정을 말하거나 '기운 없이 슬퍼하며 눈물을
흘리니 목석같은 심장을 가진 이라도 감동할 듯' 이야기를 한다.[37]
계속 이씨를 못 만나자 운명은 근심에 잠기는데, 그러다가 태부인이
병이 나서 잠시 틈이 보이면 곧바로 이씨를 만나러 태부인 처소로
들어간다.[38] 운명의 셋째 부인으로 들어오게 될 정씨와의 혼인을
얼마 남기지 않은 때에 또 태부인이 병이 나 소승상이 간호하게 되
면서 이씨는 취봉각에 가서 쉴 수 있게 되었다. 그러자 운명이 기뻐
하며 열흘을 매일 왔는데 그가 은근하고도 간절하게 사랑하기를 바
랐으나 이씨는 할머니의 하교가 있었기에 그의 청을 받아들일 수가

___

 않게 할 것입니다. 또 공주의 인륜을 마치게 하여 부부의 정을 모르게 만들 것이니
 부인은 허탄하게 여기지 말고 부질없는 말을 하지 마십시오. 〈소현성록〉 7권, 59~
 60면.
37) 〈소현성록〉 10권, 101~102면.
38) 〈소현성록〉 10권, 106면.

없어 '천 가지로 달래고 빌며 거절'하고 '서러운 마음에 눈물을 흘렸다.' 운명의 이씨에 대한 집착은 정씨와 혼인하던 날에도 계속되어 정씨와 정을 나눈 뒤 이씨 생각을 하다가 정씨에게 들킬 정도였다. 첫째 부인인 임씨가 세 명의 아들을 두었고, 셋째 부인도 있는데도 운명은 마음을 굳게 먹지 못하여 더욱 이씨에게 연연하여 두 눈이 늘 이씨에게 향해 있으니 모든 식구들이 비웃을 정도였다. 그 후 드디어 이씨와 합방할 수 있게 되자 운명은 오직 이씨하고만 즐기게 되는데, 운성의 부인 형씨와 마찬가지로 이씨도 남편의 편애 때문에 또다른 부인인 정씨의 박해를 입게 된다. 하지만 운성의 경우와는 달리 운명은 이씨를 쉽게 오해하고 심하게 내몰아 그녀를 죽이려고 한다. 이에 대해서는 다음 절에서 살피기로 한다.

3) 오해하여 심하게 내치기

소현성이나 소운명의 경우 아내들을 오해하여 내치는 때가 있다. 그런데 이때에 그녀들의 잘못에 비하여 내치는 정도가 매우 심하다. 자결하라고 한다거나 죽이려고 하는 정도에까지 이르는데, 더욱 문제가 되는 것은 남편들이 이렇게 심하게 행동했으면서도 나중에 아내의 누명이 벗겨진 후에 뉘우치거나 사과하는 법이 없다는 점이다.

소현성, 즉 소승상의 셋째 부인인 여씨가 흉계를 꾸며 어머니 양부인의 음식에 독을 넣고는 석부인이 그런 것으로 꾸며 놓은 일이 있었다. 이 경우 양부인은 평상시의 석부인의 품성으로 보아 이런 일을 했을 리가 없다면서 다른 사람이 계교를 부린 것이라고 짐작한다. 하지만 소승상은 석부인이 그렇게 한 것으로 오해하여 그녀를 오래도록 찾지 않고 의심한다. 석씨가 외로이 홀로 있는 것을 보고 석파가 자신이 중매 선 것을 후회할 정도였다.[39] 먹으면 얼굴이 변하여 되고자 하는 사람의 얼굴이 되는 환약인 '개용단'을 먹은 여씨가 석부인의 얼굴로 승상을 유혹하자 이를 그대로 믿고 매우 화가 나서 어머니 양부인에게 가 석씨를 치죄하라고 청한다. 그리하여 양부인이 석씨가 아무리 잘못했어도 잉태하여 만삭이므로 해산한 후에 조사해 보고 내치는 것이 옳다고 해도 막무가내로 곧장 죄를 다스려야 한다고 성을 낸다. 어머니 앞에서 공손치 못한 행실을 보인 적이 없던 승상도 자신의 화를 주체하지 못한 것이다. 급기야 승상은 혼서지와 채단을 석씨에게서 뺏어 불을 질러 버린다. 그가 이렇게 심하게 화가 난 이유는 바로 여씨가 석씨로 변하여 설생이라는 사람과 사통하여 임신한 것처럼 꾸몄었기 때문이다. 자신의 핏줄이 아닌 것을 잉태하였다고 화가 났기에 혼인을 무효화하려고 혼서지를 불태우고 친정으로 내쫓는 것이다. 물론 여씨가 석씨의 얼굴로 그 같은 행실을 한 것처럼 꾸몄기에 이를 알아채기 힘든 상황이기는 했지만, 화를 내는 정도가 지나쳐서 이를 본 어머니에게 책망 받을 정도였으며, 급기야는 석씨에게 독주를 먹고 자살하라고 했다는 면에서 폭력적이다.[40]

그런데 이 사건에서 더욱 문제가 되는 점은 여씨의 음모가 드러난

---

39) 〈소현성록〉 3권, 11~13면.
40) 〈소현성록〉 3권, 24면.

후의 소승상의 처신이다. 여씨 때문에 괜한 오해를 받고 친정으로
내쳐지기까지 한 석씨에 대해 소승상은 전혀 미안해하지 않기 때문
이다. 미안해하기는커녕 양부인이 이제 여씨의 음모가 드러났으니
처가에 가서 석씨를 데려오라고 해도 거부한다. 남자는 부녀자를
데리고 다니지 않아야 한다면서 찾지 않는 것이다. 만삭이던 석씨가
그 곳에서 둘째 아들을 낳아도 찾아가지 않자 장인인 석참정이 크게
화를 낼 정도로 매몰차다. 그 후에 석참정의 집에서 술을 마실 일이
있어 마시고 취하여 어쩔 수 없이 석씨의 방에 들어가게 되어서도
그녀에게 한 마디 말도 하지 않고 아들도 본 체 만 체한다.[41]

이렇게 소승상은 자신의 오해에 대해, 경솔하고 심했던 처신에
대해 전혀 아내에게 미안해하지 않고 사과도 하지 않은 채로 넘어간
다. 이 갈등은 결국 소승상이 병이 깊이 들어 낫지 않자 그를 간호하
러 석씨가 집으로 돌아오면서 해소될 뿐이다. 이때에도 소승상은
자신을 간호하는 석씨에게 한 마디도 하지 않는다. 그러다가 한 달
쯤 지나 자신이 혼절했을 때에 석씨가 어머니께 걱정 끼치지 않고
스스로 처리하여 약을 지어 먹여 치료했다는 점에 감동하여 그녀를
용서한다.[42] 그러나 여전히 소승상은 "내가 비록 못났지만, 석장군
께서 칼로 죽이려고 하고 장인이 대놓고 책망하였으며, 부인이 어머
니 명을 거역하였으니 내가 편안했겠는가?"[43]라면서 자신의 잘못
된 처사에 대한 사과보다는 이에 대해 화를 냈던 처가 어르신들에

---

41) 〈소현성록〉 3권, 58면.
42) 〈소현성록〉 권3, 73~75면.
43) 〈소현성록〉 권3, 72면.

대한 원망과 자신의 병간호를 하러 와 달라는 어머니의 명령에 석씨가 지체한 점에 대한 원망의 말만 한다. 그 말에 석씨도 자신이 어머님 명에 즉각 오지 못한 점과 조부와 부친의 일에 대해 벌 받기를 청한다고 말하여 사죄하는 형국이 되어 버린다.

이렇듯 〈소현성록〉에서 남편은 아내를 오해하여 잘못 판단하여 심하게 내치는 경우들이 있다. 특히 소승상의 경우에는 그가 잘못 판단했을지라도 전혀 뉘우치거나 사과하지 않는다는 면에서 더욱 문제가 있다. 이와 비슷하게 아내를 오해하여 심하게 내치는 경우는 운명에게서도 보인다. 둘째 부인 이씨를 셋째 부인 정씨가 모해하여 외간남자를 만나는 것처럼 꾸미는데, 이를 믿은 운명이 그녀를 오해하여 화를 내는 부분이다.

> 운명은 본래 성정이 조급한 사람이라 갑자기 눈동자가 동그래지고 얼굴빛이 찬 잿빛이 되어 아무 말도 못하면서 화를 억제하지 못한 채 팔다리를 떨며 차고 있던 칼을 빼 난간을 두드렸다. 그러면서 소리를 질러 당 위에 있던 시녀들을 다 잡아내 형벌 도구를 갖추고 차례대로 따져 이 소저와 성영이 사통했냐면서 트집 잡아 물으니 그 광경이 놀라울 뿐이었다.[44]

이렇게 앞뒤를 제대로 따져 보지도 않은 채 불같이 화를 내면서 그 어머니인 화씨와 더불어 이씨를 핍박하는데, 운명의 첫째 부인인 임씨 등이 정확한 근거 없이 이씨를 의심하지 말고 상황을 밝히 살

---

44) 〈소현성록〉 권11, 60면.

피시라고 아무리 말해도 소용이 없다. 결국 이씨를 후원의 심희당에 가두고 의복과 돈을 일체 주지 못하게 한다. 화부인과 운명이 이씨를 이렇게 대한 것에 대해 태부인이 책망하자 마음속으로 이씨를 더욱 밉게 여겨 이씨 아버지의 사당에 불을 지르고 신위를 깨뜨리라고까지 한다. 다른 형제들이 말려서 실행하지는 못했지만 이씨를 계속 심희당에 두는 바람에 그녀는 그곳에서 홀로 출산하게 된다. 더운 날씨에 시비 한 명과 있으면서 아이를 낳은 이씨는 약도 구하지 못하고 더위와 바람도 막을 수가 없어서 병이 나 곧 죽게 될 지경이 된다. 시비 춘앵이 남몰래 약을 구하여 먹여 간신히 낫기는 하지만 이씨가 아기를 낳은 것을 알게 된 운명이 이제는 그 아기를 죽이려 달려든다. 이러한 일련의 행동들이 진상을 파헤치지 않고 아내를 쉽게 오해하고 심하게 내치는 과정에서 이루어졌으므로 매우 폭력적인 모습의 남편이라고 할 수 있는 것이다.

하지만 운명의 경우는 아버지께 호되게 꾸짖음을 받은 후 자신의 처사가 잘못된 것임을 깨닫고 아내에게 미안해하면서 사과한다는 면에서 소승상의 경우와 다르다. 운명은 이씨에게 "부디 지나간 일에 원망을 두지 말고 화락하게 지냅시다."[45]라고 하고는 다음날 또 와서 천 가지로 애걸하며 잘못했다고 여러 번 말하여 다시 화락하게 되기 때문이다. 소승상의 경우에는, 그는 모든 면에서 현철하고 도덕적인 사람인데 악녀 여씨가 누구도 알아차리기 힘든 술수를 써서 그를 속인 결과로 석씨가 고난을 받은 것이라고 하면서 잘못은 여씨

---

45) 〈소현성록〉 권12, 46면.

에게 있고 아울러 액을 만나게 되어 있는 석씨의 운명 탓이라고 하
고 넘어갔었다.

4) 무력으로 제압하기

앞에서 살핀 항목들은 대체로 심리적인 폭력이었지만, 이 항목은
실제로 신체적인 폭력을 가한 경우이다. 대대로 도덕적이라고 칭송
받던 양반 가문에서 아내에게 무력을 행사하는 일은 많지 않았을
것이다. 〈소현성록〉에서도 운성이나 운현, 운명 등이 성질이 급하
여 칼을 빼드는 경우가 있지만 본부인에게 그러는 경우는 없다. 다
만 운성이 첩 소영을 무력으로 제압하려 하는 모습을 보인다. 그
둘의 만남 자체가 폭력으로 시작되었기에46) 그런 관계가 지속되는
듯도 하다.

운성은 두 번째 부인인 명현공주가 죽고 나자 소영을 집에 들여와
살게 되는데 그녀를 사뭇 총애하지만 겉으로 드러내놓고 표현하지
는 못하고 있었다. 그런데 어느 날 운성이 술에 취하여 중당(中堂)에
들어와 부인네들이 바둑 두는 것을 보고 소영에게 관복(官服)을 벗기
라고 한다. 당황한 소영은 본부인인 형씨의 은혜를 저버릴 수가 없
어 그녀가 보는 앞에서 그렇게 할 수 없다고 생각해 운성의 말을

---

46) 이 글에서 주로 다루고 있는 것은 '남편의 폭력성'에 관한 것이므로 운성이 결혼
전에 소영을 겁탈한 것은 본격적으로 언급하지 않겠지만, 실은 이것이 가장 눈에
띄는 폭력이다. 석파가 장난으로 운성의 팔에 앵혈을 찍어놓자 이에 격분하여 석파
가 키우던 조카딸인 소영을 겁탈한 것인데, 운성은 자신의 앵혈을 없애고 나서 죄책
감을 갖기는커녕 환희했다.

듣지 않고 내당(內堂)으로 들어가 버린다. 그 날 밤에 그가 서당에서 또 소영을 불렀는데 그녀가 핑계를 대고 가지 않자, 누이인 월영에게 "…천한 소영은 행실이 가벼운 천한 사람이니 어찌 감히 방자하겠습니까마는 요사이에 저를 업신여기는 것이 지나치니 한심합니다. 칼을 갈아 한 번 시험해 봐야겠습니다."[47]라고 하면서 '집안을 다스리는 데에 천첩 하나 죽이지 못하지는 않는다'고까지 말한다. 이를 우연히 듣게 된 소영이 더욱 운성을 두려워하며 피해 다니자 더욱 화가 나 그녀를 죽일 뜻을 결심하게 된다.[48] 부인네들이 모여 있는 곳에서 예에 맞지 않는 행동을 하라고 요구했다가 이에 맞장구쳐주지 않았다고 하여 이처럼 심하게 응하는 것은 그녀를 존중하는 마음이 전혀 없다는 면에서, 또 두려움을 조장한다는 면에서 폭력적이다.

그런데 이렇게 말로만 위협하는 것이 아니라 직접 칼을 들고 나서기까지 하므로 더욱 충격적이다. 운성이 자신의 본부인인 형씨와 함께 있던 소영에게 칼을 들이대며 잘못을 헤아리니 그녀의 목숨이 경각에 달리게 되는 장면이 있는 것이다. 급박한 상황에 다행히도 운성의 형수인 위씨가 들어와 칼을 내려놓게 되지만, 잠시 후 서당으로 나가서 다시 소영을 데려오라고 하는 집요함을 보인다. 위씨가 석파에게 소영을 피신시켜 이 상황은 잠시 소강상태에 이르지만, 며칠 후 소영과 함께 있는 석파에게까지 심한 말을 하면서 소영

---

47) 〈소현성록〉 권9, 47면.
48) 〈소현성록〉 권9, 48면.

의 무례함 때문에 그렇게 할 수밖에 없었으며 자신은 정당하다고
우긴다. 운성의 이런 과격함에 형부인은 평생이 근심스럽다고 한숨
짓는다.

더욱 심한 것은 노여움이 풀리지 않은 운성이 몇 달 후 아들을
낳은 소영의 산후병에 약을 지어주자는 형씨의 말에 "내가 그녀를
죽이려고 했는데 석 조모가 못하게 말렸습니다. 그런데 이제 소영이
병이 들었으니 매우 다행스럽군요. 뭐 하러 약을 지어 줍니까?"49)
라고 하였다는 점이다. 이 말을 들은 형씨의 아연실색한 표정에 겨
우 약을 지어 보내기는 하지만 운성은 소영의 병세에 대해서 끝내
묻지 않는 매몰찬 모습을 보인다.

그런데 운성이 이렇게 소영을 죽이려고 했던 이유는 앞에서 언급
했듯이 단지 대낮에 술기운으로 여인들만 모여 있는 자리에 와서
자신의 옷을 벗기라고 했던 요청을 거부했다는 점이었다. 이를 두고
자신을 업신여기고 방자하게 행동한 것이라고 해석하여 그같이 노
여워했던 것인데, 이에 대해 서술자는 "소영이 머리를 조아리고 죄
를 순순히 인정하고 잘못했다고 하자, 운성이 더 꾸짖지는 않고 은
총을 예전과 같이 내렸다. 그리하여 처첩이 다시는 방자하게 굴지
못하였다."50)라고 평가함으로써 운성의 행동을 부정적으로 보고
있지 않다.

---

49) 〈소현성록〉 권9, 55면.
50) 〈소현성록〉 권9, 61면.

3. 〈소현성록〉 연작의 서술 시각

이상에서 본 바와 같이 〈소현성록〉의 남성들은 여성들에 대해 심리적이거나 간접적인 폭력을 아무렇지도 않게 휘두른 셈이었다. 그런데 그런 폭력성을 서술자나 작품 내의 다른 인물들이 그다지 나쁘게 보고 있지 않다는 면에 주목하게 된다. 특히 소현성의 경우에 그는 애정욕구를 전혀 드러내지 않는, 미인을 봐도 전혀 혹하지 않고 오히려 다른 배필을 찾아 혼인하게 해 주는 성인군자이면서 어머니들께 지극히 효도하는 아들이라는 면에서 운성이나 운명의 경우와는 다르게 취급됨을 볼 수 있다. 그가 아내들에게 폭력적인 행동을 하는 것은 대개가 효도를 하지 않았을 때인데, 화부인을 오랫동안 버려 둔 것은 서모인 석파에게 불손하게 대했기 때문이었고, 석부인을 오해하여 심하게 내친 후에도 자신의 잘못을 인정하지 않은 것도 어머니 양부인의 음식에 독을 넣었다고 오해했기 때문이었다. 그렇기 때문에 소현성이 아내들에게 폭력적인 면이 있었을지라도 서술자는 철저히 소현성의 행동을 정당화하고 대신에 악녀 여씨에게 그 죄를 전가하였다. 아울러 그의 그런 폭력적인 면, 예를 들어 석씨를 오해하여 친정으로 내치고 혼서지를 불태우는 면에 대해 석씨의 친정 어르신들이 문제제기를 하고 책망을 하면, 그런 책망을 하는 친정 어르신들의 성격이 조급한 것으로 몰고 간다. 심지어 처조부에게 따지고 말대답하며 그러고 나서는 떨치고 일어나 가버리기까지 한다. 이 대목에서 중요한 것은 소현성이 이런 행동을 해도 장인인 석 참정은 혼자서 노할 뿐 대놓고는 아무 말 못하며, 이런 상황에 대해 서술자도 함구한다는 점이다.

이렇게 남편들이 처가에 대해 고자세인 것은 아내 길들이기의 연장선에서 이해될 수 있으며, 소씨 가문의 이기주의적인 측면이라고 이해될 수도 있을 것이다. 이 작품에서 소씨 가문의 구성원들은 도덕적 정당성이 이미 보장된 인물들이므로 그다지 비난받는 법이 없으며 거의 긍정되기 때문이다. 처가와 사위의 관계에 있어서도 소씨 가문의 딸과 다른 가문의 사위의 경우 위의 경우가 전도되어 딸이 우위에 있고 사위는 계도되어야 할 존재로 묘사되었다.[51]

한편, 운성이나 운명이 아내에게 폭력적인 행동을 하는 경우는 대체로 아내들과의 기 싸움의 성격과 자신의 욕망을 충족시키기 위한 성격이 짙었다. 일방적으로 집요하게 구애하면 그녀들이 곤란에 빠지게 된다는 것도, 힘들어한다는 것도 알면서 자기의 생각만 고집할 뿐만 아니라 주변인들까지도 심하다고 말려도 계속 그렇게 하여 상처를 입히기 때문이다. 운성이 그렇게 한 이유는 배우자 선택과정에 달려 있다고 여겨진다. 자신이 선택한 여인이기에 형씨를 더욱 사랑하고, 명현공주는 그녀가 자신을 선택했기에 기분 나빠하면서 더욱 싫어했던 것이다.[52]

또 한 가지 중요한 사실은 운성과 운명이 형씨나 이씨에게 그렇게

---

51) 소월영과 한시랑의 경우, 소수빙과 김현의 경우가 대표적이다.

52) 그런데 작품의 말미에 운성은 자신이 평생 한 일 중에서 가장 부끄러운 일로 형씨를 사사로이 엿보고 혼인에까지 이르렀던 점을 들고 있다. 이런 언급으로 보면 이 작품의 서술자는 혼인이라는 것이 혼인 당사자가 배우자를 선택하기 보다는 부모님이 정해준 대로 하는 것이 마땅하다는 유교적인 혼례방식을 강조하고 있다고 볼 수 있다.

일방적으로 구애하고 편애하는 이유가 그녀들의 미모에 반해서, 그
녀들과 사랑을 나누고 싶어서였다는 점이다. 운성은 친구인 형생의
집에 놀러갔다가 그 누이인 형씨의 미모를 엿보고 이에 반하여 상사
병이 나 스스로 혼인 중매자를 찾아 나섰던 경우이고, 운명도 이씨
의 미모에 반하여 혼인 절차를 밟기도 전에 같이하고 싶어 하여 시
비(侍婢)에게 책망을 들을 정도였던 것이다. 그녀들이 그렇게 선택
받은 대신 철저히 배제된 이들이 바로 명현공주와 정씨 등이었는데
그들은 애초부터 남편의 사랑을 받지 못하여 악인으로 행동하게 된
것이므로 어느 정도 동정의 여지마저 있다. 그런데도 서술자는 대체
로 남편들의 편애에 대해 관대한 편이며 앞에서 살폈던 남편들의
폭력적인 면에 대해서도 침묵한다.[53] 명현공주가 남편의 사랑 한
번 받지 못하고 19세에 요절한 것에 대해서도 "(운성이) 평소에 공주
를 심하게 박대한 것이 스스로 야박했던 것임을 깨달았다."[54]고 하
여 약간은 측은해 하기는 하지만 대체로 운성의 편에서 그럴 수 있
다고 서술하고 있다. 공주 장례 후 형씨를 다시 집으로 데려 오려는
데 형씨가 공주를 불쌍해하며 눈물 흘리자 운성이 "그 인생은 불쌍
하지만 죄는 만 번 죽어도 가볍지 않으니 다시 말하지 맙시다."[55]라
고 한 뒤에 서술자는 '운성은 오히려 공주가 자신을 칼로 찌르려
했던 일에 대해서는 끝까지 말하지 않았다. 공주가 살아 있었을 때

---

53) 다만 운성이 젊었을 때에 소영을 겁탈하여 생혈을 없애고 환희했을 때에는 "운성의
　　행사가 이처럼 넘나고 밉다"고 하였다. 〈소현성록〉 5권, 61면.

54) 〈소현성록〉 8권, 91면.

55) 〈소현성록〉 8권, 93면.

에 운성이 비록 그녀를 미워하기는 했지만 죽은 후에는 허물을 말하지 않은 것이다.'라고 하는, 운성의 진중함을 칭찬하는 언급까지 하였다.

이렇게 〈소현성록〉의 서술자는 남성 인물들을 두둔하는 말을 직접 하기도 하지만 작중 인물을 통해서 말하기도 하는데, 주로 양부인과 석파, 운명의 처 임씨 등을 통하여 이루어진다. 여성중심적인 면으로 볼 수 있는 여가장(女家長)으로서의 양부인의 모습도 실은 남성적인 모습, 남성적인 목소리라고 할 수 있는 면이 많다. 그녀는 가족들에게 어머니의 역할을 함과 동시에 부재하는 아버지의 역할을 대신하면서 가장 강력한 가권을 지닌 인물로 등장한 것이다. 그러니 이러한 힘 있는 여가장의 존재를 두고 이 작품이 여성의 입장에 대한 이해가 깊거나 우호적인, 혹은 여성에 대한 애정이 많은 작자에 의해 쓰였다거나 작품의 지향의식이 여성 중심으로 창작될 수 있는 기틀이 마련되었다고만 말할 수는 없을 듯하다. 양부인이 강력한 권력을 지니고는 있지만 단지 가부장제 이데올로기의 충실한 수행자로서만 기능하고 있다는 점에서 주체적인 여성상으로 볼 수는 없을 듯하다. 비록 가문을 다스리는 과정에서 여성 특유의 섬세한 정감을 나타내거나 설득의 방법 등으로 가족들을 대하고 있다56)고 하더라도 말이다.

또한 이 작품에서는 서사의 중심에 남성의 행위와 그들의 욕망을 자리하게 하였는데, 이런 면은 집안의 대소사에 모두 관여하면서

---

56) 백순철, 앞의 논문, 136~137면.

갈등을 유발하기도 하고 해결하기도 하는 석파에 의해서도 추구되
는 점이다. 그녀가 특히 중요한 역할을 했던 부분은 소현성이 부인
을 맞이하는 문제와 부부관계 문제에서였다. 그녀는 '소현성과 같이
외모와 지덕(智德)이 뛰어난 군자는 그에 못 미치는 화부인 하나만으
로는 아깝다', '뛰어난 군자가 한 명의 처만 두는 것은 바람직하지
않다'는 요지의 언급을 종종 함으로써 석소저를 둘째 부인으로 삼도
록 종용한다. 즉 그녀는 소현성이 자신의 본능을 스스로 억압하는
군자의 삶을 추구하면서도 남성으로서의 욕망을 추구하고 해소할
수 있도록 도와주는 역할을 한다고도 볼 수 있을 것이다. 석부인이
오해받아 내쳐진 다음 사태가 해결된 뒤에도 "이는 상서를 원망할
일이 아닙니다. 다 여씨의 사나움과 석부인의 액이 가볍지 않기 때
문이었습니다."[57]라고 하였고, 그녀의 이런 언급은 모든 사람의 동
의를 얻어냄으로써 소승상의 잘못 없음을 입증하는 효과를 내었다.
운명의 처 임씨에게서도 남성중심적인 생각을 대변하는 면을 강하
게 느낄 수 있었다. 그녀는 박색이지만 덕이 있는 여성인데, 남편의
혼인에도 흔연할 수 있는 너그러움을 지니고 있는 여성으로 묘사되
면서 그런 점이 칭송되고 있다.

> 임씨는 평소에 운명이 이씨를 잊지 못하는 것을 보고 위로를 했
> 다. 또한 이씨의 처지가 외로운 것을 슬프게 여겨 그녀를 아끼고
> 공경하기를 친형제같이 하였다. 그래서 온 집안사람들이 모두 임씨
> 를 칭찬하였다. …(중략)… 즉시 날을 택하여 (운명과) 혼인을 하게

57) 〈소현성록〉 3권, 50면.

하였는데, 임씨와 이씨 부인의 기색이 태연하고 차분했다. 혼례복을 서로 도와가며 만들고 조금도 시기하는 태도가 없었다.[58]

임씨가 이처럼 남편이 첩을 들여도 이를 문제 삼지 않으면서 나아가 그 준비절차를 적극적으로 돕기까지 하고 아울러 다른 첩들과 친밀하게 지내는 모습은 이 작품을 읽는 독자들에게 각인되어 교육적 효과를 자아내었으리라 생각된다. 이는 〈사씨남정기〉의 사씨가 후사 문제 때문에 남편에게 첩 들이기를 권하는 모습의 교육적 효과와도 비슷하게 작용했을 것인데, 이렇게 아내로서의 도리를 내면화하는 정도에서 더 나아가 '여성의 얼굴을 한 남성'으로 역할을 수행하는 점에서 철저히 가부장적 이념으로 무장된 상태[59]라고 보인다.

이상에서 본 바와 같이 양부인과 석파, 임씨 등이 서술자와 더불어 가부장적 이데올로기를 강화하거나 남성 중심적인 이데올로기를 강화한다면, 소현성의 부인들, 운성과 운명의 부인들은 일정 부분 가부장적, 남성 중심적인 이데올로기의 피해자인 것이다. 하지만 〈소현성록〉에서는 이렇게 남편들의 폭력성을 드러내면서도 아내들의 목소리를 완전히 소거한 것은 아니었기에 어떤 면에서는 아직은 유연한 서술 태도를 보인다고도 할 수 있다. 즉 화부인이나 석부인, 형부인 등이 남편의 태도나 상황에 대해 어떤 반응을 보이는지를 보여주면서 이에 대해서 남편은 또 어떻게 대응하는지도

---

58) 〈소현성록〉 10권, 103~106면.
59) 정출헌, 「가부장적 가족제도의 질곡과 〈사씨남정기〉」, 정출헌 외, 『고전문학과 여성주의적 시각』, 소명출판사, 2003. 101면.

보여주었기 때문이다.

4. 남성 욕망의 표출, 은근한 폭력

필자는 지금까지 〈소현성록〉에서 드러나거나 묵인되고 있는 남편들의 아내에 대한 폭력적인 행동들에 대해 논의하였다. 특히 이 작품에서의 '폭력성'은 심리적인 폭력일 경우가 더 많기에 간과되기 쉬웠지만, 이러한 심리적인 폭력을 통해서 남편들은 아내를 길들이거나 자신의 욕망을 충족시키는 데에 주력하고 있기에 아내들의 입장에서는 분명히 폭력적이라고 느낄 수 있다고 보았다.

이에 작품에 숨겨져 있는 남성들의 은근한 폭력성을 오랫동안 버려두기, 일방적으로 구애하기, 오해하여 심하게 내치기, 무력으로 제압하기 등의 항목으로 나누어 고찰하였다. '오랫동안 버려두기'는 아내가 잘못을 저질렀을 때에 남편이 그녀를 오랫동안 찾지 않고 내버려 두는 일을 말한다. 이 기간 동안 아내들은 심리적 불안과 기다림으로 가득 차서 심한 절망감을 느끼게 되어 자결을 결심하기도 하였다. '일방적으로 구애하기'는 남편이 아내의 마음이나 상황을 전혀 고려하지 않고 자신의 감정만 앞세워 구애하거나 편애함으로써 아내가 매우 큰 고난을 받게 되는 경우이다. 다음으로는 아내들을 '오해하여 심하게 내치는 경우'를 살폈다. 물론 잘못했다고 오해했기 때문에 내치는 것이 당연하다고 생각할 수 있지만 그 정도가 매우 심하여 혼서지를 불태운다든지 자결하라고 권한다든지 죽이

려고 드는 경우까지 있으니 폭력적인 면이라고 보았다. 더 문제가
되는 것은 남편들이 이렇게 심하게 내쳤으면서도 나중에 아내의 누
명이 벗겨진 후 전혀 뉘우치거나 사과하지 않았다는 점이었다. 마지
막으로 '무력으로 제압하는 경우'를 보았는데 이 경우는 많지는 않
았다. 운성이나 운현, 운명 등이 성질이 급하여 칼을 빼드는 경우가
종종 있었지만 본부인에게 그러는 경우는 없었고, 다만 운성이 첩
소영을 무력으로 제압하려 하는 모습을 보였다.

그런데 더욱 중요한 점은 작품의 서술자가 남편들의 이런 폭력성
을 그다지 나쁘게 보고 있지 않다는 것이다. 특히 소현성의 경우에
그는 애정욕구를 전혀 드러내지 않는, 미인을 봐도 전혀 혹하지 않
고 오히려 다른 배필을 찾아 혼인하게 해 주는 성인군자이면서 어머
니들께 지극히 효도하는 아들이라는 면에서 더욱 긍정적인 시선을
받고 있기에 아내들을 오랫동안 버려두거나 오해하여 심하게 내친
경우에도 또다른 악녀에게 책임이 돌아가거나 아내의 운명이거나
아내 교육하기의 일환인 것으로 언급되고 만다는 점이다. 운성이나
운명의 경우에 소현성보다는 질책의 시선이 놓여지고 다른 인물들
을 통해 책망하는 부분이 있기는 했지만 여전히 그들을 두둔하고
이해하는 언급이 더 잦았다. 이렇듯 〈소현성록〉의 서술자는 남성
인물들의 편에 서는 경우가 더 많았는데 이런 식의 언급을 자신이
직접 하기도 했지만 작중 인물들을 통해서 표현하기도 했다. 그 일
은 주로 양부인과 석파, 운명의 처 임씨 등을 통하여 이루어졌으니,
여성중심적인 면으로 볼 수 있는 여가장(女家長)으로서의 양부인의
모습마저도 실은 남성적인 모습, 남성적인 목소리라고 할 수 있는

면이 많다고 할 수 있었다.

　이상의 논의를 통해서 〈소현성록〉에서 당시에 추앙받던 인물로 묘사되거나 긍정적으로 인식되던 남성 인물들이 실은 아내들에게 폭력적인 면이 있었다는 점, 그리고 여성이 창작했거나 여성주의적 성격을 지니고 있다고 평가되는 작품임에도 불구하고 실은 남성 욕망 중심적이거나 가부장적 질서 유지를 최우선으로 삼는 시각이 들어 있었음을 확인할 수 있었다.

국문장편 고전소설에서의 이방인

1. 국문장편 고전소설 인물연구의 중요성

국문장편 고전소설에는 다양한 인물들이 생생하게 묘사되어 있으면서, 선악의 대비가 뚜렷하게 전개되고 보조 인물들이 적지 않은 활약을 하면서 재미를 준다. 이들은 주로 가문의 창달과 계승이라는 뼈대를 중심에 두고 주인공 부부와 그 자녀 부부의 혼인과 갈등 양상을 다양하게 보여준다. 특히 조선후기의 여성들은 남성들에 비해 가족 관계 속에서 생산적인 행위에 더욱 강하게 구속받거나 현실적인 역할에 의해 존재 의의가 규정되었기에 여러 가지 의무에 지친 일상 속에서 부담 없이 즐길 수 있는 대상으로 소설을 읽었다. 따라서 소설에는 그들을 위로하거나 그들의 욕구를 반영하거나 또는 그들을 교육시키려는 내용과 시각이 들어 있는 등 대중문화로서의 역할도 하였다.[1] 이러한 향유층의 욕구에 부응하기 위해 선악의 대비

---

1) 이지하, 「조선후기 여성의 어문생활과 고전소설」, 『고소설연구』26. 2008. 12.

를 극단적으로 설정하거나 환상적인 도술이나 환약 등을 사용하기
도 하고 도사나 유모, 시비 등 주변 인물들을 총동원하여 서사의
흥미를 높였다.2)

아울러 국문장편 고전소설에는 삶의 다양한 국면들이 반영되거
나 굴절되어 있어서 당대인들의 생활과 욕구를 여실히 보여주고 있
다. 물론 소설이 창작 당시의 역사적 사건이나 사실을 그대로 반영
하는 것은 아니기에 직접적인 사료(史料)는 아니지만, 공적인 역사
서 등에서는 드러나지 않는 삶의 다양한 양상들과 보다 솔직하고
정확한 정보들을 얻을 수도 있다는 것이다. 구체적으로는 여성들의
의생활과 주거 생활, 집안에서의 임무, 여가 활용 방법, 자녀 교육,
부부간의 예의나 갈등 상황, 부모·자식 간의 관계 양상 등 일상적인
생활이나 문화에 대한 중요한 정보를 추출할 수 있다. 즉 소설을
통해 조선시대의 '인간들'의 모습을 알 수 있다는 것이다.

따라서 국문장편 고전소설의 연구에서 인물 연구는 매우 중요한
위치를 점한다. 소설 연구에서 인물이 중요하지 않은 경우가 있겠는
가마는, 위와 같은 이유 때문에 특히 장편고전소설에서는 더욱 그러
하다는 것이다. 그래서 일찍이 국문장편소설의 인물에 대한 연구가
시작되기는 했지만, 기존의 논의들에서는 사건과 갈등의 양상을 분
석하면서 부부관계나 부모-자녀 간 관계를 살핀 것이 대부분이었
다. 부부간의 갈등 양상이 단연 부각되면서 악한 아내의 계책에 휘
말려 선한 아내를 남편이 내치거나 오해하는 내용3), 폭력적으로 아

---

2) 정선희, 「〈조씨삼대록〉의 악녀 형상의 특징과 서술 시각」, 『한국고전여성문학연
    구』 18집, 2009. 6.

내를 대하는 내용4), 남편과 동등한 관계를 맺기를 원하는 아내의 모습5) 등이 고찰되었다. 부모-자녀 간 관계 양상은 아들에게 엄하지만 은근한 정을 표현하는 아버지, 아들 평가의 척도가 되는 어머니, 딸의 능력을 인정해주고 교육하는 아버지, 딸을 자신의 분신으로 인식하기에 더 엄격한 어머니 등의 부모상(父母像)을 추출하는 방식으로 검토되었다.6) 최근에는 여성인물 중 '딸'로 형상화되는 양상과 그 의미를 탐구한 연구7)가 나오기도 하였다. 성품과 재능, 학식이 뛰어나고 가족들의 신임을 받아 친정의 대소사를 해결하며 중재하는 딸, 시가에서 수난 당하거나 남편의 다른 아내에게 수난 당하지만 끈기와 덕성으로 이겨내면서 가문의 위상을 높이는 딸이 있는가 하면, 투기하여 집안의 골칫거리가 되는 딸, 실절(失節)하여 죽임을 당하는 딸까지 다양한 양상을 보인다는 면에서 의미가 있었다. 딸들의 모습을 고찰하는 과정에서 그녀들의 아내로서, 며느리로서의 위상이 함께 드러나기는 했지만, 며느리의 형상을 본격적으로 고찰하지는 않았다.

며느리는 그 가문에 들어온 외부인, 즉 이방인이라는 면에서 종

---

3) 장시광, 「대하소설의 여성반동인물 연구」, 서울대 박사논문, 2004. ; 정선희, 「〈조씨삼대록〉의 악녀 형상의 특징과 서술 시각」, 『한국고전여성문학연구』18, 2009. 6.

4) 정선희, 「〈소현성록〉에서 드러나는 남편들의 폭력성과 서술 시각」, 『한국고전여성문학연구』14, 2007. 6.

5) 한길연, 「〈유씨삼대록〉의 '설초벽' 연구」, 『국문학연구』 19, 2009.

6) 정선희, 「17·18세기 국문장편소설에서의 부모-자녀 관계 연구」, 『한국고전연구』21, 2010. 6.

7) 정선희, 「17세기 후반 국문장편소설의 딸 형상화와 의미-〈소현성록〉연작을 중심으로」, 『배달말』 45, 2009.

종 배척되거나 교화 또는 계도의 대상이 된다. 이렇게 형상화되는
이유는 가족주의와 관련되어 있다고 할 수 있는데, 혈연을 중심으로
한 가족관계의 강한 유대와 배타성 때문에 모든 문제는 외부 또는
외부인으로부터 오는 것이라고 생각하는 것이다. 자기 집단의 우월
성과 완전성에 대한 환상은 객관적 인식을 방해하는 장애물이 되어
외부에서 들어온 사람을 비하하거나, 집안에 나쁜 일이 있을 때에는
그 사람에게 책임을 전가하는 경우가 있다.[8] 〈소현성록〉의 화씨는
계도의 대상으로, 〈조씨삼대록〉의 장씨나 곽씨는 징치의 대상으로
형상화되어 있다.

이러한 현상은 비단 며느리뿐만 아니라 또 하나의 외부인, 이방
인인 '사위'의 경우에도 마찬가지이다. 국문장편 고전소설은 가문
소설이라고 불릴 만큼 가문의 위상 정립과 계승에 초점을 맞춘 소
설들이기에 중심이 되는 가문 위주로 서사가 편성되어 있다. 중심
가문의 아들과 딸들이 긍정적으로 형상화되어 있고, 간혹 부정적
으로 형상화된다고 할지라도 부정적 여성 인물의 자녀들인 경우가
많으며 그 행위에 대한 징치의 정도도 외부인들에 비해 약하다. 따
라서 어떤 부정적인 면모를 보여주는 인물이 필요한 대목이나 서
사의 재미를 위해 우스꽝스러운 인물이 필요할 때에는 주로 외부
인들을 활용하는데 그 대표적인 예가 사위들인 것이다. 〈소현성
록〉의 소월영의 남편 한어사, 수아의 남편 정화, 수빙의 남편 김현
등과 〈조씨삼대록〉의 조월염의 남편 양인광, 조자염의 남편 소경

---

8) 강진옥, 「고전 서사문학에 나타난 가족과 여성의 존재양상」, 『한국 고전문학 속의
   가족과 여성』, 월인출판사, 2007. 102~103면.

수 등이 대표적인 예이다.

2. 가문의 이방인, 교화의 대상인 며느리

국문장편 고전소설에서 여성인물들은 아내로서의 모습이 더 중요하고 상세하게 형상화되어 있기는 하지만, 그녀들은 그 집안의 며느리이기도 하기 때문에 그녀들의 모습을 통해 당대인들의 며느리에 대한 생각과 며느리의 역할 등을 엿볼 수 있다. 며느리들이 해야 하는 가장 큰 일은 손님 접대였던 듯하다. 〈소현성록〉에서 소씨 가문의 맏며느리인 화씨는 서모를 도와 손님을 접대해야 한다고 되어 있다. 둘째 며느리인 석씨는 시어머니의 식사나 의복을 책임지며 봉양하기를 주로 하므로 여타의 손님 접대나 바느질에는 관여하지 않는다. 시어머니가 긴 여행을 할 때에는 맏며느리가 집안의 큰일을 관장하고 일용할 물품들을 나누어 준다.9) 〈유씨삼대록〉에서도 며느리들은 대체로 손님 접대, 바느질 정도의 집안일을 하면서

---

9) (화부인이) 집안의 큰일을 쥐고는 내외를 호령하며 원인 모를 일도 굳이 알아내어 꼬투리를 잡았다. 석파와 석부인 소속 사람들에게는 반드시 제철에 알맞은 옷과 물건을 부족하게 주어 자신의 친속들과 차등 두는 것을 명백히 했다. 〈소현성록〉 11권 21~22면. / "…태부인이 강정으로 가신 후 화부인이 난의에게 저를 대신하라 하고 매달 주는 옷감을 줄여서 다섯 달에 비단 한 필씩을 주니, 대략 비단 두 필을 얻었으나 다 저에게 적당하지 않았습니다. 그러나 일일이 말하기 번거롭고 폐가 될 것 같아 헌 옷을 입었습니다." 〈소현성록〉 12권 17~18면. 본고는 〈소현성록〉연작 이화여대 소장본을 대상으로 하며, 조혜란·정선희·허순우·최수현 역주, 『소현성록』1~4권 (소명출판사, 2010.)에서 인용하도록 한다. 단, 제시하는 권과 면수는 원본의 것으로 한다.

시(詩)를 읊조리며 책을 읽으면서 소일하는 것으로 되어 있다.[10]

〈소현성록〉의 화부인의 경우 악인(惡人)은 아니지만 맏며느리로
서 가족 구도 내에서 감당해야 했던 역할을 그리 잘 해내지 못한
여성으로 묘사되어 있다. 그것도 적국(敵國)인 석부인과 종종 비교
되면서 열등한 인물로 논평되곤 한다. 결국에는 그녀의 성품과 행동
이 교화되고 있으며 그녀도 뉘우치거나 깨닫는 것으로 되어 있기는
하지만, 그 사이에 벌어지는 논쟁이나 대화, 다른 인물들의 동정과
공감, 도움 등을 통해 여성들의 삶과 심리를 좀 더 사실적으로 느끼
고 함께 생각해 보게 한다.

완벽한 남자의 좋은 아내 노릇하기가 힘든 것처럼 완벽한 시어머
니의 며느리 노릇하기도 매우 힘들 것이다. 화부인의 시어머니 양부
인은 집안의 중심이자 가장(家長) 역할을 하는 여성이다. 그녀는 젊
었을 때에 남편과 혼인한 지 10년이 되도록 서로 공경하고 예의를
갖추어 대했으며 나이 서른이 되도록 자식이 없자 두 명의 미인을
첩으로 권하기도 한[11] 여성이다. 또 나이가 쉰이 넘어서는 풍성하
고 넉넉해 보이는 용모가 탐스러운 연꽃이나 모란도 미치지 못할
정도이며 젊은 부인들도 그에 비치지 못하다고 평가된다. 아울러
태도의 위엄 있음은 난새와 봉황 같고 '여자 가운데 군왕' 같아서
사람들이 한 번 보면 놀라고 사나운 범을 마주한 듯 위축[12]되게 하
는 인물이다. 이렇게 완벽에 가까운 시어머니 양부인은 며느리가

---

10) 〈유씨삼대록〉 6권, 29면.
11) 〈소현성록〉 1권, 6~7면.
12) 〈소현성록〉 4권, 57~58면.

잘못을 저질렀을 때에도 매섭게 꾸짖는다. 논리적으로 명백하고 태
도에 위엄이 있어 들으면 모골이 송연하며, 그 말을 듣고 나서는
분명하게 깨닫게 되어 머리를 조아리며 잘못을 시인하게 만든다.[13]

시어머니가 며느리에게 바라는 가장 중요한 덕목은 '투기하지 않
는 것'이다. 아들이 재취 들이는 것을 용납할지 말지를 판단하는 근
거로 며느리의 투기 여부를 든다.

> 원래 양부인은 다른 뜻이 없었다. 그러나 화씨가 눈물을 흘리며
> 운 후에 투기하여 부인의 말끝에 남편과 서모가 함께 모의했다하며
> 법도에 맞지 않고 맹랑하게 구는 것을 보고 순간 패악하다고 여겨
> 확실히 결정하였으니 어찌 애달프지 않은가? 얼굴빛과 말을 평안하
> 게 하고 잠잠히 있었다면 비록 팔왕이 아니라 황제가 오셨다 해도
> 석소저가 들어오겠는가?[14]

양부인은 며느리에게 남편이 둘째 부인을 들이는 것에 대해 의향
을 묻고는 이를 순순히 받아들이면 덕이 있는 며느리로, 반대하는
기색을 보이면 투기하는 며느리로 판단하려 한 것이다. 그런데 이런
의도를 알아채지 못한 화부인은 순진하게도 시어머니가 자신을 동
정하는 줄 알고 억울하다는 듯이 울먹이며 말한 것이다. 이렇게 하
여 소현성은 둘째 부인을 맞게 되는데, 혼인 날 입는 길복(吉服)을
화부인에게 만들라고 하는 말에 그녀는 못하겠다고 한다. 이에 양부

---

13) 〈소현성록〉 2권, 3면.
14) 〈소현성록〉 2권, 40면.

인은 "내가 자연스럽게 화씨에게 항복 받아 투기를 제어하고 집안을 편하게 하겠다."라고 하면서 자신이 보는 앞에서 옷을 마르라고 한다. 화부인은 울면서 억지로 옷을 마르고는 만들다 만 옷을 들고 침소로 돌아와 "어머니마저 이렇게 하실 줄은 정말로 생각하지 못했다"라고 탄식하며 슬피 운다.15) 시어머니도 같은 여자이기에 남편이 또 혼인하는 것을 겪어야 하는 마음이 어떨 줄 알 것이라고 여겼으나 전혀 그렇지 않음에 상심하는 것이다.

양부인은 아들이 아내들을 공평하게 대하는 것을 좋게 여겨 '자신도 또한 며느리 거느리기를 고르게 하였'으며, '비록 속으로는 석씨를 기특하게 여겨 예뻐하지만 겉으로 나타내지는 않았고, 화씨가 비록 도리에 어긋나는 경우가 있었지만 그 마음이 맑고 높아 부녀의 기품이 있고 여러 아들이 있으므로 자못 중하게 여겨 그른 일이 있어도 즉시 일러서 고치게 하고 사랑함을 친딸같이 하였.'16) 이렇게 초년의 며느리 화부인은 간혹 도리에 어긋나는 경우가 있기는 하지만, 그 마음은 맑고 고귀하여 기품이 있음을 인정받고 있으며 아들을 많이 낳았기에 중하게 여김을 받는다.

하지만 시간이 흘러 아들들이 장성하고 중년이 되어갈 무렵에는 집안 종부(宗婦)로서 가족들을 공평하게 대하지 못하고17), 어머니로

---

15) 〈소현성록〉 2권, 44면.
16) 〈소현성록〉 2권, 90면.
17) 화부인이 중한 권한을 위임받아 태부인이 하던 대로 하려 하였지만 모든 일에 있어 서툴고 조급했으므로 이·석 두 노파가 서로 잘못을 바로잡아주었다. 그러나 화부인은 이파에 대해서는 심복으로 생각했지만 석파는 부족하게 여겼다. 또한 집안의 큰 일을 쥐고는 내외를 호령하며 원인 모를 일도 굳이 알아내어 꼬투리를 잡았다. 석파

서의 역할도 제대로 하지 못한 점 때문에 시어머니로부터 혹독한
책망을 듣게 된다. 소승상이 외지(外地)로 나가자 양부인과 소부인,
석부인이 강정으로 여행을 가고 그 사이에 화부인이 집안을 다스리
게 된다. 이 때 그녀의 아들 운명이 판단력이 흐려져 착한 아내 이씨
를 무단히 구박하고 죽이려 드는 일을 말리지는 않고 함께 가담하여
상황을 더욱 어렵게 몰고 갔기에 꾸중을 듣는다. 그리하여 시어머니
로부터 자기의 법규와 제도를 어지럽히고 소씨 가문의 맑은 덕을
상하게 한다는 등의 비난을 듣는 것이다. 이 일에 대해 화부인은
시누이인 월영에게도 책망을 받는데, 특히 월영은 이 집안의 대소사
를 주관하다시피 하는 맏딸이기 때문에 발언권이 세기에 올케에게
도 거침없이 말할 수 있다. 그렇다고는 하나 '너희 모자가 집안을
산란하게 하여 견융(犬戎)의 집이 되게 하였으니 어찌 한심하지 않은
가?'[18]라는 말까지 하는 것이 심하다는 생각이 든다. 물론 화부인이
시어머니의 편지를 보고 바로 반성하는 것이 아니라 다시 반박 편지
를 보내 뜻을 꺾지 않자 꾸짖는 것이고 그렇게 말해도 또다시 반박
하자 더욱 매섭게 꾸짖은 것이라고는 하지만 말이다. 이렇게 꾸짖은
뒤에 화씨의 아들 다섯을 다 꿇어앉히고는 어머니의 잘못을 대신하
여 맞으라면서 20대씩 때리고 훈계하는데 그 모습이 모발이 송연할
지경이었다고 되어 있다.[19] 그녀의 말을 듣고 화씨가 앞에 놓인 상

와 석부인 소속 사람들에게는 반드시 제철에 알맞은 옷과 물건을 부족하게 주어 자신
의 친속들과 차등 두는 것을 명백히 했다. 〈소현성록〉 11권 21~22면.

18) 〈소현성록〉 11권, 73면.

19) 〈소현성록〉 11권, 89~90면.

을 박차고 일어나 따지기를, 자기가 시녀도 아닌데 어떻게 이렇게 능멸하느냐고 하면서 어머니가 이유 없이 책망하시니 아뢴 것이라고 한다. 그랬더니 또 월영이 비웃으며 따진다.[20]

가문의 큰 며느리인 화씨가 조급한 성미와 투기 때문에 시어머니에게 자주 책망 받기는 하지만 시누이인 월영에게까지 이렇게 심하게 책망 받는 장면을 보여주는 것은 편파적으로 느껴진다. 이처럼 화부인은 소현성의 셋째 부인인 여부인이나 소운명의 셋째 부인인 정씨 등과 같이 남에게 해를 가하거나 모함을 하는 등의 악행을 저지르는 여성은 아니지만 작품 내에서 종종 부정적으로 서술되며, 가장 이상적인 남성인 소현성이나 이상적인 여성인 석부인과 비교되어 열등한 인물로 평가되는 인물이다. 그녀의 열등함은 그녀가 가문에 새로 편입된 며느리였기에 더욱 가중되는 듯하다.

하지만 며느리라고 해서 모두 그런 것은 아니다. 비교 대상으로 설정된 둘째 며느리 석부인은 늘 긍정적으로 묘사되고 논평된다. 며느리의 형상화는 그 친정가문의 위상과도 관련이 있으며 그녀의 성품과 자질과도 관련이 있다. 물론 화부인의 친정가문이 그렇게 빠지는 집안은 아니지만 석부인의 친정가문이 혁혁한 것에 비하면 낮다고 할 수 있다. 또한 석부인은 성품뿐만 아니라 시를 짓는 재주가 매우 뛰어나서 소현성도 감탄할 정도인 것으로 되어 있다. 당시에는 여성의 재주나 학식을 공공연하게 드러내기를 꺼려하는 분위기였음에도 불구하고 이 작품에서 석부인은 재주가 뛰어난 여성으

---

20) 〈소현성록〉 11권, 90~91면.

로 묘사된다. 그래서 거의 모든 사안에서 화부인과 석부인은 비교되고 그때마다 석부인이 우월한 것으로 평가되는 것이다. 심지어 이 둘이 중년에 시어머니가 되어 며느리를 대하는 태도에 있어서도 차이가 나는 것으로 되어 있다. 화부인의 둘째 며느리인 이씨의 시비 춘앵이 이씨와 나누는 대화에서 "화부인은 성격이 매몰차셔서 겉으로는 친한 척하면서도 안으로는 거리를 두시는 것 같습니다. 이렇게 외로운 때 석부인 같은 분이라면 소저께서 어찌 가서 뫼시고 밤을 함께 지내지 못하시겠습니까마는 감히 그렇게 못 하시니…"[21]라고 하였으며, 서술자도 다음과 같이 언급하고 있다.

> 화부인이 모든 며느리를 사랑하는 것 같으면서도 사람의 그릇이 크지 못하여 매우 거리감 있게 대하였다. 평소에 침상에서는 절대 보지도 않고 모든 일에 예를 갖추어 대답하니 며느리들이 다 모시는 것을 싫어하고 꺼리는 일이 많았다. 그래서 며느리들도 모두 화부 인과 관계가 서먹했으며 공경은 하면서도 마음으로는 전전긍긍하며 지내게 되고 평안할 때가 없었다.
> 반면 석부인은 며느리들을 거느리는 데 있어서 친밀히 대하고 사랑해주는 것이 친딸보다 못하지 않으니, 때때로 며느리들을 불러 길쌈도 시키고 수놓기도 가르쳐주며 글도 읽게 하여 듣기도 했다. 또 눈앞에서 잡다한 놀이도 하게 하니 위아래가 서로 화평하여 좋은 기운이 가득했다. 이렇게 담소를 나누고 즐기면서도 조금도 예의에 어긋나는 것이 없으니 모든 며느리들이 두려워하면서도 정성스럽게 대하기를 친어머니 섬기는 것보다 더하였다. 춘앵 역시 이것이

---

21) 〈소현성록〉 10권, 127면.

부러워 이 날 이씨와 함께 진심으로 탄식했다.[22]

화부인은 도량이 크지 못해 며느리들을 거리감 있게 대하기에 며느리들이 모시기를 싫어하고 꺼리며 공경하기는 하지만 평안하지는 않다고 하였고, 이에 비해 석부인은 며느리들을 친밀하게 아껴주는 것이 딸과 같으며 방으로 불러 여러 가지를 가르쳐 주기도 하고 놀이도 하니 서로 화평하여 며느리들도 친어머니 섬기는 것보다 더 정성스럽게 대한다고 하였다. 화부인은 무서워 겨우 공경하게 만드는 시어머니이지만 석부인은 친밀하여 저절로 공경하게 만드는 시어머니라는 것이다. 나중에 소현성이 석부인에게 시어머니가 며느리를 '친자식같이 대한다면 허물을 말하는 것도 꺼리지 말고 며느리가 잘못하면 이치로 가르쳐야 한다.[23]'라고 한 점을 감안한다면, 바른 시어머니상도 어머니상과 마찬가지로 며느리를 진정으로 아끼면서 엄하게 가르칠 수 있어야 한다는 점에서 화부인은 못 미치는 것이다.

또 화부인은 지감(知鑑) 능력이 없는 시어머니로 묘사되어 있다. 아들 운명이 혼인하는데 신부 임씨의 모습이 매우 흉해서 모든 사람이 한 번 보면 놀랄 정도이고 얼굴에 큰 혹이 세 개가 좌우로 나 있는 박색임을 보고는 정신을 잃고 눈물을 흘린다. 그러자 외모로 사람을 따지는 것을 못마땅해 한 태부인이 '여자는 덕(德)을 귀하게 여겨야지 어찌 색(色)을 취하느냐'고 나무란다. 지감(知鑑)이 있는 소

22) 〈소현성록〉 10권, 128면.
23) 〈소현성록〉 9권, 83면.

승상이나 소월영도 임씨를 보고 기뻐하지만 유독 운명과 화부인만
은 사람을 알아볼 줄 몰라 슬퍼하고 식음을 폐하는 것이다. 다음
날 임씨와 아내로서의 바른 도리에 대한 대화를 나눈 소승상도 그녀
를 대견해 하면서 맹광(孟光)과 같다고 칭찬하지만 화부인은 여전히
그녀를 비웃는다. 5개월이 지나서 다른 식구들은 이제 임씨를 비웃
지 않고 칭찬하게 되었지만, 그때까지도 화부인은 아들이 애달파
혀를 차며 안타까워한다.[24] 즉 며느리의 현숙한 면을 알아보고 북
돋우면서 아들이 아내의 색(色)만을 따지는 것을 훈계하는 것이 어
머니의 도리임에도 불구하고 자신도 덩달아 며느리의 추모(醜貌)에
실망하여 아들과 같이 행동하는 것이다.

　화부인이 이렇게 부정적으로 형상화되어 있는 것에 반해, 긍정적
으로 형상화되어 있는 여성들이 있으니 앞에서 말한 석부인과, 화부
인의 며느리 임씨이다. 이들은 같은 며느리임에도 불구하고 집안의
어른인 소승상과 양부인 등이 바람직하다고 생각하는 도리와 부덕
(婦德)을 성실하게 실천하였기에 이방인으로 배척되거나 계도의 대
상으로 인식되지 않는다. 석부인은 남편이 셋째 부인을 맞는 혼인날
에 입을 길복을 짓는 것을 기쁘게 지으면서 "여자 벗을 여럿 만나겠
다 싶어 영광스럽고 다행하게 생각하니 어찌 괴롭겠습니까?"[25]라
고 말하는 여성이다. 임씨는 소운명의 아내로 못 생겼지만 덕이 있
는 여성인데, 시아버지가 어떻게 내조하겠냐고 묻자 "지아비를 섬

---

24) 〈소현성록〉 9권, 87~91면.
25) 〈소현성록〉 2권, 81면.

기면서 옳은 일을 행하거든 도와서 행하고 잘못된 일이라면 듣지
않고 거스름으로써 충고를 해 그러한 마음을 갖지 못하게 하는 것이
옳다고 생각합니다."라고 한다거나 "부부란 것은 함께 살지만 또한
임금과 신하와 같은 관계이니 뜻을 아첨하는 자는 간악한 사람입니
다. 지아비에게 직언(直言)으로 간하여 지아비가 옳은 방향으로 향
하면 다행이며, 지아비가 무식하여 간언(諫言)을 받아들이지 않고
오히려 푸대접한다면 이 또한 하늘의 운수입니다. 어찌 지아비가
자신을 소중하게 대접해 주는 것을 크게 여겨 아첨하는 말과 행동을
하여 지아비의 허물을 돕겠습니까?", "혹 집안을 다스리는 위엄이
없고 친구에게 신의가 없으며 관직에 머무르고 있으면서 탐욕스럽
고 외람된 일이 있는데도 잠자코 있으면서 지아비가 그 뜻을 세운
것을 끝까지 하도록 하는 것은 옳지 않습니다."[26]라고 말하여 칭찬
을 받는다. 석부인과 임부인 등은 이렇게 가부장제가 요구하는 이상
적인 아내이자 며느리의 모습을 그대로 실천하면서 행복을 느끼는
여성들이었다.

3. 가문중심주의의 소산, 못나거나 문란한 사위

국문장편 고전소설은 중심가문의 인물들을 중심으로 서사가 진
행되면서 그 가문의 우월성을 드러내는 쪽으로 형상화되어 있다.
그런데 서사가 흥미롭게 진행되려면 사건을 저지르는 못난 구석이

---

26) 〈소현성록〉 9권, 90~91면.

있거나 악한 행동도 하는 인물들이 필요하다. 이들 소설에서는 이런 역할을 며느리나 사위들이 맡고 있다고 할 수 있다. 앞에서 본 것처럼 〈소현성록〉의 화부인 같이 부정적으로 묘사되는 며느리가 그러하고 〈조씨삼대록〉의 장씨, 곽씨 등 악한 여성들이 그러한데, 이들 악녀들은 며느리로서보다는 아내로서의 모습이 지배적으로 형상화되어 있으므로 이 글에서는 다루지 않았다.

사위의 경우, 〈소현성록〉의 한어사를 먼저 보기로 하자. 그는 소씨 가문의 맏딸 월영의 남편인데, '방탕한 풍류를 누리거나 창녀를 십여 인이나 두고 둘째 부인 영씨를 더 총애'하는 남편으로 설정되어 있다.[27] 특히 영씨에게 미혹하여 자기 아들을 잡아다가 때리기도 하고 월영의 방에 들어와서 크게 꾸짖기도 하는[28] 등 판단력이

---

27) 소시는 총명 상활혼 녀지라 부녀의 수덕이 흠홀 곳이 업스므로 한혹시 방탕풍뉴로 가듕의 홍장 창녜 십여인이오 지취호야 둘재 부인 영시를 통이호되 소부인이 조곰도 거리끼디 아냐 가지록 괴식이 청졍호고 원위에 거호야 가권을 전일히 호며 여러 주녀를 싱산호니 한 혹시 소년 허랑으로 창녀를 모흐나 본디 부인긔 졍이 듕호던 고로 쏘혼 부인의 지극혼 현셩을 보매 씌듯고 감동호야 제녀를 믈니티고 다시 옛 졍을 니으니 소시 실소호고 제 미인을 가듕의 머믈워 의식을 후히 치고 버금부인 영시를 관디호야 형뎨ㄳ티 호며 티가호매 위덕이 겸젼호니 구괴 랑호믈 주녀의 디나고 한싱의 은졍은 태산도 경홀디라, 〈소현성록〉 2권, 18~19면.

28) 둘재 부인 영시를 어더 즐길시 날노 호야곰 영시를 샹원위로 셤기라 호며 영시 시녀로 능욕호고 쏘 샹셰 영시로 더브러 내의 주식을 잡아다가 샹셔는 티며 영시는 도ᄶ디 그 어미 사오나오니 샹공은 무이 티라 빅단 능욕이 비홀 더 업스디 내 죠곰도 셟디 아니코 분티 아냐 혼갓 우어 뵐 ᄯᄅᆞᆷ이오 일ᄶ은 영시 샹셔로 더브러 안자 날을 브른다 호거늘 아니 가니 부체 스매를 잇글고 내 방의 와 영시 다ᄉᆞᆺ 가지로 날을 수죄호고 샹셔는 겨틱셔 영시의 말을 도으니 그 경샹이 진실노 한심호디 내 다시 싱각호니 내 팔지 역시 긔특호야 뎌 긔귀혼 경샹을 귀경호는도다 시븐디라 노홉디 아냐 도로혀 대소호고 다만 닐오디 영시의 전통홈과 교만호미며 한낭의 무식 방탕호미 가히 일셰예 긔담이 되염즉 홀 분 아냐 죡히 쳔슈의 뎐호리로다 호고 다시 말을

흐리고 방탕한 데가 있는 남성으로 그려진다. 사위의 모습이 이렇게 그려지는 것은, 중심가문의 딸이 이런 남편의 성품과 풍류를 이해하면서 청정한 기색을 유지하고 적국(敵國)인 다른 아내를 관대하게 대하는 등 현명한 처신을 하는 여성임을 말하기 위한 방편으로 활용된다.

소현성의 셋째 딸이자 화부인 소생인 수아의 남편 정화는 승상의 문하생이었는데 승상이 그의 재주와 용모를 사랑하여 사위로 삼았다. 그러나 성품이 너무 온화하고 착하며 마음이 연약하여 장부의 기상이 없는 단점이 있다. 그래서 수아와 혼인하고 나서는 그녀의 빛나는 얼굴과 태도를 보고 너무 미혹되어 그 손 안에 휘어 잡혀서는 남자로서의 체통을 잊고 사리에 어두운 말단의 선비가 되어버린다. 마음이 약하고 심지가 굳지 못한데다가 부부 사이의 간절한 정 때문에 소저의 드센 행동을 보면 넋이 나가 그녀를 백방으로 달래면서 규방에만 거한다. 또 그는 창기들과 어울려 놀기도 하는데 수아가 이를 알고 매우 화가 나 한바탕 싸우고 13일을 굶으면서 죽겠다고 하자 애걸하면서 화를 풀어 준다. 이때에 그는 '아내가 명망 있는 집안의 귀한 딸이기 때문에 그녀의 말을 듣는다.'라고 말한다.

소현성의 넷째 딸이자 석부인 소생인 수빙의 남편 김현은 재능이 특별하고 기이하여 만 권의 시와 글을 외웠으며 큰 포부를 가지고

아니 〃 저희도 이시토록 꾸짖다가 도라가거놀 내 이제 그 형상을 그렷더니 일 〃 은 영시 쟈근 매롤 들고 드러와 날을 티고져 ᄒ니 내 비록 잔약ᄒ 녀지나 엇디 뎌의게 굴ᄒ리오 시녀로 ᄒ야곰 잡아내고 수죄ᄒ야 도라보내니 일노브터 더옥 보채더 실노 셟디 아냐 잇다감 뎌의 ᄒ는 일을 싱각고 웃더니, 〈소현성록〉 7권, 49~51면.

있는 사람이다. 또한 효심이 깊고 골격은 천지간의 정기와 혈통을
이어 받은 듯하며 아름다운 얼굴이 흰 옥을 깎은 듯한 사람이다.[29]
하지만 수빙이 단장하는 모습을 보고 반하여 시를 읊는다든지 손을
잡는다든지 애정 표현을 하는 등 진중하지 못한 모습을 보이며, 이
때문에 또 다른 아내 취씨의 투기를 불러일으켜 수빙을 곤궁에 빠지
게 한다. 하지만 김현의 경우 특별히 문란하거나 못난 사람은 아니
다. 이렇게 사위에게 흠이 없는 경우에는 그의 집안사람들의 성품이
못되어 갖가지 악행을 저지르는 것으로 되어 있다.

　김현의 경우에도 그의 형 김환이 어머니 왕씨를 부추겨 그와 그
아내 수빙을 핍박한다. 그들의 핍박과 모해를 수빙의 오빠 운성이
알아내어 처단한 뒤에 친정에 와 있던 수빙에게 시댁으로 다시 돌아
오라고 하자 수빙은 돌아가기 싫다고 당당하게 반박하고, 그래도
계속 달래는 남편에게 조목조목 설명한다. 부인네에게 삼종지도(三
從之道)가 중요한 것은 알지만 자신의 상황이라면 지키지 않는다고
해도 공자(孔子)님께서도 책망하지 않을 거라는 당돌함을 보이면서,
혼자서 규방에서 늙을지언정 자신을 해치려 하고 참혹한 일을 만들
었던 시숙과 다시는 같은 집에 살지 않겠다[30]고 하는 것이다. 이를
들은 남편은 그 절도 있는 태도에 존경하고 복종하지 않을 수 없어

---

29) 오직 현이 특이ᄒᆞ여 눈의 만권 시셔를 [외오고] 흉듕의 경눈지지를 간ᄉᆞᄒᆞ고 쇼ᄒᆞ
　　효힝이 ᄲᆞ혀나 흡〃히 증슴의 뜻 바듬과 왕상의 나모 안고 울기를 효측홀 ᄯᅳ디 이시
　　니, ᄒᆞ믈며 골격은 텬디 졍믹을 니어 산쳔의 빗난 거술 오롯ᄒᆞ고 용화는 빅옥을 갓근
　　둣ᄒᆞ며 풍신은 니젹션을 웃ᄂᆞᆫ디라, 아〃히 ᄇᆞ람 알픠 옥나모 ᄌᆞᆺ고 교〃히 슈듕[의]
　　웃는 부용 ᄀᆞᄐᆞ니, 〈소현셩록〉 12권, 95~96면.

30) 〈소현셩록〉 13권, 73~74면.

말문이 막혔다고 되어 있다. 중심가문 위주의 시각이 들어가 있기 때문에 딸은 사위에 비해 늘 우위에 서 있는 것이다. 수빙이 시가보다 자기 가문이 높음에도 불구하고 겸손하려 했다고는 하지만 위에서 본 것처럼 매우 당당한 태도를 보였으며, 남편의 말이 마땅하지 않으면 굽힘없이 의견을 피력하니 남편은 아내가 자신을 얕잡아 본다고 느낄31) 정도였다. 아버지나 오빠들도 그녀를 적극 두둔해 주고 해결사 노릇을 하였으며, 자신은 친정에 가서 한 달 중 열흘은 머물면서 남편을 홀로 두기도 했다.32)

소현성의 막내딸이자 석부인 소생인 수주는 황후가 되어 가문을 빛낸 딸인데, 이 경우에 사위가 황제인데도 부족한 면이 있는 것으로 되어 있다. 황후를 너무 좋아하여 태후(太后) 전에까지 자주 찾아오고 이별을 해야 할 상황이 되자 눈물을 흘리며 오열하면서 일찍 돌아오라고 부탁하는 등 그녀 앞에서는 쩔쩔매며 그 뜻을 따르고 매혹될 지경에 이른 것이다.

18세기의 작품 〈조씨삼대록〉에서는 진왕의 딸 조월염의 남편 양인광의 모습에서 사위의 형상화를 살펴볼 수 있다. 그는 '옥 같은 모습과 영웅다운 모습이 시원하고 상쾌하여 빛나는 해가 가려졌으며 기개가 늠름한 것이 가을 하늘의 밝은 달 같았으니 천고에도 없는 영민하고 준수한 사람이고 한 시대의 장부'33)이다. '양총부의 정

---

31) 어시 텽파의 어히 업서 강잉 쇼왈, 부인이 혹성을 어린 ᄉᄂ회로 묘시ᄒᆞ야 이러틋 방ᄌᆞᄒᆞ시니 참괴홀 ᄯᆞ롬이라. 〈소현성록〉 13권, 121면.

32) 부인은 뎌 고뎌 가 일삭의 열흘은 날을 못ᄎᆞ시고 힉셩이 공방 딕희기 괴롭더이다. 쇼졔 미쇼 왈, 이 지쳑의셔 브르시ᄂᆞᆫ디 아니 가리잇가. 〈소현성록〉 13권, 115~116면.

33) 〈조씨삼대록〉 8권, 16면. 본고에서는 서강대학교 소장본을 대본으로 하고, 김문

실 자손이며 양승상의 친손자이고 양태사의 자식이며 팔대왕의 외
손자이니 가문의 고하(高下)가 조씨 가문에 뒤지지 않을'[34] 정도이
기도 하다. 임금도 총애하여 그 풍채와 기상을 칭찬할 정도의 인물
이며, 문무(文武)를 겸비했기에 벼슬도 병부상서에 이른다. 엄숙한
가운데 화평함을 아울렀기에 영웅스러운 기상은 손무(孫武)와 오기
(吳起), 전양저(田穰苴)의 모략을 지녔으며, 신기하고 묘한 계책은 진
유자(陳孺子)를 비웃을 정도여서 문무를 겸비하고 충효를 완전케 할
복록이 천승지군(千乘之君)에 오를 관상[35]이라고 칭탄 받는다.

　이같이 뛰어난 인물인데도 주동 가문의 딸 앞에서는 그 미모에
넋이 나가는 남성으로 그려진다. 13세 때에 친구 운현의 집에서 놀
다가 그 누이 월염의 모습을 몰래 보고는 그녀에게 반하여 정신이
나갈 정도가 되는 것이다. 장인이 될 진왕이 혼인을 허락하지 않을
것 같은 조바심에 몰래 월염의 처소에 들어가 그녀의 손을 잡고 혼
인 약속을 받아내는 파격적인 행동을 한다. 여인의 모습을 몰래 본
것도 체통 없는 행동이며 아녀자의 손을 마음대로 잡고 무력으로
약속을 받아내는 것도 법도에 어긋나는 행동이다. 이렇게 부도덕적
인 행동을 하는 것은 주동 가문의 사위이기에 가능한 것으로 보인
다. 아들의 경우에는 아무리 풍류로운 인물이라도 이 정도의 파격은
보이지 않는다.

　희·조용호·정선희·전진아·허순우·장시광　역주, 『조씨삼대록』 1~5권(소명출판,
　　2010.)에서 인용한다. 단, 권과 면수는 원본의 것으로 한다.
34) 〈조씨삼대록〉 8권, 54면.
35) 〈조씨삼대록〉 21권, 106면.

인광은 또 임금이 하사한 소주(蘇州)와 항주(杭州)의 나이 어린 미녀 창기 40여 인을 집안에 머무르게 하고 그 중 미색이 뛰어난 명기 10여 인에게 정을 주어 날마다 술을 먹으며 풍류를 드리워 즐기기도 한다. 어느 날에는 크게 취해 눈이 풀어지고 취기에 젖어 여자들을 가까이 당겨 손을 이끌며 즐겁게 웃으며 놀다가 스승에게 혼이 나기도 한다.[36] 나중에 둘째 부인으로 들어온 곽씨에게 미혹되어 앞뒤 분간을 못하고 급기야는 조월염에게 독약을 먹고 자결하라고 하기도 하고, 자신의 아들이 죽임을 당하는 것도 간과한다. 인광의 부모들도 비록 미혼단이라는 약을 먹고 그렇게 되기는 했지만 판단력이 흐려져 악한 며느리 곽씨를 못 알아보고 휘둘리며 그녀가 돈으로 사온 남의 집 아이를 자기 손자인 것으로 알고 사랑해주는 등 우매함을 보인다. 가문의 대를 잇는 아들이 죽고 거짓 아들이 혈통을 잇게 하는 비정상적인 내용은 사위 가문에서나 가능한 일이다.

같은 작품에서 초공의 사위 소경수의 경우에도 사위 가문의 사람들이 판단력이 흐려 착한 딸 자염을 핍박하는 것으로 되어 있다. 특히 이 딸은 작중 여성 중 가장 훌륭한 여인의 풍모를 지녔다고 평가[37]되는 인물이다. 천문(天文)을 배웠기에 자신의 불행을 스스로 예견하고 헤쳐나가는 모습을 보여주는 것이 작자가 중점을 둔 부분이기는 하지만, 악한 여성 이씨에게 영합하여 자염을 모해하는 시어머니와 시누이 시숙 등의 모습을 통해 사위 가문의 열등함

---

36) 〈조씨삼대록〉 15권, 50면.
37) 〈조씨삼대록〉 21권, 61~63면.

을 엿볼 수 있다.

4. 새롭게 편입된 가족을 바라보는 시선

지금까지 살펴본 바와 같이 한 가문에 새롭게 편입된 가족, 즉 며느리와 사위는 다른 가족들에게 이방인으로 인식되는 면이 있었다. 이방인이라고 하면 어떤 집단의 경계를 넘어온 사람이거나 주류가 아닌 사람을 뜻하는데, 국가, 지역, 민족의 경계에서부터 문화의 경계나 낯섦으로도 구분될 수 있다. 그러므로 전쟁 등으로 인해 국경을 넘어가 그곳의 이방인으로 살았던 사람들, 어떤 곳으로 유배간 타지인들 뿐만 아니라 문화나 권력 관계 속에서 주변인, 타자로 자리 매김 될 수밖에 없는 새로 시집온 며느리, 장가온 사위 등도 이방인으로 인식될 수 있다. 이들 이방인 즉 외부에서 들어온 사람은 처음에는 대체로 배척되는데 이는 내부인들의 결속을 다지고 정체성을 확립하기 위해 필요한 절차이기는 하다.

국문장편 고전소설에서도 새롭게 편입된 며느리가 주동 가문의 생활방식이라든지 가치관을 잘 따르는지를 시험하면서 자기 가문의 체계를 더욱 공고히 하고 가족들을 단속하였으며, 며느리가 이를 어기려 들거나 순화되지 않으면 계도에 나서는 모습을 볼 수 있었다. 〈소현성록〉의 화부인의 경우가 대표적인 예였고, 이 글에서 다루지는 않았지만 소현성의 며느리 명현공주의 경우도 마찬가지 사례이다. 공주는 시집 온 가문의 가풍을 잘 따르지 않았다. 소승상과

양부인을 비롯한 소씨 가문은 소박하고 검소함을 숭상하며 공손하
고 담박한 삶을 지향하는데도 공주는 이에 아랑곳하지 않고 교만하
고 예의를 모르며 부귀를 자랑했다. 그런데 또 한 가지 중요한 점은
공주가 가풍을 따르지 않고 제멋대로였던 것과 마찬가지로 소씨 가
족들도 그녀를 은근히 소외시켰다는 것이다. 가족들은 모두 친정에
가 있는 며느리 형씨를 생각하며 슬픈 빛을 띠었고, 형씨의 자태와
덕을 생각하면서 공주와는 하늘과 땅 차이라고 애석해 했다. 집안의
젊은 부인네들까지도 공주를 좋아하지 않고, 승상도 아무 감정
없이 공주를 대하면서 침묵했기에 남편 운성은 공주를 더욱 멸시했
다.[38] 운성이 공주를 그토록 장기간 철저하게 박대할 수 있었던 것
은 가족들이 묵인하고 동조했기 때문이었던 것이다. 결국 공주는
혼인한 지 5년 만에 19세의 처녀로 죽었다. 운성은 이를 보고도 조
금도 슬퍼하는 빛 없이 오히려 기뻐했으며, 공주의 거처였던 명현궁
을 곧바로 허물어버렸다. 이런 운성의 행동에 대해 승상 부부와 양
부인은 조금도 안타까워하지 않았으며, 공주를 소씨 선산에 묻지
않겠다는 황제의 말에 기뻐했다는 점에서 가족들의 공주에 대한 반
목이 얼마나 깊었는지 알 수 있다. 이처럼 명현공주는 시집온 가문
의 풍습과 예의를 지키지 않았기에 더욱 이방인 취급을 받으면서
배척되고 부정적으로 형상화되었는데, 이는 〈구운몽〉의 난양공주
나 〈유씨삼대록〉의 진양공주처럼 시집 가문의 예를 잘 따르면서 조
화롭게 융화되는 경우와 좋은 비교가 된다.

---

38) 〈소현성록〉 6권, 46면.

　이방인으로서의 며느리의 모습은 중심 가문의 일원인 딸들과 비교할 때에 더욱 확연히 알 수 있었다. 딸이 며느리보다 높은 위상을 지니며 친정에서 일 년의 2/3를 살면서 대소사를 간섭하고 중재하는 것과 함께, 딸은 대체로 현명하고 착하지만 사위가 부족한 점이 있다거나 시댁 식구가 악하다고 설정한 점, 시집간 딸을 친정 오빠들이 든든하게 지켜주는 점 등에서 자기 가문 중심주의를 느낄 수 있었다. 아버지와 오빠들이 모두 딸을 두둔하며 그녀를 못살게 구는 사돈이 있는 집으로는 돌아갈 필요가 없다고 하면서 삼종지도(三從之道)를 지키지 않아도 된다고까지 하였다. 수빙이나 수주의 경우 모두 빼어나게 예쁘고 덕이 있는데 남편들이 그런 그녀들을 편애했기 때문에 다른 아내들이 투기하여 그녀들을 모함하는 등 악행을 저지르는 것으로 되어 있었다. 다른 아내들이 제일 나쁜 인물로 묘사되기는 했지만, 남편들 즉 중심 가문의 사위들이 제가(齊家)를 제대로 못하여 그런 일이 생겼다고 서술되므로 아들과 며느리의 관계에서와는 사뭇 달랐다. 심지어 수주의 남편은 황제인데도 공정하게 아내들을 대하지 못해 투기를 불러일으킨다거나 아내의 미모에 혹하여 정신을 못 차린다거나 아내와 이별한다고 울먹이는 남자로 묘사되었다.

　또한 며느리들은 핍박을 무한히 참아내면서 자신이 교화되는 쪽으로 나아갔지만, 딸은 남편이 실성하여 다른 사람들의 시비를 불러일으키고 친정가문에까지 욕을 먹인다면서 빨리 자기를 친정으로 돌아가게 해달라고 투정하기도 하였다.[39] 비슷한 상황이 운성의 아내, 즉 며느리 형씨에게도 있었지만 그녀는 며느리이기에 자신이 죽임을 당할 뻔한 상황에서도 직접 뭐라 말하지 못하고 속으로만 전전긍긍했다. 교화되지 못한 명현공주는 젊은 나이에 처녀로 죽었고, 어느 정도 교화되기는 했지만 완전히 받아들여지지는 못했던 화부인은 아내, 며느리, 어머니로서 행복하지 못한 삶을 살다가 허망하게 죽었다. 남편이 늙어 죽자 며칠 뒤에 그냥 죽는 것으로 되어 있고 그녀의 두 아들도 슬픔을 못 이겨 병이 깊어져 죽고 마는 것으로 되어 있었다.40) 첫째, 둘째 아들이지만 못난 며느리의 소생이었기에 어머니와 함께 일찍 서사에서 사라져버린 것이다. 중심 가문의 사위들의 경우에도 대체로 못났거나 호색하고 문란한 면이 있는 남성으로 그려졌으며, 사위가 뛰어난 경우에는 그 가문의 일원 중에 못된 사람이 있어 심하게 악행을 저지르는 것으로 형상화되었다는 면에서 가문에 새로 편입된 가족, 즉 이방인을 대하는 편견을 읽어 낼 수 있었다.

---

39) 〈소현성록〉 13권, 41~42면.
40) 〈소현성록〉 15권, 67~68면.

제2부

고전소설 비평론

동양 혹은 한국 서사론의 모색

1. 중국의 서사(서사론)와 한국의 서사(서사론)

우리의 고전소설은 이에 대한 연구들이 많이 축적된 지금의 상황에서도 아직 그 장르개념이 명확하지는 않은 상태이다. 소설이라는 장르 자체가 태생적으로 명확한 개념 규정을 어렵게 하고 장르의 경계와 경계 사이를 떠도는 속성을 가지고 있기 때문일 것이다. 이를 알면서도 연구자는 늘 고전소설을 학술적인 개념으로 명확하게 규명하고 싶어 한다.

고전소설에 대한 많은 연구들이 소설사의 지형도를 완성해 가고 있는 지금, 우리는 우리 소설사의 중요한 지점들에서 중국 소설문학의 영향을 지속적으로 확인하게 된다. 중국과 우리나라는 지리적으로나 역사적으로 긴밀한 유대관계를 갖고 있었을 뿐 아니라 학술 및 문화적으로도 깊이 교류해 왔다. 아울러 오랜 기간 우리의 정체성을 '소중화(小中華)'로 인식하고 있었던 탓에 중국이라는 나라는 역사, 사회, 문화 등 전 방면에 걸쳐 긴밀한 영향 관계에 있었다.

그래서 중국 문학의 활발한 유입과 독서의 경험이 우리 문학의 형성과 발전에 많은 영향을 주었으며, 중국의 서사물들을 활발히 유입, 향유하였던 문인들의 저작은 책의 제목에서부터 체제, 내용 등의 모방을 통해 중국 서사물의 영향을 여실히 보여주고 있다. 하지만 이를 두고 우리 문학이 단순히 중국문학의 '아류'라고 혹평할 수는 없다. 우리 문학에는 중국의 문학과 구별되는 독창성과 고유성이 내재되어 있기 때문이다.

하지만 위에서 언급한 바처럼 우리의 고전소설을 좀 더 폭넓게, 그리고 적실하게 이해하고 우리의 고전서사론을 정립하기 위해서 중국 서사론의 전통을 살피는 일은 필요하다. 물론 우리의 서사(소설)를 제대로 이해하고 서사이론을 정립하기 위해 서양의 이론을 참고할 수는 있다. 하지만 동양과 서양은 그 문학 전통이 상이하며 문학을 감상하거나 평가하는 기준이 다르기 때문에 많은 문제점이 있을 수 있다. 한 예로, 서양의 잣대로 중국의 장편 백화소설을 본다면 그 안의 다양한 인물의 등장과 쌓아올리기 방식의 구성, 대화체로 이루어진 언사, 다양한 삽화 등으로 인해 구성의 통일성이 미약해진 점 등을 비판할 수 있다. 또한 구연의 전통이 강한 중국 소설에서 발견되는 운문, 산문의 결합과 대화체의 광범위한 사용, 상투어의 삽입 등도 비판의 대상이 될 수 있으며, 전통적 설화 양식의 익명성을 통한 비개성적 방식으로의 전개와 개성의 부재 등을 한계점으로 지적할 수 있다. 또한 중국 소설이 하나의 서사체 안에 자연주의와 초자연주의를 혼합하여 사용했다는 점에서 서구의 문학사 전통, 즉 하나의 서사체는 통일적이고 단일한 인상을 가져야 한다는 그들

의 전통에서 볼 때 이해 불가능한 것으로 이야기될 수 있다.[1]

물론 전통적 중국 서사문학의 선정성과 비도덕성, 유학자들의 비난을 피하기 위한 소설의 도덕적 교화의 유용성 등은 그 유기적 전체성을 파괴하는 모순을 드러내기도 한다. 인물 형상화에 있어서도 서구 소설에 비해 인물의 성격에 대한 탐색이 적고, 심리의 묘사가 부족한 면이 있으며 대화체이기에 단조로움을 벗어나기 힘든 면이 있기는 하다. 하지만 중국 소설은 나름대로 그 존재 의의를 끊임없이 모색하였으며, 시대착오적인 소재와 전통을 고수하는 양식 때문에 방해를 받으면서도 사실주의라는 목표를 향해 천천히 나아간 것이 사실이다. 따라서 서구의 시각으로 중국과 같은 동양의 문학을 재단했을 때에는 많은 오해와 왜곡의 소지가 있을 수 있다. 그렇기에 동양문화권은 그 나름의 서사이론이 필요하다.

따라서 중국의 서사이론을 살피는 일은, 일차적으로는 한국의 고전소설에 끊임없이 영향을 주었던 중국의 서사문학의 흐름과 이에 대한 이론들에 관한 지식을 습득하여, 궁극적으로는 이를 토대로 하여 우리 서사(소설)이론의 틀을 정립하고 우리 나름의 서사적 전통을 세우는 데에 그 목적이 있다.

---

1) 존 비숍, 「중국 소설의 몇 가지 한계」, 김진곤 편역, 『이야기·소설·Novel』, 예문서원, 348~362면.

2. 중국의 서사와 서사론의 전개

고대의 역사학자들이 소설을 경시해 왔던 관념은 문학사가들에게도 영향을 주어 문학사에서 소설이 차지하던 비중이 지극히 미미했던 것이 사실이다. 그러나 현대에 와서 소설은 가장 무게 있는 장르로 자리 잡게 되었으니, 문학에 대한 가치관의 변화 발전이라 아니할 수 없다. 경학과 역사학을 숭상했던 중국의 전통문화 속에서 자질구레한 이야기로만 인식되었던 소설에 대해 비평가들은 소설이 역사학과 같은 효능을 가지고 있음을 입증함으로써 그 존재가치를 인정받으려 했지만 그것은 결국 소설의 독립적 존재가치를 인정한 것이기 보다는 기껏해야 역사의 예속물로 취급하는 정도에 그치는 것이었다. 중국의 경우도 마찬가지였는데, 그 구체적인 양상을 몇 편의 관련 저서를 통해 살펴보도록 한다.

먼저, 중국의 서사이론에 대해 통시적으로 정리한 방정요[2]의 견해를 본다. 그는 역대의 서사이론을 시기적으로 구분하면서도 이를 환기론, 실록관, 전도론, 허실론, 사실론, 세정설, 전형론, 문법론, 소설사론 같은 몇 가지 범주로 구분하여, 이 범주를 중심으로 개별 이론을 재배치하여 비교하는 방식을 취하는 독특한 시도를 하고 있다. 이러한 방식은 이론가들을 개별적으로 선후 배치하는 이론사의 한계를 극복하여 소설 이론의 계승, 대립, 융합을 포착하는 데에 유용하다. 이렇듯 그는 중국의 고전시대 소설이론의 개별적 특징을 재조명하되, 나아가 이론 상호간의 관계를 포착하여 현재적 의미로

---

2) 방정요, 홍상훈역, 『중국소설비평사략』, 을유문화사, 1994.

평가해 보려 한다.

　그래서 몇 가지 중요한 흐름을 추적하는데, 그 중 하나가 역사(역사이론)와 소설(소설이론)의 상호 관계이다. 그는 소설에 영향을 끼친 인접 학문이나 문학 갈래 중에서 역사(특히 열전)를 중시한다. 최근의 소설사가 일반적으로 소설의 기원을 신화·전설·우언·역사·열전 등으로 세분하여 파악하는 것에 비해, 그는 이를 신화·전설·우언의 부류와 역사·열전의 부류로 양분하여 설명하면서 특히 열전을 중요하게 다루며, 나아가 소설과 역사·열전이 뗄 수 없는 관계를 맺게 된 현상을 상세히 다루었다. 아울러 이 둘의 관계는 '실록이론(實錄理論)'의 형성이나, 소설을 역사의 보충으로 삼는 효용론으로 이어진다고 설명했다. 또한 본격적인 소설론이 전개된 명·청대에 와서 이러한 실록이론은 사실이론(寫實理論)으로, 효용론(效用論)은 전도론(傳道論)의 일부로 계승 또는 변화되었음을 지적한다.

　또 하나 중요하게 거론되는 것은 소설과 현실의 상호 관계이다. 양자의 관계는 처음에는 소설 내용의 현실 존재 여부를 따지는 환기이론(幻奇理論)으로 나타나, 명·청대에 와서 허·실의 다양한 의미를 따지는 허실이론(虛實理論) 및 사실이론으로 변화·발전된다. 다시 청대의 세정소설(世情小說)을 대상으로 한 '세정설'에서 심화되어 만청시기에 재론된다는 점과, 이 문제가 특히 현실생활의 소설화 과정 쪽에서는 '전형론'의 형태를 취한다는 점을 추적하고 있다. 이러한 개념들은 우리가 익숙하게 생각하는 서구의 소설비평 개념들과 혼동을 일으킬 수도 있겠으나 경학이나 역사학에 비해 열등한 지위를 점하고 있던 소설이 어떻게 그 존재가치를 획득해 왔던가를 잘 보여준다고 하겠다. 즉 환기나 실록, 전도 이론 등에서 볼 수 있듯이 소설은 초기에 역사학이나 경학과 유사한 효용 가치가 있음을 드러내는 데 힘을 썼다면, 후대에는 세정설이나 전형론 등에서 볼 수 있듯이 소설 자체의 독립적인 가치를 드러내는 논의가 중심을 이루고 있는 것이다.

이러한 비평사의 발전과정은 노신[3]을 통해서도 확인할 수 있다. 최초의 본격적인 중국 소설사로서 소설사의 초석이 된 노신의 소설사는 왕조사 중심의 평면적인 서술을 면하지 못했다고는 하나 서구의 소설 이론에 얽매이지 않고 중국 고유의 소설 개념에 의해 소설사를 서술했다는 점에서 큰 의의를 가진다. 뿐만 아니라 소설사의 구체적인 작품과 함께 그 작품들에 대한 풍부한 비평적 관점들을 접할 수 있게 한다. 이 책이 가장 좋은 평가를 받는 지점은 근대의 서구적인 의미에서의 소설이라는 개념에 구애받지 않고 중국 소설사의 시작을 훨씬 앞선 시기로 끌어올렸다는 데에 있다. 이러한 시각은 통사적인 개념으로 중국 소설사를 바라볼 수 있는 가능성을 제시해 주었다.

또한 노신은 소설의 인식론적인 가치에 대해서는 서구로부터의 영향을 인정하고 수용하되, 중국 소설사의 고유한 발전 모델을 추구하려 노력하였다. 그래서 오랜 기간 풍부하게 쏟아져 나온 중국의 고전소설들의 범주를 확정하고 구체적인 작품에 대한 비평과 감상을 통해 소설의 효용과 특징을 논의하고 있다. 그러나 중국 소설사

---

3) 노신, 조관희역, 『중국소설사략』, 살림출판사, 2000.

를 왕조별로 기술했기 때문에 중국 소설의 발달 과정이 지나치게 평면적으로 이해될 수 있는 소지가 있으며, 전체적으로 중화주의적인 관점에 머물러 있기 때문에 중국 내의 여타 민족의 소설사가 철저히 무시되고 있다는 한계가 있다. 아울러, 문자화된 작품을 중심으로 서술했기 때문에 구술문학(口述文學)을 소홀하게 다루었다는 점 역시 비판의 여지가 있다. 또한 구체적인 작품에 대해 편파적으로 비평함으로써 개별 작품에 대한 왜곡된 평가를 초래하기도 하였으며, 소설사 기술에 있어서 유형론적 관점에서 접근하고 있기 때문에 자칫 구체적인 작품에 대해 단편적인 이해의 차원에서 머무를 위험도 있다.

위에 지적한 노신의 저서의 한계점은 사실은 그가 차지하고 있는 소설사적 위상에서 기인하는 점이 많다. 저서에 대한 적극적인 비판이 부재한 상태에서 '원전'이라고 평가받으면서 후대 연구자들이 이를 그대로 답습하였기에 나타난 문제점이라고 할 수 있는 것이다. 하지만 기계적인 시대 구성법, 유형론적 접근이라는 비난에도 불구하고, 이 두 기술 원리는 독자로 하여금 효과적으로 중국 소설에 대한 지형도를 그릴 수 있게 한다는 장점이 있다. 중국 소설이 우리나라의 소설 창작이나 향유와 상당한 영향관계를 맺고 있다는 점을 기억할 때, 그의 저서는 우리 소설사와 중국 소설사 간의 영향 수수 관계를 살필 때에 매우 유용하다고 할 수 있다.

루샤오펑[4]의 기본 개념도 앞에서 살펴 본 두 학자의 경우와 크게

---

4) 루샤오펑, 조미원외 역, 『역사에서 허구로-중국의 서사학』, 길 출판사, 2001.

다르지 않다. 다만 그의 특징은 비교문학적 관점을 취하고 있다는 점인데, 사용하기에 따라 함의의 편차가 큰 '소설'이라는 용어 대신 '서사'라는 용어를 사용하여 중국과 서양의 서사학의 흐름을 비교하면서 중국 전통 서사학의 성격과 특징을 기술하고 있다. 서구에서는 역사가 서사 중 (정확함과 진실함이 요구되는) 하나의 영역이었다면, 중국에서는 서사가 (사실을 기록하는 것을 중요하게 생각해야 하는) 역사에 속한 것으로 여겨졌다. 그러므로 그 기록된 것이 사실인지 아닌지가 의심스러운 서사 또는 소설이라는 장르는 서구에서든 중국에서든 제대로 대접받지 못했던 것으로 보인다. 다만, 서구의 경우 서정·서사·극이라는 삼분법의 구도 하에서 서사가 극에 비해 열등한 장르로 인식되었다면, 중국의 경우에는 소설이 경학이나 역사와 같은 문학 외부의 장르와 비교하여 열등한 장르로 인식되었다는 점이 다르다고 하겠다. 그에 따르면 중국에서 허구적인 서사를 두고 그 허구성을 부인하고 사실성을 주장하던 소설에 대한 태도는 송대에 이르러 바뀌기 시작한다. 그리하여 명청대에 이르면 드디어 역사로부터 소설을 분리해 내어 이(理), 사(事), 정(情)과 같은 개념으로 소설을 분석하기 시작하는 것이다.

  루샤오펑은 중국 전통 서사학의 성격과 특징을 기술하면서, 전통시기 중국인들의 '서사(敍事)'에 대한 생각이 역사적으로 어떤 변화과정을 거쳤는지에 대해 이론적인 재구성을 시도하였다. 이를 통해 중국 전통 서사학에 대한 영미권의 최근 연구 경향을 한 눈에 볼 수 있을 뿐만 아니라 그의 독창적이고 탁월한 방법론, 즉 중국과 서구 간의 비교문화적, 비교서사학적 접근을 통해 중국 전통 서사학의 특징을 명확하게 파악할 수 있게 한다. 따라서 서양과는 다른 동양의 서사를 이해하기 위한 큰 틀을 제시해 주고 있다고 할 수 있으며, 이는 전통적으로 중국과 유사했던 우리나라의 소설을 이해하는 데에도 도움을 준다. 서양의 이론을 여과없이 받아들여 적용할 경우, 많은 부작용을 낳는 것을 생각할 때에 중국의 고유한 문화적, 사상적, 정치적 환경 속에서 중국의 서사를 이해하고 이론화하는 그의 작업은 우리 고전소설을 연구할 때에도 도움을 줄 수 있을 것이다.

3. 중국 소설론과 한국 소설 연구의 접목

우리나라에서 문학이론에 대한 언급이 활발해진 것은 당(唐)·송(宋)대의 학문이 도입되기 시작한 고려 후반 이후의 일이다. 지리상으로 우리나라가 중국과 인접해 있으면서 그 문화를 유입함에 있어 분야별로 시간의 지속과 그 영향의 경중의 차이는 있었겠지만, 대체로 문화를 수수(授受)하는 관계에 있었다는 점에 비추어 볼 때 우리나라의 문학 사조의 형성과 문학의 형식 발전의 면에서 중국의 문학 사조나 형식 이론이 영향을 끼쳤을 것임은 짐작할 수 있는 바이다. 고려시대의 한시문(漢詩文)의 대가들은 주로 당송의 시문을 탐닉하였기에 은연 중에 이백과 두보의 영향을 많이 받을 수밖에 없었다. 또 우리나라의 문인들은 시문의 체류와 격조를 중시하는 경우가 많아, 좋은 작품은 마땅히 모든 체류를 종합적으로 포괄하여야 한다고 생각했다. 그런데 그러한 경지는 고인들의 각 체에서 본받을 수 있는 것이기에 먼저 그들의 작품을 충분히 이해해야 한다고 생각했던 것이다. 그래서 중국의 명작을 모방하려 했고, 그러기 위해서는 무엇보다도 먼저 표현 수단인 문자와 형식의 습득에 노력을 기울여야 했다. 그래서 독창적인 형식의 개발을 위한 자체적인 문학이론의 전개에까지는 힘을 기울이기가 어려웠을지도 모른다. 이후, 조선의 문인들은 비교적 객관적인 입장에서 당송 이래 중국 역대의 시풍을 평론하고 당시(唐詩) 숭상의 이론적 근거도 마련하게 된다.

중국 문학 학계에서 비교적 활발하게 진행되는 연구는 유협의 『문심조룡』과 종영의 『시품』에 관한 것인데, 유협과 종영의 문학관의 이동(異同)은 중국 고전문학 이론 연구에 있어 중요한 논쟁 중의 하나로 꼽힌다. 하지만 이를 제외한 위진남북조 문학 이론에 대한 연구는 매우 부족한 실정이며, 단지 몇 분야에서 약간의 연구 성과를 찾아볼 수 있을 뿐이다.

한편, 중국의 공안파와 조선의 북학파의 문학 사상 간의 공통점과 영향 관계를 고찰하고, 북학파의 일원인 박지원이 어떻게 공안파 원굉도의 문학 사상을 창조적으로 계승했는지를 밝힘으로써 한·중 문학의 비교 연구로 확장하기도 하였다. 둘의 영향과 수용 관계에 비중을 두다 보니 둘의 차이점을 깊이 있게 다루지 못한 아쉬움은 있지만, 중국 고전문학과 조선의 한문학이 지니는 관련성의 진폭에 비해 상호간의 비교 연구가 많지 않은 상황을 감안한다면 의의가 있다고 하겠다.

이렇듯 지금까지 중국 문학 이론을 한국 고전문학 연구에 접목한 연구는 시론(詩論)이나 문장론(文章論)에 치우쳐 있으며, 그나마도 아직 활성화되지 못했다는 느낌을 준다. 중국 문학이론을 한국 고전문학 연구에 접목한 연구는 시론이나 문장론에 치우쳐 있으며 그나마도 아직 활성화되지 못했다는 느낌을 준다. 중국 문학이론을 한국 고전문학연구에 접목하기 위해서는 일차적으로 중국 문학이론에 대한 연구가 활성화되어야 할 것이다. 1990년대 이후 중국 문학이론을 연구하는 학자들이 비약적으로 많은 연구논문을 발표한 것은 사실이지만, 시문(詩文)을 제외한 다른 장르에 대한 이론에 대해서는 연구가 부진하다[5]는 것이 중국 문학이론을 한국 고전문학연구에 접목하는 데에 어려움을 주고 있다. 중국 문학계에서 나온 문학이론서나 번역서도 주로 시론에 관련된 것이어서[6] 한국 소설 연구에 직접적인 도움을 주는 저서는 찾기가 어려운 실정인 것이다.

소설 분야에 있어서, 중국 소설의 부분적인 차용이나 특정한 소설의 국내 유입과 영향에 관한 연구는 그 수가 많기는 하지만, 중국 소설 이론을 적용하여 한국 소설을 분석한 연구는 많지 않다. 중국의 소설론이 어떤 것인지, 그리고 중국의 소설 이론이 우리 소설론에 어떠한 영향을 주었고, 어떠한 차이를 보이는지 등에 관하여 명

---

5) 특히 명대(明代)의 문학이론에 관한 국내의 연구 상황에서 두드러진 현상 중의 하나는 시문을 제외한 사(詞)나 소설, 희곡 등에 관한 연구가 매우 부족하다는 점이다. 게다가 시문마저도 전후칠자와 공안파에 대한 연구가 집중되어 있고 다른 인물에 관한 연구가 거의 없는 실정이다. 이우정, 「한국에서의 중국 고전문학이론 연구의 현황과 과제」, 『중국학보』 38, 한국중국학회, 1998.

6) 김원중, 『중국 문학 이론의 세계』, 을유문화사, 2000. ; 리우 웨이린, 심규호역, 『중국 문예심리학사』, 동문선, 1999.

확하게 정의 내리는 것이 어려운 문제이기에 소설론 자체에 대한 연구가 적었던 것으로 생각된다. 중국 소설이론을 우리 소설에 적용하여 분석하는 방법론이라는 것도 사실은 작품의 직접적 차용이나 번역, 번안, 혹은 장르의 발생 등을 거론하는 것이지, 실제 소설론을 명확하게 지적해 내고 있지는 못한 것으로 여겨진다.

부족하나마 중국 소설이론을 우리 소설에 적용하여 연구하려 한 예들은 주로 비교문학 연구나 중국문학 관련 연구를 통해 살펴 볼 수 있다. 고전소설 연구자들이 중국 소설을 언급하는 경우는 대개 작품의 소재나 근원, 혹은 내용에 관한 것이지 소설론에 관한 것은 아니기 때문이다. 게다가 실제 중국 소설이론 자체도 시대별 혹은 장르별로 대표될 수 있는 소설 작품에 관한 연구에 치중되어 있어서 소설의 이론을 명확하게 밝힌 것은 아니기 때문에 중국 소설론의 우리 문학에의 접목에 관한 연구는 소설 유형에 관한 연구와 비슷한 모습을 띠고 있는 경우가 많다. 그래서 중국의 패관문학은 우리의 패관문학에 영향을 끼쳤다거나, 송·원대의 문화가 유입되면서 송·원대의 수필, 설화집 등을 모방하여 자국의 일을 자국어로 기록하려는 욕구가 생겼으며 이것이 소설을 발생하게 한 하나의 동기가 되었다고 지적한다든지, 중국의 『삼국지』가 우리나라에 유입되면서 군담소설류 형성에 기여하였고, 중국 고대의 신화, 전설집이라고 할 수 있는 『산해경』이나, 『수신기』류 등이 일찍부터 우리나라 소설 형성에 영향을 주었다고 하는 연구들이 그것이다. 요컨대 중국 소설 유형들이 우리 소설에 어떠한 영향을 주었는가를 살펴본 연구들을 개괄한다면, 대체로 중국 설화집들의 유입, 당·송대의 전기소

설 및 원대의 백화소설의 영향, 『삼국지』와 『수호전』의 영향, 열녀
전의 번역, 명대의 인정소설의 유입, 『서유기』와 『금병매』의 영향,
『전등신화』의 전래와 그 모방작, 몽자류 소설의 출현, 청대 소설의
번역과 번안 등에 관한 연구들이 있어왔다.

4. 한국 서사론의 정립을 위하여

지금까지 이루어진 비교문학적 연구는 대체로 중국의 고전문학
작품이나 문학이론이 우리의 문학과 문학이론에 어떠한 영향을 미
쳤는지를 파악하는 작업들이었다. 물론 이러한 작업도 중요하지만
우리 문학과 문학이론이 중국의 고전문학이나 문학이론과는 구체
적으로 어떻게 같고 다르며, 그 이유는 무엇인가를 고찰하는 작업이
더욱 필요하다고 생각된다. 이를 해결하려면 먼저 중국 고전문학이
론에 대한 다양한 연구 성과가 축적되어야 할 것이다. 시론(詩論)에
만 집중되어 있는 연구에서 나아가 소설론, 희곡론 등으로 다양화되
어야 하며 이를 바탕으로 국문학자들이 한국 고전문학과의 상호관
계를 밝혀 나가는 작업이 필요하다.

특히 기존의 고전소설 관련 연구 성과들은 소설 장르, 혹은 장르
이론 자체를 정립시키고 이해시키는 데에 기여했다고 보기는 어렵
다. 중국과 한국의 문학이 서로 영향을 주고받으면서 그 안에서 독
자적으로 각국의 상황에 맞는 소설들을 발전시켜 왔다는 표면적인
사실만을 다시 한번 확인하게 하는 수준이었다고 할 수 있는 것이

다. 소설이라는 장르 개념이 본래부터 명확한 틀을 지니고 있지 않기 때문에 중국 소설이론의 범위도 쉽게 한정할 수는 없다. 그래서 소설이론 자체보다는 새로운 소설 유형을 창작하게 된 배경, 사상, 혹은 인물 운용 방법 등에 초점을 두게 되는 듯하다. 중국의 소설학 그 자체도 실은 각 시대마다 신마소설, 전기소설, 인정소설 등 다양한 대표 유형을 지니고 있다고 말하고 있을 뿐이지 이들을 아우르는 소설이론을 정립한 것은 아닌 데에도 근본적인 어려움이 있다. 따라서 소설 유형별 특성의 정리와 각 유형이 우리 고소설에 어떻게 수용되었는지를 살피는, 내용의 전래와 유형의 전래 등을 살펴보는 일 외에는 뚜렷하게 중국 소설과 한국 소설을 비교할 방법을 찾기가 어려운 것이 사실이다.

그러나 이제는 중국 소설이 우리 고전소설 형성에 영향을 주었다는 식의 표면적인 연구 대신에, 동아시아 문학이라는 큰 틀 안에서 한국과 중국을 넘어서서 동아시아인들의 사상이나 철학을 형성하는 원류를 탐구하는 방향으로 연구가 이루어져야 할 것이다. 이를 위해서는 우선 중국 소설이나 중국 소설 이론서의 번역과 교주가 활발히 진행되어야 하며, 아울러 이를 바탕으로 중국 소설과 한국 소설을 비교하거나 중국 소설이론에 비추어 한국 소설을 분석한다든지 한국 소설이론을 고구하는 작업이 이루어져야 한다. 그러나 이때에 잊어서는 안 되는 사실은 중국의 고전문학 이론이 우리의 문학과 문학 이론에 어떠한 영향을 주었는가에만 치중하여 우리 문학이나 소설 고유의 독창성이나 주체성을 간과해서는 안 된다는 점이다.

조선후기 문인들의
명말청초 소설평비본 독서와 담론

1. 조선 문인들의 중국 서적 독서열풍과 김성탄 소설평비본

18세기 조선 문인들의 장서열(藏書熱)은 실로 대단했다. 서울 사대부가의 소장서적들을 모아 본다면 수만 권 이상 될 것이며 갖추지 못한 것이 거의 없다거나[1], 한 가문의 장서 목록이 네 책이나 된다거나[2] 하는 언급들에서 그 정도를 짐작할 수 있다. 장서 중에는 외국 서적 특히 중국 서적들도 다수 포함되어 있는데, 그 구입 경로는 서쾌를 통하거나 그곳으로 사신 가는 사람을 통해서였던 것으로 보

---

1) 議括閱漢城士大夫家所藏圖籍, 則當不下鉅萬卷, 幾無不備. 유만주, 『흠영』 5권, 304면. 1784년 8월 13일.

　　『흠영』은 저자 유만주가 1775년에서 1787년까지 13년간 쓴 독서일기이다. 서울대 규장각자료총서로 1997년에 영인된 것을 자료로 한다.

2) 聞肅敏尙書少窮, 讀書每艱於借書. 及登第貴顯, 決意蓄書. 水路朝天, 而回還時購書一舟, 泛海而至, 其多可推也. 分貯鄕庄京第, 又別貯海陽山房, 公諸能讀者, 不問其所去, 以故山房之書, 無一存, 庄第所存貯, 亦强半散佚. 今子孫所守者, 多疊有多虛錄, 亦有通一帙散佚, 而止餘一二卷者. 『藏書目錄』四册尙存, 而聞多奇文異書之名云. 유만주, 『흠영』 6권, 131면. 1786년 1월 16일.

인다. 중국 역사서의 선본(善本)을 구한다든지, 중국의 서적 출판 목
록인 〈절강서목(折江書目)〉을 보고 원하는 책을 사 오게 한다든지 하
는 경우가 있고3), 또는 중국 사신으로 갔다 올 때에 책을 배 하나
가득 사 와서 본인도 읽고 주위 사람들에게도 공개하여 읽혔다4)는
기록들이 있는 것으로 보아, 조선후기에 중국 서적의 독서는 하나의
문화로 자리잡아 가고 있었음을 알 수 있겠다. 이러한 독서 열기는
왕실에서도 마찬가지였는데, 특히 정조는 중국 서적 수입열이 대단
했던 것으로 보인다. 그는 수입 희망 도서 목록인『내각방서록(內閣
訪書錄)』을 두 권 만들었는데 그 목록에는 경(經)·사(史)·자(子)·집
(集) 총385종 1만 357권의 서명과 책 권수가 수록5)되어 있다.

　이러한 중국 서적의 구입과 유통으로 당시의 사대부, 문인들은
사상적으로나 문화적으로 많은 자양분을 얻었을 것으로 보인다. 국
내의 문헌들을 섭렵한 사대부들이 외국 서적을 찾아 읽음으로써 새
로운 문화와 세계관을 접했을 것이기 때문이다. 이 같은 사회 전반
의 분위기에 힘 입어 문학 분야에도 새로운 시각과 기법이 도입되게
되는데 그 변화의 과정을 고찰하는 것이 연구의 목표이다. 즉 외국
서적 및 문화의 수용을 통해서 조선후기의 문화 변동이 야기되는

---

3) 册曹至議易『通鑑輯覽』·『漢魏叢書』, 告『明史』終無善本, 而『瓊山史綱』亦難得云.
　聞『鄭氏全史』爲春坊新儲,『金氏全書』爲徐閣曾有, 咸直四萬餘云. 另求『折江書目』,
　出示合綱, 俾以璽鞬照見字樣越大, 如思政殿刻本, 仍求如此板本, 毋論經史子記小
　說, 無拘一册十册百册, 止管得來, 曰: "是甚難, 第當另圖之." 稱有宋板經書大本, 問
　可易未弟令取示. 유만주,『흠영』5권, 392면. 1784년 11월 9일.

4) 聞『栅几叢書』·『浙江書目』, 皆淸人新書, 今番使行所出來者云, 龍谷尹氏家斥賣書
　册云. 유만주,『흠영』2권, 291면. 1778년 12월 1일.

5) 신양선,『조선후기 서지사 연구』, 혜안 출판사, 1997. 127면.

양상들을 추적하는 일인데, 이 글에서는 특히 조선후기에 소설인식이 변화하고 나아가 소설 창작기술이 발전하며 소설비평의 분위기가 무르익게 되는 원인을 찾아내기 위해, 당대에 열독(熱讀)되었던 중국의 소설 평비본(評批本)6)이 어떤 경로로, 어떤 집단에게, 어떤 방식으로 독서되었는지를 살피기로 한다.

17세기부터 시작되어 18세기에 무르익게 된 고전소설의 다양화와 소설 긍정의 태도는 우리의 문학 전통이나 내재적 원인에 기인하여 형성되었을 수도 있으나, 임병 양란 이후 물밀듯이 들어온 중국 소설의 독서가 영향을 주었을 가능성 또한 크다. 특히 당시의 지식인들이 소설문학을 시문학이나 경전, 역사서와 동일한 반열에 놓고 비평하거나 서로 서(序)·발(跋)을 써 주면서 감상을 주고 받았고, 소설의 창작 기교를 연구하고, 나아가 자신의 이름을 날릴 만한 도구로 삼게 되기까지 하는 소설 문학의 위상 제고에 중국의 소설 평비본 독서가 큰 영향을 주었으리라 짐작된다.

기존에 학계에서는 중국 소설이 우리나라 소설에 어떤 영향을 미쳤는가를 주로 살펴왔다. 그러나 연구 결과, 화소의 삽입에 그치는 경우가 많아 큰 영향을 받았거나 모방했다고 하기에는 부적절한 경우가 많았다. 『전등신화』와 『금오신화』, 『수호지』와 『홍길동전』 등의 예가 대표적이다. 이에 필자는 중국소설이 우리나라 소설사에

---

6) 이는 평점본(評點本)과 같은 말로, 회평(回評), 미비(眉批), 협비(夾批), 방비(旁批) 등의 논평과 서문(序文), 독법(讀法), 범례(凡例), 인(引) 등 작품에 대한 분석과 평가를 서술한 비평이 작품에 붙어 있는 형식이다. 중국의 송나라 때에 시(詩) 비평에서 시작하여 산문 비평으로도 정착되었는데 명나라 후기에 소설 비평에 많이 사용되었다. 이지(李贄), 김성탄(金聖嘆)의 소설 평비본이 유명하다.

미친 영향은 이렇게 작품에서 드러나는 구절이나 화소 하나하나에
집착해서는 찾아지지 않을 것이라고 생각하게 되었다. 즉 중국소설
의 독서로 인해, 소설에 대한 전반적인 인식이나 소설을 독서하는
방법, 비평하는 방법, 또 새롭게 창작하는 방법 등을 학습하게 되었
으리라 짐작되는 것이다. 따라서 본 연구를 통해 중국 소설과 우리
소설과의 관계를 약간은 다른 방향에서, 즉 독서를 통한 인식 전환
의 면에서 살펴보는 계기를 제공하고자 한다.

18세기 이후 문인들의 문집에 특징적으로 자주 언급되는 중국의
소설 평비본은 바로 명말청초(明末淸初) 비평가 중의 한 사람인 김성
탄(金聖嘆 : 1608~1661)의 평비본이다. 그가 평비(評批)한 책 중에서
『第五才子書 施耐庵 水滸傳』(1641년 중국에서 初刊)과 『第六才子書 王
實甫 西廂記』(1658년 初刊)가 애독되었다. 〈수호전(水滸傳)〉은 중국에
서도 김성탄이 산정(刪定)한 70회본, 즉 위에서 언급한 본(本)이 독서
계를 지배했으며, 이러한 상황은 우리나라에서도 마찬가지였다. 문
체 반정을 일으켰던 정조가 "근래에 잡서를 좋아하는 자들이 〈수호
전〉을 〈사기(史記)〉와 같이 여기고, 〈서상기(西廂記)〉를 〈모시(毛詩)〉
와 같이 여기니 심히 가소롭다."7)고 했던 것으로 보아 당시에 소설
류를 좋아하던 이들이 가장 탐독했던 두 가지가 〈수호전〉과 〈서상
기〉임을 알 수 있으며, 특히 이들 소설을 〈사기〉나 〈시경〉과 같은
반열에 올려 놓은 김성탄의 평비본을 읽었음을 알 수 있다. 문체반
정에서 문제가 된 것도 바로 공안파의 문장들과 시내암, 김성탄의

---

7) 近日嗜雜書者 以水滸傳似史記 西廂記似毛詩 此甚可笑. 正祖, 〈日得錄〉, 『弘齋全書』
163권, 8면.

소설이었다. 또한 1786년에서 1790년 사이에 온양정씨(溫陽鄭氏 : 1725~1799)라는 사대부가 여인이 필사한 〈옥원재합기연〉의 권14와 권15의 표지 안쪽에 기록되어 있는 소설 목록에도 〈성탄수호지〉라는 작품명이 기록8)되어 있는 것으로 보아도 18세기 무렵에는 이미 김성탄의 수호지 평비본이 많이 읽혔던 것을 알 수 있다.

〈서상기〉의 경우도 이는 원래 왕실보가 지은 잡극이지만, 당시의 조선 사람들은 그 저자가 김성탄인 줄 알 정도로 그의 평비본을 주된 독서대상으로 삼았다. 김정희가 번역한 〈서상기〉의 저본도 김성탄 평비본이며9), 현재 남아 있는 주해(註解), 언해본(諺解本)들10)도 거의 이에 근거한 것들이다. 김성탄의 평비본이 우리나라에 전래된

---

8) 제15권 표제지 안쪽의 소설 목록에는 다음과 같은 소설 제목들이 쓰여 있다.
  긔벽연의, 탁녹연의, 셔듀연의, 녈국지, 초한연의, 동한연의, 당전연의, 삼국지, 남송연의, 북송연의, 오대툐사연의, 남계연의, 국됴고사, 쇼현성녹, 옥쇼긔봉, 셕듕옥, 소시명힝녹, 뉴시삼대록, 님하명문녹, 옥인몽, 셔유긔, 튱의슈호지, 성탄수호지, 구운몽, 남졍긔
9) 번역 서문에서 "前聖嘆後聖嘆" 등의 언급을 하는 것으로 보아 그러하다.
10) 조선후기에 간행된 총 7종의 주석, 언해본 중에서 6종은 김성탄 평비본을 저본으로 했음이 확실한데, 다음과 같다.
  ①1885년의 서문이 붙은 〈서상기〉-후탄선생 정정 주해 서상기, 독법과 범례 제시. 서울대 소장본.
  ②1906년 박문사 발행 〈주해 서상기〉. 김성탄 평비본의 서문 성격의 글 셋을 인용하여 앞에 실음.
  ③1871년 이후 발행되었으리라 추정되는 목판본. 〈서상쌍문전〉, 김성탄의 서문과 본문을 그대로. 서울대 소장본.
  ④1919년경 유일서관 간행. 〈현토주해 서상기〉, 성탄의 독법과 서문 포함.
  ⑤간년 미상의 목판본 〈서상기〉, 성탄 서문 있음. 서울대 소장본.
  ⑥1913년 경성 조선서관 발행 〈대월 서상기〉, 성탄의 서문 포함.
  이상은 김학주, 「조선간 〈서상기〉의 주석과 언해」, 『조선시대 간행 중국문학 관계서 연구』, 서울대 출판부, 2000. 277~298면 참고.

시기를 정확히는 알 수 없지만, 1775년에 역관을 통해 구입했다는
기록11)이 최초의 것으로 생각되며 바로 다음 해인 1776년에 유만주
가 이를 읽고 나서 베껴 적고 있다는 기록12)을 남기고 있으므로 18
세기 후반에 많이 읽히기 시작한 것으로 짐작할 수 있다. 18세기의
문단을 주도하던 연암(燕巖)도 당시 사람들이 자신의 글 중에서 원굉
도와 김성탄을 본 뜬 글을 가장 좋아한다고 할13) 정도였으며, 자신
이 읽은 책이 천 권이 안 됨을 한했던14) 독서광(讀書狂) 유만주(俞晩柱
: 1755~1788)도 당대의 유명한 문인이던 이용휴와 이덕무의 문체가

---

11) "聖嘆被禍之事 不少概見於書史. 譯人金慶門入燕 有人潛道之如此 其書絕貴. 我英廟
　　乙未1775 永城副尉申綏 使首譯李諶始貿來一册 直銀一兩 凡二十册 版刻精巧." 이규
　　경, 〈小說辨證說〉, 『五洲衍文長箋散稿』7권, 동국문화사, 1969. 230면.
12) 抄絶世奇文聖嘆之言. 유만주, 『흠영』1권, 259면. 1776년 11월 15일.
13) 其自許文章也則云, 吾之文, 有撫左公者焉, 有撫馬班者焉, 有撫韓柳者焉, 有撫袁金
　　者焉. 人見其摹馬摹韓, 則便爾睫重思睡, 而特于其摹袁金者, 眼明心快, 傳道不置, 于
　　是, 吾之文, 以袁金小品稱焉, 此固世人之爲也. 仍示其所序陰晴卷首效公縠者曰, 是
　　古文也. 議效公縠則不佳, 效金袁則佳, 是其才, 長於實華之文章, 而短於純古正大文
　　字也. 그가 (박지원-인용자) 스스로 문장에 대해 자부하기를, "나의 문장은 좌구명,
　　공양고를 따른 것이 있으며, 사마천, 반고를 따른 것이 있다. 사람들은 사마천이나
　　한유를 본 뜬 글을 보면 곧 눈꺼풀이 무거워져 잠을 청하려 한다. 다만 원굉도나
　　김성탄을 본뜬 글에 대해서는 눈이 밝아지고 마음으로 기뻐해서 전파하여 마지 않는
　　다. 이래서 나의 글이 원굉도나 김성탄의 소품으로 일컬어지니, 이는 실로 세상 사람
　　들이 그렇게 만든 것이다."라고 하고서, 그가 공양전, 곡량전을 본 따 쓴 〈음청권자
　　서〉를 보여주면서 "이는 고문이다."라고 하였다고 한다. 의론하건대, 공양전, 곡량전
　　을 본뜬 것은 잘 되지 못하였고 김성탄이나 원굉도를 본뜬 것은 잘 되었으니, 이는
　　그의 재주가 김성탄 류의 문장에는 장점이 있지만, 순고정대한 문자에는 단점이 있
　　기 때문이다.
　　유만주, 『흠영』6권, 424면. 1786. 11. 26.
14) 計余乙酉以後所閱書, 尙未盈千卷, 宜乎, 不能博也. 유만주, 『흠영』3권, 189면.
　　1780년 7월 28일.

김성탄의 현묘함을 모의했다[15]고 평할 정도로 매우 잘 알려져 있으면서 파급력도 컸다.

김성탄의 평비본에 대한 연구는 주로 조선후기의 소설론을 연구하면서 단편적으로 이루어졌으며[16], 아울러 『제육재자서 왕실보 서상기』의 원전이 되는 〈서상기〉를 희곡의 관점으로 분석하거나 〈춘향전〉과 내용을 비교하는 식의 연구가 이루어졌다.[17] 김성탄이라는 인물에 대해서는 중문학 분야에서 중국문학사를 기술할 때에 자주 언급되었으며, 그의 문예비평이론이나 소설론에 대한 탐구도 있어왔다.[18] 최근에는 조선후기에 김성탄의 문학비평이 어떻게 수용되어 나타나는지를 연구한 논문[19]이 나와 이 글에 도움을 주었다.

---

15) 或言, 近代文章, 有奇正二家, 正則唐宋八家循軌遵轍是已, 奇則施金四書透玄竅妙是已. 唐宋餘派, 流而爲士大夫文章, 施金餘派, 流爲南庶輩文章. 則如今世南黃, 不過倣效唐宋之軌轍, 二李(惠寰, 懋官), 不過摹擬施金之玄妙 혹자가 말하였다. 근대 문장에는 奇, 正 양가가 있다. 정은 당송팔가의 궤철을 따르려는 것이다. 기는 시내암, 김성탄 등의 사대기서의 현묘함을 터득하려는 것이다. 당송의 여파는 흘러 사대부의 문장이 되었고 시내암, 김성탄의 여파는 흘러 남서배의 문장이 되었다. 즉 지금의 남유용, 황경원은 당송의 궤철을 모방한 데 불과하고, 혜환 이용휴와 무관 이덕무는 시내암, 김성탄의 현묘함을 모의한 데 불과하다. 『흠영』 5권, 276면. 1784년 7월 6일.

16) 간호윤, 『한국 고소설비평 연구』, 경인문화사, 2001. ; 이문규, 『고전소설비평사론』, 새문사, 2002. ; 김경미, 『소설의 매혹』, 월인, 2003.

17) 허용호, 「광한루기에 나타난 춘향전과 西廂記」, 성현경 외 공저, 『광한루기 역주·연구』, 박이정, 1997.

18) 이석호, 「김성탄론, 중어중문학연구-고전문학편」, 서울대, 1990. ; 민혜란, 「김성탄의 소설기법론에 대하여-〈독제오재자서법〉을 중심으로」, 『중국학연구』 7집, 1992. ; 홍상훈, 「김성탄과 동아시아 서사이론의 기초-김성탄 소설 평점」, 『현대비평과 이론』 9집, 1995. 남덕현, 「김성탄의 문예비평이론연구」, 외대 석사논문, 1998. ; 이금순, 「김성탄 〈서상기〉평점의 인물결론론 고찰」, 『중국어문학논집』 16집, 중국어문학연구회, 2001.

이상의 기존 연구들을 통해 김성탄의 문학이론의 대강과 소설론의 파급효과를 알 수는 있었지만, 현상적으로 보여지는 김성탄 소설이론과 우리 문인들의 소설론의 상사성(相似性)의 소인은 여전히 궁금증으로 남는다. 이에 필자는 이를 밝히기 위해 조선후기의 문인들이 그의 평비본을 어떤 경로로 읽게 되었으며, 어떤 태도로 독서하였는지를 면밀하게 살피는, 실증적이고도 분석적인 작업을 하고자 한다. 이를 위해 우선 조선후기 당시의 여러 문인들의 문집을 탐색하여 관련 언급을 찾아내려 한다. 이를 정리하여 독서실태를 정확하게 파악한 후, 아울러 그 수용태도를 고찰해 보기 위함이다.

이에, 우선 2장에서는 김성탄의 문예비평이론의 핵심이 무엇인지를 파악하기 위해, 그의 〈수호전〉 평비본과 〈서상기〉 평비본에 드러난 비평이론을 살피기로 한다. 3장과 4장에서는 김성탄 평비본 독서 실태를 알기 위해서 이 시기 문인들의 문집과 저서들을 탐색하게 된다. 김성탄의 평비본이 17세기 중반에 중국에서 간행되었으므로 조선에서는 그 이후에 독서되었으리라 생각하여 주로 18세기와 19세기 전반기의 서적들을 검토한다. 아울러 중국 소설에 대한 전반적인 독서 실태도 알아야겠기에 중국 서적을 대량으로 수입했다고 하는 17세기 허균의 주요저서들도 포함시켜서 살폈다.

이에 17세기 허균의 『성소부부고(惺所覆瓿稿)』를 검토하는 것을 시작으로, 18세기의 저서로는 안정복의 『잡동산이(雜同散異)』, 『순암잡록(順菴雜錄)』, 홍양호의 『이계집(耳溪集)』, 위백규의 『존재집(存

---

19) 한매, 「조선후기 김성탄 문학비평의 수용양상 연구」, 성균관대 박사학위논문, 2003.

齋集)』, 홍대용의 『담헌서(湛軒書)』, 성대중의 『청성집(青城集)』, 유
득공의 『영재집(泠齋集)』, 이하곤의 『두타초(頭陀草)』, 이광사의 『원
교집(圓嶠集)』, 박지원의 『연암집(燕巖集)』, 남공철의 『금릉집(金陵
集)』, 이상황의 『동어유집(桐漁遺輯)』, 유만주의 『흠영(欽英)』, 김려
의 『담정유고(薄庭遺藁)』, 『담정총서(薄庭叢書)』 소재 이옥의 저작들,
이덕무의 『청장관전서(青莊館全書)』, 이의현 『도곡집(陶谷集)』, 이용
휴 『탄만집』, 장혼 『이이엄집(而已广集)』, 이만수 『극원유고(屐園遺
稿)』, 이서구 『척재집(惕齋集)』, 박제가 『정유각집(貞蕤閣集)』 등 『한
국문집총간』 소재 18세기 문인들의 문집들을 검토한다. 또한 『조
선왕조실록(朝鮮王朝實錄)』과 정조의 『홍재전서(弘齋全書)』 등도 방계
의 자료로 활용한다.

2. 명말청초 비평가 김성탄의 소설 평비의 특성

중국에서의 소설 평점(評點)은 송대(宋代)의 류진옹(劉辰翁)이 『세
설신어』를 비평한 것이 처음이며, 장편 소설이나 희곡의 평점은 명
대(明代)의 이지(李贄), 섭주(葉晝), 풍몽룡(馮夢龍) 등에 의해 시작되
었다. 본격적인 소설 비평은 명대의 이지(1527~1602)로부터 시작되
었다. 그는 동심설(童心說)을 이야기한 것으로 유명한데, 그가 말하
는 동심은 거짓이 없는 순수한 진심을 뜻한다. 누구나 이러한 동심
을 지니고 있지만 견문이나 경험이 많아지면서 이를 상실해 가는
것이 문제인데, 문학에서 이를 제대로 발현한다면 높은 가치를 지닐

수 있다고 하였다. 그는 또 "우주 내에는 다섯 개의 큰 문장이 있다. 한대(漢代)에는 사마천의 『사기』가 있고, 당대(唐代)에는 두보의 시집이 있으며, 송대(宋代)에는 소식의 문집이 있고, 원대(元代)에는 시내암의 〈수호전〉이 있으며, 명대(明代)에는 『이헌길집』이 있다."라고 하여, 소설을 경전과 동일한 지위로 끌어 올렸다. 또한 역사적 진실과 예술적 진실 간의 차이를 명확히 인식하여 문학작품의 예술 특징을 옹호, 나아가 통속소설의 예술기교를 높이 평가하였으며, 문자의 표현능력을 매우 중시하여 소설 중 여러 정채 있는 묘사에 대해 세밀하게 비평하기도 하였다. 인물의 성격을 분석한 것도 신선한데, 성격의 차이는 각 개인마다 지닌 특정한 사회적 지위, 발전과정, 개성, 체격과 풍모 등에서 결정된다고 설명하였다.

이후, 공안파 3袁(袁宗道, 袁宏道, 袁中道)이 이지의 전통을 계승하여 복고파를 반대하고 개성적 문학, 자신의 성령(性靈)을 발현하는 문학을 할 것을 주장하였으며 소설도 매우 중시했다. 특히 원굉도는 "어렸을 적에 해학이 빼어나다고 하여 자못 〈골계전〉을 탐닉했는데, 이후에 〈수호전〉을 읽어보니 글이 더욱 기이하고 변화무쌍하였다. 육경은 바른 문장이 아니며 사마천도 빼어나게 글을 구성하는 데에는 실패했다고 할 수 있다."라 하면서 〈수호전〉의 창작 수준이 육경과 사기를 초월했다고 간주하였다.

이후, 김성탄은 역사 저작은 사실의 제한을 받으므로 다만 문장으로 사실을 운용할 수 있는 데 비해, 문학창작은 구체적인 인물과 사건의 제한을 받지 않고 상상력을 충분히 발휘해야 하므로 문장으로 말미암아 사건을 만들어내어 표현공간이 매우 광범위하다는 양자간의 차이를 명확히 지적하여 앞 인물들에 비해 한 걸음 나아간 논의를 펼쳤다. 즉, "〈사기〉는 글로써 사건을 서술한 것이고, 〈수호전〉은 글로써 사건을 만들어 낸 것"[20]이라고 하면서, 글로써 사건을 서술하는 것은 사건이 이미 이루어진 것을 그대로 엮어 내야 하기 때문에 고생스럽지만 글로써 사건을 만들어내는 것은 붓이 가는 대로 따라가다가 작가의 뜻대로 메워 나가면 된다고 한 것이 그것이다.

그는 〈장자(莊子)〉, 〈이소(離騷)〉, 〈사기(史記)〉, 〈두시(杜詩)〉, 〈수호전〉, 〈서상기〉를 육재자서(六才子書)라고 하여 모두 평비할 계획이었으나, 〈수호전〉을 평비한 〈제오재자서수호전(第五才子書水滸傳)〉과, 〈서상기〉를 평비한 〈제육재자서서상기(第六才子書西廂記)〉만 간행되었을 뿐 나머지는 완성하지 못하였다.[21] 그러나 이들 여섯 권의 책 선정은 희곡과 소설을 정통문학과 동등하게 천하의 재자들이 반드시 읽어야 할 책이라고 평가한 의의가 있다. 그의 저술로는 『침음루시선(沈吟樓詩選)』에 수록되어 있는 시 279수와 〈수호전〉 평비, 〈서상기〉 평비, 〈창경당석소아(唱經堂釋小雅)〉와 〈창경당고시해(唱經堂古詩解)〉 같은 문학서 외에 〈서역풍속기(西域風俗記)〉, 〈역초인(易抄引)〉, 〈통종역론(通宗易論)〉, 〈어록찬(語錄纂)〉 등이 있다. 그는 해박한 지식과 개방적인 사고를 지녔는데 특히 불교에 관한 깊이 있는

---

20) 史記是以文運事 水滸是因文生事. 김성탄, 〈讀第五才子書法〉.

21) 〈장자〉에 대해서는 서문만 한 편 썼고, 〈사기〉는 일부의 논찬만 선택해서 평했으며, 〈두시해(杜詩解)〉는 1/7 정도밖에 하지 못하였고, 〈이소〉에 대해서는 서문도 다 쓰지 못한 상태였다고 한다.

논의를 전개했으며, 소설의 본질이나 특성에 대한 심화된 인식을
보여 주었다.[22] 특히 천하의 문장에는 〈수호전〉보다 더 나은 것이
없고[23], 〈서상기〉만 잘 읽으면 〈장자〉나 〈사기〉, 당송고문 등을
읽지 않아도 된다[24]고 하는 등 소설의 위상을 제고하였다.

　그의 소설 평비[25] 중 〈제오재자서수호전〉 평비[26]는 이지의 영향
을 크게 받은 것으로 보이는데, 특히 그 예술적 특징에 관해 평론한
것은 이지의 학설을 발전시킨 것이다. 그러나 사상에 대한 평가는
서로 대립되니, 이지는 수호 영웅의 재능과 인품을 극찬한 반면,
김성탄은 당시에 〈충의수호전(忠義水滸傳)〉이라는 이름으로 성행하
던 용여당(容與堂) 100회본 및 원무애(袁無涯) 120회본에서 송강(宋江)
등의 의적들이 조정의 부름에 응해 왕조에 충의를 다하는 70회 이후
의 부분을 비판하면서 잘라 내고 제목에서도 '충의'를 빼버렸다. 따
라서 김성탄이 〈수호전〉을 개작하면서 염두한 바는 당시의 〈충의수
호전〉이 백성의 기대를 저버리고 조정에 귀의하는 송강을 유가(儒

22) 이상, 김성탄의 저서에 대해서는 한매, 앞의 논문, 10~12면 참조.
23) 김성탄, 〈水滸傳〉 序.
24) 김성탄, 〈西廂記〉 讀法 第九則, 十則.
25) 〈서상기〉가 희곡이기는 하나 당대(唐代) 전기(傳奇)인 원진(元稹)의 〈앵앵전〉을
　　극본으로 한 것이며, 김성탄이 평비한 작품 구조나 인물 창조의 면도 소설에 그대로
　　적용할 수 있으며, 우리나라 독자들도 이를 소설과 동류의 것으로 인식하고 독서한
　　것으로 보인다. 이는 그 번역본이나 주해본들이 거의 소설본의 형태를 띠고 있는
　　데서 확인할 수 있다. 따라서 본고에서도 〈수호전〉 평비와 〈서상기〉 평비 이 두
　　가지를 주된 대상으로 하여 그의 소설비평론을 검토한다. 조선후기의 김정희도 〈서
　　상기〉를 소설본 형태로 번역하였다.
26) 序 3편, 시내암의 이름을 빌어 쓴 序 1편, 『宋史綱』과 『宋史目』에 대한 評語, 〈讀第
　　五才子書法〉 15칙, 楔子, 70回의 回評, 夾批와 眉批들로 구성되어 있다.

家)의 '충의'를 대변하는 전형으로 내세우려는 의도가 있다고 여기고 이를 폐기하려는 데에 있었다고 할 수 있겠다.27) 그러면서 결말도 수정했는데, 양산박 영웅들이 꿈속에서 교수형 당하는 줄거리를 가미하여 기의(起義) 참가인들을 사형시켜야 한다는 의사를 개진한다. 또한 그는 〈수호전〉의 저자 시내암이 배부르고 따뜻하며 아무 일도 없었던 까닭에 종이를 펴고 붓을 놀려 〈수호〉로써 소일한 것이라 했으며, 이를 후대 사람들이 알지 못하고 도리어 '충의'라는 자를 덧붙였고 태사공의 발분저서(發憤著書)의 실례와 나란히 했으니 바람직하지 않다고 하였다.

그는 문학작품의 형상성 문제, 특히 인물의 성격에 대한 문제에 세심한 주의를 기울였다. 소설 창작은 인물 묘사에 따라 성공 여부가 결정되며, 인물 묘사는 인물 성격의 창조에 그 관건이 있다고 하여 소설 장르의 본질에 대해 언급하였다. 인물의 언어와 행동을 통해 성격을 분석하였고, 동일한 유형의 인물일지라도 각 개인의 독특한 개성이 있음을 분석해 내어 〈수호전〉이 묘사한 108인의 성격은 그야말로 108가지라고 하였다. 예를 들어 인물의 거친 성미를 묘사하는 데도 여러 가지 수법이 있는데, 노달(魯達)의 거침은 성질이 급한 것이고, 사진(史進)의 거침은 멋대로 하는 소년의 기질이고, 이규(李逵)의 거침은 야만인 것이고, 무송(武松)의 거침은 구속받지 않는 호걸의 기질이고, 완소칠(阮小七)의 거침은 비분을 삭힐 데가 없는 것이며, 초연(焦挺)의 거침은 기질이 나쁜 것이라고

---

27) 홍상훈, 앞의 논문, 177면.

구별해 내었다.

 그러고 나서 〈수호전〉에서 보여주는 여러 문법들을 분석해 내었는데, 그 섬세함이나 논리가 현대의 비평가들에 못지않은 수준이다. 뒤에서 요긴하게 쓰일 말을 먼저 앞에 삽입시켜 놓는 방법을 도삽법(倒揷法), 급박한 상황에서 두 사람이 함께 대화할 때 한 사람의 이야기가 끝나기도 전에 다른 사람의 이야기를 끼워 넣어 긴박감을 늘리는 방법을 협서법(夾敍法), 큰 단락의 이야기가 갑자기 시작되어 생기는 무리를 줄이기 위해 먼저 작은 단락의 이야기를 앞에 두어서 큰 이야기를 이끌어내는 방법을 농인법(弄引法), 큰 단락의 이야기 다음이 갑자기 조용하게 끝나면 좋지 않기 때문에 마치 수달이 물속에서 헤엄칠 때 그 꼬리로 물결을 이는 것처럼 여운이 남는 듯하게 하는 방법인 달미법(獺尾法), 고의로 같은 소재의 사건을 반복 사용하지만, 그 내용은 조금도 같지 않도록 전개시켜 나가는 방법인 정범법(正犯法), 대조적인 사건으로 문장을 구성하는 법인 약범법(略犯法), 이야기가 너무 길어지면 지루해지므로 중간에 잠시 다른 이야기를 반짝 비치게 하여 간격을 두는 방법인 횡운단산법(橫雲斷山法), 한 명의 중심인물에 대한 이야기를 끝맺으려 하면서 또다른 중심인물을 자연스럽게 등장시키는 방법인 난교속현법(鸞膠續弦法) 등 열다섯 가지의 방법을 분석해 내었다.[28] 이상과 같은 서사기법들은 현대에는 익히 들을 수 있는 내용이지만, 17세기에 이런 식으로 세부적인 분석을 해 내기는 힘들었을 것이다.

---

28) 이상, 〈수호전〉 문법에 대한 설명은 최봉원외 공저, 『중국역대소설서발역주』, 을유문화사, 1998. 91~94면. 민혜란, 앞의 논문. 등을 참조.

다음으로는 그의 또 다른 평비인 〈제육재자서서상기〉 평비29)와 관련된 부분을 살펴 보자. 그는 원작의 제 5본30)이 관한경의 졸렬한 속작으로 왕실보의 원작과 거리가 멀다는 이유로 삭제하고, 〈외서(外書)〉와 평어(評語)들을 붙여 내용을 구체적으로 비평했다. 특히 〈독제육재자서법(讀第六才子書法)〉을 통한 인물결구론(人物結構論)이 중요한데, "〈서상기〉는 단지 세 사람 즉 쌍문(앵앵), 장생, 홍낭을 묘사한 것이다 …(중략)… 문장에 비유한다면 쌍문은 제목이고 장생은 문자이고, 홍낭은 문자의 기승전결이다. 수많은 기승전결이 있으므로 제목이 문자를 드러내고 문자가 제목에 들어가도록 한다. 부인 등 나머지 사람들은 문자 중에 쓰이는 乎, 也 등의 허자(虛字)에 불과하다고 할 수 있다 …(중략)… 만약 더 자세히 검토해 보면 〈서상기〉는 역시 단지 한 사람을 묘사하기 위한 것이니 그 한 사람은 바로 쌍문이다."31)라고 하여, 소설은 한 사람을 위주로 해야 하지만 평포

---

29) 序 2편, 〈讀第六才子書法〉 81칙, 引, 각 장의 總評, 각 장의 回評, 본문 사이의 夾批와 眉批 등으로 구성되어 있다. 본고에서는 霍松林編, 『西廂記編』, 山東文藝出版社, 1987.을 자료로 함.

30) 일반적으로 元代 잡극은 4折로 되어 있는데, 여기서의 '절'은 오늘날의 '막'에 해당한다. 그런데 〈서상기〉는 보통 작품 다섯 편에 달하는 5본 20절로 되어 있으니 원잡극에서는 보기 드문 장편이다. 5본의 내용은 과거 응시차 떠났던 장군서가 과거 급제 후 금의환향하는데, 정항이 나타나 모함으로 앵앵을 빼앗으려 했으나 결국 정항은 자결하고 장군서와 앵앵은 혼인한다는 것이니, 이 본을 삭제하면 〈서상기〉는 장군서와 앵앵이 다시 만나지 못하는 비극으로 끝나게 되는 것이다.

31) 西廂記止寫得三個人 一個是雙文 一個是張生 一個是紅娘. …(중략)… 譬如文字 則雙文是題目 張生是文字 紅娘是文字之起承轉合. 有此許多起承轉合 便令題目透出文字 文字透入題目也. 其餘如夫人等 算只是文字中間所用之乎者也等字. …(중략)… 若更仔細算時 西廂記亦止寫得一個人者 雙文是也…, 〈西廂記讀法〉 47, 48, 50則.

직서(平鋪直敍)해서는 안 되고 파란만장하여 흥미를 야기시켜야 함을 역설하였다. 즉 인물론을 분석한 것인데, 이외에도 작품의 감상법, 평가법, 특징과 내용 등을 소개하여 독서자들의 안내 역할을 하고 있다.

또한 〈서상기(西廂記)〉 뇌간(賴簡) 총비(總批)에서는 "문장의 묘는 곡절일 뿐이다(文章之妙 無過曲折)"라고 하면서 "문장의 가장 묘처는 다음과 같은 것이다. 눈은 이곳을 주목하고 있으나 곧장 써내지 않고, 먼 곳으로 가서 출발하여 구불구불 묘사하여 오다 장차 이르려고 하면 잠시 멈춘다. 다시 먼 곳으로 가서 실마리를 바꾸어 다시 출발하여 다시 구불구불 묘사하여 오다 장차 이르려고 하면 또 잠시 멈춘다. 이처럼 실마리를 여러 번 바꾸어 그때마다 먼 곳으로 가서 구불구불 묘사하여 장차 이르려고 하면 곧장 멈춰버린다. 눈이 주목하고 있는 곳을 다시 말하지 않더라도 사람들은 문장 이외에서 갑자기 직접 보게 된다. 〈서상기〉는 순전히 이 방법으로 되어 있다."라고 하였다. 이는 작자가 주제나 인물, 사건에 주목해야 하기는 하지만 이를 직접적으로 묘사해서는 안 된다는 말이다. 주인공이 우여곡절을 겪어야만 독자의 상상력을 자극하여 흥미를 일으킬 수 있음을 간파한 것이다. 그러나 이런 곡절만을 추구한다면 극의 전개가 애매해져 이해가 어렵게 되기도 할 것이다.

또 그는 '始[처음]'이 중요함을 언급하였는데, 처음의 잘 되고 못 됨이 극 전체의 기력(氣力)과 신채(神采)를 결정한다고 하였다. 〈서상기(西廂記)〉 뇌혼(賴婚) 비어(批語)에서, "극을 쓸 때에는 처음을 잘 다뤄야 한다. 만약 처음 붓을 잘 대면 전편에 걸쳐 기력을 쟁취하게 되지만, 만일 그렇지 못하면 전편에 걸쳐 신채가 감소한다.”라고 하면서, 그렇기에 〈서상기〉에서는 장생이 앵앵을 보구사에서 만나 첫눈에 반하는 장면인 ‘경염(驚艶)’을 일컬어 生[잎과 꽃을 생겨나게 하는 것]이라 할 수 있다고 하였다. 〈서상기〉 뇌간(賴簡) 비어(批語)에서는 “행문은 쇠뇌를 당기는 것처럼 그 세를 다하여야 한다. 거의 끊어질 정도가 된 다음에 비로소 놓아야 하는 것이다.”라고 하여, 갈등과 충돌을 충분히 묘사하여 돌이킬 수 없는 형세를 빚어내 자연스럽게 고조에 달해야 함을 말하였다.

김성탄의 이러한 소설 평비는 내용면에서나 형식면에서, 〈삼국지연의〉를 평비한 모종강(毛宗岡), 〈홍루몽〉을 평비한 지연재(脂硯齋) 등에게 계승, 발전되었으며, 우리나라에도 수입되어 다수의 문인들이 탐독하게 된다.

3. 조선후기 문인들의 중국 소설 독서 실태와 그 의미

필자는 조선후기 문인들의 김성탄 평비본 독서 실태를 조사하기에 앞서 1차적으로 중국소설의 독서 실태를 알아보았다. 조사 대상은 주로 18세기와 19세기 전반기의 문헌들이지만, 17세기[32] 문인

---

32) 17세기 이전인 조선 전기에 읽혔던 중국 소설(설화집 포함)은 〈太平廣記〉, 〈剪燈新話〉, 〈剪燈餘話〉, 〈效顰集〉, 〈西廂記〉, 〈三國志演義〉 등이다. 15세기의 성임(成任:1421~1484)은 500여 권이나 되는 〈태평광기〉에서 일부를 뽑아 〈태평광기상절〉을 펴냈고, 이어 100권에 이르는 〈太平通載〉를 엮기도 했는데, 이들은 모두 중국의 소설들을 선록(選錄)한 것이어서 의의가 있다. 이후 연산군은 〈전등신화〉, 〈전등여

중에서도 매우 방대한 양의 중국 책을 읽었다고 알려져 있는 허균
(1569~1618)의 경우를 포함시켰다.

허균은 『성소부부고(惺所覆瓿藁)』에서 총 500여 권의 중국 서적을
언급했는데, 그 중에는 소설류도 꽤 많이 들어 있다. 〈삼국지연의(三
國志演義)〉(〈서유록(西遊錄)〉발『성소부부고』 13권), 〈금병매(金瓶梅)〉(〈상
정(觴政)〉『한정록(閒情錄)』 18권), 〈수호전(水滸傳)〉(〈서유록〉발『성소부부
고』 13권, 〈상정〉『한정록』 18권), 〈열선전(列仙傳)〉(〈열선찬(列仙贊)〉『성
소부부고』 14권), 〈잔당오대지연의(殘唐五代志演義)〉(〈서유록〉발『성소
부부고』 13권) 등이 그것이다. 그러나 허균은 이 글의 주된 관심사인
김성탄 평비본들이 나오기 전에 몰했기에 그가 읽은 〈수호전〉은 김
성탄이 평비한 것이 아닌, 평비가 없는 본 즉 백문본(白文本)[33]이기
에 여기서 상세히 고찰하지는 않는다.

다음으로 18세기의 여러 문인들의 문집을 검토하였다. 그러나 중
국 소설의 독서 흔적은 많지 않았으며, 간혹 있다 해도 〈삼국지〉
정도를 거론했을 뿐이거나 피상적인 언급에 그치고 있다. 당시 문인

화),〈서상기〉 등을 사은사에게 사오게 하라고 하였고, 그 중 〈전등신화〉와 〈전등여
화〉는 인간(印刊)하라고 했으며, 선조(宣祖)도 〈삼국지연의〉 등의 중국 소설을 접한
듯하다. 벗들에게 들으니, 〈삼국지연의〉는 허망하고 터무니없는 말이 많다고 하고,
〈전등신화〉는 저속하고 외설적인 책인데도 판각(板刻)하고 여항에서도 인출(印出)
하니 식자(識者)들이 애통해 한다고 하였기 때문이다. 한편 명나라 소설 〈오륜전비
기〉는 〈오륜전〉으로 윤색되어 유통되기도 했으며, 중국 소설은 지속적으로 수입
되고 독서되었으며 중국어 교재로도 사용되기도 하였다. 이상, 17세기 이전의 중국
소설 독서 기록에 관한 것은 무악고소설자료연구회편, 『한국고소설관련자료집』, 태
학사, 2001.를 참조할 수 있다.

33) 평비·평점이 붙어 있지 않은 본을 白文本, 白頭本이라 한다.

들의 소설 독서 실태를 정리하면 다음과 같다.[34)]

이의현(李宜顯 : 1669~1745)의 『도곡집(陶谷集)』(한국문집총간 180, 181
권)에는 총 72권의 중국 서적명이 언급된다. 특히 〈운양만록(雲陽漫
錄)〉에서는 중국소설과 관련된 이야기를 하고 있고[35)], 옥소(玉所)
권섭(權燮)의 어머니이자 〈소현성록〉, 〈한씨삼대록〉 등의 가문소설
을 필사한 용인(龍仁) 이씨(李氏)의 남동생이므로 중국 소설도 상당
히 읽었으리라 생각할 수 있다. 그러나 이에 대해서 그다지 긍정적
인 시각을 지니지는 않았다. 〈수신기(搜神記)〉는 역사에서 빠뜨린 부
분을 메울 수 있다는 점을, 〈수호전〉과 〈서유기〉 등은 내용이 새롭
고 공교하며 사용한 어휘가 기이하다는 점을 비교적 긍정적으로 평
가하고는 있지만, 종합적으로는 이들 소설들이 정사(正史)를 어지럽
게 하고 남녀의 일을 외설스럽고 문란하게 하니 엄숙한 선비가 가까
이할 만한 것이 못 된다고 하면서 이런 책들을 좋아하여 파적거리로
삼는 것은 탄식할 만하다고 비판하고 있다. 그는 또 1720년에 연경
에 다녀 온 후 쓴 〈연행잡지(燕行雜識)〉에서 중국에서 구한 책명을

---

34) 이하, 문인의 출생 연대순으로 중국 소설과 관련되는 부분만 정리함. 각 문인의
    독서 서적 목록은 홍선표 외, 『17·18세기 조선의 외국서적 수용과 독서실태─목록과
    해제』(혜안출판사, 2006.)로 출판되었음.

35) 稗官小說 自漢唐以來代有之. 如搜神記等書 語多荒怪而文頗雅馴. 其他諸種間亦有
    實事 可以補史家之闕遺 備詞場之採掇者. 至如水滸傳西遊記之屬 雖用意新巧 命辭怪
    奇 別是一種文字 非上所稱諸事之例也. 而明人劇賞之 加以俗尙輕浮佚蕩 輒贗作一副
    說話 以售於世. 大抵皆演成史傳與男女交歡事也 演史出而正史蹟汩亂 本不當觀. 男女
    之事又多猥鄙淫媟 尤非莊士所可近眼. 而近來人鮮篤實 喜以此等小記 作爲消寂遣日
    之資 甚可歎也. 李宜顯, 『陶谷集』27권 雜著 〈雲陽漫錄〉, 『한국문집총간』181권,
    431면.

나열하고 있는데, 왕세정과 왕사정, 진계유 등의 책들도 들어 있다.

이하곤(李夏坤 : 1677~1724)의 『두타초(頭陀草)』(한국문집총간 191권)
에는 총 21권의 중국 서적이 언급되는데, 공안파의 일원인 원소수
(袁小修)의 글을 읽은 것이 특기할 점이며 중국소설에 대한 언급은
없다.

이광사(李匡師 : 1705~1777)의 『원교집(圓嶠集)』(한국문집총간 221권)
에는 총 10권의 중국 서적이 언급되는데 소설은 없다.

이용휴(李用休 : 1708~1782)의 『탄만집』(한국문집총간 223권)에는 10
권의 중국 서적이 언급되는데 소설은 없다. 그러나 다른 저서 『혜
환잡저(惠寰雜著)』12권에는 〈서수호전후(書水滸傳後)〉를 쓴 것이 주
목받을 만한데, 여기서 그는 〈수호전〉의 문장이 비상하다고 감탄하
였다. 그의 형 이광휴(李廣休)도 역사책이나 패관소설류를 보기 좋
아했다고 하니[36] 집안 전체가 소설을 애호하던 분위기였던 듯하
다. 이용휴는 명나라의 이지(李贄)가 천리(天理)나 도(道)는 밥 먹고
옷 입는 일상생활 밖에 존재하는 것이 아니라고 주장한 것과 같은
생각을 갖고서 일상적 삶에서의 인간의 참 모습과 개인의 개성적
정서를 추구하였으며, 이는 이덕무나 박제가 등에게 이어졌다고 할
수 있다.[37]

안정복(安鼎福 : 1712~1791)은 『순암잡록(順菴雜錄)』에서, 중국 소설
몇 가지를 보니 그 평론이 신기하고 문법도 기이하다고 말하였으나

---

36) 박준호, 「혜환 이용휴 문학 연구」, 성균관대 박사논문, 2000. 68~70면.
37) 박준호, 앞의 논문, 80~98면.

또다른 저서 『잡동산이(雜同散異)』에서는 중국 소설을 독서한 흔적을 찾을 수 없었다. 총 17권의 중국 서적을 언급했는데, 경전과 역사서를 주로 읽었다. 『오대사(五代史)』, 『남사(南史)』, 『한서(漢書)』, 『금사(金史)』, 『통감(通鑑)』 등의 역사서를 많이 읽은 것이 특징적이며 이외에 『주례(周禮)』, 『이아(爾雅)』, 『문선(文選)』 등의 책을 읽었다.

홍양호(洪良浩 : 1724~1802)는 『이계집(耳溪集)』(한국문집총간 241권)에서 20여 권의 중국 서적을 언급했으나, 경전류가 대부분이라 특기할 것은 없다. 단, 서학(西學)에 관한 견해를 피력한 부분은 있다.

위백규(魏伯珪 : 1727~1798)는 『존재집(存齋集)』(한국문집총간 243권)을 통해 볼 때에 사서삼경(四書三經) 이외에 〈소학(小學)〉, 〈근사록(近思錄)〉, 〈한서(漢書)〉 등을 읽은 것 외에는 중국 서적이라 할 만한 책을 언급한 적이 없다. 향촌 사족이기에 당시의 신문물이라고 할 수 있는 중국 서적의 세례를 받지 못한 것으로 보인다.

홍대용(洪大容 : 1731~1783)의 『담헌서(湛軒書)』(한국문집총간 248권)를 조사한 결과, 중국소설을 독서한 흔적이 없다. 다만, 경전류와 문학서적들을 독서했을 뿐인데, 주희(朱熹)의 『태극도해(太極圖解)』, 『주자가례(朱子家禮)』, 『주자대전(朱子大全)』, 『주자어류(朱子語類)』 등과, 『문선(文選)』, 황간(黃幹)의 문집인 『황면재집(黃勉齋集)』, 소강절(邵康節)의 문집인 『소자전서(邵子全書)』, 왕어양(王漁洋)의 시집인 『감구집(感舊集)』 등을 읽었다.

성대중(成大中 : 1732~1809)의 『청성집(靑城集)』(한국문집총간 248권)에서는 구십주가 그린 수호지(水湖志) 그림에 붙여 쓴 글인 〈서구십주수호축후(書仇十洲水滸軸後)〉[38]에서 〈수호전〉이 세상을 경계하는 작품이라는 언급만 하여 그리 비판적이지는 않은 견해를 보였다.
그러나 〈감은시서(感恩詩敍)〉[39]에서는 패사(稗史)나 어록(語錄), 이해
(俚諧) 등이 당시의 문체가 순정한 고문으로 회복되는 것을 방해한다
고는 하여, 소설 전체에 대해서는 비판적 견해를 보였다.

이긍익(李肯翊 : 1736~1806)의 『연려실기술(燃藜室記述)』에는 36권
의 중국 서적명이 제시되는데, 소설과 관련되는 서목은 없다.

박지원(朴趾源 : 1737~1805)의 『연암집(燕巖集)』(한국문집총간 252권)
에는 132권의 중국 서적이 언급된다. 그 중 60여 권은 〈열하일기(熱
河日記)〉 중의 〈도강록(渡江錄)〉에서 제시되는데, 연암이 청나라 사
람에게 빌려 온 책들이다. 이에는 이탁오의 『분서(焚書)』, 『장서(藏
書)』와 고염무의 『일지록(日知錄)』 등 문제적인 저작들도 다수 들어
있으며, 서위, 왕사정 등의 저서도 보인다.

이덕무(李德懋 : 1741~1793)는 『청장관전서(靑莊館全書)』를 검토한
결과, 약 1,100여 권에 달하는 다방면의 중국 서적을 언급하였다.
〈수호전〉, 〈삼국지연의〉, 〈서상기〉, 〈금병매〉 등 당시에 유행하던
중국 소설들을 거의 다 읽은 듯하나, 부정적인 견해를 보이는 것이
특징이다. 지금의 고질적인 폐단은 중원을 흠모하고 소설을 좋아하
는 것이라고 하면서 연의소설의 백화와 공안파 문인들 문장의 속담
과 속어를 비판했다. 모종강의 〈삼국지연의〉 평비본에서, 그 논평
한 글이 너무 추해 던지고 나왔다고 하거나[40], 후배 문인 박제가에

---

38) 成大中, 〈書仇十洲水滸軸後〉, 『靑城集』 8권, 『한국문집총간』 248권, 505면.

39) 成大中, 〈感恩詩敍〉, 앞의 책.

40) 李德懋, 〈族姪復初光錫〉, 『雅亭遺稿』 7권, 『靑莊館全書』 15권 『국역 청장관전서』

게 소설 및 명말 청초에 사용하던 비속하고 경박한 구기(口氣)는 쓰지 말라고 당부하였다.41) 김성탄 평비본에 대한 견해도 눈에 띄는데, 다음 장에서 다루기로 한다.

유득공(柳得恭 : 1749~?)의 『영재집(泠齋集)』(문집총간 260권)에는 〈당송원명제가시집(唐宋元明諸家詩集)〉, 〈산해경(山海經)〉, 〈이아(爾雅)〉 등 총 10권의 외국 서적이 언급되었는데, 그 중 한 권은 『일본시선(日本詩選)』이라는 점이 특이하다.

박제가(朴齊家 : 1750~1805)의 『정유각집(貞蕤閣集)』(문집총간 261권)에는 총 6권의 중국 서적이 언급되지만 소설과 관련되는 것은 없다. 그러나 중국인 육비, 엄성, 반정균 등에 대한 기록을 적는다든지(정유각집 606면), 명나라 사신과 조선의 접대관이 창화(唱和)한 시를 모아놓은 〈황화집(皇華集)〉에 대해 서술한다든지(정유각집 663면) 독서의 필요성을 자주 언급(정유각집 440면, 615면, 672면)한 것으로 보아, 언급된 서적 이외에도 독서한 중국 서적은 많았으리라 짐작할 수 있다.

이만수(李晩秀 : 1752~1820)의 『극원유고(屐園遺稿)』(문집총간 268권)에는 총 34권의 중국 서적을 독서한 흔적이 있는데, 〈시경〉, 〈대학〉, 〈중용〉 등 기본 경전들과 철학·역사에 관한 책이 대부분이고, 소설류는 발견되지 않았다. 그러나 이유원(李裕元)의 〈임하필기(林下筆記)〉에 의하면, 이만수가 김성탄이 비평한 〈서상기〉와 〈수호전〉

3권, 136~137면, 민족문화추진회, 1979.

41) 李德懋, 〈與朴在先齊家書〉, 『刊本 雅亭遺稿』 7권, 『靑莊館全書』 20권 『국역 청장관전서』 4권, 203~209면, 민족문화추진회, 1979.

두 작품을 선물로 받고 그것을 읽자마자 '이 책들이 문자의 변화를 이렇게 많이 가질 수 있을 줄을 몰랐다'라고 경탄하면서 그 후부터 문체가 일변하였다[42])는 기록이 있다. 하지만 이렇게 다른 이가 그 사람이 어떤 독서했다고 기록을 남기기는 하였으나 정작 본인의 문집에는 별다른 흔적이 없는 경우가 종종 있다. 정조의 패관 금지가 엄격했기 때문이었을 것이다.

이서구(李書九 : 1754~1825)는, 『척재집(惕齋集)』(문집총간 270권)을 검토한 결과, 경전 위주로 독서했고, 총 49권의 중국 서적을 언급했다. 문학과 철학 책을 주로 읽었으며, 역사서들도 간혹 들어 있다. 특기할 만한 책은 없다.

유만주(俞晩柱 : 1755~1788)의 『흠영(欽英)』에는 총 438권의 중국 서적이 언급되는데, 그 중에서 소설은 약 45권 정도이다. 청대의 백화장편소설인 〈석주연의(石珠演義)〉·〈행화천(杏花天)〉·〈금향정(錦香亭)〉, 〈수호전(水滸傳)〉, 〈수호전〉의 속편인 〈수호후전(水滸後傳)〉, 〈삼국지연의(三國志演義)〉[43], 〈서유기(西遊記)〉, 〈금병매(金瓶梅)〉, 〈금병매〉의 속편격인 〈매옥전기(梅玉傳奇)〉, 백화단편소설집인 〈서호가화(西湖佳話)〉·〈두붕한화(豆棚閒話)〉, 명말청초의 〈쾌심편(快心

---

42) 李裕元, 〈喜看稗說〉, 『春明逸史』 3권, 『林下筆記』 27권, 성대 대동문화연구원. 682면.

43) 유만주가 소설을 독서한 후에 어떤 식의 감상을 남기는지 한 예를 들어 본다. "나는 동원(나관중)이 매우 묘리가 있는 사람임을 알았다. 후세에 문장이 전해질 것이 없음을 알고 〈삼국지연의〉와 〈수호전〉 두 가지의 기이한 책을 연의한 것이다." 余知東原是極妙理底人, 盖識得後世文章之無以傳後. 故通演 〈三國〉·〈水滸〉二大奇書. 유만주 『흠영』 4권, 207면. 1781년 12월 22일.

編)〉·〈운선소(雲仙嘯)〉, 그 외에 〈전등신화(剪燈新話)〉, 〈요재지이(聊齋志異)〉, 〈서상기(西廂記)〉, 〈옥합기(玉合記)〉 등 잘 알려진 중국의 소설, 희곡들을 독서한 것으로 파악된다. 〈서유기(西遊記)〉는 금단의 큰 도를 이야기하는 책이며 본연의 이치를 발현하기도 하고 비꼬는 말과 은근한 말로 요점을 은근히 말하기도 하고 진실을 드러내기도 한다고 극찬하였고,[44] 〈삼국지연의〉는 임기응변에 뛰어나고, 〈수호지〉는 의기가 뛰어나며, 〈서상기〉는 정회에 뛰어나고, 〈금병매〉는 인정물태에 뛰어나다고[45] '사대기서(四大奇書)'에 대해 평하기도 하였다. 김성탄이 평비한 〈수호전〉과 〈서상기〉에 대한 독서 기록도 남기고 있으니 다음 장에서 살피기로 한다.

장혼(張混 : 1759~1828)은 『이이엄집(而已广集)』(문집총간 270권)에서 총 69권의 중국 서적을 독서했으며, 경전과 역사서 위주로 읽었다. 〈수호전〉에 대해 언급한 것은 특기할 만하다. 이는 김성탄이 평비한 것을 읽은 것으로 추정되므로 뒷 장에서 다룬다.

이옥(李鈺 : 1760~1813)은 『담정총서(潭庭叢書)』 소재 그의 저작들[46]을 검토했더니, 51권의 중국 서적이 언급되었는데 특히 소설 독서 흔적이 곳곳에서 보인다는 점에서 주목할 만하다. 〈서상기〉, 〈전등

---

44) 〈西遊〉一書, 講金丹大道, 或正言, 或反說, 或寓意, 或設象. 或戲謔·閑情, 發本然之理, 或冷語·微詞, 示下手之功. 或隱指其要訣, 或顯露其眞傳, 橫竪側出, 旁通曲喩. 千魔萬怪, 無非止講得修性命二字, 止修得先天·眞一之氣而已. 유만주, 『흠영』 2권, 585면. 1779년 12월 22일.

45) 蓋嘗就四大奇而斷之, 〈三國〉, 戰爭之奇也 故其書長於機辯. 〈水滸〉, 衰亂之奇也 故其書長於氣義. 〈西廂〉, 幽艶之奇也 故其書長於情懷. 〈第一〉, 炎凉之奇也. 故其書長於人情物態. 유만주, 『흠영』 1권, 280면. 1776년 12월 30일.

46) 실시학사연구회 편역, 『李鈺全集』 1·2·3, 소망출판사, 2001.을 대상으로 함.

신화〉,〈정사(情史)〉,〈금병매〉,〈육포단(肉蒲團)〉등 애정을 소재로
한 소설들을 주로 읽었다. 이런 독서가 바탕이 되어 애정 소설인
〈심생전(沈生傳)〉을 지을 수 있었던 듯하다.

김려(金鑢 : 1766~1821)의 『담정유고(薝庭遺藁)』(한국문집총간 289권)
에는 총 5권의 중국 서적명이 제시되어 있는데, 소설류는 없다.

남공철(南公轍 : 1760~1840)의 『금릉집(金陵集)』(한국문집총간 272권)
에는 총 23권의 중국 서적이 언급되었으나 소설과 관련되는 것은
보이지 않았다.

이상에서 총 30여 명의 17·18세기 문인들의 문집에서 외국 서적,
특히 중국 서적의 독서 양상을 살펴보았다. 적게는 4권에서 많게는
오백 여 권에 이르기까지 외국 서적을 접했음을 알 수 있었으며,
평균적으로 30여 권 정도의 중국 책을 읽었던 것으로 파악된다. 그
러나 거의 경전류나 철학, 사상서, 역사서 종류이고 본고의 주된
관심인 소설류는 많지 않다. 이는 당시에 나라에서 패관소품이나
명말청초의 문집, 소설류를 수입하지 못하게 한 데에서 연유하는
듯하다. 정조는 중국 서적을 수입할 때에 경전류를 특히 선호했으
며, 경전이 아닌 서적이나 천주교 서적, 패관소품 등의 수입을 금지
시켰다. 또한 〈수호전〉,〈서상기〉따위의 소설은 관청에 내장되어
있던 것까지도 다 버리게 하였다.[47] 이러한 상황은 『홍재전서』에서
중국 소설명이 거론되는 횟수를 조사한 결과에서도 드러나는데,

---

47) 신양선, 앞의 책, 130~131면.

〈삼국지〉가 4회, 〈수호전〉이 1회, 〈서상기〉가 1회 언급되었을 뿐이다. 총 900여 권의 중국 서적이 언급된 것에 비하면 중국 소설의 비중은 거의 없다고 해도 과언이 아니다. 하지만 이렇게 국책으로까지 중국소설의 수입을 금지하게 된 이유를 되짚어 생각해 본다면 그만큼 이들 소설의 독서가 만연해 있고 영향력도 컸기 때문이라 여겨진다. 비록 눈에 띄는 소설 독서기록을 찾지는 못했지만, 문집들을 상세히 검토한 결과이기에 이 글의 연구 결과는 소중한 자료가 될 수 있을 것이라고 본다. 또한 앞에서 살펴 본 중국소설 독서 상황에 대한 몇몇 기록은 당시에 얼마나 중국 소설 독서가 성행했는지, 그 소설들에 침혹한 사람들이 많은지를 알려 주었기에 의미가 있다.

4. 조선후기 문인들의 김성탄 평비본 독서와 담론

조선후기 우리 문인의 기록에서 김성탄의 이름이 처음 거론되는 것은 아마도 안정복의 『순암잡록(順菴雜錄)』에서일 듯하다. 안정복은 여기에서 "내가 당나라에서 판각된 소설을 보니 〈삼국지〉, 〈수호지〉, 〈서유기〉, 〈금병매〉 등 사대기서가 있다…(중략)… 〈삼국지〉 한 함을 보니 그 평론이 신기하여 볼 만한 게 많고, 범례도 볼 만하며, 그 서문 역시 기(奇)라는 한 글자로 뜻을 이루고 있었으며, 문법 또한 기이하였다. 그 사람을 고구해 보니 김인서, 모종강이고, 시대를 고구해 보니 순치갑신(1644년)이다. 그런데 김인서, 모종강이 어떤 사람인지 알 수 없다."[48]라고 하였다. 이 글에서 언급한 〈삼국지〉

평비본은 실은 김성탄보다 후대인인 모종강이 선배 비평가인 김성
탄의 이름을 빌어 평비한 것이어서 김성탄과 직접 관련되지는 않는
다. 하지만 김인서는 김성탄의 다른 이름이니, 이로 보아 당시의
문인들도 김성탄의 평비본에 대해 들어보았음을 알 수 있다.

이후, 18세기 문인인 유만주, 이덕무 등의 저서를 통해 김성탄
평비본에 대한 상당량의 독서 흔적이 보이는데, 우선 유만주의 경우
를 살펴 보기로 한다. 18세기 경화사족 문사인 유만주의 방대한 독
서일기인『흠영』에는 저자 자신이 독서한 일이나 독서평이 들어 있
거니와 교유 인물이나 당대 유명 문사들의 일화나 글에 대한 평도
들어 있기에 당시의 문단 상황에 대해 다양한 정보를 주고 있어서
흥미롭다.

먼저 저자 자신이 김성탄의 서적을 독서한 후의 평을 살펴 보기로
한다.

> · 세상에서 뛰어난 기이한 문장인 성탄의 말을 뽑아서 베껴 적었
> 다.49)
> · 관화당이 엮은 문장들은 곧 신이한 그림이다. 오도자의 용의 그
> 림에서도 하지 못했던 것을 여기에서 마저 다 그렸다.50)

---

48) 余觀唐板小說 有四大奇書 一三國志也 二水滸志也 三西遊記也 四金瓶梅也. 試觀三
國一匣 其評論新奇多可觀 其凡例亦可觀 其序文亦以奇字命意 而文法亦甚奇. 考其人
則金人瑞毛宗崗也 考其時則順治甲申也. 未知金人瑞毛宗崗爲何如人. 安鼎福,『順菴
雜錄』42책.

49) 抄絕世奇文聖嘆之言. 유만주,『흠영』1권, 259면. 1776년 11월 15일.

50) 貫華堂通篇文字, 只是一部神畵, 道子龍眼之畵不得者, 於此畢畵之. 유만주,『흠영』
1권, 260면. 1776년 11월 24일.

- 〈수호전〉의 평비한 말이 매우 신이하다. 문장이 매우 험하여 묘사하기 어려운 대목을 김성탄은 쉽게 펼쳐놓았으니, 읽으면 문장가가 문장을 생동감 있게 하는 법을 깨달을 수 있다.[51]
- 〈수호전〉 좋은 본을 사면 마땅히 '흠영외기'라고 표제를 달아야겠다. 검속(檢束)하는 방법이나 노략질하는 방법에 있어서 그 각탁, 별진, 사궤, 밀봉, 잠운하는 것 등이 모두 쓸만한 방법이다.[52]
- 〈수호전〉은 음모와 속임수에 관한 책이요, 인정세태에 관한 책이요, 혼돈스런 세상을 환히 밝혀낸 책이며, 둘이 있을 수 없는 책이다.[53]
- 〈수호전〉에는 대유학자, 호걸, 명사, 열사, 명장, 효자, 의로운 종, 간웅, 모사, 용사, 신선, 도사, 명의, 승려, 노인, 어린아이, 서생, 평민, 아전, 병졸, …(중략)… 등을 그려냈는데, 각각의 신분과 성격을 가지가지로 나타내었다. 재주 있는 자가 아니라면 어찌 이것을 할 수 있겠는가?[54]

이상을 볼 때에 유만주가 김성탄의 작품을 읽고 얼마나 깊이 빠져들었는지를 알 수 있다. 명문을 뽑아 베껴 쓰기도 하고, 그의 문장에

---

51) 『水滸』斷辭極神. 凡文字至險難寫處, (聖)嘆乃能容易展拓之, 讀之可以悟文章家活法. 유만주, 『흠영』 2권, 556면. 1779년 11월 12일.

52) 得購水滸佳本, 當題以'欽英外記'. 用攝入之法, 用行掠之法, 其各坼·別進·私饋·密封·兼并·潛運, 皆在可用之科. 유만주, 『흠영』 5권, 37면. 1783년 8월 14일.

53) 水滸, 是牀謀機詐之書也. 是人情世態之書也. 是開鑿混沌之書也. 是不可有二之書也. 유만주, 『흠영』 5권, 216면. 1784년 4월 23일.

54) 水滸寫大儒·豪傑·名士·烈士·名將·孝子·義僕·奸雄·謀士·勇士·眞人·道士·名醫·釋子·老人·小兒·書生·平民·胥役·士卒·工匠·水戶·漁人·獵戶·店子·屠兒·光棍·昏君·奸臣·贓官·汚吏·淫女·姦夫·偸兒·强盗, 各有身分性格, 色色誦現, 非才子, 安得出此? 유만주, 『흠영』 5권, 217면. 1784년 4월 24일.

대해 오도자의 용 그림처럼 생생하다고 감탄하기도 하였다. 특히
〈수호전〉의 평비가 매우 신이하다고 했으며 지금 읽은 본 이외에
다른 더 좋은 본을 사면 여기에 자신의 독서일기 제목인 '흠영'이라
는 말을 붙여서 '흠영외기'라고 하겠다고 할 만큼 애착을 가지고 있
음을 보았다. 그러면서 김성탄 평비본의 가치를 매우 높이 평가하여
세상에 둘이 있을 수 없을 정도라고 하였다. 마지막 인용문은 특히
〈수호전〉이 각계각층의 여러 인물들을 적확하게 설정하고 묘사한
점을 들어 호평하고 있는데, 이는 김성탄이 소설을 평할 때에 인물
성격의 문제에 세심하게 주의를 기울이면서 그 묘사에 따라 작품
전체의 성공 여부가 판가름 날 정도라고 하면서 〈수호전〉은 108인
의 성격을 108가지로 묘사해 낸 점이 잘 한 점이라고 한 것과 같은
말이다. 김성탄의 소설 비평 방법을 그대로 수용하는 모습이다.

다음으로는 〈서상기〉 평비본을 독서한 후의 감상들을 보도록
한다.

> · 새로운 평이 있기에 관화당의 〈서상기〉를 늠에게 보여주었다.55)
> · 관화당의 책을 읽었다. 혹은 〈서상기〉는 거울 속의 꽃, 물 속의
>   달, 기러기의 발자국, 눈 위의 흔적 같은 글이라고 말하였다.56)
> · 나는 〈서상기〉가 불경의 체제를 지니고 있음을 비로소 알았다.
>   불경은 긴 글 사이에 게송을 끼워 넣었고, 〈서상기〉는 문장 사이
>   에 시가를 섞어 놓았다. 그러니 〈서상기〉독법과 불경의 설경은

---

55) 示貫華西相于凜以有新評. 유만주, 『흠영』 6권, 270면. 1786년 7월 25일.
56) 閱貫華堂書. 或言『西廂』一部, 是鏡花水月鴻爪雪痕之文也. 유만주, 『흠영』 1권,
    10면. 1775년 1월 22일.

같다. 그리고 겉으로 제목을 내세워서 그 의미를 부연하는 것은
또 〈금병매〉 등의 여러 책의 연원이 되었으니, 불경과 소설은 실
상은 표리관계이다.[57]

• 그 전에 보았던 소설 중에서 떠도는 나그네의 모습을 형용한 것이
더러 있었는데, 그림으로도 미치지 못할 정도였으니, 다음과 같
다. '높고 낮은 길은 구불구불, 사방에선 바람 불어와 좌우로 어지
러이 스러지네.[58] 푸른 산 맑은 물을 두루 다니면서 들풀과 그윽
한 꽃 하염없이 보았네. 가을이 깊어갈 때에 새벽닭이 울면 일찍
떠나는 것이 좋다네. 깊은 밤 하늘은 맑은 서리 맞이하고 밝은
달 구경하네. 한겨울 엄동시절 낙숫물도 얼어붙는 때,[59] 길 옆을
바라보니 황량한 들판엔 말라버린 나무와 쓸쓸한 갈가마귀. 성긴
숲엔 어스름한 해가 비스듬히 비치고, 저물녘 눈 내리니 얼어붙은
구름은 길 잃어 늦게야 넘어가네. 산 하나 지나가니 또 산 하나
다가오고, 뒷마을을 지나니 앞마을이 바라다 보이네. 보이는 것
은 온 하늘엔 이슬 기운, 땅 가득 서리꽃뿐이라. 새벽 별이 막
떴는데, 잔월이 아직도 밝구나.[60] 등불도 밝지 않고 꿈도 꾸어지
지 않네. 사르르, 이는 바람이 격자창 지나는 소리. 트르르, 이는
문풍지가 내는 소리.[61]' 모두 절묘하구나.[62]

---

57) 余始知西廂 是一部內典體. 內典以偈間長行, 西廂以詞雜記文, 而西廂讀法, 與內典
　　設經同, 而其表立名號, 演其意趣, 又開金瓶題書之淵源. 內典 小說, 實相表裏. 유만
　　주, 『흠영』 2권, 201면. 1778년 9월 9일.

58) 下下高高 道路曲折, 四野風來, 左右亂蹔, 〈西廂記〉 4본 4절.

59) 數九嚴寒之際, 點水適凍之時, 〈金瓶梅〉 71회.

60) 只見一天露氣, 滿地霜華. 曉星初上, 殘月猶明. 〈西廂記〉 4본 4절.

61) 燈兒又不明, 夢兒又不明. 窓兒外, 淅冷冷的風透疎櫺, 忒楞楞, 是紙條兒鳴. 〈西廂
　　記〉 1본 3절.

62) 曾見小說中, 往往形容行途羈旅之狀, 殆畵之不如: '下下高高, 道路拘折, 四野風來,
　　左右亂蹔. 歷徧了靑山緣水, 看不盡野艸閑花. 秋深時鷄鳴, 早行起止好. 有四更天氣,

이외에도 여럿 있으나 이 정도를 보이는 것으로 갈음한다. 이상의 글들에서 유만주가 김성탄의 평비본 독서 실태와 독서한 후의 감상을 알 수 있는데, 거의가 그 기이한 문체와 비평의 적확함에 감탄하는 언급들이다. 이를 체화하기 위해 김성탄의 글을 베껴 쓰는 대목도 있었으며, 특히 마지막 예문에서는 김성탄의 〈서상기〉 평비본의 구절들을 완전히 소화하여 자신의 문장 속에 녹여 내고 있으니, 얼마나 심도 있는 독서를 했는지 알 수 있겠다.

다음으로는 유만주가 동시대 문인의 글을 평가하면서 김성탄의 평비본을 거론하는 경우를 보자. 앞에서 유만주가 말하기를, 이용휴는 성탄의 글을 모방해서 문체가 기이하다고 하였다. 그 양상은 구체적으로 문장에서 전혀 '之, 而' 같은 글자를 구사하지 않는 반면 시에서는 '之. 而'와 같은 자를 전혀 꺼리지 않는, 일반 문인들과는 반대의 작법을 사용하는 것이다. 그래서 이것이 병통이 되기도 하고 기이함이 되기도 한다고 하였다. 또 그는 소장하고 있는 책이 많은데 거의 기이한 문장과 색다른 책이라고 하였다.[63] 아마도 명나라의 김성탄이나 공안파의 책들일 것이다.

유만주는 당시 문단의 거두였던 연암의 글에서도 김성탄의 흔적

迎着淸霜, 看着明月. 數九嚴寒之際, 點水滴凍之時, 一路上見了, 荒郊野途, 枯木寒鴉. 疎林淡日影斜暉, 暮雪凍雲迷晚渡. 一山行盡一山來, 後村已過前村望. 止見一天露氣, 滿地霜華. 曉星初上, 殘月猶明. 燈兒是不明, 夢兒是不成. 淅冷冷, 是風透疎櫳, 式楞楞, 是紙條兒鳴,' 皆妙絶. 유만주, 『흠영』 4권, 80면. 1781년 9월 17일.

63) 惠寶詩百餘篇, 當以軸覽. 此人文章極怪, 於文則全不使之而字, 而於詩則全不避之而字, 決要殊異於衆. 此固一病, 而亦一奇也. 惠寶藏書頗富, 而所有皆奇文異冊, 無平常者一秩. 盖其奇, 實天性也. 유만주, 『흠영』 5권, 121면. 1781년 1월 13일.

을 찾아내고 있는데, 앞에서 본 것처럼 '연암이 김성탄이나 원굉도
를 본뜬 것은 잘 하였으니 그의 재주가 김성탄류의 문장에는 능하
다.'라고 평가한 것이 대표적이며, 다음과 같은 구절도 있다.

> 달이 매우 밝고 매우 차갑다. 아버지를 모시고 연암(박지원)과 금
> 대(이가환)의 문장에 대해 논했다. 문장은 매우 뛰어나지만 사람됨
> 은 매우 잡스러우니 참으로 애석하다. 〈시본〉 제 1서·제2서와 평제
> (評題)를 꺼내 보았는데, 완전히 김성탄의 〈서상기〉 평비를 배웠지
> 만, 반쯤 벙어리가 된 듯하여 제대로 이루지는 못하였다.64)

이처럼 동시대의 문인이 김성탄이 평비한 〈서상기〉나 〈수호지〉
에 침혹됨을 언급하는 대목들이 간혹 발견되었는데, 남공철은 친구
이현수에게 보내는 편지65)에서 "나는 관아에서 종일토록 서찰과 장
부를 관리하는 데 매여 있는데, 그대는 손 안에 〈서상기〉 한 권을
들고서 바위, 대나무, 꽃 사이를 편안히 오가니 마치 신선 중의 인간
인 것 같네."라고 하였으며, 또 당시의 유명 화가인 최북이 〈서상
기〉, 〈수호전〉 등의 책을 읽기 좋아했다고66) 서술하고 있다.
　이렇게 유만주는 연암이 김성탄류의 문장을 잘 하였다고 했으며,
연암 자신도 자신의 글 중에서 김성탄과 원굉도류와 비슷한 것을

---

64) 月極明極寒 侍議燕錦之文, 文則絕尤 人則絕雜, 殊可惋惜也. 出閱『詩本』序一序二
　　及評題, 純學『貫華西廂』, 而半啞不成. 『흠영』 6권, 71면. 1785년 11월 13일.

65) 衙齊終日 抱牘治薄領, 如足下手裏播西廂記一卷, 婆娑石竹花下, 想來若神仙中人矣.
　　南公轍, 〈與李元履顯綏尺牘〉, 남공철, 『金陵集』 10권. 『한국문집총간』 272권, 181면.

66) 七七好讀西廂記 水滸傳諸書. 南公轍, 〈崔七七傳〉, 『金陵集』 13권. 앞의 책, 250면.

사람들이 좋아한다고 했지만, 앞에서 서술했듯이 『연암집』에는 연암이 김성탄이나 원굉도의 글을 읽은 흔적이 없다. 그래서 연암 문장과 김성탄류의 문장의 상사성의 소인을 알기 어려웠으나, 최근 한 연구에 의하면 연암이 자신의 개인용 원고지에 '김인서(金仁瑞) 외서(外書)'라고 하여 김성탄 평비〈서상기〉를 한 권 베껴 쓰고 또 한 권에는 원굉도의 글들인 '광장(廣莊)', '병사(甁史)', '상정(觴政)'을 베껴 쓴 것이 발견되었다고 한다.67) 그러니 당시 문단의 거두였던 연암도 이들 명말청초 문인들의 글을 탐독하고 이를 자신의 사유와 문장에 담아내었음을 알 수 있다.

추재 조수삼(秋齋 趙秀三 : 1762~1849)도 동시대 문인인 노긍(盧兢 : 1738~1790)의 글을 본 뒤 "일을 기록한 곳에서는 모두〈수호전〉의 구절들을 끌어서 논단했으며, 논의하는 곳에서는〈서상기〉의 평어를 따라 쓰고 있습니다. 때때로 군색하고 구차한 곳에서는 문득 층층의 산봉우리로 사람의 눈을 막는 것 같으니 진실로 가소롭습니다. 고문은 전기(傳奇)가 아니니 어찌 김성탄이나 이탁오가 할 수 있는 것이겠습니까?"68)라고 평하고 있다. 노긍이라는 문사가 글에 패관(稗官)의 어휘를 사용하면서 경사(經史)의 기미를 살리지 않는다고 비판한 후에 이렇게 쓰고 있으니, 노긍이나 추재 모두 평어(評語)가 붙어 있는〈서상기〉, 즉 김성탄의 평비본을 읽었음을 알 수 있다.

---

67) 강명관,「연암 박지원과 공안파」, 한국 고전문학회 동계학술대회 2003년 2월. 발표집 21~22면 참조.

68) 故每於記事處, 引斷水滸句讀. 論議處循襲西廂評語. 時遇窘迫苟且處, 忽以遙遙葱嶺, 遮暎人目, 誠極可笑也. 古文旣非傳奇, 則豈聖歎卓吾之可爲者哉. 趙秀三,〈與蓮卿〉,『秋齋集』8권.『한국문집총간』271권, 528면.

또 같이 언급되는 작품이 〈수호전〉인 것으로 보아 이 작품도 김성탄의 평비본임이 드러난다. 그러니 당시에 문장이 기이하거나 패관의 기미를 보이는 문사들은 거의 김성탄의 소설 평비본 독서에 심취했으며 그에 큰 영향을 받았음을 알 수 있다.

동시기의 중인 문사 장혼(張混 : 1759~1828)도 〈독수호전(讀水滸傳)〉에서 자신은 패관이나 전기류를 좋아하지 않아서 여태껏 〈삼국지〉 몇 권 읽은 일 밖에 없는데 올 여름에 병이 심하자 자제들이 〈수호전〉을 가져 왔다[69]고 하면서 다음과 같이 독서후평을 남기고 있다.

처음에는 눈으로 슬쩍 보다가 시험 삼아 그림을 따라 넘겨보았다. 반쯤 읽은 후에도 나이 어린 젊은이들이 이 책에 빠져 미혹되고 날마다 입에 달고 있으며 좋아하여 손에서 놓지 않는 것이 왜 그런지 의심스러웠으며 어느 부분이 좋아서 그러한 지 깨닫지 못 했었다. 그 용사는 말을 잘 하는 것에 불과하며, 이리저리 꿰매고 뒤섞어 엮은 것이며 줄기와 실마리가 없고, 그 작법은 오로지 우스꽝스러운 말놀이일 뿐이어서 머리 부분을 바꾸거나 꼬리 부분을 바꾼 것에 불과하며, 모조리 상투구를 따른 것으로서, 이 책의 문장의 기이함이 다른 책보다 더 기이하다고 할 수 없었다. 다만 성탄씨의 재주는 진실로 기이하니, 기이한 재주를 춤추듯 표현하고, 기이한 필법을 현기증이 날 정도로 휘두르니 이 문장이 기이하다고 할 수 있다.[70]

---

69) 余素不喜稗官傳奇. 行五十七. 閱三國志數過外. 他未嘗窺. 乙亥居夏疾多作. 兒子輩 讀進水滸傳. 張混, 〈讀水滸傳〉, 『而已广集』14권. 『한국문집총간』270권, 590면.

70) 余初目也. 試從圖像. 讀至半部 竊疑年少後生酷酖是書. 讚莫舌捫. 愛不手釋. 誠未 曉其所好何在. 其用事不過善辨者. 牽綴蹉綴. 而無統緖. 其作法專以談諧口氣. 換頭 改尾. 都沿一套. 非是書文章之奇奇於他書. 只緣聖嘆氏才固奇矣. 舞奇才而衒奇怪之

라고 하여 〈수호전〉 자체에 대해서는 심드렁한 태도를 보이나 김성
탄의 재주만큼은 인정하고 있다. 이 글로 보아 당시 독서자들이 중
국 소설 〈수호지〉의 내용보다도 이를 평비해 놓은 김성탄의 글에
주안점을 두어 독서했음을 알 수 있겠다.

또한, 앞 절에서 보았듯이, 중국 소설을 읽은 기록을 남긴 몇 안
되는 문인 중 이옥도 김성탄의 〈서상기〉를 읽고 내용이 부드럽고
정다우며 문장이 찬란하다고 칭탄하였다. 그 대목을 인용해 본다.

> 객이 말했다.
> "선비들의 눈을 즐겁게 하는 것에는 서책만큼 좋은 것이 없다.
> 그러나 경전은 깊이 통달할 것을 요구하고, 역사는 고증하고 분별
> 하는 것에 이바지하며, 많은 사람과 집들도 또한 두루 열람하기가
> 어렵다. 그리고 이런저런 패관잡기가 나와서 한나라 때로부터 선집
> 해 놓은 것이 있으니, 어떤 것은 신선과 마귀가 등장하는 연극이고,
> 어떤 것은 정사들이 힘을 다해 결판이 날 때까지 싸우는 이야기이
> 고, 어떤 것은 귀신과 산 사람이 서로 교접하는 이야기이고, 어떤
> 것은 호방하고 사치스럽게 놀고 즐기는 이야기이니, 모두 한 번 보
> 면 곧 소원한 친구의 얼굴과 같다. 오직 최씨의 〈춘추〉는 쌍문의
> 아름다운 전인데, 그 내용이 부드럽고 정다우며 그 문장은 찬란하
> 여서 동왕이 창화했던 바이고, 탄가가 춤추고 손뼉 치던 것으로,
> 남방의 가곡에도 맞아서 단락을 나누어 극장에서 축정을 공연하는
> 것과 방불하다. 그것을 읽는 자는 모두가 사탕수수를 씹는 것 같고,
> 술에 취해 눈이 어질어질한 듯하며, 미루 안으로 들어가 돌아오고

筆. 使此文乃稱奇而又奇. 장혼, 앞의 글.

싶어도 자기 마음대로 할 수 없는 것과 같고, 경국지색을 가진 여인
을 대하는 것과도 같아서, 공연히 어떤 물건이 서로 잡아끄는 듯,
손에서 놓을 수 없고 눈을 돌릴 수도 없다. 마치 은퇴한 별장에서
늙어가며 생을 마치려 하면서도 싫증나지 않는 것과 같다. 자네는
어찌 오부의 전주를 사들이고, 명화의 수상을 마련하지 않는가? 낮
에는 비자나무로 만든 책상이 맑고 깨끗하며, 밤에는 짧은 등경걸
이가 환하게 밝은데, 오롯이 앉아 정취를 다하고, 깊숙하고 조용하
게 생각을 간직하며, 점점 그 속으로 머리를 묻게 되고, 신이 나서
손뼉을 치게 된다. 하늘하늘 그 걷는 그림자를 보는 듯, 낭랑하게
그 말소리를 듣는 듯, 은은히 신이 들이고, 몽롱히 혼이 태탕해진
다. 진실로 한중의 묘한 이해요, 참으로 인간 세상에서의 아름다운
관상이다. 부딪쳐 깨달음을 얻게 되고, 가히 자양을 얻을 수도 있
다. 수호에 관한 기록은 비견할 것이 없고, 모란으로 된 극은 둘도
없다. 비록 늙고 병들어도 그것을 잊을 수 없다. 자네 혹시 기왕에
이런 것을 본 적이 있는가?"[71]

  '최씨의 〈춘추〉'라고 한 것이 바로 〈서상기〉인데, 그것을 읽으면

---

71) 客曰: "儒之娛目, 莫美黃卷. 然而經要貫穿, 史資攷卜, 多子衆集, 閱亦難遍. 萩萩稗
官, 自漢有選, 或仙魔劇戱, 或壯士鏖戰, 或幽明交瀆, 或豪侈游衍, 皆一見便休疏朋之
面. 惟崔氏之春秋, 卽雙文之佳傳, 其事則燕婉, 其文則媵絢, 董王之所倡和, 歎可之所
舞抃, 叶南腔而分韻, 像丑淨於戱院. 讀之者, 莫不如蔗之咀咴, 如酒之嗖眩, 如入迷樓
之中, 欲歸而不自擅, 如對傾國之佳人, 公然有物之相胥, 手不能釋, 目不能轉. 若將菟
裘而老焉, 窮年而不自倦焉. 子何不購吳婦之箋註, 致名花之繡像? 畵則棐几明潔, 夜
則短檠熒晃, 兀兀乎窮趣, 惜惜乎存想, 駸駸乎埋首, 澎澎乎鼓掌. 嫋嫋乎如見其步影,
嚦嚦乎如聞其語響, 段段乎神作, 穏穏乎魂蕩. 泃閑中之妙解, 儘人間之佳賞, 因觸而
悟, 可滋而養. 誌水滸而未肩, 劇牧丹而莫兩, 雖癃癖而可忘. 子豈得之於卽往乎?", 이
옥, 〈七切〉, 『이옥전집』 3, 소망출판사, 2001. 164~165면. 번역은 앞의 책 2권,
121~122면 참고.

사탕수수 씹는 것 같이 달콤하고, 술 취한 듯 어질어질하며, 손에서 놓을 수도 없고 눈을 돌릴 수도 없을 만큼 잡아끄는 매력이 있음을 말하였다.72) 더하여, 이 책을 통해 묘한 이치를 알게 되고, 깨달음을 얻게 되며, 자양분을 얻게 된다고 하면서 늙고 병들어도 잊을 수가 없을 것이라고 하였다. 책에 대한 최상의 극찬이다. 그렇기에 〈서상기〉의 영향을 받은 〈동상기(東廂記)〉라는 작품을 짓기도 했을 것이다. 특히 그 창작의 변은 〈서상기〉 고염(拷艶) 회평(回評) 중 "불역쾌재(不亦快哉)"와 매우 비슷하며, 〈서상기〉 독법을 수용한 〈독초사(讀楚辭)〉 같은 글도 나오게 된다.73)

한편, 동시대의 문인 중 특히 소설을 좋아했으며 김성탄의 〈서상기〉를 매우 애호했던 이상황(1763~1841)은 늘 말하기를, "대개 글자가 쓰여 있는 책은 볼 때는 비록 좋지만 덮고 나면 그만인데, 오직 〈서상기〉만은 한 번 볼 때도 좋고 책을 덮고 나서도 더욱 맛이 난다. 상상이 매우 그럴 듯하여 나도 모르는 사이에 혼이 녹을 것 같다. 이는 한유, 유종원, 구양수, 소식 등의 문장가들도 할 수 없었고, 좌구명, 반고, 사마천 같은 역사가들도 할 수 없었고, 이전, 삼모 같은 경전도 또한 할 수 없었던 것이다. 그래서 밥을 대하거나 뒷간에 갈 때에라도 손으로 책을 넘기는 것을 멈출 수가 없다"74)고 했

---

72) 아울러 〈수호지〉에 관한 비평을 이야기하고 있는 것으로 보아 여기서 말하는 〈서상기〉도 김성탄이 평비한 〈서상기〉를 읽은 것이 분명하다.

73) 이 글에서는 주로 김성탄 평비 소설본을 독서한 양상과 독서후평을 다루고 있으며, 이러한 독서로 인해 창작하게 된 소설이나 비평, 여타 문학 작품에 대해서는 이 글 뒤에 수록되어 있는 「소설 비평론의 발전과 평비본 소설의 탄생」에서 상론하였다.

74) (桐漁主小說, 酷好西廂記, 常日), 凡有字之書, 見時雖好, 掩卷則已. 惟西廂一見時

다. 그는 또 〈힐패(詰稗)〉75)에서 패관잡기를 옹호하는 패자(稗者)와
이를 비난하는 힐자(詰者)의 대화를 통해 다음과 같이 말하였다.

> 패자가 말하기를, "〈서상기〉와 『시경』〈국풍〉은 비슷한 것이고,
> 〈수호전〉과 사마천의 〈사기〉는 비슷한 것이니, 이는 참된 깨달음을
> 얻고 마음을 다스리는 데 필요한 책이다."라고 하였다. 그랬더니 힐
> 자가 말하기를, "〈국풍〉의 조화롭고 풍부함이 어찌 〈서상기〉가 화
> 려한 소리와 음란한 곡조로 약해서 스스로 버티지도 못하는 것과
> 같다는 말인가? 사마천의 〈사기〉의 강건함과 생동감이 어찌 〈수호
> 지〉가 번다한 말과 어지러운 구절들로 경박하게 속인들의 기미를
> 맞추는 대상으로 삼는 것과 같다는 말인가? …(중략)… 만약 사람들
> 의 말과 같다면 진짜로 하여금 〈국풍〉이나 〈사기〉와 같게 할 수 있
> 고 진짜로 하여금 〈공자〉나 〈주자〉의 마음을 다스리는 책과 같게
> 할 수 있을 것이다. 요즘 사람들은 어째서 진짜를 구하지 않고 오로
> 지 사이비를 구해서 그렇게 좋아하며 그렇게 읽는가? 여기서 바로
> 그 미혹된 것을 본다."
> 그랬더니 다시 패자가 말하기를, "공자가 말하기를 바둑 두는 것
> 이 노는 것보다 오히려 현명하다고 하지 않으셨는가. 젊은 사람들
> 이 공부하는 여가에 잠시 패관소품을 가져다 읽으며 날을 보낸다면
> 바둑 두는 것보다 낫지 않은가? 이는 금할 수 없다."라고 하였다.76)

好, 掩卷愈味. 想像肯綮, 不覺其黯然魂銷. 此韓柳歐蘇不能爲, 左國班馬不能爲, 二典
三謨亦不能爲. 雖對飯如厠, 手不停披. 洪翰周, 〈正祖文體反正條〉, 『智水拈筆』3권,
127~128면. 아세아문화사. 1984.

75) 李相璜, 〈詰稗〉, 『桐漁遺集』, 고려대 도서관 소장본.

76) 稗者曰, 西廂國風而似者也, 水滸遷史而似者也, 眞詮治心之要書也. 詰曰, 國風之冲
融動盪, 曷嘗如西廂之靡聲淫調, 弱不自持乎. 遷史之勁健活動, 曷嘗如水滸之繁音亂

　이 글에서 힐자와 패자의 의견이 대립되고 있기는 하지만, 작자 이상황이 〈서상기〉와 〈수호지〉를 탐독했으며 그 이후 이들을 〈시경〉이나 〈사기〉와 같은 급으로 생각하게 되어 도를 얻고 마음을 다스리는 데에 필요한 책이라고 평가하고 있음을 확인할 수 있다. 그러나 그럼에도 불구하고 그는 정조의 비위를 거스르지 않으려고 소설을 배척하는 듯한 발언을 하게 되는데, 위의 힐자의 말이나 "김성탄은 원씨의 지류이며, 나관중은 얄팍한 재주로 패관 소설을 썼지만 이는 모두 가허착공(架虛鑿空)한 것"77)이라고 하는 등의 언급이 그러한 예이다.

　이덕무도 김성탄 평비본에 대한 언급을 하고 있는데, 이상황과 마찬가지로 표면적으로는 부정적으로 평가하고 있다. 후배인 박제가가 〈서상기〉에 침혹한 것을 보고는 다음과 같이 말하였다.

　　"…그대는 병의 빌미를 아시는가? 김인서는 재앙을 만드는 사람이며, 〈서상기〉는 재앙을 만드는 책이요, 그대가 병석에 누워서도 마음을 안정시켜 담박하고 조용히 있지 못하는 것이 걱정이오. 병을 막아내야 하는 처지인데도, 붓으로 쓰고 눈으로 살피고 마음을 씀에 그 어느 것이나 김인서가 아닌 것이 없으면서 도리어 의원을 맞아 약을 의논하려 한다니 그대는 깨닫지 못함이 어찌 그리 심한

節, 沾沾爲媚俗之資乎. …(중략)… 設如人言, 使其眞能似國風遷史也, 眞能似孔朱治心之書也, 何今人之不求其眞而 惟似者之是 耽是讀也 適見其惑也 秤者曰 孔子曰 不有博奕者乎 猶賢乎已 學生少者於研文之暇 姑取稗官小品而讀之 以永今日 不有愈於博奕者乎 是不可禁也. 이상황, 〈힐패〉, 앞의 책.

77) 袁氏支流爲聖嘆 不徒島瘦與郊寒. …(중략)… 羅氏家兒字貫中 自矜薄技解雕虫 刱爲幾種稗官說 設是架虛與鑿空. 이상황, 〈힐패〉, 앞의 책.

가? 바라건대 그대는 인서를 붓으로 공격하고 손수 그 책을 불살라
버린 다음에, 다시 나와 같은 사람을 만나 날마다 〈논어〉를 강독하
시오. 그래야 병이 나을 것이오. …(중략)…모성산도 김성탄의 무리
일세. 그가 말하는 것을 보면 재주꾼은 재주꾼이나 왕왕 추태가 드
러나더군. 평론한 글이 너무 돼먹지 않아서 곧 욕을 하며 책을 팽개
쳐 버렸다네."78)

김인서는 바로 김성탄인데, 청장관은 그를 재앙을 일으키는 사람
으로, 그의 책 〈서상기〉를 재앙을 일으키는 책으로 지칭하면서 책
을 불살라 버리라고 하는 등 맹렬히 비난하는 것을 볼 수 있다. 그는
또 김성탄의 다른 저작 〈수호전〉 평비에 대해서도 비판하였는데,
먼저 소설의 폐해를 지적한 후 다음과 같이 말하고 있다.

또한 김성탄이라는 자가 나타나 제멋대로 찬평하기를 "천하의 문
장이 〈수호전〉보다 앞설 것이 없으므로 〈수호전〉만 잘 읽으면 사람
이 여유롭게 될 것이다."라고 떠들어대었고 또 방자하게 "맹자는 전
국시대의 유사의 습관에서 벗어나지 못하였다."고 훼방하였다. 내
가 비록 성탄이 어떤 위인인지는 자세히 알지 못하지만, 망령되고
비루하고 어긋난 자임은 이것으로써 짐작할 수 있으며, 그 말하는
억양이 교묘하여 사람의 마음을 잘 현혹시켰으니 재주꾼은 재주꾼
이다.…(중략)… 성탄 같은 무리는 대체 무슨 심정으로 그 사이에
나서서 소매를 걷어 올리고 다섯 재자라고 표방하고 그 비루함을
조장하면서 소설가의 충신 노릇과 세속의 지기(知己) 노릇을 즐겨

<hr />

78) 李德懋, 〈與朴在先齊家書〉, 『刊本 雅亭遺稿』 7권, 『靑莊館全書』 20권, 『국역 청장
　　관전서』 4권, 203~209면, 민족문화추진회, 1979.

하였단 말인가? 만일 다행히 중국에 사람이 나서 세상의 운수를 만
회하되 하루바삐 새로운 명령을 온 천하에 내려 그 옛 글들은 소각
시키고 새 글은 금제하며, 혹 이 명령을 범하는 자는 그 법률을 엄
격히 하여 사람으로 취급하지 않는다면 이 폐습이 거의 바로잡힐
것이다.[79]

이러한 글로 보아 이덕무는 김성탄의 책을 탐독하였으나 매우 비
판적인 시각을 견지하고 있으며, 당시의 문사들 중에는 그 책에 미
혹되어 있던 이들이 많아 문제가 될 정도의 상황이었음을 알 수 있
겠다. 위에서 중략된 부분은 이덕무가 소설에는 세 가지 의혹된 바
가 있다고 한 언급과 "소설을 지은 것도 옳지 못한 일인데 무슨 심정
으로 평론까지 붙여 놓았단 말인가? (중략) 시내암과 성탄 같은 무리
들의 재주와 총명으로써 이런 노력을 본분에 옮겨 힘썼다면 어찌
존경할 일이 아니겠는가?"라고 한 대목이다. 이런 서술들로 보아,
청장관은 소설과 소설 비평에 대해서는 비판적인 입장이면서도 비
평가인 김성탄의 재주는 뛰어나다고 인정하였음을 볼 수 있겠다.

다산 정약용(茶山 丁若鏞 : 1762~1836)도 당시 문장의 폐해는 문인
들이 중국의 소설가인 나관중, 시내암, 김성탄 등을 시주로 모셔
그들을 본받기 때문이라면서 그들의 글은 마치 수다스러운 원숭이
와 앵무새가 혀를 놀리듯이 음란하고 험상한 말로 문장을 꾸며 놓은
듯하며 처량하고 신산하고 흐느끼는 듯하여 온유돈후한 가르침과

---

79) 李德懋, 〈歲精惜譚〉, 『嬰處雜稿』 1권. 『靑莊館全書』 5권. 『국역 청장관전서』 2권,
22면.

는 다르다고 지적하였다. 이어, 그들은 음탕한 곳에 마음을 두며 비분한 장면에 한눈을 팔며 넋이 빠지고 간장을 녹이는 말을 누에가 실 뽑듯이 끌어내고 뼈를 깎고 골수를 뚫는 듯한 문장을 벌레 울음 처럼 내고 있어서 그것을 읽고 나면 마치 푸른 달이 서까래를 엿보 는데 귀신이 휘파람을 부는 것 같고, 음산한 바람이 촛불을 꺼뜨리 며 원한에 찬 여인이 구슬프게 우는 것 같다고 하였다.[80] 이 글은 1820년에 다산이 청년 문사 이인영의 글을 읽은 뒤에 어떻게 하면 문장을 잘 쓸 수 있는가를 이야기한 글이다. 위와 같은 내용으로 보아 소설을 배척하던 다산도 김성탄 등의 중국 소설을 독서했음을 알 수 있으며[81], 특히 당시의 젊은 문사들이 그들의 소설을 열독하 였고 그 영향으로 자신들의 문체까지 변화시켰음을 알 수 있겠다. 그러나 다산은 "이처럼 음탕하고 교사한 소설의 지류와 괴롭고 고달 픈 단구(短句)의 말류를 하기 위해 신세를 가볍게 포기하려 하는가" 라고 하면서 문장학에 대한 뜻을 끊고 빨리 돌아가 경전의 공부를 부지런히 하고 과거공부도 열심히 하라고 한다.[82] 이러한 다산의 언급은 김성탄에 대한 부정적인 평가의 대표적인 예가 되겠다.[83]

---

80) 丁若鏞, 〈爲李仁榮贈言〉, 박석무·정해렴 편역, 『다산문학선집』, 현대실학사, 2000. 286면.

81) 한매의 앞의 논문에서는 다산의 작품 중 〈不亦快哉行〉이라는 연작시와 김성탄의 〈서상기〉 평비본 拷艶 回評 중 〈不亦快哉〉의 연관을 짚어 내기도 하였다. 한편, 철학 계에서는 정약용의 역학(易學) 사상이 청나라의 毛奇齡의 저서를 독서하고 영향을 받았거나 비판적 수용을 한 것이라는 논의가 이루어지고 있다. 김영우, 「정약용과 모기령의 역학 사상 비교 연구」, 『동방학지』 127집, 2004. 287~310면.

82) 정약용, 앞의 글. 박석무 외, 앞의 책, 287면.

83) 이처럼 다산은 대체로 중국의 새로운 문예사조에 대해 비판적인 견해를 폈지만,

　　이후 19세기 전반의 유명한 문인이었던 홍한주도, 연의소설은 난
세의 문요(文妖)이기에 〈열국지〉, 〈삼국지연의〉, 〈서상기〉 등을 모
두 태워 버려야 한다고 하면서 특히 〈금병매〉의 음란함을 개탄했으
나, 〈수호지〉에 대해서만은 그 의장에 대해 문장을 잘 하지 않으면
이렇게 쓸 수 없다고 높이 평가하였다.[84] 당시에 조선의 문인들은
거의 김성탄의 평비본으로 〈서상기〉와 〈수호지〉를 독서한 것으로
미루어 보아 홍한주도 이를 읽고 나서 그 문장에 대해 탄복했음을
알 수 있다.

　　이상에서 살핀 바와 같이 17·18세기의 조선의 문인 중에서 김성
탄의 소설 평비본을 독서하고 독서 후평을 남긴 이는 유만주, 이덕
무, 박지원, 이상황, 이옥, 정약용 등 소수이기는 했지만 이들의 평
으로 미루어 보아 한결같이 김성탄의 소설비평의 섬세함과 전문성
에는 칭탄의 말을 남기고 있었다. 또한 이러한 평가와 더불어 당시
의 젊은 문인들 중에 김성탄의 소설 평비에 흠뻑 빠져 있는 사람들
이 많았으며 이를 자신의 글쓰기에 적용하기까지 하는 등 얼마나
영향력이 컸는지를 알 수 있게 되었다.

　　이 글은 17·18세기 조선의 독서문화는 어떠했으며 그로 인한 문

　　이러한 견해는 김성탄, 원굉도, 전겸익 등의 저서를 모두 읽은 뒤에 나온 것이라
　　생각되기에 중요하다. 그는 혜환 이용휴의 문학이 전겸익이나 원굉도 못지 않다고
　　평가했다. 旣進士 不復入科場, 專心政文詞, 淘洗東俚, 力追華夏, 其爲文奇崛新巧,
　　要不在錢虞山袁石公之下. 丁若鏞, 〈貞軒墓誌銘〉, 『與猶堂全書』 15권.

84) 洪翰周, 〈水滸傳條〉, 『智水拈筆』 1권, 41면. 『栖碧外史海外蒐佚本』 13권, 아세아문
　　화사.

화변동의 발생과정은 어떠했는가를 살피는 가운데 소설문학 분야를 집중적으로 고찰한 연구 결과이다. 당시 문인들의 문집과 여타 문헌들을 검토하여 중국 소설 독서 기록을 찾아내고 그에 따른 감상이나 서술을 분석하여, 조선후기에 소설인식이 변화하고 나아가 소설 창작기술이 발전하며 소설비평의 분위기가 무르익게 되는 원인을 추적하고자 했다. 이에 당대에 가장 열독되었던 중국의 소설 평비본인 김성탄 평비본이 어떤 경로로, 어떤 집단에게, 어떤 방식으로 독서되었는지를 살폈다.

조선후기, 특히 17·18세기의 지식인들은 장서(藏書)에 대한 욕심이나 중국 서적에 대한 독서 열의가 대단했음을 알 수 있었는데, 어떤 이는 장서의 목록만 해도 네 책이나 되었다고 하며, 중국 서적을 구입하기 위해 북경으로 사신 가는 사람들에게 책을 사오기를 부탁하거나 책을 거래하는 중간상인들에게 부탁하는 일이 많았다는 기록을 통해서이다. 이렇게 하여 중국 서적의 독서는 당시에 하나의 문화로 자리 잡아 가고 있었으며, 이러한 중국 서적 독서 붐을 겪은 이후 여러 분야에서 새로운 시각과 기법이 도입되게 된다. 그 변화의 과정을 면밀하게 고찰해 보는 것이 이 글의 목표였다.

이에 필자는 우선 김성탄의 소설 평비본의 특징과 그의 소설 비평론의 특성을 살폈다. 이를 알아야만 그 책을 읽은 우리 문인들의 독서 담론을 분석해 낼 수 있을 것이기 때문이다. 다음으로 한국문집총간 내의 18세기 문인들의 문집 총 24권과, 중국 서적 수입에 열을 올렸다고 하는 17세기 허균의 『성소부부고』, 18세기 문인 유만주의 방대한 독서일기인 『흠영』, 다양한 독서 양태를 보이는 이덕무의『청장관전서』 등을 대상으로 중국소설 독서 실태와 김성탄 소설 평비본 독서 실태를 조사하였다. 그 결과, 적게는 4권에서 많게는 500여 권에 이르기까지 외국 서적을 접했음을 알 수 있었으며, 평균적으로 30여 권 정도의 중국 책을 읽었던 것으로 파악되었다. 그러나 거의 경전류나 철학, 사상서, 역사서 종류였고 본고의 주된 관심인 중국소설류는 많지 않았다. 다만, 유만주와 이덕무 등의 몇 저서에서는 상당량의 소설 독서 흔적이 보였으며, 자신의 독서평뿐만 아니라 교유 인물이나 당대 유명 문사들의 일화나 글에 대한 평도 들어 있기에 당시의 문단 상황에 대한 정확한 정보를 얻을 수 있었다. 18세기까지만 해도 소설을 부정적으로 보는 시선이 많았고 특히 정조가 문체반정의 기치를 높이 들고 명말청초의 문집이나 패사소품류, 소설류의 수입을 금지하였기에, 명말청초의 유명한 소설 비평가인 김성탄의 소설 평비본을 독서한 기록을 문집에 남기기가 어려웠던 듯하다. 그러나 몇 안 되는 기록을 통해 보더라도 당시의 문인들에게 끼친 김성탄의 영향력이 매우 컸음을 감지할 수 있었다. 김성탄의 평비본을 독서한 후의 기록이나 당대의 문단 상황을 기록한 것들에는 그 평비의 섬세함과 전문성에 대한 감탄이 대부분을 이루었다.

비록 많은 수의 중국소설 독서기록을 찾지는 못했지만, 조선후기 문인들의 문집들을 상세히 검토한 결과이기에 이 연구 결과는 소중한 자료가 될 수 있을 것이라고 본다. 이상의 조선후기 문인들의 김성탄 평비본 독서 실태와 독서 담론들을 토대로 하여, 이러한 김성탄의 소설 평비본에 대한 독서가 우리 문인들에게는 어떻게 체화

되어 문예 이론화, 소설 이론화되어 가는지를 고찰하는 것은 다음
글에서 계속하도록 하겠다.

소설 비평론의 발전과
평비본(評批本) 소설의 탄생

1. 김성탄(金聖嘆)의 소설평비본의 영향력과 독서후평

조선후기에 고조된 중국 서적 독서 열기는 당시의 사대부, 문인들에게 널리 퍼져 이를 통한 사상적, 문화적 변화가 야기되기에 이른다. 우리 문학사에서 18세기 이후에 소설의 독서가 늘고 그에 대한 평가도 긍정적인 방향으로 선회하기 시작하는 것은 임·병 양란 이후 물밀듯이 들어온 중국 소설의 독서가 영향을 주었을 가능성이 크다. 물론 자생적인 소설 전통의 축적과 내재적인 원인이 기반이 되었겠지만 변화의 촉발은 중국소설의 독서에 기인했으리라 추측할 수 있다. 이에 필자는 18·19세기에 문단에서 가장 많이 읽히고 자주 거론되었던 중국의 소설 중 명말청초(明末淸初)의 문인 김성탄의 소설 평비본에 대한 독서 실태와 평가를 통해 그 수용태도를 살펴보았다[1].

---

1) 앞의 글 「조선후기 문인들의 명말청초 소설평비본 독서와 담론」을 참고하기 바람.

  김성탄(金聖嘆 : 1608~1661)의 소설 평비본은 〈제오재자서시내암
수호전(第五才子書施耐庵水滸傳)〉과 〈제육재자서왕실보서상기(第六才
子書王實甫西廂記)〉가 대표적인데, 18세기의 남공철, 이덕무, 이상황
등 여러 문인들의 글에서 그가 거론되고 있으며, 그의 소설 평비본
에 대한 독서후평(讀書後評)과 독서후시(讀書後詩)들이 남아 있다. 당
시의 문단을 주도하던 연암 박지원까지도 사람들이 자신의 글 중에
서 원굉도와 김성탄을 본 뜬 글을 가장 좋아한다고[2] 했던 것에서
그 심한 정도를 알 수 있으며, 독서일기『흠영(欽英)』을 남긴 유만주
(俞晩柱)[3]도 이용휴와 이덕무의 문체가 김성탄의 현묘함을 모의했
다고 평할 정도였다. 조귀명(趙龜命)은 김성탄의 〈수호전구서(水滸傳
舊序)〉를 좋아하여 자신의 시문집(詩文集)인『건천고(乾川藁)』제6책

---

2) 其自許文章也則云, 吾之文, 有撫左公者焉, 有撫馬班者焉, 有撫韓柳者焉, 有撫袁金
   者焉. 人見其摹馬摹韓, 則便爾瞌睡重思睡, 而特于其摹袁金者, 眼明心快, 傳道不置, 于
   是, 吾之文, 以袁金小品稱焉, 此固世人之爲也. 仍示其所序陰晴卷首效公穀者曰, 是
   古文也. 議效公穀則不佳, 效金袁則佳, 是其才, 長於實華之文章, 而短於純古正大文
   字也. 유만주, 『흠영』6권, 424면. 1786년 11월 26일.

3) 유만주는『흠영』에서 자신이 독서한 일이나 독서평을 적으면서 교유 인물이나 당대
   유명 문사들의 일화와 글들에 대한 평도 적어 놓아서 흥미롭다. 그는 김성탄의 서적
   을 독서한 후에, 그가 엮은 문장은 신이한 그림과 같다거나, 〈수호전〉평비의 말이
   매우 신이하다거나, 문장가의 活法을 알겠다는 등의 평을 하면서, 세상에서 가장
   뛰어난 문장인 성탄의 말을 뽑아서 베껴 적었다고 고백하기도 하였다. 그는 연암의
   글에서도 김성탄의 흔적을 찾아내고 있는데, 위에서 언급한 바와 같이 '연암이 김성
   탄이나 원굉도를 본뜬 것은 잘 하였으니 그의 재주가 김성탄류의 문장에는 능하다.'
   라고 평가한 것이 대표적이다. 또한 "아버지를 모시고 연암(박지원)과 금대(이가환)
   의 문장에 대해 논했다. 문장은 매우 뛰어나지만 사람됨은 매우 잡스러우니 참으로
   애석하다. 시본 제 1서·제2서와 평제(評題)를 꺼내 보았는데, 완전히 김성탄의 〈서
   상기〉평비를 배웠지만, 반쯤 벙어리가 된 듯하여 제대로 이루지는 못하였다."라고
   한 언급도 있었다. 자세한 것은 필자의 앞의 논문을 참고하기 바람.

안쪽에 베껴 놓았고, 노긍(盧兢)이라는 문사는 〈수호전(水滸傳)〉과 관련하여 〈황혼이락오경와피작수호전칠십회(黃昏籬落五更臥被作水滸傳七十回)〉[4]라는 장편의 시를 짓기도 하였다. 홍봉한(洪鳳漢)의 아들인 홍낙인(洪樂仁)이 김성탄 평비본 〈수호전〉을 읽은 후 지은 시 〈청김역홍철독수호전(聽金譯弘喆讀水滸傳)〉[5]과 남인(南人) 명문의 일원인 홍의호(洪義浩)[6]가 지은 시 〈우열성탄평수호전희음(偶閱聖歎評水滸傳戱吟)〉[7]에서도 시인들은 모두 김성탄의 문장에 감탄하고 있다. 서얼 문사인 이재운(李載運)은 김성탄의 〈서상기〉 평비본에 붙은 두 개의 서(序)를 본떠 〈위서일통곡(慰序一慟哭)〉, 〈사서이류증(謝序二留贈)〉, 〈하전후우지(賀前後遇知)〉라는 세 편의 글[8]을 지었기에 그가 〈서상기〉 평비본에 침혹되었던 정도를 짐작할 수 있다. 19세기의 여항 시인 류최진(柳最鎭)도 명·청의 글들을 필사한 『학산수초(學山手抄)』[9]라는 책에 김성탄 평비본 〈서상기〉 서문 〈통곡고인(慟哭古

---

4) 김영진, 「조선후기의 명청소품 수용과 소품문의 전개 양상」, 고려대 박사학위논문, 2004. 47면.

5) 淸濁高低任舌牙, 深宵憑几對燈花. 靖康傑俠歸崔藪, 聖歎文章冠稗家. 變化無窮驚鬼魅, 端倪莫測走龍蛇. 宮音羽ална如相吐, 絶勝邊城聽暮笳. 洪樂仁, 〈聽金譯弘喆讀水滸傳〉, 『安窩遺稿』卷之二, 19~20면. 국립중앙도서관본의 표지에는 '安窩集'이라고 되어 있으나 목차에 '안와유고'라고 되어 있으므로 이 명칭을 취한다. 이는 간호윤이 『한국고소설비평연구』(경인문화사, 2001. 113면)에서 처음 소개하였고, 뒤의 홍의호의 〈水湖傳〉 讀後詩와 이재운의 세 편의 글은 김영진이 앞의 논문(2004. 49면)에서 소개하였다.

6) 그는 〈서유기〉를 읽고 나서도 〈閱西遊記又戱書〉라는 시를 남기고 있는 것으로 보아 중국소설을 애호했음을 알 수 있다.

7) 文人游戱筆, 第一稗官書. 正史依仍幻, 靈心鬱欲舒. 蓁洼眞境否, 金老善評歟. 世亂民爲盜, 宜和事足獻. 洪義浩, 〈偶閱聖歎評水滸傳戱吟〉, 『澹寧瓻錄』, 26책, 59면.

8) 심익운 등 저, 『江天閣消夏錄』, 국립중앙도서관 위창문고 소장본.

人)〉, 〈류증후인(留贈後人)〉을 베껴 써 놓았다.[10]

정조의 문체반정 때에 가장 문제가 된 것도 바로 그의 소설 평비본과 명말청초의 공안파(公安派)의 문장들이었다. 특히 〈서상기〉는 원저자가 따로 있는데도 저자가 김성탄인 줄 알 정도로 그의 평비본을 독서의 주대상본으로 삼았다. 김정희가 번역한 것으로 알려진 한글 번역본 〈서상기〉의 저본도 김성탄 평비본이며[11], 현재 남아 있는 주해, 언해본들도 거의 이에 근거한[12] 것들이다. 김성탄의 평비본이 우리나라에 전래된 시기를 알려 주는 구체적인 기록으로는 1775년에 역관을 통해 구입했다는 기록[13]이 최초의 것으로 생각되며, 바로 다음 해인 1776년에 유만주가 이를 읽고 나서 베껴 적고 있다는 기록[14]을 남기고 있으므로 이 책들은 18세기 후반에 많이 읽힌 것으로 짐작할 수 있다. 하지만 그 이전에도 암암리에 수입되어 문인들에게 애독되었던 것으로 보인다. 18세기 전반기의 문인들도 독서후시나 독서기록들을 남기고 있기 때문이다.

이렇게 조선후기 문인들의 김성탄 평비본의 독서 열기는 대단했

---

9) 柳最鎭, 『學山手抄』, 국립중앙도서관 위창문고 소장본.

10) 김영진, 앞의 논문, 57면.

11) 번역 서문에서 "前聖嘆後聖嘆"이라고 언급하기도 한다.

12) 조선후기에 간행된 7종의 주석, 언해본 중에서 6종이 김성탄의 평비본을 저본으로 하였다. 김학주, 「조선간 〈서상기〉의 주석과 언해」, 『조선시대 간행 중국문학 관계서 연구』, 서울대 출판부, 2000. 277~298면.

13) "聖嘆被禍之事 不少概見於書史. 譯人金慶門入燕 有人潛道之如此 其書絕貴. 我英廟乙未1775 永城副尉申綬 使首譯李諶始貿來一册 直銀一兩 凡二十册 版刻精巧." 李圭景, 〈小說辨證說〉, 『五洲衍文長箋散稿』 7권, 동국문화사, 1969. 230면.

14) 抄絕世奇文聖嘆之言. 유만주, 『흠영』 1권, 1776년 11월 15일. 서울대 규장각 소장본, 259면.

으며, 그 영향력 또한 컸으리라 생각된다. 이에 필자는 김성탄 소설 평비본의 독서와 함께 무르익게 되는 우리 문단에서의 소설비평론과 문예미학의 성숙에 대해 고찰해 보고자 한다. 즉 18·19세기의 문인들과 소설 작자들이 김성탄 평비본에서 어떤 점을 높이 평가하여 배우고 익혔는지, 그래서 자신들의 글쓰기와 소설 비평과 창작에 어떤 방식으로 수용하고 참고했는지를 고찰하려 하는 것이다.15) 마지막으로 김성탄의 소설평비본의 독서가 작자와 비평자에게 직접적으로 영향을 미쳤다고 여겨지는 〈광한루기(廣寒樓記)〉를 통해 그 실제적 양상을 분석하도록 하겠다.

2. 조선후기 소설비평론과 문예미학의 발전

앞에서 언급했듯이 조선후기의 문인들은 김성탄의 소설 평비본을 독서한 후에 이를 강도 높게 칭탄하는 경우가 많았으며 베껴 쓰거나 외는 경우도 종종 있었다. 이러한 독서를 통해 우리 문인들은 소설을 비평하는 방법을 익혀 갔으며, 소설의 문예 미학적인 측면까지 고려할 수 있는 감식안(鑑識眼)을 가질 수 있었던 것으로 보인다. 하지만 이러한 외적인 문화 충격과 함께 문단 내부의 역량도

---

15) 조선후기 김성탄 평비본의 수용에 대해서 살핀 논의로는 한매(조선후기 김성탄 문학비평의 수용양상 연구, 성균관대 박사학위논문, 2003.)의 연구가 대표적이며, 소설론이나 소설비평을 검토하는 다음과 같은 연구들에서 부분적으로 언급되었다. 김경미, 「조선후기 소설론 연구」, 이화여대 박사논문, 1993. ; 간호윤, 『한국 고소설 비평 연구』, 경인문화사, 2001. ; 이문규, 『고전소설비평사론』, 새문사, 2002.

무르익고 있었던 것도 사실이다. 18세기 우리 문단에서는 문인들 간의 시문 상호비평 풍조가 성행하고 있었다. 특히 동계 조귀명의 『건천고(乾川藁)』에 대해서 임상정(林象鼎), 이천보(李天輔), 이정섭 (李廷燮) 등의 문인들이 평점16) 형식의 비평을 한 것에 주목할 수 있다. 여러 문인들이 다양한 시각으로 다양한 형식과 내용의 비평을 하였는데, 이는 제반 창작 기법에 대한 기교론적 비평과, 작품 전체를 비평의 대상으로 하는 심미론적 비평을 포함하는 것으로, 기존의 고문류(古文類)나 시화류(詩話類)에서의 평과는 달리 당대의 작품을 대상으로 하여 당대 문단의 상황을 역동적으로 파악할 수 있게 한다는 면에서 의의가 있다.17) 아울러 김춘택(金春澤)과 이희 지(李喜之)의 상호 비평, 신정하(申靖夏)의 시문(詩文) 초고본(草藁本) 에 대한 벗들의 비평, 이덕무와 성대중의 시문 상호비평 등을 들 수 있다. 특히 청성(青城) 성대중(成大中)이 지은 필기잡록(筆記雜錄) 인 『청성잡기(青城雜記)』 3책본 중 제1책에는 이덕무가 작품 총평과 구절평, 두평(頭評), 두주(頭註)를 써 놓았으며 중요 구절에는 권점 (圈點)도 찍었다. 반대로 이덕무(李德懋)의 『영처집(嬰處集)』에는 성

---

16) 평(評)은 작가와 작품에 대한 평론을 범칭하며 일반적으로 비(批)와 구분 없이 사용 되기도 한다. 하지만 평은 형식에 있어 원작과 분리되어 사용되는 반면, 비는 원작과 결합되어 사용되며 붙는 위치에 따라 首批, 尾批, 眉批, 旁批, 夾批 등으로 나뉜다. 점(點)은 권점(圈點)의 줄임말로 문구(文句)의 측면에 사용하여 문장 중 정채(精彩) 있는 부분이나 중요한 부분을 표시하거나 제목 아래에 사용하여 수준의 고하를 표시 하는 기능으로 사용되었다. '평점'이라고 부르는 것이 익숙하기는 하지만 김성탄의 경우에는 '평비', '평비본'이라고 부르는 것이 일반적이기에 본고에서도 이같이 호칭 하였다.

17) 강민구, 「영조대 문학론과 비평에 대한 연구」, 성균관대 박사논문, 1998. 384면.

대중이 서문(序文)과 평(評)을 남겨 놓았다.[18]

이렇듯 18세기에는 당대의 문인 상호간에 시문을 비평하는 풍토가 무르익었으며 특히 평비의 형식으로 하는 경우가 종종 있었는데, 평비라는 비평 방식의 특성상 글의 사상적, 내용적 측면뿐만 아니라 문예미학적 측면에 대한 관심도 증폭되었으리라 여겨진다. 이렇게 평점 형식의 비평이 성행하게 된 데에는 전통적으로 내려오던 시문 평점이라는 비평 방식의 활성화라는 요인뿐만 아니라 당시의 문인들이 탐독하고 찬탄해 마지않았던 김성탄의 평비본 독서의 영향도 컸으리라 짐작된다. 더욱이 조귀명이나 성대중, 이덕무 등의 경우 김성탄의 소설 평비본을 애독하던 사람들이기에 그 영향관계를 상정할 수 있는 것이다. 앞에서 언급했듯이 조귀명은 김성탄의 〈수호전〉 평비본의 서문을 좋아하였기에 『건천고』 제6책 안쪽에 베껴 써 놓았으며, 성대중은 〈수호전〉 그림에 〈서구십주수호축후(書仇十洲水滸軸後)〉라는 글을 썼고, 이덕무도 김성탄에 대해 부정적인 평가를 하기는 했지만 그의 소설본을 탐독했었다.

이들이 애호했던 김성탄의 소설 평비[19]는 종래의 평점(評點) 형식을 가장 효율적으로 변형시켜 독자를 더욱 친숙하게 자신의 세계로 끌어들임과 동시에 자신의 견해를 더욱 적극적으로 표명한 것으로 평가할 수 있다. 서위(徐渭), 이지(李贄), 탕현조(湯顯祖) 등 이른바 태

---

18) 김영진, 「청성과 청장관의 교유〈청성잡기〉」, 『문헌과 해석』 22, 문헌과 해석사. 2003.

19) 이에 대해서는 앞의 글 중 '2장 명말청초 비평가 김성탄의 소설 평비의 특성'에서 자세히 기술하였기에 여기서는 이 글의 논의에 필요한 부분만을 중심으로 언급하도록 하겠다.

주학파(泰州學派)의 문인들에게서 절정에 이른 평점 비평의 방식이 이후 공안파(公安派)와 경릉파(竟陵派)에 이르러 그 영역을 넓혀 시문 뿐만 아니라 소설과 희곡 등 다른 문학 양식에까지 확장되었던 것이 그에게서 더욱 혁신적으로 발전하여 원작의 수정 혹은 재편집20)에 이르게 된 것이다.21) 그러면서 문장 표현(기교)법, 문장 구성법, 문장 감상법 등에 대해 말하였고, 인물론에 있어서도 개성적 인물 창조의 중요성, 성격 묘사의 중요성을 역설하면서 인물의 내면 심리 분석 방법 등을 논하였다.

그의 소설비평 방법을 수용하여 소설을 비평한 예로는 우선, 김성탄의 작품을 숙독했던 유만주의 경우를 들 수 있다. 그는 〈수호전〉을 평가할 때에 이 작품에서 각계각층의 여러 인물들이 적확하게 설정되고 묘사된 점을 들어 호평하였는데22), 이는 김성탄이 소설을 평할 때에 사용했던 방법이다. 그는 인물 성격의 묘사에 따라

---

20) 〈수호전〉의 경우, 당시에 성행하던 容與堂 100회본 및 袁無涯 120회본에서 송강 등 의적들이 왕조에 충의를 다하는 제 70회 이후 부분을 나관중이 억지로 붙인 내용 이라며 삭제해 버리고 작품 제목에서도 '충의'라는 글자를 뺐다. 그러면서 제1회도 개작하고, 작품 중간부분에서도 상당한 수정을 가하였다. 〈서상기〉의 경우에도 당시 유행하던 본의 제5折이 關漢卿의 졸렬한 속작으로서 왕실보의 원작과 거리가 멀다고 하면서 삭제하고 평어들을 붙여 내용에 대해 구체적으로 비평하였다. 이렇게 원작을 개작하는 정도의 평비는 김성탄이 처음이다.

21) 홍상훈, 「金聖嘆과 동아시아 서사이론의 기초 – 金聖嘆 小說評點」, 〈현대비평과 이론〉 9집, 1995. 175~176면.

22) 水滸寫大儒·豪傑·名士·烈士·名將·孝子·義僕·奸雄·謀士·勇士·眞人·道士·名 醫·釋子·老人·小兒·書生·平民·胥役·士卒·工匠·水戶·漁人·獵戶·店子·屠兒· 光棍·昏君·奸臣·贓官·汚吏·淫女·姦夫·偷兒·強盜, 各有身分性格, 色色誦現, 非 才子, 安得出此. 유만주, 『흠영』 5권, 217면. 1784년 4월 24일.

작품 전체의 성공 여부가 판가름 날 정도라고 하면서 〈수호전〉은 108인의 성격을 108가지로 묘사해 낸 점을 높이 평가하였기 때문이다.[23] 유만주는 또 〈서상기〉의 몇 구절들을 베껴 쓰고는 절묘하다고 칭탄하기도 하였으며[24], 동시대 문인의 글을 평가할 때에 기준으로 삼기도 하였다.

이상과 같은 단편적인 소설 비평론들이 발전하여[25] 드디어는 평비본 소설 작품이 탄생하게 되는데[26], 그 최초가 되는 것이 1809년

---

23) 예를 들어, 인물의 거친 성미를 묘사하는 데도 여러 가지 수법이 있다고 하면서 노달의 거침은 성질이 급한 것이고 사진의 거침은 멋대로 하는 소년의 기질이고 이규의 거침은 야만적인 것이며 무송의 거침은 구속받지 않는 호걸의 기질이고 완소칠의 거침은 비분을 삭힐 데가 없는 것이며 초연의 거침은 기질이 나쁜 것이라고 구별하여 평하였다.

24) 曾見小說中, 往往形容行途羈旅之狀, 殆畫之不如: '下下高高, 道路拘折, 四野風來, 左右亂氈.……(중략)……, 一路上見了, 荒郊野途, 枯木寒鴉, 疎林淡日影斜暉, 暮雪凍雲迷晩渡. 一山行盡一山來, 後村已過前村望. 止見一天露氣, 滿地霜華, 曉星初上, 殘月猶明. 燈兒是不明, 夢兒是不成. 淅冷冷, 是風透疎櫺, 忒楞楞, 是紙條兒鳴,' 皆妙絶. 유만주, 『흠영』 4권, 80면. 1781년 9월 17일.

25) 필자는 우리 소설비평론의 발전상을 여실히 느낄 수 있는 〈三韓拾遺〉序文, 跋文에서 김성탄의 직접적인 영향을 찾아내기 위해 〈序義烈女傳後〉를 쓴 洪奭周, 〈義烈女傳序〉를 쓴 洪吉周, 〈題香娘傳後〉를 쓴 洪顯周, 〈三韓義烈女傳序〉를 쓴 金邁淳의 문집들에서 독서한 흔적을 찾아보려 하였다. 홍석주의 『淵泉集』(한국문집총간 293~294권)을 검토한 결과, 11권의 중국 서적을 언급했으나, 소설은 〈三國志〉 한 권뿐이었다. 김매순의 『臺山集』(한국문집총간 294권)에서도 15권의 중국 서적을 독서한 기록을 찾았으나 대부분 경전이었고 소설 관련 기록은 없었다. 아울러, 이상황과 더불어 예문관에서 숙직하면서 당송 시대의 각종 소설과 〈平山冷燕〉 등의 서적들을 보다가 정조에게 들키기도 하였고 〈五臺劍俠傳〉을 짓는 등 소설에 대한 관심이 높았던 김조순의 『楓皐集』(한국문집총간 289권)을 검토하였으나 이에도 11권의 중국 서적을 독서한 기록만 있을 뿐 소설을 독서한 기록은 없었다. 그렇다고 해서 이들이 중국의 소설을 전혀 읽지 않았으리라 생각할 수는 없을 것이지만 직접적인 독서 기록을 찾아보려 했던 필자의 의도에는 부응하지 못하는 결과를 얻었다.

에 석천주인(石泉主人)이라는 문사가 쓴 〈절화기담(折花奇談)〉이다. 이에는 저자의 자서(自序), 그의 친구인 듯한 남화산인(南華散人)의 서(序)와 추서(追序), 각 회(回)의 앞에 붙은 회수평(回首評) 세 편, 본문 중간에 있는 미비(眉批) 등이 붙어 있는데 이들을 합하면 작품 전체 분량의 1/5 정도 되므로 큰 비중으로 서술되고 있는 것이다. 이런 형식은 중국의 소설 평비본 형식을 본받은 것이라 할 수 있는데, 특히 이 작품의 서문에서는 〈서상기〉에 대해서 다음과 같이 언급하고 있기에 김성탄 평비본과의 관련을 상정할 수 있다.

> 이제 이 〈절화기담〉 이야기는 바로 내 친구 이 아무개가 실제로 겪은 일이다. 이 한 편의 뜻을 자세히 살펴보니 대략 원진과 앵랑이 만난 일과 매우 비슷하다. '첫 번째 기다리다, 두 번째 약속하고, 세 번째 만나고, 네 번째 만났으나 끝내 이루지 못했'고 한 것이 그러하다. 간난이가 스스로를 소개한 것과 홍랑이 장군서에게 욕심을 낸 것은 서로 조응이 된다.[27]

〈서상기〉의 근원이라고 언급되는 〈회진기(會眞記)〉의 작자인 원진(元稹)이 앵앵을 창조한 일과 비슷하다고 하고 있으며, 홍랑, 장군

---

26) 金聖嘆의 小說 評批本을 수용하여 문학작품을 창작한 경우로 李鈺의 〈東廂記(일명, 金申夫婦賜婚記)〉, 〈讀楚辭〉, 정약용의 〈不亦快哉行〉 등을 더 들 수 있으나 이 글에서는 소설 창작의 경우만 보기로 한다.

27) 今此折花之說, 卽吾友李某之實錄. 詳考一篇旨意. 則大略與元稹之遇鶯娘, 恰相彷佛, 其曰, '一期二約三會四遇, 竟莫能逢.' 其曰 鶯也之自媒, 與紅娘之解饞, 遙遙相照. 〈折花奇談〉 序. 번역은 김경미·조혜란 역주, 『19세기 서울의 사랑─절화기담, 포의교집』, 도서출판 여이연, 2003. 32∼33면. 앞으로 작품 인용은 이 책에서 함.

서 등의 인물도 모두 〈서상기〉속의 인물이다. 또한 보편적인 평비
방식인 회미평(回尾評)이 아닌 회수평(回首評)을 하고 있다는 점에서
도 김성탄 평비본과 유사한 방식이라고 할 수 있다. 이렇게 〈서상
기〉를 자연스럽게 떠올리고 평비하는 방법도 모방하고 있기에 〈서
상기〉 평비본을 익숙하게 독서했던 문인이 비평했을 가능성이 크
다. 아울러 이 작품의 작자와 비평자는 절친한 친구 사이이기에 독
서경험도 비슷할 것이라고 생각할 수 있다. 기혼 남녀의 사랑이라는
파격적인 소재를 사용한 점이나 인간의 진솔한 감정을 표출한 점
등도, 김성탄이 주장한 바28), 남녀간의 정사를 밥을 먹거나 잠을
자는 것처럼 인간의 필수적이고 자연스러운 일상의 일부라고 했던
데에서 감발되었을 수 있다고 본다.29)

구성의 면에서도 김성탄이 중요시하던 '변화무쌍(變化無雙)'과 '문
장(文章)의 기복(起伏)과 전도(顚倒), 반전(反轉)' 등의 기법을 충실히
사용하였다. 작품 전체에서 주인공 순매와 이생이 얼굴을 본 것이
아홉 번이고 약속을 했다가 못 만난 것이 여섯 번이다. 이렇게 계
속하여 약속이 어그러지거나 극적인 순간에 방해자가 나타나는 등

---

28) 金聖嘆, 〈西廂記〉 제4장 1회 회수평. 본고에서는 곽송림편(1987), 『西廂記編』(산동
   문예출판사.)내의 〈第六才子書西廂記〉를 대본으로 함. 〈第六才子書西廂記〉는 다음
   과 같은 체제로 되어 있다. 卷一 序一, 序二, 卷二 讀〈第六才子書西廂記〉法, 卷三
   會眞記 略, 卷四 第一之四章, 卷五 第二之四章, 卷六 第三之四章, 卷七 第四之四章,
   卷八 續之四章.

29) 이 작품의 의의로 '지금, 조선의 일을 다루었고, 사건을 절실하게 묘사했으며, 뜻이
   지극하고 정이 돈독한' 점을 꼽을 수 있는데(정길수, 「〈절화기담〉연구」, 서울대 석사
   논문, 1999.), 이러한 점도 김성탄이 강조했던 '지금, 여기', '진정성', '절실함' 등과
   상통한다.

만남을 지연시키는 고도의 기법을 사용하고 있는 것이다. "기미가 없다면 일이 무엇에서 비롯되겠는가? 기미가 약간이라도 있어야 일이 일어나고 인연이 조금이라도 싹터야 정이 움직이기 시작한다."[30]라는 비평자의 말처럼 작자는 서사의 복선과 기미의 필요성을 확실히 인식하고 사건의 교묘함, 의미의 세밀함, 말의 상세함 등에 주의를 기울였던 것으로 보인다. 비평자는 작가의 이런 점들을 칭찬하면서 사건전개의 연속성, 진실과 거짓의 적절한 교착(交錯) 등의 기교에 감탄[31]하고, 문장이 자세하고 곡진한 점도 높이 평가[32]한 것이다.

한편 1852년에 창작된 〈한당유사(漢唐遺事)〉[33]라는 한문소설도 김성탄의 소설 평비본 형식을 본받아 창작된 작품이다. 조선연구회 간행본 앞부분에 '목록'면이 있는데, '목록'이라는 문구 바로 아래에 '석재외서(石齋外書)'라고 쓰여 있다. 이는 〈성탄외서(聖歎外書)〉를 모방한 부제이므로 이 책의 작자 혹은 평비자, 필사자는 김성탄의 소

---

30) 김경미·조혜란 역주, 앞의 책, 35면.
31) 의취가 끝이 없고 정서가 다 갖추어져 있으나 읽는 사람들은 다만 사건의 교묘함, 이생의 호방함, 순매의 아름다움만 알 뿐 문장의 공교로움, 의미의 세밀함, 말의 섬세함, 감정의 깊이는 알지 못 한다. 노파는 간난이를 중매하려는 계획이 있었고, 간난이는 노파를 함정에 빠뜨리려는 의도가 있었으니, 노파의 중매는 진실로 헛된 것이요, 간난이의 힐책 또한 헛된 것이다. 그러니 앞의 거짓과 뒤의 진실이 멀리서 서로 이어진다. 간난이는 진심으로 이생을 대했으나, 이생은 거짓된 마음으로 대하였다. 진실로써 거짓을 대하고 거짓으로써 진실인 듯 이야기하니, 진실과 거짓이 서로 섞여 드는 이치가 있다. 대단하구나. 작가의 기교여!, 〈절화기담〉제3회 回首評.
32) 속되고 촌스럽지만 자세하고 곡진하니, 그대의 문장이 크고도 지극하도다!, 〈折花奇談〉追序, 앞의 책, 94면.
33) 靑柳綱太郎 편, 『原文 和譯 對照 漢唐遺事 全』, 조선연구회 간행, 1915.

설 평비를 익히 알고 있던 독자들이었으리라 생각된다. 이 작품에는
서(序) 2개, 자서(自序), 범례(凡例) 6항목 및 독방(讀方) 13항목이 들
어 있으며, 88회의 매 회 앞에 회수평(回首評)이 붙어 있고 본문 중간
에 협비(夾批)가 붙어 있어, 소설 평비본의 형식을 제대로 갖추고 있
다고 할 수 있다. 특히 협비는 작품의 어떤 부분에 대한 평비자의
반응이나 감상을 나타내는 경우, 앞으로 전개될 상황에 대한 자세한
정보를 전달하는 경우, 독자들의 흥미를 유발하는 경우, 등장인물
의 성격 형상화나 정황 묘사를 위해 〈삼국지연의(三國志演義)〉나 〈초
한전(楚漢傳)〉 등의 내용을 인용하거나 그 내용을 연상시키는 경우
등에 사용되었다.[34]

　이상에서 본 바와 같이 김성탄의 소설 평비본의 독서는 우리나라
의 문인들이 소설을 비평하는 방법을 체득하는 방편으로 작용했으
리라 여겨진다. 소설의 서사 전개, 인물 창조, 문장 구성 등에 대해
강조하고 감식안을 일깨워주는 책을 여러 차례 읽은 후, 결국에는
소설에서도 문예 미학적인 측면을 고려하여 유려한 수사와 공교한
문장 구성, 긴박하면서도 절절한 서사 구조를 창출할 수 있게 되었
으리라 생각되기 때문이다. 그 결실이 실제 창작에서도 이루어져
〈광한루기(廣寒樓記)〉같은 작품이 산출될 수 있었다.

---

34) 조혜란, 「〈한당유사〉 연구」, 『한국고전연구』 1집, 1995. 170면.

3. 〈광한루기(廣寒樓記)〉를 통해 본 소설비평론 수용의 실제

1845년에 창작되었으리라 추정되는 한문 춘향전 〈광한루기(廣寒樓記)〉와 김성탄 소설 평비의 영향관계를 살핌으로써 19세기 중반에 무르익게 된 소설비평론의 발전상을 짚어보기로 한다. 〈광한루기〉가 내용상으로는 당대(唐代) 전기(傳奇)인 원진(元稹)의 〈회진기(會眞記)〉(일명 〈앵앵전(鶯鶯傳)〉)와 더 가깝다[35]고는 하지만 서(序)와 평비(評批), 독법(讀法) 등은 김성탄의 〈제육재자서서상기(第六才子書西廂記)〉를 이어 받은 것이 확실해 보인다. 이제 김성탄의 소설 평비의 특징적인 면과 〈광한루기〉에서 수용했다고 여겨지는 면들을 차례로 검토하기로 하겠다.

1) 작품 감상법

김성탄은 소설 평비본들에서 '독법(讀法)'이라는 항목을 설정하여 작품을 감상하는 방법을 상세히 제시하였는데, 그 중에서도 다음과 같은 조항들에서 독서의 환경이 독서행위의 실질에 미치는 효과에 대하여 언급하고 있다. "〈서상기〉는 반드시 청소를 하고 읽어야 한다.", "〈서상기〉는 반드시 향을 피우고 읽어야 한다.", "〈서상기〉는 반드시 눈을 대하고 읽어야 한다.", "〈서상기〉는 반드시 꽃을 대하고 읽어야 한다.", "〈서상기〉는 반드시 하루 밤낮의 노력을 다하여

---

35) 허용호, 「〈광한루기〉에 나타난 〈춘향전〉과 〈서상기〉」, 성현경외 공저, 『광한루기역주 연구』, 박이정, 1997. 150~158면. 앞으로 〈광한루기〉 작품 인용은 이 책에서 하고, 해당 면수만 밝힌다.

단숨에 읽어야 한다.", "〈서상기〉는 반드시 반 달 혹은 한 달간의
공력을 다하여 정밀하게 읽어야 한다.", "〈서상기〉는 반드시 미인과
함께 앉아서 읽어야 한다.", "〈서상기〉는 반드시 도인(道人)과 마주
앉아 읽어야 한다." 등의 구절들36)이 그것이다. 여기서 그는 작품을
청소를 하고 읽어야 하는 까닭은 가슴 속에 한 점 먼지도 남아 있지
않은 상태에서 읽어야 하기 때문이고, 향을 피우고 읽어야 하는 것
은 공경의 뜻을 나타내어 귀신이 통하기를 바라서이며, 눈을 대하고
읽어야 하는 것은 그 맑고 깨끗함을 바탕으로 삼기 위해서이고, 꽃
을 대하고 읽으라고 한 것은 그 아름다움을 더해주기 때문이라고
하였다. 이렇게 마음을 비우고 작품의 아름다움을 최대한 감상해
보라고 제시하는 것은 실은 기존의 사람들이 〈서상기〉를 독서하는
방법을 부정하고자 하는 의도가 깔려 있다. 아울러 단숨에 읽어 그
시말(始末)을 전체적으로 한번에 파악해야 하고, 그러면서도 한 달
여의 공을 들여 정밀하게 읽으면서 그 자잘한 것까지도 자세하게
궁리해 봐야 한다37)고도 하였다.

---

36) 모두 金聖嘆, 〈讀第六才子書西廂記法〉의 구절들이다. 차례로 원문을 제시한다.
西廂記必須掃地讀之. 西廂記必須焚香讀之. 西廂記必須對雪讀之. 西廂記必須對花讀
之. 西廂記必須盡一日夜之力, 一氣讀之. 西廂記必須展半月一月之功, 精切讀之. 西
廂記必須與美人並坐讀之. 西廂記必須與道人對坐讀之. 번역은 이상엽 역주, 〈讀第六
才子書西廂記法〉, 『중국어문학역총』 7집, 영남대학교 중국문학연구실, 1997. 213∼
240면 참조. 이하 이 작품 인용 시에는 동일함.
37) 이런 면들을 두고 조숙자(「〈第六才子書西廂記〉 硏究」, 서울대 중문과 박사논문,
2004. 239면.)는 김성탄이 자신의 소설 평비본을 독자들을 향한 교육 수단으로 보고
자신은 선생님의 위치에서 학생을 가르치는 방식으로 서술하는 경향이 크다고 평가
하였다.

이렇게 그는 소설을 읽는 물리적인 방법까지도 알려주고 있는데, 독자가 그렇게 해야 하는 까닭은 무엇보다도 작품을 독자 자신의 것으로 만들기 위해서이다. "천하 만세에 비단옷 입은 재자(才子)들이 성탄이 평비한 〈서상기〉를 읽으면 이는 그 천하 만세의 재자들의 문자이지 성탄의 문자가 아니다.[38]"라고 하여 독자가 이 작품을 읽으면 바로 그 사람의 글이 된다고 하였다. 적극적인 독서를 통해 저자 또는 평비자의 심중을 꿰뚫게 되면 서로 같은 마음을 갖게 된다고 생각한 것인데, 그리하여 절묘한 하나의 작품은 작가 한 명의 것이 아니라 공동의 것[39]이라고까지 말하고 있다. 아울러 그 이전 사람들은 〈서상기〉를 읽을 때에 남들에게 그 제목을 똑바로 이야기하지 않고 '소일거리로 읽는 책(閒書)'을 본다고만 하였는데 이제는 그러지 말라고 하면서 〈서상기〉에는 신이한 이치가 들어 있으니 다 읽고 나서 제사를 지내어 작가를 포상해야 하고 다 읽어낸 자기 자신도 포상해야 한다[40]고도 하였다.

이러한 독법 제시를 〈광한루기〉의 평비자도 따라 하고 있지만, 대신에 김성탄과 같이 조항을 많이 만들지 않고 열한 가지 정도로 항목을 대폭 줄이면서 좀 더 상세한 설명들을 덧붙였다. 특히 앞부

---

38) 天下萬世錦繡才子讀聖歎所批西廂記, 是天下萬世才子文字, 不是聖歎文字. 〈독제육재자서서상기법〉, 72칙.

39) 總之世間妙文, 原是天下萬世人人心裏公共之寶 決不是此一人自己文集, 위의 글, 75칙.

40) 讀西廂記, 便可告人曰讀西廂記, 舊時見人諱之曰看閒書, 此大過也. 위의 글, 78칙. 西廂記乃是如此神理 舊時見人敎諸忬奴於紅氍毹上扮演之, 此大過也. 위의 글, 79칙. 讀西廂記畢, 不取大白酹地賞作者, 此大過也. 위의 글 80칙. 讀西廂記畢, 不取大白自賞, 此大過也. 위의 글, 81칙.

분의 네 가지 독법은 김성탄의 〈제육재자서서상기(第六才子書西廂記)〉의 서문인 〈유증후인(留贈後人)〉, 〈통곡고인(慟哭古人)〉을 변용하여 만들었는데, 그 중에서도 "음주를 통해 기운을 돕는다."는 항목에서 친연성이 두드러진다.

> 〈광한루기〉를 지은 사람은 분명 옛 사람에 대하여 통곡하고 후인들에게 남겨 주려는 뜻이 있었을 것입니다. 아! 나보다 앞서 천세 만세 동안 사람이 있었고, 나보다 뒤로 천세 만세 동안 사람이 있을 텐데 내 앞으로 천만세 동안 있었던 사람들은 내가 그 이름을 알지만 내 뒤로 천만세 동안 있을 사람들은 내가 그 이름을 알지 못합니다. 내가 이름을 알지 못하는 과거의 사람들은 나에게 남겨 준 것이 있으며 내가 통곡하는 것은 그들의 자취입니다. 내가 이름을 알지 못하는 후인들에게 나 또한 남겨 줄 것이 있게 되고, 그들이 통곡할 것 또한 나의 자취입니다.[41]

위에 제시한 부분은 김성탄의 서문을 본받은 면이 많지만, 그 다음의 서술에는 작자의 개성이 좀 더 많이 드러난다. "내가 통곡하는 대상이 되는 사람들은 모두 술을 마시는 사람들이며 내가 남겨 줄 것이 있는 사람들도 모두 술을 마실 사람들입니다. 나는 옛 사람들이 술 마시는 것을 보지 못했지만 내가 술을 마시는 것으로 미루어 보건대 옛 사람 또한 나와 같았을 것이오.……"라고 하였기 때문이다. 이후에 제시되는 "거문고를 타면서 운치를 돕는다.", "달을 마주

---

41) 讀法, 『광한루기 역주·연구』, 16면.

하면서 정신을 돕는다."는 독법들은 〈광한루기〉에만 있는 것이며, "꽃을 보면서 격조를 돕는다."고 하는 독법도 〈서상기〉에서 아름다움을 느끼기 위해서라고 하는 단편적인 언급에서 나아가 천지인(天地人)의 원리와 꽃이 피고 지는 원리까지 동원하여 작품과 연관시켜 설명하는 점에서 김성탄의 경우에서 발전된 양상이라고 볼 수 있다.

이상의 네 가지 독법은 읽을 때의 분위기나 상황을 제시하는 것이라면, 그 다음에 제시되는 일곱 가지는 작품의 내용에 대한 평가나 소개라고 할 수 있는데 여기서 특별히 등장하는 인물이 '동홍선생'이다. 이에 대해서는 비평법에서 살피기로 한다.

2) 비평법

김성탄의 소설 평비 방식의 특성 중 한 가지는 문장이나 등장인물에 대한 자신의 관점을 개진하는 과정에서 반대 의견을 가진 이를 배치한다는 점이다. 그렇게 하여 결과적으로는 자신의 관점을 반복하며 명확하게 제시하는 방식인데, 이때 반대 의견을 가진 이로는 앞뒤가 꽉 막히거나 멍청한 자들이 등장한다. 이들은 대체로 창(倉), 창부(倉父), 동홍선생(冬烘先生) 등으로 지칭되는데, 〈서상기〉에서의 실례를 몇 가지 보도록 하자. "멍청한 놈들은 반드시 (앵앵이) 조심성 없이 절에서 노닐다가 낯선 사람에게 모습을 들키고 말았다고 말할 것이다."[42], "멍청한 놈들은 이해하지 못하고, …(중략)…이렇게 생각하면 곧 진흙으로 빚어 놓은 앵앵이 되는 것이다."[43] 등의 서술이

---

42) 忤奴必云, 蕩然游寺, 被人撞見, 金聖嘆, 〈第六才子書西廂記〉 一之一 驚艶.

있다. 이렇게 평비자는 자신과 반대되는 의견을 가진 이들의 우매함을 비난함으로써 자신의 관점을 확고히 제시하는 방법을 사용하였는데, 이 같은 방식을 〈광한루기〉의 평비자도 종종 사용하고 있다. 명칭도 '창부'나 '동홍선생'이라고 하여 똑같이 적용하였다.

· 동홍선생이 〈광한루기〉를 본다면, 분명 "이것은 음서야, 음서!" 이렇게 말할 것이니, 이는 촌구석에서나 있을 법한 말이다. 이런 사람이 어떻게 음란한 것과 음란하지 않은 것을 알아볼 수 있겠는가?[44]

· 동홍선생이 〈광한루기〉를 보면, 갑자기 머리를 흔들고 눈을 굴리며, "3년 동안 춘향이 어떻게 한 번도 화경에게 소식을 전하지 못하고, 화경도 어떻게 춘향의 소식을 듣지 못했겠는가? 이치에 닿지도 않으며, 말이 되지도 않는다."고 말할 것이다. 내가 보기에 이는 정말 촌구석에서나 있을 말이다. 저 동홍선생의 눈으로는 요즘에 술 파는 쭈그렁 할머니가 사냥꾼이나 어부에게 정을 붙이고 조석으로 왕래하는 것만 보았기 때문에, 천하의 인간들 가운데에는 특별한 才子佳人이 있어 세상을 놀라게 할 만큼 빼어난 일을 한다는 것을 모르는 것이 당연하다.[45]

다음으로 김성탄이 소설을 평비하는 방법상의 특징 중의 하나는 광범위한 논거들을 채용하여 자신의 관점을 뒷받침한다는 것이다.

---

43) 儈乃不解, …(중략)…, 則是泥塑雙文也. 金聖嘆, 〈第六才子書西廂記〉 一之一 驚艷.
44) 讀法, 『광한루기 역주·연구』, 20면.
45) 讀法, 『광한루기 역주·연구』, 21면.

『좌전(左傳)』, 『맹자(孟子)』, 『전국책(戰國策)』, 『사기(史記)』, 『한서(漢書)』, 『논어(論語)』, 『춘추(春秋)』, 두보나 구양수 등 문인들의 시구 등을 인용하여 논거로 사용한 것인데, 이렇게 다양한 글을 읽은 지식으로 소설의 문장을 평가하는 방식도 〈광한루기〉의 평자에게서 보인다. "수산은 경전(經傳)을 읽었고, 『사기』를 읽었고, 제자백가(諸子百家)의 글을 읽었고, 구류(九流)와 삼교(三敎)의 글을 읽었고, 패관소설(稗官小說)도 읽었다. 두루 천하의 글을 읽지 않은 것이 없어서 그 문장이 맞아 들어가기 어려울 것 같은 곳에서도 맞아 들어가므로 …(중략)… 이들 창부 무리가 이 말이 무슨 말인지 어떻게 알아듣겠는가."와 같은 언급들이 그런 생각에서 나온 것이라 할 수 있겠다.

비평하는 구체적인 방식에서 김성탄은 아주 간략하게 '好', '妙' 또는 '醜'로 표현할 뿐, 더 이상의 논의를 하지 않기도 하고, 혹은 원문의 몇 배에 해당할 만큼 긴 비평을 쓰기도 하는데, 특히 상세히 설명하는 부분은 대개 자신이 개작한 부분의 정당함 부여나 인물의 미묘한 심리 분석의 경우였다. 〈광한루기〉에서도 길고 짧은 비평문들이 들어 있지만 김성탄의 평비에 비해서는 현저히 줄어든 분량이다. 회수평이나 회미평을 제외하고는 대체로 짧은 감상에 그치고 있다. '기이하구나', '상세히도 그렸다.', '교태롭기도 하다.', '좋지.', '마치 그 음성을 듣는 것 같구나.', '기특한 김한', '올 때까지 왔구나.', '오묘하구나.', '이런 시절을 가장 견디기 힘든 법이다.', '당연하다.' 등 평하는 사람의 감정을 간단하게 표현하는 경우가 반 이상을 차지한다.

　그러나 서사전개상 독자들이 이해하기 힘들 것 같은 부분을 보완
설명하거나 주인공의 속마음을 알려주는 경우도 있어 독서에 도움
을 주기도 하는데, 다음과 같은 경우들이다.

　제6회에서 신임 행수기생인 부용이 감옥에 있는 춘향을 방문하는
장면이 있다. 이 대목은 여타 춘향전 이본들에는 없는 장면이어서
독자들에게 생소한데다가 부용이라는 인물이 앞에서 잠깐 이름만
언급되었기 때문에 기억하기 힘들다. 이때에 평비자는 "이름을 들
은 지 오래되었다. 부용이 행수 기생이 되었으니 월매는 춘향 때문
에 연좌되어 행수 자리에서 쫓겨났음을 알 수 있겠다."46)라고 하여
안내를 해 준다. '장철'이라는 사람도 부사의 손님인데 자주 나오지
않는 인물이라 기억하기 어렵다고 여겨 이 같은 사실을 일러주기도
하였다.

　평비자는 때로는 감정에 복받친 모습을 보이기도 한다. '네가 호
방하면 누군들 호방하지 않겠느냐?', '이게 너희가 말하는 단도직입
적이라는 말이냐? 나는 더 이상 듣고 싶지 않다.', '듣고 싶지 않다,
듣고 싶지 않아.', '정말 고소하다.', '한스럽고도 한스럽다', '말 한
번 잘 하네.', '간사한 것' 등의 언급들도 종종 보이는데 주로 춘향을
힘들게 하는 경우에 분개한다.

　한편, 비평할 때에 〈서상기〉를 비교의 중심에 두고 있기는 하지
만 〈광한루기〉가 더 우월하다는 평가를 한다. 한 예로, 앵앵의 역할
은 쉽지만 춘향의 역할은 어렵다거나 장군서가 소인이라면 이화경

---

46) 『광한루기 역주·연구』, 84면.

은 대장부라는 언급에서 시작하여 급기야는 "대장의 깃발과 북은
〈광한루기〉에게 돌아가고 〈서상기〉는 어쩔 수 없이 항복의 깃발을
세우게 될 것을 어찌 모를 수 있겠습니까?"[47]라고 하기도 하였다.
하지만 "만약 뛰어난 문장력으로 천만 가지 변화를 주면서 옛 사람
들의 성정(性情)을 끌어 당대인의 이목을 뜨이게 한 점에서라면 수산
(水山)과 성탄(聖嘆)이 같다고 해도 옳고 다르다고 해도 옳습니다."라
고 한 점에서는 〈광한루기〉가 김성탄의 〈서상기〉 평비본의 장점들
과 닮았음을 인정하고 있다고 하겠다.

3) 문장 표현법과 구성법

김성탄은 〈서상기〉 독법에서, 한 작품 속에는 많은 글들이 있는
데 그러한 글들이 어떤 글들인지, 어디에서 시작하여 어디로 가는
지, 어떻게 똑바로 가는지 아니면 곡절이 있는지, 어떻게 열리고
어떻게 모이며 어디에서 함께 가고 어디에서 몰래 지나가며, 어디
에서 천천히 흔들리고 어디에서 나는 듯이 건너가는지 등을 반드
시 살펴야 한다[48]고 하여 글을 읽을 때에는 그 구성의 전개양상을
파악하면서 갈등과 곡절이 어떤 식으로 만들어지고 풀리는지를 유
념해야 한다고 하였다. 이는 소설의 구조는 완정하고 변화무쌍하
다는 전제하에서 나온 말로, 〈수호전〉 독법에서 제시된 사항이기
도 하다.

---

47) 廣寒樓記 敍二, 『광한루기 역주·연구』, 14면.
48) 金聖嘆, 〈讀第六才子書西廂記法〉.

문장이 가장 절묘한 것은 눈으로는 이곳을 보지만 바로 묘사하지 않고 오히려 멀고 먼 곳으로 가서 시작해 오며, 곡진하게 묘사하면서 장차 이곳에 도달하려고 할 때에는 잠시 멈추었다가 다시 멀고 먼 곳으로 가서 발단을 바꾸어서 다시 시작해 오며, 다시 곡진하게 묘사하면서 이곳에 도달하려고 할 때에는 또 잠시 멈추는데, 이와 같이 여러 번 발단을 바꿔서 매번 모두 멀고 먼 곳으로 가서 시작해 오고, 곡진하게 묘사하면서 이곳에 도달하려고 할 때에는 바로 멈추며, 더욱이 시선을 주목하는 곳을 더 이상 묘사하지 않고 사람들로 하여금 문장 바깥으로부터 어느 순간 갑자기 직접 볼 수 있게 해주는 것이다.[49]

여기에서 말하는 문장 구성법은 너무 직접적이고 단순하게 진행하지 말고 말하는 듯하다가 잠시 멈추고 멈췄다가 다시 시작하고, 진행하다가 다시 먼 곳으로 가고 그런 후에 다시 가까이 오는 등의 변화를 주면서 긴장감을 고조시키면서 주목하게 하라는 것이다.[50] 그러면서 사자가 공굴리기를 하듯이 구경하는 사람들이 사자의 재주 부림에 현혹되어 눈이 흐려지는 것처럼 작가도 문장을 쓸 때에 사방에서 붓을 가지고 좌에서 우로, 우에서 좌로 빙빙 선회하면서 더 이상 벗어나지도, 사로잡지도 않게 해야 한다[51]고 하였다. 또한 사건은 모두 시작과 끝이 있는 것이라면서 주인공 앵앵과 장생의 사랑을 꽃이 피고 지는 순환에 비유하기도 하였다. 또 역(逆)으로

---

49) 金聖嘆, 〈讀第六才子書西廂記法〉 16칙.
50) 이런 기법에 대해 이승수(「김성탄의 사유와 글쓰기 방식」, 『한국언어문화』 26, 한국언어문화학회, 2004.)는 '그물을 치되 잡지는 않는다'고 정리한 바 있다.
51) 金聖嘆, 〈讀第六才子書西廂記法〉 17칙.

정(正)을 드러내야 하며, 교묘한 암시를 통해 천천히 점차적으로 쓰면서 서로 연관성을 지니도록 해야 한다고 하는 등 표현과 구성의 면에서 섬세한 기교를 사용해야 함을 역설하였다. 예를 들기를, 앵앵이 처음 장생을 본 것이 첫 번째 단계이고 앵앵이 처음으로 장생과 관계를 갖는 것이 두 번째 단계이며 앵앵이 비로소 장생의 사랑을 받아들이는 것이 세 번째 단계라고 하였다.

이와 같은 문장 구성법은 〈광한루기〉에서도 서문에서부터 언급된다. 문장은 그림과 같아서 금강산을 그릴 경우 곧바로 1만 2천 봉을 그리면 그건 그림이 아니고, 맨 먼저 동해를 그리고 그 뒤에 바다 위로 들쭉날쭉 솟아 있는 여러 봉우리들을 그린 다음, 차례로 계곡 물과 돌, 절, 구름 속 암자 등을 그려 넣은 후에 맨 나중에 우뚝 솟은 비로봉을 그려 넣어야 진정한 명화라고 하면서 이런 묘한 기법을 갖고 있는 소설은 오직 〈광한루기〉뿐이라고 하였다. 이후에 다시 한번 '춘화도(春花圖) 그리기'에 비유되어 설명되고 있는데, 춘화도를 잘 그리는 사람은 먼저 푸른 오동나무와 대나무 10여 그루를 그린 다음에 초가삼간이 오동나무와 대나무 사이로 은은하게 비치고, 굳게 닫힌 비단 창에는 달빛이 흐르고, 창 밖에는 남녀의 신발 한 켤레씩만 있는 것을 그렸어도 방안의 즐거움이 눈에 보이는 듯이 표현되었다고 하면서 〈광한루기〉가 이런 경지라고 하였다.

이렇게 작자와 평비자는 소설 구성의 기법과 문장 표현법에 지대한 관심을 가지고 있으며, 또한 김성탄이 말한 바와 같은 은근하고도 효과적인 방법을 이용하려고 노력하기도 하였다. 이와 같은 시선으로 국문본 〈춘향전〉들을 보았을 때에 서사의 비합리성과 논리정

연하지 못함이 걸림돌이 되었을 것이다. 그래서 〈광한루기〉의 작자는 서사의 앞뒤가 긴밀히 조응되도록 노력했으며, 합리성을 추구하기도 한 것으로 보인다. 그리하여 〈광한루기〉는 '합리성을 바탕으로 하면서 전아미(典雅美) 또는 우아미(優雅美), 숭고미(崇高美), 언어의 함축미(含蓄美), 절제미(節制美)를 추구'하였다고 평가[52]받는 작품이 될 수 있었다.

4) 인물론

〈광한루기〉는 국문본 춘향전들과 판소리 춘향가에서 속화(俗化)된 주인공들의 모습을 비판하면서 그들을 재자가인의 모습으로 형상화해 낸 점이 두드러져 보인다. 이는 중국의 재자가인소설에 대한 독서와 함께 특히 김성탄의 〈서상기〉 평비본 독서의 영향이 지대하다고 생각된다. 〈서상기〉는 재자가인 문학의 독보적 위치를 점하고 있다고 평가되기 때문이다.

· 〈서상기〉를 창작한 것은 오로지 앵앵을 위한 것이다. …(중략)… 앵앵을 묘사하고자 하였으나 묘사해낼 수 없어 그녀를 뒤로 미루고 먼저 장생을 쓴 것이니, 소위 구름을 그림으로써 달을 돋보이게 하는 화가들의 비법이다.[53]

· 그러니 때때로 홍낭[54]을 묘사하는 것도 또한, 꽃을 묘사하는데

---

52) 성현경, 「광한루기의 비교문학적 연구」, 성현경외, 앞의 책, 1997. 197면.
53) 西廂之作也, 專爲雙文也.…(중략)…將寫雙文, 而寫之不得, 因置雙文勿寫, 而先寫張生者, 所謂畵家烘雲托月之秘法. 金聖嘆, 〈第六才子書西廂記〉 一之一 驚艶 總評.

도리어 나비를 묘사하는 것, 술을 묘사하는데 도리어 술자리를
감독하는 관리를 묘사하는 것과 같다. 나비는 실제로 꽃은 아니
지만 꽃은 반드시 나비가 있어서 더욱 돋보이게 되며, 술자리 감
독관이 실제로 술은 아니지만 술은 반드시 그가 있음으로 해서
더욱 돋보이게 된다. 홍낭은 본래 장생과 앵앵은 아니나 장생과
앵앵은 홍낭이 있어서 더욱 돋보이게 된다.[55]

이처럼 앵앵을 〈서상기〉의 중심인물로 보고 다른 인물들은 모두
앵앵을 묘사하기 위해 부차적으로 존재한다고 보는 시각은 〈서상
기〉독법에서도 열 개 정도의 항목에서 언급되는 내용이다[56]. 이와
같은 인물론은 〈광한루기〉에서 그대로 수용된다.

〈광한루기〉를 읽는 사람은 먼저 형체와 그림자를 구분할 줄 알아
야 한다. 남원은 그림자다. 광한루도 그림자다. 화경까지도 그림자
다. 형체는 춘향 한 사람뿐이다. 관직을 옮기는 것도 그림자이며,

---

54) 〈서상기〉에서의 홍낭은 〈춘향전〉에서의 향단이 정도의 역할이라고 생각하면 이해
  가 쉬울 듯하다. 그녀는 정의감이 있고 솔직하고 시원스러운 성격을 지녔으며 앵앵
  과 장생의 인연을 만드는 데에 공헌을 많이 하였고 사람의 마음도 잘 헤아려 중개
  역할을 지혜롭게 해 내는 인물이다.

55) 故有時亦寫紅娘者, 此如寫花却寫胡蝶, 寫酒却寫監史也. 胡蝶實非花, 而花必得胡
  蝶而愈妙. 監史實非酒, 而酒必得監史而愈妙. 紅娘本非張生鶯鶯, 而張生鶯鶯必得紅
  娘而愈妙. 金聖嘆, 〈第六才子書西廂記〉 續之四 總評.

56) 한 가지 예만 들기로 한다. "〈서상기〉가 홍낭을 묘사할 때 각별히 주의를 기울인
  필치를 모두 세 번 사용하였다. 첫째는 …(중략)…홍낭을 묘사하는 것이 이 경지에까
  지 이르게 된 것은 반드시 결코 홍낭을 묘사하기 위한 것이 아님을 깨달아야 하고,
  전적으로 앵앵을 묘사하는 것임을 깨달아야 한다.", 金聖嘆, 〈讀第六才子書西廂記
  法〉 56칙.

행장을 꾸리는 것도 그림자다. 난간에 기대어 슬퍼하는 것도 그림
자이며, 술을 가져가 축하하는 것도 그림자다. 형체는 이별 두 글자
뿐이다.[57]

인물에 있어 주인공이 중요한 것과 더불어 이야기에 있어서도 중
심과 주변 내용을 구별하여 읽을 것을 요구하고 있다. 즉 소설을
감상할 때에는 작가가 초점으로 삼은 인물이나 사건을 중심으로 하
여 작가의 의중을 정확하게 파악할 수 있어야 한다는 독법의 제시라
고 할 수 있겠다. 이와 같이 주인공 중심의 묘사와 서사 진행을 강조
한 김성탄의 언급 중에 흥미로운 것을 몇 부분 더 보도록 하자.

- 약으로 비유하자면, 장생은 병이고 앵앵은 약이며 홍랑은 약을
  조제한 것이다. 여기에 많은 조제가 있는데, 약으로 하여금 가서
  병에 이르게 하거나 병이 와서 약에 이르게 한다. 그 나머지 부인
  네 등은 단지 약을 조제할 때에 사용되는 생강, 식초, 술, 꿀 같은
  것이다.[58]

- 더 자세히 따져 보면, 〈서상기〉는 역시 한 사람에 대해서만 쓴
  것이니 그가 바로 앵앵이다. 만약 마음속에 앵앵이 없었다면 어
  떻게 〈서상기〉를 썼겠는가? 단지 앵앵을 위해 쓴 것이 아니라면
  누구를 위해 썼겠는가? 그러므로 〈서상기〉는 앵앵에 대해 쓴 것

---

57) 〈광한루기〉 제4회 석별 回首評, 『광한루기 역주·연구』, 60면.
58) 譬如藥, 則張生是病, 雙文是藥, 紅娘是藥之炮製, 有此許多炮製, 便令藥往就病, 病
  來就藥也, 其餘如夫人等, 算只是炮製時所用之薑, 醋, 酒, 密等物. 〈讀第六才子書西
  廂記法〉 49칙.

이니 도리어 누구를 위해 더 쓸 필요가 있겠는가?[59]

이렇게 소설의 중심은 주인공에게 있음을 강조한 김성탄의 논의
에 적극 동조한 〈광한루기〉의 작자는 대다수의 평민 독자나 감상자
를 고려하여 남원군민 전체의 축제의 장인 것처럼 묘사되곤 하던
국문본 〈춘향전〉들과 달리 주인공 중심의 서사진행과 분위기를 만
들어낸 것이다. 그러나 김성탄이 〈서상기〉가 오로지 앵앵 중심인
작품이라고 설명한 것과는 다르게 〈광한루기〉에서는 춘향과 화경
을 대등한 비중으로 다루고 있다는 점이 다르다.

〈광한루기〉가 국문본 〈춘향전〉과 크게 달라진 점 중 또 한 가지
는 이도령과 춘향의 신물(信物) 교환을 삭제한 점이다. 이에 대하여
작자는 이같이 해명한다.

> 어떤 사람이 수산에게 물었다.
> "구본(舊本) 〈춘향전〉에서는 화경이 금 거울을 내어 정을 남기고,
> 춘향이 옥가락지를 받들어 이별의 선물을 함으로써 나중에 서로 확
> 인하는 징표로 삼습니다. 이는 연진의 칼이나 성도의 거울처럼 특
> 별하다고 하겠습니다. 지금 〈광한루기〉에 이러한 구절이 없는 것은
> 무엇 때문입니까?
> 수산이 말했다.
> "화경은 천하의 위인이며, 춘향은 천하의 묘인입니다. 묘인이 위

---

59) 若更仔細算時, 西廂記亦止寫得一個人者, 雙文是也. 若使心頭無有雙文, 爲何筆下
　　卻有西廂記, 不止爲寫雙文, 止爲寫誰. 然則西廂記寫了雙文, 還要寫雖. 〈讀第六才子
　　書西廂記法〉50칙.

인을 전송하고 위인이 묘인을 이별할 때에는 서로 마음이 통하여
영원토록 변함이 없는 것이 당연하거늘, 어떻게 거울 하나, 가락지
하나로 신물(信物)을 삼겠습니까? 그리고 화경이 자취를 드러내는
날 춘향이 거울을 바치지 않는다면, 화경은 거울이 없다는 이유로
그 사람이 춘향이라는 것을 믿지 않겠습니까? 또 춘향이 감옥에서
나왔을 때 화경이 가락지를 보여 주지 않는다면, 춘향은 가락지가
없다는 이유로 그 사람이 화경이라는 것을 믿지 않겠습니까? 구본
〈춘향전〉이라는 것은 시골 무지랭이들의 좁은 견해가 아닌 것이 없
는데, 그대는 어찌하여 이것을 취하십니까?"[60]

 화경 같은 위인이나 춘향 같은 묘한 사람은 거울, 옥가락지 등의
신물을 확인하지 않고도 서로를 믿을 수 있기에 이런 것들을 주고
받을 필요가 없다고 말하고 있다. 〈광한루기〉의 저자나 평비자는
이도령과 춘향을 은근한 정을 나누는 품위 있는 연인, 고귀한 성품
의 재자가인(才子佳人)으로 묘사하고 있기에 이 같은 변개가 필요한
것이다. 그런데 이렇게 인물을 재자가인으로 묘사한 것은 김성탄이
〈서상기〉를 음란성 논쟁[61]에서 자유롭게 하고자 앵앵을 매우 고귀
한 인물로 묘사하고 장생과 앵앵 두 남녀 주인공을 진정한 재자가
인으로 평가하였던 것과 비슷한 양상이다. 우리나라에서도 19세기
전반까지 대다수의 양반들은 〈춘향전〉이나 〈춘향가〉를 상스럽거

---

60) 〈광한루기〉 제4회 석별 回尾評, 『광한루기 역주·연구』, 68~69면.
61) 그 한 예로 〈서상기〉는 청대(淸代)에 연출 금지 외에 출판 금지 항목에도 포함되었
   다고 한다. 그런데 당시에 출판을 금지 당한 〈서상기〉 목록들과는 별도로 김성탄의
   〈第六才子書〉가 따로 명시되어 있어 김성탄 평비본의 막강한 영향력을 볼 수 있다.
   조숙자, 앞의 논문, 246면.

나 음란하다고 보아 적극적으로 향유하려 하지 않았기 때문에 그런 평가에서 벗어나려면 우아하고 재주 있는 인물 형상이 필수 요건이었다고 생각된다.

다음은 〈춘향전〉의 독자라면 누구나 한번쯤 의문을 품었음직한 대목, 즉 한양으로 올라간 이도령이 3년 동안이나 아무 소식이 없었던 점에 대한 평비자의 변호이다.

> 화경의 마음이라고 어찌 하루인들 춘향을 생각하지 않았겠는가? 결국 잘 울지 않기 때문에 좀처럼 눈물을 흘리지 않았고, 마음이 강해서 흔들리지 않았으며, 여색과 관련된 말은 듣지도 보지도 않았다. 어찌 좀스럽고 가련한 사람들처럼 화장품이나 바느질 도구를 사서 아침·저녁으로 부쳐 주면서 스스로 정 많은 사람이라고 하겠는가? 이것은 화경이 할 짓도 못 되고, 춘향이 원하는 바도 아니다.[62]

이도령이 춘향을 늘 그리워하기는 했지만 아무런 행동을 취하지 않은 것은 좀스럽거나 연민의 정에 빠지지 않는 사람이기 때문이라고 하면서, 화장품 같은 작은 선물을 사서 자주 부쳐 주면서 정 많다고 하는 이들과는 다름을 말하고 있다. 이런 설명은 결국 등장인물의 내면 심리를 설명해 주는 것으로 독자가 작자의 의중을 제대로 파악해야 작품의 본질을 읽을 수 있음을 말해주는 것이기도 하다.

또한 김성탄은 소설 작품의 인물들을 무엇보다도 생동감 있게 설

---

62) 〈광한루기〉 제7회 봉명 回首評, 『광한루기 역주·연구』 92면.

정하고 묘사해야 함을 자주 역설하였는데, 〈광한루기〉의 특징적인
면 중의 하나가 여타 〈춘향전〉에는 등장하지 않거나 대수롭지 않게
취급되던 주변인물들이 이름까지 부여 받고 각자의 맡은 역할을 해
낸다는 것이다. 그렇게 함으로써 그 이전의 〈춘향전〉이본들에서는
설명되지 못했던 부분들, 예를 들어 신임 부사는 춘향을 설득해 보
지도 않고 바로 죽이려 들었을까, 춘향이 아무리 미인이라지만 반드
시 춘향에게만 수청 들기를 바랐을까, 서울로 올라간 이도령은 어떤
마음이었을까, 방자는 어떤 과정을 거쳐 춘향의 편지를 이도령에게
전하게 될까 등등의 의문들을 풀어주는 내용이 들어가게 되었다.
춘향 대신 신임 부사 원숭에게 수청 드는 기생 매향, 행수 기생이면
서 감옥에 있는 춘향을 계속 설득하는 부용, 신임 사또를 따라 다니
며 묘안을 짜거나 기분을 맞추는 식객 장철, 방자 김한, 신임 사또와
장철의 대화를 엿듣고 방자에게 알려 주어 오빠인 방자가 이도령을
찾아 서울로 가게 만드는 기생 모란 등이 새롭게 설정됨으로써 그러
한 의문들이 풀리게 되는 것이다.

4. 조선후기 외국서적의 수용과 문화변동

지금까지 필자는 18·19세기에 조선의 문단에서 애독되었던 명말
청초(明末淸初)의 문인 김성탄의 소설 평비본에 대한 독서와 그에 따
른 우리 문단에서의 소설비평론과 문예미학의 성숙에 대해 논하였
다. 이 같은 논의는 18세기 이후에 소설의 독서가 늘고 그에 대한

평가도 긍정적인 방향으로 선회하기 시작하는 것이 임·병 양란 이후 물밀듯이 들어온 중국 소설의 독서가 영향을 주었을 가능성이 크다는 데에서 시작되었다. 물론 자생적인 소설 전통의 축적과 내재적인 원인이 기반이 되었겠지만 변화의 촉발은 중국소설의 독서에 기인했으리라 여겨졌기 때문이다. 이에 당시에 문단에서 가장 많이 읽히고 자주 거론되었던 김성탄의 소설 평비본에 대한 독서 실태와 평가를 통해 그 수용태도를 살펴보았다.

그 결과 김성탄의 소설 평비본의 독서는 우리나라의 문인들이 소설을 비평하고 문장을 비평하는 방법을 체득하는 방편으로 작용했다고 생각되는 예들이 당시 문인들의 글들에서 언급되었음을 확인하였다. 소설의 서사 전개, 인물 창조, 문장 구성 등에 대해 강조하고 감식안을 일깨워주는 김성탄의 책을 여러 차례 읽은 후, 감탄하고 베껴 쓰다가 결국에는 그의 글을 흉내내본다든지 비평하는 방식을 도입하여 평비본 소설을 써보는 일에까지 이른 것이다. 그리하여 소설에서도 문예 미학적인 측면을 고려하여 유려한 수사와 공교한 문장 구성, 긴박하면서도 절절한 서사 구조를 창출할 수 있게 되었는데, 그 결실이 바로 〈광한루기〉라고 보았다. 그래서 이 작품을 중심으로 하여 조선후기 소설비평론과 문예미학의 발전상을 짚어보는 일환으로, 평비본 형식으로 춘향전을 개작한 한문춘향전인 〈광한루기〉를 분석하였다. 세부적으로는 김성탄의 소설 독법을 변용한 작품 감상법, 회수평·회미평·협비 등의 평비를 활용한 비평법, 문장과 소설 작법을 학습하여 발전시킨 문장 표현법과 구성법, 인물론 등에 대해 논의하였다.

　이와 같은 논의를 통해 조선후기의 지식인, 문인들이 외국 서적을 어떤 방식으로 접하게 되고, 이를 접한 후에 어떤 반응을 보이며, 그 반응이 촉매가 되어 어떻게 문화의 변동에까지 이르게 되는지를 실증적으로 고찰할 수 있었다.

제3부

한문고전소설 작가론

19세기 초 소설작가
목태림(睦台林)의 생애와 문집

1. 영남 향촌 사족으로서의 생애와 위상

1803년에 한문소설 〈종옥전(鍾玉傳)〉을 창작하고, 그 이듬해인 1804년에 한문 춘향전인 〈춘향신설(春香新說)〉을 창작한 문인 목태림(睦台林 : 1782~1840)은 경남 사천에서 사천목씨(泗川睦氏) 찬성공파(贊成公派) 23세손으로 태어났다. 그가 속한 찬성공파는 고려말의 무장(武將) 목인길(睦仁吉 : 1324~1398)부터 시작하여 사천에서만 살던 계파이다. 여말선초에는 정3품에서 종6품 정도의 관직을 이어갔으나, 조선 중기에는 가세가 기울어 별다른 관직을 하지 못하다가 숙종조부터 다시 관직에 오르기 시작했으며, 문반과 무반이 섞여 있다. 그의 가문은 비록 내놓을 만한 조상이나 학맥이 있는 것은 아니지만, 엄연한 양반 가문으로서 오랜 기간 한 지역에 살면서 그 지역의 유지 노릇을 할 정도는 되었던 듯하다.[1]

---

1) 이 같은 이유로 본고에서는 목태림을 '향촌 사족'이라 규정한다. 국문학계와 국사학

태림의 부친 윤평(允平)은 1784년 32세에 진사에 입격한 후 일곱 번이나 초시(初試)를 보았으나 끝내 대과(大科)에는 급제하지 못하여 말년에는 고향인 운곡(雲谷)에서 기거하면서 매번 자신의 불우함을 술회하였다고 한다. 비록 선대(先代)에 양반의 명맥을 유지하기는 했지만 세상에서 크게 등용되지 못하고 궁벽한 마을에서 쓸쓸히 여생을 마쳐야 했기에 탄식이 절로 나왔기 때문일 것이다. 이렇듯 그의 가문은 한미했으며, 경제 사정도 매우 어려웠다.2) 그러나 안빈낙도(安貧樂道)의 자세를 버리지 않았으며,3) 물질에 연연하지 않는 군자들을 칭송했고,4) 반대로 부유하기만 하고 인자하지 않은 사람은 매우 경멸하는 모습을 보였다.5) 그는 청년기를 독서와 소설 창작으로 보냈으며, 1807년경에 김해(金海) 김씨(金氏)와 혼인하였으나 부인이 1821년에 요절하고 마는 불운을 겪었다. 이렇듯 어머니와

계에서는 이와 비슷한 계층을 일컫는 말로 향반, 재지사족 등의 용어를 쓰고 있고 각각 미묘한 개념 차이가 있지만, 필자는 지방에서 세거하던 양반이라는 의미로 향촌사족이라는 용어를 사용하겠으며, 목태림의 경우 그다지 번창하지 못한 가문이었다는 의미로 '한미한'이라는 수식어를 붙여 '한미한 향촌사족'이라고 계층을 규정한다.

2) 다음의 구절들이 이를 짐작케 한다.

談話之間 問余四柱 余口以道之. 客曰 貧富壽夭 皆天也. 吾豈易言哉. 然君之年四十五然後 可以論財矣. 井五之前 撓汨無暇 而必生三子 可早傳家. 如此則晚福大矣. 余自謂 吾今年四十四歲 則明年爲四十五矣. 誠如客言 則其將脫身於債窟之中歟. 噫. 此客亦安知, 非狂惑人心者歟. 吾非客也 安知客也. 然而此客 果非負人之客歟. 〈西遊錄〉. 沃川郡條.

薛邑之券未灰於馮驩 豊墟之債如山於王婆 ……, 地乏立錐 室若懸磬 ……, 糠不充腸 喝之以飫粱肉 絺難掩軆謂之以遍綺羅 〈嘆時賦〉.

3) 處貴能貧傷哉原憲之蓬筆 居仁不富賢乎顔子之簞瓢, 〈嘆時賦〉.

4) 君子則樂道安貧 哲人則見機知止, 賢哉二大夫東海黃金, 〈嘆時賦〉.

5) 富而不仁林尙沃豈參楊雄之賦 〈嘆時賦〉.

부인이 일찍 죽는 등 계속해서 일어나는 집안의 우환과 경제적 궁핍
으로 매우 힘든 상황이었을 것으로 짐작되는데, 1825년에는 벼슬에
서까지 쫓겨나게 된다. 또 1828년과 1829년에는 가뭄이 심하게 들
어 나라에서 진휼미를 나누어주었다고 하는데, 이때 사천지역의 진
휼미를 나눠주는 실무를 책임지고 했던 것 같다. 당시의 상황이 〈진
휼부(賑恤賦)〉에 기록되어 있다. 그 후 잃어버렸던 〈종옥전(鍾玉傳)〉
원고를 찾아 가필(加筆)하여 책을 내게 된 것이 1838년이며, 1840년
에 59세의 생을 마친다.

　자세한 기록이 없는 관계로 그의 관직이 어떤 것이었는지를 정확
히 알 수는 없지만, 1825년에도 과거 보려는 마음이 있다고 했으므
로 평생 대과(大科)에 급제하지 못한 채 계속 연연하면서 말단직에
근무했으리라 짐작된다. 구체적으로는 지방 관아와 향회(鄕會)의 중
간에서 향회의 제반 업무를 처리하고 수령을 도우면서 향리와 관속
들을 규찰하는 역할을 하는 향임(鄕任)이었을 것으로 추정된다.[6] 하
지만 그가 했던 일들이나 술회들만을 참고할 수 있기 때문에 그의
신분이 양반 즉 향임(鄕任)이었는지 아니면 중인 즉 향리(鄕吏)였는
지 분명하지는 않다.[7] 다만 그의 가문이 대대로 양반의 신분이었

---

6) 이에 관해서는 졸고, 「목태림 문학 연구」, 이화여대 박사학위논문, 2001. 'Ⅱ장의
　 A.목태림의 생애와 교유관계'에서 자세히 논한 바 있다.
7) 당시에 실제로 이 두 집단이 서로 병칭되거나 같은 업무를 보았기 때문이다. 19세기
　 의 기록들에서는 향임과 아전을 흔히 吏·鄕이라고 하여 병칭하였으며, 향청이 수령
　 의 보좌기구로 변함에 따라 향청의 임원인 향임들도 점차 役人化하여 이서집단이
　 하던 행정 실무도 함께 하기에 이르렀다고 하고 있다. (고석규, 『19세기 조선의 향촌
　 사회연구』, 서울대 출판부, 1998. 146~158면.)

고[8]), 그의 아버지와 그가 과거를 준비할 만큼 지식이 많고 문학적
재능이 있었다는 점, 그가 문집을 남긴 점, 그가 아전들을 잘 단속했
다고 언급한 점 등을 볼 때에 아전이었을 가능성보다는 지방 관아와
밀착된 향임 계층이었을 가능성이 크다.[9]) 아버지에 이어 자기 자신

---

8) 『사천목씨세보』(사천목씨종친회, 1988)에 따르면 찬성공파의 시조인 목효기가 무
　과 정6품관이었고 이후 문과 정3품관, 무과 종6품관 등을 했다고 되어 있으며, 태림
　의 조부인 창백이 정3품, 아버지 윤평이 종6품을 했다고 되어 있다. 찬성공파가 사천
　목씨세보에 기재되기 시작한 것은 세보가 3차 개정된 1920년이기 때문에 그 기록을
　신뢰할 수 없다는 의견(류준경, 「한문본 〈춘향전〉의 작품세계와 문학사적 위상」,
　서울대학교 박사학위논문, 2003.)이 제시되기는 했지만, 사실이 아니라는 확실한
　증거도 없는 상황이다.

9) 류준경(앞의 논문, 198~201면.)은 사학계의 연구(이훈상, 「19세기 호적대장의 지
　역화와 향리사회의 절합 구조 형성: 사천현 호적대장 황씨 이족」, 〈조사연구보고〉
　51호, 일본학습원대학 동양문화연구소, 2002.)에 의거해 목태림의 아들들이 鄕役을
　맡았던 것을 밝혔다. 큰 아들 조눌이 1830년에 형방을 했으며, 둘째 아들 조갑이
　1842년에 濟倉色을 했다고 했으니 모두 吏任을 한 것이라고 하면서 따라서 이 가문
　은 향리 가문이었으리라 추정하였다. 하지만 필자는 이 같은 상황을 다음과 같이
　해석할 수도 있다고 생각한다. 목태림의 가문이 목태림 대에 와서 매우 궁핍해져서
　중인들이나 하던 관아의 실무를 맡게 되었다가 그 아들 대에 가서는 더욱 영락해져
　중인층의 직역인 이임을 역임하게 된 것으로 말이다. 즉 애초에는 향촌의 사족이었
　는데 점차 몰락해 중인의 직역을 맡게 된 가문이었을 것으로 보인다는 것이다.
　　류준경은 또 목태림을 '향리지식인(향리로서 儒業에 종사하는 사람)'이었을 것이
　라고 추정했는데, 이렇게 본다면 필자의 추정과는 반대의 상황이 된다. 즉 애초에
　중인 가문이었는데 19세기 무렵이 되면서 그 세력이 커져서 가문의 위상을 높이고자
　유업에 종사하는 지식인을 기를 정도의 가문의 일원이었어야 한다.
　　그러나 목태림의 경우 일반적인 향리지식인 유형에서 벗어나는 면들이 많이 보인
　다. 향리지식인은 대부분 향리층의 주도 가문에서 배출된다고 했는데 사천 목씨의
　상황은 그렇지 않았으며, 그들은 이임에 나아가지 않고 오로지 유업에만 종사한다고
　했는데 목태림은 관아의 실무를 했으며, 그들은 경제적으로 부유하다고 했는데 목태
　림은 매우 가난했으며, 그들은 상층지향적이며 중세지향적인 문학경향을 보인다고
　했는데 목태림은 현실비판이나 상층비판의 언급도 종종 하였다. 또한 그들은 교육적
　공동체를 형성하여 후진을 양성하는 등 지적 활동으로 양반층에게 인정받는 것을

도 과거에 급제하지 못하였으며 가난하고 낙척한 생활을 해야 했기에 관아의 하급관리나 하던 일까지 할 수밖에 없었던 상황으로 파악되는 것이다. 그랬기에 그는 이렇게 된 상황에 대해 종종 자책하면서, '가풍이 다시 이어지기를 바랐지만 지금 선대의 가업이 욕되게 되었다'[10]라거나 '혼란에 빠져 권도를 따른 것은 단지 집안이 곤궁해져서이네. 쇠한 몸으로 통분을 머금으니 집안의 운수가 멈춤을 어찌하겠는가?'[11]라고 애통해 하였다. 여러 가지 정황은 이러하지만 이외에 또 다른 새로운 기록이 발견되기 전까지는 여전히 그의 신분에 대해서 단정하기는 어렵다.

따라서 그가 속한 계층은 기존에 알려진 사대부 소설작가들, 즉 김소행, 심능숙, 서유영 등과는 분명 구별되는 면이 있다. 그들은 대체로 본인들은 비록 불우했지만 가문이나 친우들이 경화사족층에 속했으므로 그 문화적 세례는 충분히 받았을 것으로 보인다. 하지만 향촌의 평범한 선비들은 문관으로 현달할 기회를 원천적으로 봉쇄당한 채 현실의 경제적 어려움까지 감수하며 일생을 보내야 했던 사람들이다. 이들은 사족으로서의 제반 규범과 가치의식을 고수하고 성리학적 세계관에 강하게 얽매여 있었다고 평가되고 있으며,

---

주된 동력으로 삼는다고 하였는데, 목태림은 그런 흔적이 발견되지 않는다. 향리지식인의 특성에 대해서는 이훈상, 「조선후기의 향리와 근대이후 이들의 진출」, 〈역사학보〉 141집. 1994. ; 김재희, 「조선후기 영남지방 향리지식인의 성장」, 서울대학교 석사논문, 1999 참조.

10) 冀家風之再述, 慟先業之忽忝. 睦台林, 〈嘆時賦〉, 『雲窩集』 20면.

11) 余於是時, 着混從權只緣家計之方困, 曳衰含慟其奈門運之多蹇. 睦台林, 〈賑恤賦〉, 앞의 책 28면.

많은 시가 작품을 남긴 이들로 박인로, 정훈, 위백규 등이 알려져 있다.[12] 목태림은 향촌 사족층이기는 하지만, 양반의 지위를 누릴 만한 경제적, 정치적 토대가 없었기에 중인들이나 하던 지방 관아의 실무를 했던 적도 있었고 또한 가계가 씨족의 본류들과 오랫동안 교류하지 못한 방계라는 면에서 기존에 연구된 향촌 사족층보다도 열악한 환경 속에서 살았다고 할 수 있다. 양반과 평민의 중간 정도 되는 그의 이러한 계층적 특성이 그가 양반문학과 서민문학을 두루 접할 수 있게 하였으며 나아가 이 둘을 교섭, 변용할 수 있도록 하였고, 생활에 밀접한 문학도 할 수 있게 되었으리라고 생각한다.

2. 『운와집(雲窩集)』과 『부경집(浮磬集)』의 비교

지금까지 연구된 목태림(睦台林)의 저서로는 한문소설 두 편과 『운와집(雲窩集)』[13]이 있다. 이 문집에는 부(賦) 11편과 기행문 〈서유록(西遊錄)〉이 들어 있으며, 한시(漢詩)가 따로 기록되어 있지는 않지만 소설작품들이나 기행문 속에 삽입된 것들을 모두 합하면 총 98수가 있다. 그런데 이후 2008년에 새로 발견된 그의 문집 『부경집(浮磬集)』[14]에는 기행문과 〈부경재부(浮磬齋賦)〉가 들어 있지 않다. 대신

---

12) 이에 대해서는 한창훈, 「박인로·정훈 시가의 현실인식과 지향」, 고려대 석사학위 논문, 1993. ; 최재남, 『사림의 향촌생활과 시가문학』, 국학자료원, 1997. ; 고석규, 『19세기 조선의 향촌사회 연구』, 서울대 출판부, 1998. 등을 참고할 수 있다.

13) 동국대학교 도서관 불교학 고서실 소장, 156면의 한문 필사본. 매면 10행, 매행 25~27자 내외.

에 〈팔장생화제(八長生畵題)〉, 〈팔선로화제(八仙老畵題)〉, 〈팔철인화제(八哲人畵題)〉 등의 제화시와 〈충렬사(忠烈祠)〉, 〈두류산평(頭流山評)〉이라는 부(賦)들이 들어 있다. 이렇듯 두 문집은 제목과 소장처가 다를 뿐만 아니라 수록된 작품들도 차이를 보이며 필사 상태도 다르다. 좀 더 자세히 두 문집을 비교해 보자.

『부경집』은 국립중앙도서관 고서실에 소장되어 있는데, 수록된 작품의 대부분이 『운와집』과 같으며 마지막 장에 '泗川睦林評 蘭園臺'라는 글귀가 있어 목태림(睦台林)의 문집임이 확인된다. 이 글귀는 마지막에 수록된 작품이 〈두류산평(頭流山評)〉이기 때문에 평자를 밝힌 것으로 보인다. 제목의 '부경'은 목태림이 지은 부 중의 한 편인 〈부경재부(浮磬齋賦)〉[15]에서 따온 것으로 보이는데, 공교롭게도 이 〈부경재부〉는 『부경집』에 수록되어 있지 않다.

또 다른 특징은 『운와집』에서는 부(賦)의 경우 두 줄씩 대구가 맞춰져 구분되어 필사되어 있지만, 『부경집』에서는 산문처럼 이어서 쓰여 있다는 점이다. 시구(詩句) 중간에 작은 글씨로 첨사되어 있는 세주(細註)는 두 문집에 다 있지만, 작품명 바로 뒤에 기록되어 있는 창작 경위 등은 『부경집』에는 없다. 또 『운와집』에 비해 『부경집』의 글씨가 단정하지만 필체는 더 좋지 않다. 『부경집』 제일 앞에는 목차가 붙어 있는데 원래의 작품명을 줄여서 쓴 경우가 많다. 예를 들어 〈전라도광양백운산묘각암서(全羅道光陽白雲山妙覺菴序)〉를 〈묘

---

14) 국립중앙도서관 고서실 소장, 103면의 한문 필사본. 매면 8행, 매행 21자 내외.
15) 사천에 있는 부경재(浮磬齋)를 읊은 부(賦)로, 46구로 되어 있으며 마을의 어른으로서 청년들에게 당부하는 내용이다.

각암서(妙覺菴序)〉로, 〈이학사소학사여영허대사유두류산평(李學士蘇
學士與靈虛大師遊頭流山評)〉을 〈두류산평(頭流山評)〉으로 쓰는 식이다.
한편, 기행문은 들어 있지 않으면서 그 속에 들어 있던 4편의 도읍
부16) 즉 〈설경부(雪京賦)〉, 〈송경부(松京賦)〉, 〈기성부(箕城賦)〉, 〈용
만부(龍灣賦)〉들은 별개로 기록되어 있으며, 『운와집』에는 없는 시
가 5편 들어있다는 점이 다르다. 『부경집』에만 수록된 작품은 다음
의 다섯 작품이다.

① 〈八長生屛風畵題〉 - 麟, 鳳, 龜, 龍, 鶴, 鹿, 虎, 鼈 : 약 189자.
② 〈八仙老畵題〉 - 許由, 姜太公, 老子, 四皓, 嚴君平, 孟浩然,
   陳圖南, 孟嘉 : 약 189자.
③ 〈八哲人畵題〉 - 范蠡, 張良, 疏廣·疏受17), 嚴子陵, 陶淵明,
   張翰, 梅福, 邵平 : 약 210자.
④ 〈忠烈祠〉 : 약 1008자.
⑤ 〈李學士蘇學士與靈虛大師遊頭流山評〉 : 약 840자.

『운와집』과『부경집』에 수록된 작품들을 비교하면 다음과 같다.

---

16) 〈서유록〉은 여정에 따라 기록되어 있는데, 지명을 소제목으로 쓰고 그 지역의 특징
   과 지나면서 본 것들, 얽힌 이야기들을 서술하고 중간 중간에 5언 절구 정도의 짧은
   시를 지어 놓는 방식이다. 그런데 한양, 개성, 의주, 용만 등 큰 도읍에서는 짧은
   시 외에 100구 내외의 부(賦)를 지어 기록해 놓았다.
17) 원문에는 '疏廣受'라고 되어 있는데, 이는 소광과 그의 조카 소수를 합칭한 것이다.
   한나라 선제(宣帝) 때에 황태자의 태부(太傅)로 있던 소광이 사직하고 고향으로 돌아
   갈 때에 조카 소수가 함께 돌아갔기 때문에 흔히 '二疏'라고 일컬어진다.

작품명18)	雲窩集	浮磬集	浮磬集 수록 순서
佛法論賦	○	○	3
全羅道光陽白雲山妙覺菴序	○	○	2
嘆時賦	○	○	1
賑恤賦	○	○	7
博賦	○	○	4
錦山賦	○	○	6
浮磬齋賦	○	×	
西遊錄	○	×	
雪京賦	○	○	11
松京賦	○	○	12
箕城賦	○	○	13
龍灣賦	○	○	14
燕京	○	○	15
皇城路程	○	×	
新池洞洞財節用完文	○	×	
八長生畵題	×	○	8
八仙老畵題	×	○	9
八哲人畵題	×	○	10
忠烈祠	×	○	5
頭流山評	×	○	16

18) 『雲窩集』 수록 순서대로 제시한다.

동일인의 문집인데도 제목이 다르며, 수록 작품도 다소 차이가 나므로 특이한 경우라고 할 수 있다. 목태림의 경우, 변변한 관직에 있지도 않았고 경제적으로도 매우 빈곤했기에 문집이 간행되지 못한 채 필사본으로 전하였기에 이런 현상이 나타난 듯하다.[19] 목태림의 작품들이 여러 편 있던 중에서 그의 호인 '운와(雲窩)'를 따 제목을 붙여 문집을 만든 것이 『운와집(雲窩集)』이고, 고향인 사천에 있는 '부경재(浮磬齋)'를 따 제목을 붙인 것이 『부경집(浮磬集)』인 셈이다.

그렇다면 둘의 선후 관계는 어떻게 파악해야 할까? 우선 『운와집』에는 각 작품의 창작 경위가 적혀 있는 반면에 『부경집』에는 적혀 있지 않다. 창작경위는 작자가 쓴 것이므로 이것이 붙어 있는 것이 더 앞선 본이라고 할 수 있겠다. 또 『운와집』에는 기행문이 들어 있는 반면 『부경집』에는 기행문은 없고 그 기행문 중간 중간에 들어 있던 부(賦) 네 편만 기록되어 있으므로 기행문의 전모가 담겨 있는 것이 앞선 본이라고 판단된다. 즉 『부경집』이 더 후대의 필사본이라고 여겨지는데, 『부경집』의 필사자는 〈불법론부〉가 문집의 제일 앞에 놓이는 것을 꺼린 듯하다. 이 작품의 내용은 불법(佛法)을 논하면서 석가(釋迦)의 생애와 불교(佛敎) 포교의 당위성 등을 주장하는 것으로, 『운와집』에서는 제일 앞에 수록되어 있다.[20] 이 때문에 필사

---

19) 『운와집』의 앞쪽에는 '屢失艱尋 要勿借人'이라고 쓰여 있다. 또 그의 소설 작품들은 각기 소장처가 다르다. 〈종옥전〉은 일본의 동양문고에, 〈춘향신설〉은 박헌봉 편저인 『唱樂大綱』에 들어 있는데, 특히 〈종옥전〉의 서문에 의하면, 이 작품을 1803년에 지었다가 원고를 잃어버려 안타까워하다가 30여 년이 지나서야 어떤 선비가 가져와 보여주었다고 할 정도로 관리가 제대로 되지 못한 상황이었던 듯하다.

자는 『운와집』에서는 세 번째로 수록되어 있던 〈탄시부〉와 자리를 바꿔 놓은 듯하다. 또 한 가지 특징은 『부경집』이 시를 위주로 편집되었다는 점이다. 기행문인 〈서유록〉과 그 뒤에 붙어 있던 〈황성로정(皇城路程)〉은 수록하지 않았기 때문이다.[21]

또 필사자는 그 이전 문집에 있던 오류나 타당하지 않은 점을 수정하기도 하였다. 『운와집』의 마지막에 수록되어 있는 〈신지동동재절용완문(新池洞洞財節用完文)〉은 실은 목태림이 쓴 것이 아니라 그 벗인 김자행이 쓴 글이며 문학 작품도 아니므로 이를 제외한 것으로 보인다. 또한 『운와집』 〈연경(燕京)〉 부분에서 '안남국(安南國)'이라는 글자가 빠져 있는 채 세주(細註)에서 '安南國 洪吉同之後'라고 설명한 것을 수정하여 본문에 '안남국'을 넣고 나서 세주에서 '安南國 洪吉東之孫'이라고 하였다.[22] 본문에 있지도 않은 글귀를 설명할 수는 없으므로 채워 넣고 홍길동의 '동'자 표기도 자신이 생각하기에 정확하다고 판단된 것[23]으로 바꿔 쓴 것이다. 하지만 동일한 작품이 두 문집에서 다르게 기록되어 있는 경우는 없으므로 둘의 선후

---

20) 『운와집(雲窩集)』이 불교관련 고서로 분류되어 소장되어 있는 것도 이 때문으로 보인다. 목태림의 문집들은 그 가문에서 보존하고 있지 못하다. 6·25 전쟁 시 폭격을 받아 거의 모든 문서들이 소실되었다고 한다.

21) 하지만 목태림이 역관 김계운에게 들어 기록했다는 〈연경(燕京)〉은 남겨 두었는데, 이는 당시 사람들의 연경에 대한 관심이 지대했기 때문이 아니었나 싶다.

22) 장효현, 「〈홍길동전〉의 생성과 유전」, 『한국고전소설사 연구』, 고려대 출판부, 2002. 171면.

23) 당시의 〈홍길동전〉 독자들은 홍길동을 실존 인물이라고 생각한 듯한데, 1426년에 사망한 홍상직의 얼자 洪吉童과 연산군대의 도적 洪吉同을 조합하여 형상화했을 가능성이 크다. 장효현의 앞 글 참조.

관계가 중요한 사항은 아닌 듯하다. 다만 새로 발견된『부경집(浮磬集)』에만 수록된 작품들을 고찰한다면 기존의 연구에 더하여 작가의 문학 세계에 대해 좀 더 폭넓게 알 수 있게 될 것이다.24)

24)『부경집』이 새로 발견된 자료이기는 하지만, 위에서 제시한 다섯 작품 외에는 모두
 『운와집』에 수록되어 있던 것들이다. 따라서 책 전체를 다시 상세하게 고찰할 필요
 는 없다고 판단되어 다섯 작품 중 제화시 세 편을 집중 조명하여 논한 바 있다. 정선
 희,「조선후기 향촌 문인 목태림의 제화시 연구」,『어문연구』138호, 한국어문교육
 연구회, 2008. 6.

부(賦)를 통해 본
작가 목태림의 의식세계

1. 부(賦) 문학의 전통과 목태림의 부

운와(雲窩) 목태림(睦台林)은 1803년에 한문소설 〈종옥전(鍾玉傳)〉
을, 1804년에 한문 춘향전 〈춘향신설(春香新說)〉을 지은 분으로, 식
자층의 소설 창작이 긍정적으로 인정되지 않았던 시기에 소설을 두
편 창작했다는 면에서 의의가 있는 인물이다. 특히 〈춘향신설〉은
한문 춘향전 중에 연대가 두 번째로 빠르고 유일한 소설본이기에
〈춘향전〉의 사적(史的)인 연구에서 중요한 작품이다.

그는 1782년(정조 12년)에 경남 사천에서 사천 목씨 찬성공파의 23
세손으로 태어나 1806년에 진사에 입격하였으나 대과에는 급제하
지 못하고 지방의 하급관직을 전전하다가 1840년에 별세하였다. 가
문도 미미하여 조선 초기 이후에는 중앙정계에 진출한 적이 없었고
자손도 번창하지 못하여 독자(獨子)로 이어오다가 목태림의 고조부
와 조부에 와서야 무관으로 정3품에 오르게 된다. 그러나 그것도

잠시, 태림의 아버지인 윤평(允平 : 1752~1828)은 대과에 급제하지 못하고 진사에 입격하는 것으로 그쳐 종6품인 홍문관 부수찬으로 관직을 마감하였다.1) 그 후 태림이 말년에 종4품직에 오른 것을 끝으로, 그의 11형제 중에서 태기(台杞), 자식대에서 조눌(祖訥)만이 진사에 입격하는 것 이상으로는 더 높은 관직에 오르지 못하는 영락의 길을 걷는다. 특히 경제적으로도 매우 궁핍하여 빚이 있을 정도였는데, 이런 형편에도 그가 할 수 있는 일은 지방 관아의 실무를 보는 일이나 마을의 평의(評議)를 보는 일 뿐이었기에 한 집안의 장남으로서 가문을 크게 일으키지 못한 죄책감을 피력하기도 하였다.

그의 부(賦) 작품들은 『운와집(雲窩集)』2)이라는 문집 속에 들어 있는데 총 11편이다. 이들 중 네 편은 1825년 3월에 시작된 여행의 기록인 〈서유록(西遊錄)〉 중간에 실려 있고 〈진휼부(賑恤賦)〉에는 1829년의 일이라고 되어 있어 지은 연대를 알 수 있지만, 나머지 여섯 편은 정확한 창작 연대를 알 수는 없다. 그러나 내용으로 보아 대체로 1823년 이후의 것들로 짐작되므로 20대 초반에 지어진 소설들에 비해 좀 더 무르익은 작가의 문학 경향과 주제의식을 읽어낼 수 있을 것으로 기대된다. 또 당시의 부(賦)들이 형식미에만 치

---

1) 윤평은 자랄 때부터 글재주가 있어서 신동이라는 소리를 들었으나 일곱 번이나 초시를 보아도 끝내 대과에 급제하지 못해 늘 자신의 불우함을 술회하였다고 한다. 또 조강지처인 순천김씨가 서른넷에 요절한 후 맞아들인 둘째 부인도 일찍 죽어 두 번이나 재가를 해야 하는 불행을 겪었으며 자식은 11남매나 되었다. 그러나 이 불행은 그에게서 그치지 않고 아들인 목태림에게도 이어져 그도 부인들이 요절하여 두 번의 재가를 해야 했고 가난한 집안의 장남으로서의 무거운 짐을 지지 않을 수 없었다.

2) 목태림의 문집으로 한문 필사, 미간행. 동국대학교 도서관에 고서(古書)로 소장되어 있음.

우치거나 지나치게 단순화되었던 것과는 다르게, 그의 생각과 현실이 충실하게 반영되어 있으며 1000자가 넘는 장편도 여럿 있어서 부(賦) 문학사적으로나 작가 연구의 면에서 검토해볼 만한 가치가 있다.

부(賦)는 한문학 문체의 하나인데, 유협(劉勰)은 『문심조룡(文心雕龍)』에서 "부란 늘어놓는 것이다. 문채를 깔고 서술하여, 바깥으로는 품물을 형용하고 안으로는 사상과 감정을 묘사하는 것이다."라고 하였다. 즉 사물을 나열하여 진술하고 호기 있게 과장하는 창작 방법을 사용하며, 체제상으로는 시와 달리 음악에 맞춰 가창할 수 없다는 특징이 있다. 보통 사(辭)와 같이 붙여 사부(辭賦)라고 부르는 경우가 많지만, 엄밀히 말한다면 부는 산문에서 주로 사용되는 연결어인 是故, 然則, 若夫, 且夫, 苟, 雖 등의 글자를 많이 사용하므로 초사보다는 산문성이 강하다.3) 특히 부의 대표로 인식되는 한대(漢代)의 고부(古賦)는 편폭이 길고 규모가 크며 문답(問答)을 가설하여 산문과 운문을 교대로 구성한 것으로, 배비(排比)와 대우(對偶)를 사용하여 장대한 장면을 펼쳐 보이고 과장(誇張)과 유비(類比)를 많이 써서 사물을 묘사하는 한편 용사(用事)가 화려하여 문채가 풍부하다.4) 고부 외에 〈조굴원부(弔屈原賦)〉 같은 소체부(騷體賦)와, 송옥의

---

3) 진필상저, 심경호역, 『한문문체론』, 이회출판사, 1995. 337~346면 참조.

4) 따라서 문학적인 역량이 뛰어난 문인들만이 제작할 수 있는 것으로 여겨졌고, 우리나라의 경우에도 마찬가지로 자신의 문집에 부 작품을 남기고 있는 문인들은 대체로 일급의 문인으로 평가받은 이들이다. 특히 부는 시(詩)의 음악성과 문(文)의 서사성을 두루 갖추고 있어서, 시에만 능한 시인이나 문에만 능한 문장가로서는 손쉽게 접근하기 힘든 종합적인 문학양식으로 평가된다. 강석중, 「한국 科賦의 전개양상

〈풍부(風賦)〉같이 4언을 위주로 하면서 3, 6, 7언을 섞어 쓰는 소부
(小賦), 강엄의 〈별부(別賦)〉같이 자구의 엄밀한 대구와 음절의 경중
조화를 추구하며 변문의 풍조를 지닌 배부(排賦), 일종의 시체부(試體
賦)로서 배부의 대구를 기교화하고 성률을 화협하고 압운도 엄격히
제한한 4백자 내외의 율부(律賦), 〈적벽부(赤壁賦)〉, 〈추성부(秋聲賦)〉
같이 고부를 더욱 산문화한 문부(文賦)가 있다.[5]

부(賦)는 이와 같은 양식적 특성 때문에 우리나라 문인들이 지을
때에 중국의 부를 차(次)하여 문식(文飾)의 능력을 과시하거나, 왕도
(王都)와 왕의 위업, 또는 도학적인 내용을 다룬 것들이 대부분이어
서 문학적 상상력이나 상징성이 결여된 것이 많았다.[6] 그래서 김부
식, 이규보, 이옥의 부 등 몇몇을 제외하고는 형식적인 면에 너무
치우쳐 창의적이지 않고 단지 과거를 위해서 연습하는 정도였다고
할 수 있다. 그럼에도 불구하고 목태림은 과거를 위한 율부나 배부
의 정형성, 단편성에서 벗어나 독창적인 표현방법으로 자신의 사상
과 인생을 담아내고 있기에 동시대의 다른 사람들과는 분명 차별되
는 면이 있다.

이제 그의 부 작품들을 소재별로 나누어 개괄한 후 여기서 드러나
는 특성을 분석하고, 이를 바탕으로 하여 목태림의 내면의식을 추출
해 보고자 한다. 이런 작업을 통해 목태림의 부 문학의 위상이 드러
날 것이며, 아울러 그의 내면세계의 일단도 드러날 것이다.

연구」, 서울대 박사논문, 1999. 1~2면.

5) 진필상, 앞의 책.

6) 박성규, 「최자의 "삼도부"에 대하여」, 『한국한문학연구』 12집, 1989. 200면.

2. 목태림의 부(賦) 작품들

우리나라에서 처음으로 부가 지어진 것은 신라 말이다. 국가에서 과거제를 시행하면서 과시(科試)의 한 과목으로 선정된 것인데, 이 과부(科賦)는 국가적 차원에서 장려되어 오면서 우리나라 부 문학 융성의 중심축으로 기능하였으며, 시대의 추이에 따라 율부(律賦)에서 고부(古賦)로 변화하였다가 조선후기에 와서는 마침내 부 양식이 해체되는 과정을 보인다.[7] 조선 전기에는 과거에 고부가 부과된 까닭에 율부가 일시에 퇴장하고 대신 소체(騷體)의 부(賦)가 성행하게 되었는데, 특히 굴원의 〈이소경(離騷經)〉이 부의 전범으로 부각되어 그것의 절실하고 심중한 충절(忠節)의 태도에 당대 지배층들이 공감했다. 이러한 변화는 부에 교화의 기능을 부여하게 되어 논리성을 띠게 만들었지만, 부의 내용과 형식을 고착시켜 그 문학적 생명을 단축시킨 계기가 되기도 했다. 그 결과 조선중기에는 양적으로는 최고조에 이르렀으나 형식이나 내용은 일정한 틀에 얽매여 문학 본래의 예술성을 상실한 상태에 이른다. 이후 18, 19세기를 거치면서 계속된 부 전통의 파괴와 함께 이루어진 형식의 고정화는 작품의 질을 더욱 떨어뜨려, 구한말에 와서야 이건창, 김택영 등 고문가(古文家)들에 의해 고부의 명작이 다시 생산될 수 있었다.[8]

목태림의 부 작품들은 이처럼 부 문학이 극도의 형식성에 매몰되

---

7) 현재 전하는 것으로는 최치원의 〈詠曉〉와 김부식의 〈啞鷄賦〉, 〈仲尼鳳賦〉를 필두로 하여 고려후기에는 이인로, 이규보, 이색 등의 부가 남아 있다. 현전하는 부 작품들은 강석중(앞의 글, 111~145면.)의 논문에 부록으로 정리되어 있다.

8) 강석중, 앞의 글, 13~14면.

어 본래의 예술성을 잃어버리고만 시대에 지어진 것들이다. 각 작품
들은 대체로 120에서 200구, 800에서 1,200자 정도의 장편인데[9],
그러면서도 운문형식을 유지하고 있으며 대구(對句)도 철저하게 지
켜지고 있다.[10] 그러나 압운은 철저하지 않은 편이며, 대구를 맞춘
부분도 10여 자가 넘게 산문화되어 있어[11] 전대(前代)의 고부(古賦)
들의 대구와는 다른 방식이라고 할 수 있다. 더불어 시구(詩句)에 작
가의 세주(細註)가 붙어 있는 경우가 많은데, 이 주들은 짧게는 20여
자에서 길게는 300여 자에 이르며 주로 본문에 나온 전고(典故)를
설명하는 역할을 한다.[12]

각 부들의 내용을 소재별로 분류하여 간단히 살펴본다.

---

9) 동시대의 丁若鏞의 〈惜志賦〉나 〈鹽雨賦〉가 40-60字이고 李鈺의 부들이 산문형식
   인데도 480여 字인 것에 비하면 아주 길다고 할 수 있다. 부는 이렇게 장편일 경우가
   드물지만, 간혹 있다고 하더라도 문답법을 이용한 산문식일 경우가 많다. 예를 들어
   정두경의 "劍賦"(1324자)가 그러한데, 이 작품은 압운도 고려되지 않았고 구성 자체
   가 흥미있는 사건 전개로 이루어져 다분히 소설적이다. 대화체로 사건을 전개하는
   서사적 산문의 성격을 지니고 있어 운문이라고 보기 힘들 정도로 산문성이 짙다고
   평가된다. 남은경, 「동명 정두경 문학의 연구」, 이대 박사논문, 1998 참조.
10) 내용상 산문적인 것이 있기는 하지만 필사형태는 정확히 두 구씩 대구를 맞춘 엄격
    한 운문형식이다.
11) 산문식 대구의 예를 몇 가지 들어본다.
    生于是長于是能解某水某丘之名　耕於斯鑿於斯亦觀日出日入之方,〈嘆時賦〉.
    系則出於遼東伯柳下將軍　才則試於嶠南邑泗上亭長,〈賑恤賦〉.
    用於用時齊城之牛可比　行於行處周野之鷹乃臨,〈博賦〉.
    能超凡而作聖　認返本而還源,〈妙覺菴序〉.
    石窮泉生剞竹心而引水　峯腰地狹繞巖角而成墻,〈妙覺菴序〉.
12) 이는 무엇이든 자세하게 설명하고 또 후세에 정확하게 전달하고자 하는 기록의식의
    소산이기도 하다. 이 같은 세주는 그의 소설 작품 〈춘향신설〉이나 기행문 〈서유록〉
    에서도 종종 보이는 바이다.

1) 불법을 다룬 부

①[13] 〈불법론부(佛法論賦)〉 : 불교 전파의 역사를 말하고 나서, 대중을 고통에서 구해주시는 부처님의 자비를 찬양, 부처의 생애, 우리나라에의 포교, 유명한 선사와 수도사들 칭송, 불교 포교의 당위성과 유불(儒佛)은 동풍(同風)임을 주장. 10자(字) 정도의 구(句)[14]가 약 188구.

② 〈전라도광양백운산묘각암서(全羅道光陽白雲山妙覺菴序)〉 : 전반부에서는 달빛 같이 드리우는 불법의 가르침, 중생 구원, 자비 등을 칭송하고, 후반부에서는 암자의 위치, 창사(創寺)과정, 역사적 자취 등을 읊음. 총96구.

2) 인생이나 생활을 다룬 부

③ 〈탄시부(嘆時賦)〉 : 생애와 시대를 탄식하는 내용. 힘든 세상살이와 가난, 가문의 명예가 실추된 점, 알아주는 이 없음을 한탄. 두 번째 아내가 죽은 1823년 이후의 작. 236구.

④ 〈진휼부(賑恤賦)〉 : 1828년 11월부터 1829년 4월까지 사천지역에서 진휼을 베풀게 된 이유, 백성들의 힘든 삶, 진휼미 나눠주는 과정과 사천현감 칭송. 164구.

⑤ 〈박부(博賦)〉 : 장기의 유래, 각 말(將, 士, 馬, 象, 包, 兵 등)에

---

13) 이 번호는 문집에 실린 순서와도 같다.
14) 이하의 작품들도 구(句)의 길이는 비슷하므로 다시 쓰지 않는다.

얽혀 있는 고사, 실제로 장기를 두기 위해 준비하는 과정, 놀이 모습, 내기에 진 사람이 벌주 내는 과정까지. 214구.

3) 도읍이나 지명을 다룬 부

⑥〈금산부(錦山賦)〉: 경남 남해군 소재 금산의 전체적인 모습, 위치, 유명한 암자와 대(臺), 바위 등을 11곳을 골라 그곳에 얽힌 이야기를 10구 정도씩 서술. 110구.

⑦〈부경재부(浮磬齋賦)〉: 사천에 있는 부경재의 의미, 학문하는 선비의 바른 자세. 46구.

⑧〈설경부(雪京賦)〉: 여행 도중 한양에서 씀. 왕과 왕도 칭송, 궁성과 관청, 시장, 거리의 번화한 모습을 묘사한 뒤, 자신도 출세하고 싶다는 바람으로 마무리. 112구.

⑨〈송경부(松京賦)〉: 여행 도중 개성에서 씀. 전반부는 그곳의 경치를, 후반부는 고려를 망하게 한 신돈 비판하면서도 고려는 운이 다했고 운수가 진짜주인인 조선으로 옮겨왔다고 조선왕조 칭송. 86구.

⑩〈기성부(箕城賦)〉: 여행 도중 평양에서 이곳의 역사적 자취와 연광정팔경(練光亭八景), 기성십승(箕城十勝)으로 4구씩 지어 이어놓고 마무리. 126구.

⑪〈용만부(龍灣賦)〉: 의주의 전체적인 모습과 느낌, 청나라와의 접경지에서 본 청나라 사람 묘사, 용만팔경(龍灣八景)을 한 구씩 지음. 69구.

이상에서 볼 때 목태림의 부는 소재별로 크게 불법, 도읍이나 지명, 자신의 인생 등 세 가지로 나누어 볼 수 있겠다. 불법을 다룬 부에서는 대체로 불교 옹호의 태도와 불교로 귀의하고픈 마음을 적었으며, 인생이나 생활을 다룬 부에서는 일상생활에서 직접 겪은 일이나 자신의 생애를 묘사하였다. 도읍·지명을 다룬 부에서는 그곳의 경관묘사와 명소에 얽힌 이야기, 자신의 감회 등을 술회하였으며 ⑧에서 ⑪까지는 기행문에 삽입되어 있다. 이들은 대개 목도(目睹)한 사실을 사실적(寫實的)으로 서술한 서사적인 부분을 앞부분에, 자신의 감회를 고백하는 서정적인 부분을 뒷부분에 쓰고 있어 부(賦)의 서정, 서사 혼합적인 면을 잘 살리고 있다.

부의 일반적인 구성은 '서문(序文) - 본문(本文) - 난사(亂辭)'의 3단 구성이다. 그의 부도 이 형식에서 크게 벗어나지는 않지만 서문이 없고, 난사 부분은 거의 "詩曰"로 시작된 5언 절구로 마무리된다. 〈진휼부(賑恤賦)〉만 "銘曰"이라고 하여 50구의 시를 써 놓았다. 이 부분에서는 주로 글 전체를 마무리하는 자신의 감정을 쓰고 있는데, 이런 표지 없이 "나에게 있어서는"의 의미로 我想, 余於是時, 嗚乎, 噫, 今我, 惟我, 余乃 등으로 시작되는 10구 정도의 단락이 결말 부분에 위치하기도 한다.

3. 목태림 부(賦)의 특성

1) 일상적 소재의 서사적 전개

일상적인 소재를 서사적으로[15] 전개했다는 것은 우리 주변에서 흔히 접할 수 있는 실생활을 시간의 흐름에 따라 전개해 나갔다는 뜻이다. 부라는 장르는 원래 사변적이고 추상적이기 때문에 전대(前代)의 문학에서 구절이나 제목 등을 그대로 취하여 전고들을 이용해 엮어 가는 경우가 대부분이어서 이렇게 일상생활을 소재로 삼은 경우는 드물다.[16] 또한 실생활에서 접할 수 있는 소재를 택했다 하더라도 어떤 사물의 특성이나 느낀 바를 적는 경우가 많고, 이렇게 사건이나 상황의 전개과정을 서사적으로 엮어 가는 경우는 거의 없다. 〈박부(博賦)〉에서는 이웃집 사람들을 불러 모아 장기를 두는 모습을 재현하고 있다.

> 낡은 상자의 묵은 종이를 찾아 가늘게 선 그어 장기판 만들고
> 옆집의 깨진 박을 찾아 조각조각 쪼개어 장기 알로 내놓네.
> 깨진 항아리로 창을 한 작은 집을 열어
> 새끼줄을 지도리에 묶은 차가운 방 쓸고
> 이웃의 벗들을 불러 모아

---

15) '서사적'이라고 했을 때 얼핏 떠오르는 것은 설화나 소설일 테지만, 여기서는 허구가 아닌 실생활을 시간의 흐름에 따라 엮어간다는 의미이므로 구별할 필요가 있다. 유선사부(遊仙辭賦)가 신선설화를, 정두경의 〈검부〉가 역사적인 고사들을 소재로 삼았을 때 이를 서사적이라고 하는 것과는 다른 의미로 사용하였다.

16) 한시 일반에서는 이런 흐름이 간혹 감지되니 소위 사회시, 생활시라고 불리는, 정약용이나 위백규 등의 시가 그것이다.

죽 한 술 급히 먹었네.

허낭청의 물갓끈은 짤막짤막,

박좌수의 담배대는 쭈욱쭈욱

이도감, 김도감 질리도록 많이 이겼고

장약정, 배약정은 매 판마다 헤매고 있네.

맨다리 걷고 마주보고 앉아서

때 묻은 손을 들어 포석을 놓네.

서로에 훈수를 들지 않기로 거듭 맹세하고

한 번 둔 수는 물리지 않기로 재삼 다짐하네.

(중략)

장기판이 온통 까맣게 되어 완전히 패하니

얼굴이 빨개져 한 숨 내쉬네.

남은 한 개의 사(士)가 셋을 이길 수 있으리라 믿으며

한 개의 졸(卒)이 일찍 죽음을 아까워하네.

큰 소리로 "장군이야" 외치며 의기양양했지만

"멍군이야" 하는 응답소리에 저도 모르게 식은땀이 흐르네.

한 수 무르자고 청하나 옆의 구경꾼들은 그냥 지켜볼 뿐이며

때때로 깜짝 놀라 아픈 사람 헛소리하듯 떠들고

쓸데없이 손 흔들며 혀를 차고

가끔씩 수염 만지며 한숨을 내쉬네.

살펴보니 판세는 이미 기울어져

아무리 머리를 써도 견줄 수가 없구나.

이긴 이가 떠드는 '삼천년 길이 놀던 솜씨'라는 말과

열두 수에 이겼다고 자랑하는 말에

벌주 사려 주머니를 뒤져보나 동전 한 푼 없어

약속을 깨고자 하니 기가 꺾이네.

이에

형세가 어쩔 수 없게 되니 남몰래 어린 자식을 부르고

생각지도 못하게 돈을 쓰게 되니 부인과 잠시 의논하네.

이 누구의 잘못인가.

전쟁을 잘못한 죄로구나

그 아내는

돗자리로 만든 문을 걷고 머리를 긁적이며

치마를 들썩이고 다리를 구르네.

쑥대 같은 머리에 맨 짤막한 머리채를 풀어

주막에 전당 잡혀 새로 거른 술을 받아오네.

알 품은 암탉을 잡아

다리 부러진 깨진 솥에 삶아

이 빠진 질그릇을 벌여놓고는

귀퉁이 나간 나무쟁반에 내오네.

이 때에

주인 한 잔 손님 한 잔 하며 차와 밥을 바라보면서

나도 이겼다, 너도 이겼다 서로 이겼다하며 아직도 큰소리구나.

만석 가진 부자의 풍정도 우습게 여기니

천금 가진 이의 호방한 기운을 가졌구나.17)

---

17) 搜弊箱之舊紙細畫而局成 / 覓隣家之破匏片削而博造 / 開瓷牖之小室 / 掃繩樞之冷房 / 喚三隣之朋儔 / 促一匙之弊飯 / 許郎廳之水纓短短 / 朴座首之烟竹長長 / 李都監金都監勝己者厭 / 張約正裵約正當局者迷 / 寧赤脚而對坐 / 擧枣手而排鋪 / 彼此重盟訓手之不聽 / 再三牢約仍擧之必施 / 板猶黑而沒敗 / 顔已赤而睢旴 / 恃一士之凌三 / 愛獨卒之短命 / 大喝呼將不勝膽氣之撑腸 / 應聲翻宮難覺憤汗之霑背 / 無路請退其奈座客之傍觀 / 有時翻唇殆同病人之讌語 / 虛搖手而噴舌 / 妻撫髻而興吁 / 審局勢之已傾 / 計莫售於相較 / 三千年長游之說 / 十二手大詗之談 / 試探囊而乏錢 / 欲負盟而傷勇 / 於是 / 勢無奈而暗呼樨子 / 需不時而暫誤婦人 / 是誰之過歟 / 非戰之罪也 / 其妻也 / 蹇席門而搔頭 / 拂布裙而頓足 / 解蓬鬢之短髻 / 典杏肆之新醪 / 殺伏卵之

이 부분에서는 먼저 장기를 두기 이전에 깨진 박으로 장기 알을 만들고 묵은 종이로 장기판을 만드는 준비과정을 차근차근 묘사하였다. 그런 후에 이웃의 친구들을 모아 장기를 두는 모습을 그리고 있는데, 우리가 실제로 장기를 두면서 자주 하는 말, 즉 "훈수 두지 않기", "한 번 둔 수는 무르지 않기" 등이 그대로 들어가 있어 마치 그들이 장기 두는 모습을 옆에서 지켜보는 듯한 착각을 일으킬 정도로 사실적(事實的)이다. 아울러 이긴 사람이 큰소리 치며 자랑하자 진 사람은 기죽어 하는 모습, 가난한 아내가 벌주를 사기 위해 머리채를 팔아야 하는 상황 등을 일상적인 어휘로 그려내고 있다. 특히 "장군이야"를 외치고 의기양양했으나 상대방이 멍군을 날리자 금방 전세가 역전되어 식은땀을 흘린다는 표현이나, 알 품은 암탉을 깨진 솥에 삶아 귀퉁이 나간 나무쟁반에 내온다는 표현 등에서는 서민들의 문학에서 보이는 해학(諧謔)까지 느껴진다.

이렇게 부(賦)에 민간의 일상적인 일을 소재로 수용한 것도 참신하지만, 이를 재미있게 엮어간 솜씨가 더욱 높이 살만하다. 이런 표현기법이 그의 작품을 일반적인 부의 모의성(模擬性)에서 벗어날 수 있게 하는 중요한 요소가 되었다. 어떤 일의 과정을 시간 순서대로 상세하게 묘사하는 이러한 서사적 태도는 그가 소설을 창작한 작가라는 데에서도 동일한 맥락을 찾을 수 있는데, 소설이라는 장르가 바로 자신의 생각이나 느낌은 속으로 감춘 채 이를 암시할 만한

雌雞 / 烹折足之破鼎 / 列缺邊之土器 / 進傷隅之木盤 / 于時 / 主一盃客一盃視同茶飯 / 我亦勝君亦勝言猶壯談 / 輕万石之風情 / 負千金之豪氣,〈博賦〉. 지면관계상 행바꿈을 / 로 표시함.(이하 동일)

사건이나 경관, 물건 등을 일의 순서나 시간의 흐름에 따라 보여주
는 장르이기 때문이다. 또 일상적 소재는 아니지만 〈불법론부〉에서
는 석가의 생애를 서사적으로 엮었다.

> 오른쪽 옆구리의 신이한 태를 가르고 나오시더니
> 정반왕의 태자 자리를 사양하셨네.
> 그 처음에
> 도솔천에 내려오실 때에는 아름다운 코끼리 등위에서 하늘의 동
> 자들의 호위를 받으셨고
> 가필라성에 내려와 태어나실 때에는 마야궁 안에 신이한 향기가
> 가득 찼었네.
> 팔십 종류의 아름다운 모습을 저절로 갖추셨고
> 삼천대천세계에 홀로 높으시네.
> 나는 참새가 어깨에 둥지를 틀고
> 갈대의 싹이 무릎을 뚫었네.
> 사방의 문에서 생로병사를 둘러보셨고
> 어느 봄 초여드레 날 밤에 성을 뛰어넘으셨네.
> 설산에서 수도하시어 제자 아난을 사창가에서 구하셨고
> 나무그늘에서 마귀를 항복시키고 어리석음의 굴에서 마왕을 쫓
> 아내셨네.
> 영축산의 법회에서 연꽃을 들어 마음을 전하셨고
> 상림의 널 안에서 가섭을 마주하여 발을 보이셨네.
> 보탑에서 아난에게 자리를 나누어 주셨고
> 녹야원에서 천 가지의 불법을 보이셨네.
> 수산에서 햇빛 같은 지혜를 북돋우고
> 복의 바다에서 어리석음을 구제하셨네.

아홉 마리 용이 내뿜는 물에 목욕하시고
대문을 잠그고 칠 일 간 선정에 드셨네.
수도하실 때에 범조에게서 우유죽을 받으셨고
양치는 여인도 우유를 바쳤네.
가르침을 펴신 것이 삼백육십 회에 이르셨고
세상에 거한 것이 칠십구 년이셨네.[18]

석가가 태자로 태어나 참새가 어깨에 둥지를 틀고 갈대가 무릎을 뚫고 나올 정도로 공부하다가, 동서남북 사방의 문에서 인간의 생로병사의 허망함을 깨닫고 궁궐에서 뛰쳐나와 수도하시고, 가섭, 아난 같은 제자들을 교육하시며 가르침을 펴다가 79년 만에 세상을 뜨셨다는 이야기를 시간의 순서에 따라 엮어가고 있다.

2) 여행 견문의 사실적(寫實的) 표현

그는 1825년의 여행 도중에 네 수의 도읍부(都邑賦)를 지었다. 이들에서는 전통적인 기행시적인 면모와 함께 조선후기 서울의 도시적 면모를 묘사한 일부의 시들에서 드러나는 근대성과도 맥을 같이할 수 있는 면들도 발견된다. 이는 특히 한양을 묘사한 〈설경부(雪京賦)〉에서 잘 드러난다. 도읍이나 자연 경관을 소재로 해서 지은 일반

---

18) 剖右脇之仙胎 / 辭淨飯之儲位 / 其始也 / 來臨兜率護天童於瑤象背上 / 降生毘藍盈 異香於摩耶宮中 / 自稟其八十種儀容 / 獨尊於三千大世界 / 飛雀巢肩 / 蘆芽穿膝 / 玩時景於四門 / 踰春城於八夜 / 雪嶺修道救阿難於娼樓 / 樹陰降魔逐波句於陰窟 / 靈山會上擧蓮花而傳心 / 雙林槨中對迦葉而示足 / 分半坐於寶塔 / 顯千法於鹿園 / 躋慧日於壽山 / 濟昏蟄於福海 / 浴九龍之吐水 / 定七日之掩關 / 受糜糊於梵鳥 / 供乳 味於牧女 / 談經則三百六十會 / 住世則七十有九年,〈佛法論賦〉.

적인 시들이 대개 명승을 묘사하면서 여기서 생기는 미감이나 유적에 얽힌 옛 일에 대한 감회를 주로 읊는 것에 비해, 〈설경부〉에서는 자신이 본 도읍의 질서 있고 풍성하고 도회적인 면모를 있는 그대로, 본 그대로 그려내고 있다. 이는 이 작품이 기행 도중에 지어진 것으로 기행문 〈서유록〉 속에 삽입되어 있다는 데에서도 연유하는 데, 다른 지역에서는 그 곳의 위치, 간 곳, 본 것 등을 산문으로 처리하고 있는 것에 비해 이곳 한양에서는 단 다섯줄의 서술로 그치고 나머지는 이 〈설경부〉로 대신하고 있기 때문이다. 즉 자신의 여행 기록의 일부를 '부(賦)'라는 형식으로 했다고 보면 된다. 다음은 한양의 활기차고 도시적인 면모를 묘사한 부분이다.

> 갑방을과의 선비들이 금문의 장부에 가득하고
> 인시(寅時)에 들어가 신시(申時)에 물러나는 이들에게는 임금님
> 의 향기 베어있네.
> 자주빛 소매, 꽃무늬 옷 입은 소용은 홀로 걸어가고
> 붉은 옷에 초립 쓴 액예들은 두명씩 걸어 다니는 것이 보이네.
> 또
> 나무에는 달이 걸리고, 바람도 불며
> 비단 시장, 수놓은 천 가게가 있네.
> 수레바퀴와 말발굽이 거리에 넘쳐나니 모두 호걸이나 귀족들이고
> 비단으로 몸을 감쌌으니 귀공자, 왕손 아닌 사람이 없네.
> 구슬주렴 걸린 청루에는
> 금안장한 백마들.
> 주렴 걷고 등을 내건 곳은 술 파는 집이고
> 문에 기대 웃음을 파는 사람은 노는 기생이라네.[19]

  자신이 본 궁성의 모습, 시장과 가게들의 모습, 거리의 번화함, 지나가는 귀족, 관리, 액예 같은 말단직이나 소용 같은 궁궐 나인까지도 상세히 열거되어 있다. 이 같은 표현법은 19세기 초에 서울의 모습을 읊은 일부 여항시인의 시나 박제가의 〈성시전도시(城市全圖詩)〉 등에서도 보이는 특성인데, 관리들의 부지런함, 궁성과 관청의 웅장함, 그 주위의 여러 계층의 사람들을 있는 그대로 열거, 묘사하는 수법이 근대적이라고 평가되고 있다.[20]

  〈송경부(松京賦)〉나 〈용만부(龍灣賦)〉에서도 마찬가지로 그곳의 지명과 경치를 파노라마식으로 시선을 옮겨가며 특징을 잡아내고 있으며, 그곳에서 부딪치는 사람들, 보이는 집, 비석, 가게들을 사실적(寫實的)으로 묘사하였다. 다음은 송경(松京)의 모습이다.

     이에
     40리에 걸친 청석동의 산은 진의 서쪽 관문을 열어주고
     천년 동안 흐른 백리탄의 물은 방어벽 북쪽 입구를 막고 있네.
     오동나무 옆 가을 우물가에는 아름다운 여인의 그릇 빚는 소리 들리고
     수양버들 드리운 봄 누각에서는 호걸들이 바둑, 장기 두고 있네.
     이에 이르러
     사람 중에 재덕이 뛰어난 사람들이 모였고

19) 甲榜乙科士通金門之籍 / 寅入申退人携御爐之香 / 紫袖花鈿擅昭容之獨步 / 紅衣草笠見掾隷之雙行 / 若夫 / 月榭風楹 / 錦市繡廛 / 輪蹄溢街盡是豪兒貴价 / 綺羅遍體無非公子王孫 / 珠箔靑樓 / 金鞍白馬 / 捲簾懸燈處處沽家 / 倚門賣笑者遊妓,〈雪京賦〉.
20) 강명관,『조선후기 여항문학 연구』, 창작과 비평사, 1997.

땅은 정령을 탄생시켰네.
집에는 고려의 충신, 의사의 정려문이 있고
골목에는 조선의 효자, 열녀의 비석이 많구나.
재물 좋아해 몸 해치는 사람들, 부자 상인 아닌 사람 없고
돈에 몸을 파는 이들은 모두 창루의 노래 부르는 기생들이구나.
벼슬을 내놓은 사람들(72학사)은 어찌 그리 갑자기 죽었으며
삿갓 쓴 방외의 인들은 어찌 이리도 많은가.
인가는 동서로 부락을 이루었고
시정에는 천만 개의 가게가 있구나.21)

특히 〈용만부〉에서는 청나라와의 접경지대에 떠 있는 청나라 사
람들의 배와 옷치장, 머리 모양, 말하는 소리 등을 재미있게 묘사하
였다. 처음 보는 사람의 호기심과 함께 그 사람들을 약간은 얕보는
느낌이 묻어난다.

저 사람들은
옷을 보면, 푸른 도포 위에 검정 치마를 입었고
배와 노를 보면, 붉은 돛과 파란 닻줄을 내리고 있구나.
정수리에서 머리카락 한 가닥이 내려오게 했으니 총각머리 같고
머리 위에는 반폭쯤 되는 모자를 쓰고 있어 꼭 원숭이 같네.
성질이 급하고 사나와 의리로는 통하기가 어렵고
말이 시끄러워 소리를 들어도 알아들을 수가 없구나.22)

---

21) 若酒 / 四十里靑石洞山開鎭西之關 / 一千年白狸灘水遮捍北之口 / 梧桐秋井聽佳人
之轆轤 / 楊柳春樓弄豪兒之基博 / 至於 / 人鍾茂異 / 地誕精靈 / 家或高麗忠臣義士之
閭 / 巷多朝鮮孝子烈女之碣 / 藏珠剖腹無非大賈富商 / 擲金纏頭盡是娼樓歌妓 / 掛冠
之客忽焉沒兮 / 戴笠之人是何多也 / 人戶卽東部西府 / 市井乃千窓萬簾,〈松京賦〉.

3) 기존 문학 전통의 차용

목태림은 다방면으로 독서를 많이 했고[23] 기존의 문학적 관습에
도 익숙한 사람이다.[24] 그래서 부를 쓸 때에도 자신의 이런 문학적
지식을 이용하여 문재(文才)를 과시하려 하였다. 그가 차용한 문학
전통은 '팔경시(八景詩)'이다. 팔경시는 우리나라에서는 고려 중기부
터 본격적으로 창작되기 시작했다. 이때에는 소상팔경시(瀟湘八景詩)
가 주류였으며 이규보나 김극기 등이 한국의 지역을 대상으로 창작
하기 시작했다. 이후 고려말의 이제현의 〈송도팔경시〉, 정포와 이
곡의 〈울주팔경시〉, 선초의 정도전, 권근 등의 〈신도팔경시〉들이
팔경시의 전성기의 작품이라 하겠다. 그 후 서거정에 의해 기존의
팔경시들이 『동국여지승람』에 집대성되었으며 그 자신도 16편의
팔경시를 짓는다. 이때까지는 주로 부(府)나 군(郡) 등 행정지역의
승경이 대상이 되었으나 한편으로는 당대 왕족의 개인 누정(樓亭)이
나 별장(別莊)을 대상으로 한 팔경시가 창작되는 경향이 확산된다.
또 이 무렵 십경시(十景詩)가 창작되고 영물시(詠物詩)와 제영시(題詠
詩)가 복합되는 양상을 보이기도 한다.[25]

---

22) 彼人也 / 衣章則靑裙皂裳 / 舟楫則紅帆翠纜 / 頭戴半幅之帽無異沐猴 / 性氣躁暴使
義理而難通 / 言語喞啾聽音韻而未解, 〈龍灣賦〉.

23) 그의 작품들에 인용된 서적들을 보면, 사서삼경과 사기열전은 기본이고 노자, 장자
와 법화경, 능엄경, 관음경 등 불경과 좌전(左傳), 한서(漢書), 진서(晉書), 병서(兵
書) 등 역사와 병법에 관한 책과 두보, 이백, 최호, 육유 등 중국시인들의 시와 〈서유
기(西遊記)〉, 〈전등여화(剪燈餘話)〉, 〈전등신화(剪燈新話)〉, 〈무쌍전(無雙傳)〉 같
은 중국 소설과 우리나라 소설 〈홍길동전〉 등을 두루 섭렵했음을 알 수 있다.

24) 그가 지은 소설들도 모두 식자층에게 가장 익숙한 한문소설의 문체여서 삽입시와
전고 사용이 아주 풍부하다.

목태림은 이런 한시의 전통을 부(賦)에 적용시킨 것인데, 〈기성부
(箕城賦)〉에서는 기성, 즉 평양의 유명한 정자인 연광정을 소재로 하
여 '연광정팔경(練光亭八景)'과, 평양의 가장 좋은 경치 열 곳을 뽑아
'기성십승(箕城十勝)'을 제시하고 각 표제에 대하여 4구(한 구는 6~10
언)씩 써내려 갔다.

  보통 팔경시의 소표제는 넉자로 되어 있는데, 『동국여지승람』
題詠條의 27개를 살펴보았을 때, 누정 등 경물의 이름만으로 되어
있는 것이 1/3 정도 되고, '평사낙안(平沙落雁)'처럼 경관명으로 되
어 있는 것이 약간이고, '부벽완월(浮碧翫月)'처럼 지명 + 그 경관인
것이 2/3 정도 된다.26) 목태림의 작품 속 표제들을 살펴보면 주로
마지막 경우처럼 되어 있다. '연광정 팔경'의 소표제들은 "부벽완
월(浮碧翫月)", "영명심승(永明尋僧)", "보통송객(普通送客)", "을밀상춘
(乙密賞春)", "마탄춘창(馬灘春漲)", "용산만취(龍山晚翠)", "거문범주(車
門泛舟)", "연당청우(蓮塘聽雨)"인데, 조위(曺偉)나 성현(成俔)의 〈평양
팔영(平壤八詠)〉과 똑같다.27) 특히 '달을 감상한다', '스님을 찾는
다', '님을 보낸다'는 표현은 조선시대의 다른 팔경시들에서도 종종
보이는28) 대중적인 것이다. 즉 '연광정 팔경'은 소표제에 있어서는
전대의 전통을 그대로 수용한 경우라고 할 수 있다. '부벽완월'을

---

25) 안장리, 「한국 팔경시 연구」, 한국 정신문화연구원 박사논문, 1997 참조.
26) 안장리, 앞의 논문, 27면.
27) 단, 車門泛舟는 東門泛舟로 되어 있다.
28) 예컨대 이민성의 〈한도팔영(漢都八詠)〉 중 "제천완월", "반송송객", 택당 이식의
    "제천완월", "반송송객", 〈한양십영(漢陽十詠)〉의 "제천완월", "반송송객" 등에서 보
    인다.

제시해 본다.

> 바람이 가느다란 파도를 일으키니 옥이 수정궁 안에서 부서지는
> 듯하고
> 아지랑이가 빈 여울을 움켜쥐니 쇠가 유리쟁반 위에서 튀어 오르
> 는 듯하네.
> 신선이 황학루를 떠나버린 것을 추억하며
> 적벽에서 유람하는 즐거움을 묻네.
> 이는 부벽루에서 달을 감상함이다.29)

그러나 나머지 '의주 8경'의 소표제들은 기존의 것, 즉 임사홍(任
士洪)의 〈의주팔경〉과 조금 차이가 있다. 목태림의 의주8경은 "용연
범주(龍淵泛舟)", "골수귀운(鶻峀歸雲)", "위도관렵(威島觀獵)", "통군장
악(統軍張樂)", "동루완월(東樓翫月)", "서정망양(西亭望洋)", "강안전별
(江岸餞別)", "사장지대(沙場支待)"인 것에 반해, 임사홍의 것은 "압수
춘파(鴨水春波)", "골령모운(鶻嶺暮雲)", "송산욱일(松山旭日)", "해문비
우(海門飛雨)", "용연취벽(龍淵翠壁)", "조도황려(鳥島黃蘆)", "요교조객
(凹橋祖客)", "평원렵기(平原獵騎)"이므로 몇 단어만 같다. 또 목태림
의 〈용만부(龍灣賦)〉에서는 의주팔경을 정식 팔경시로 4구씩 짓지
않고 소표제를 풀어주는 한 구절씩만을 지은 것이 다른 점이다. 팔
경시는 주로 7언 절구의 연작시로 짓는데, 목태림은 부의 중간부분

---

29) 風皺細浪玉碎於水晶宮中 / 烟捲空灘金躍於琉璃盤上 / 憶黃鶴之仙已矣 / 問赤壁之
遊樂乎 / 此浮碧翫月也,〈箕城賦〉.

에 팔경시를 차용하여 자기화한 것으로 볼 수 있다.

한편, '기성십승(箕城十勝)'의 소표제는 "기묘회고(箕墓懷古)", "무열상공(武閱象功)", "린굴회선(麟窟懷仙)", "조천노석(朝天老石)", "장림취우(長林驟雨)", "은탄관어(銀灘觀魚)", "주암낙조(舟巖落照)", "이탄귀장(狸灘歸樯)", "능라하록(綾羅夏綠)", "성전완탑(星殿翫塔)" 등으로 평양의 유적 열 가지를 표현한 것인데, 이는 평양을 소재로 한 다른 문인들의 팔경시나 십경시에는 없는 것이어서 독창적인 부분이라고 할 수 있다. 기자묘, 동명왕의 기린굴, 조천석 등 역사적인 설화와 관련된 것들이 들어 있어서 소설가로서의 면모가 엿보인다.

또한 비단 팔경시의 전통뿐만이 아니라 일반적인 연작시나 경기체가(景畿體歌)식[30]의 '병렬구조(竝列構造)'를 차용한 장편 부도 있다. 〈박부(博賦)〉나 〈금산부(錦山賦)〉가 그러한데, 특히 안축(安軸)이 지은 〈관동별곡(關東別曲)〉 같은 작품이 관동지역이라는 큰 테두리 안에서 1장에서는 관동지방 전체의 것을 읊은 후에, 2장부터 9장까지는 그곳의 부분들인 안변, 통천, 고성, 간성, 양양, 강릉, 삼척, 정선 등의 경치를 한 장씩 읊었다는 점에서[31] 연결방식이 비슷하다. 〈박

---

30) 사대부들이 향유했던 경기체가는 어떤 대상을 두고 그것을 이루는 부분들을 각각 한 장씩 읊어서 연결하는 방식으로 지어졌다. 우리가 가장 잘 아는 〈한림별곡〉도 벼슬하던 문인들이 즐기던 생활과 관련하여 문학창작, 서적, 글씨, 술, 꽃, 음악, 경치, 남녀가 노는 광경 등에 관해 지은 각 장을 대등하게 연결시켜 놓은 것이다. 그러나 이렇게 '몇 개의 장을 대등하게 연결한 점'만 취해 왔을 뿐, 각 장의 내부를 구성하는 방법, 즉 개별적인 사물이나 사실을 하나씩 열거한 후에 마지막에 이를 어떤 하나의 명사로 포괄하여 '景'이란 말을 첨가해 그 광경을 생각하게 하는 방식까지 취해 온 것은 아니다.

31) 조동일, 『한국문학통사』 2권, 지식 산업사, 1990. 186~188면 참조.

부〉에서는 장기의 여덟 가지 말(將, 士, 象, 馬, 車, 包, 兵, 卒)에 대해 각각 10~12구씩 그에 관련된 고사나 특징들을 써서 그것들을 죽 이어가고 있으며[32], 〈금산부〉에서는 금산의 명물 열 한가지(장군암, 균암, 세안수, 사자암, 제명석, 봉대, 보리암, 일출, 탑대, 음성굴, 용굴, 홍문, 저두석, 좌선대, 구정봉, 감로수)를 하나씩 들어 마찬가지로 10구 정도 씩 계속 읊어나가 120여 구의 장편 부를 만들고 있다. 상(象)이면 상, 마(馬)면 마, 세안수(洗眼水)면 세안수, 이렇게 한 가지를 택하여 그에 관해 읊는 것은 영물소부(詠物小賦)에서 종종 쓰이는 수법이므로 특이할 것이 없다고 할 수 있지만, 이를 계속 열거하여 장편을 만드는 것은 부(賦) 문학사상 드문 일이다. 자신이 아는 바가 이만큼 많고, 글 짓는 실력도 뛰어나다는 것을 과시하려는 의도와 함께, 우리나라의 실경(實景)을 그대로 표현하려는 의도에서 지었을 것으로 보인다.

---

32) 馬의 경우만 들어본다.

　'마'로 말하면 / 맹명이 곁말을 풀어놓으니 물이 불타는 배의 해안으로 떨어지고 / 원진이 호랑이 가죽을 덮어쓰니 먼지가 땔나무 끄는 길을 가리우네 / 한 번 내달으면 구주를 능멸하고 / 반나절이면 천리를 달리네 / 형세를 관찰하며 왕래하니, 한세충의 청총마요 / 가는 곳마다 치 달리니 관운장의 적토마로구나 / 채찍이 능히 배에 닿을 수 있으니 오강의 아래에는 두 눈동자가 있고 / 물이 발을 적시지 못하니 단계의 중산에는 큰 귀가 솟아있네 / 그 이가 조금 자람에 양국의 맹약이 이루어짐을 묻고 / 오직 머리가 바라보는 곳은 삼군이 마주하는 곳과 닿아있네 / 아침에는 곤륜산의 얼음 바위를 달리고 / 저녁에는 고비 사막의 첩첩 쌓인 얼음을 건너네.(작자 세주는 생략)　若乃馬也則 / 孟明解驂水落焚舟之岸 / 原軫蒙帠塵暗曳柴之程 / 一蹴而凌九州 / 半日而輕千里 / 觀勢來往韓世忠之靑驄 / 隨處馳驅關雲長之赤兎 / 鞭能及腹渡吳江之下相重瞳 / 水不沒蹄躍檀溪之中山大耳 / 厥齒稍長問兩國之成盟 / 惟首是瞻屬三軍之寓目 / 朝踏崑崗之凍石 / 暮涉瀚海之層冰, 〈博賦〉.

4. 부(賦)에서 드러나는 작가의 의식

1) 소외의식과 세태 비판

목태림은 현달(顯達)하지도 못하고 집안도 가난했던 향촌의 사족이다. 그래서 그의 부에는 그런 자신의 처지를 탄식하는 대목들이 많은데, 특히 자신을 알아주지 않는 세상과, 그 결과 가난하고 고달프게 된 인생에 대한 것들이다. 〈탄시부(嘆時賦)〉의 일부를 본다.

> 그러나
> 돌 속에 옥이 감추어져 있으니 박옥의 가치를 누가 알리오.
> 연못 속에 구슬이 묻혔으니 윤기 나는 모습이 절로 아름답네.
> 하늘의 마구간에서 둔마를 몰고,
> 소금 수레에 록이 같은 준마를 부리는구나.
> 간장과 막야 같은 명검이 이를 알아볼 줄 아는 설촉과 변화가 있는 저자에서 팔리지 못하고
> 푸른 편나무, 남나무와 소태나무, 가래나무도 뛰어난 장인인 장석(匠石)의 동산에서 더 다듬어지지 못하였네.[33]

자신은 주(周) 목왕(穆王)의 준마(駿馬) 중 하나였던 녹이(綠駬) 같은 재주를 가졌으나 한갓 소금 수레나 끌고 있는 신세이고, 간장검, 막야검 같은 명검이지만 제 값을 알아봐 줄 사람을 찾지 못한 상황에 처해 있다고 비유하여, 자신의 재능을 알아주는 이가 없음을 노

---

33) 然而 / 石腹藏玉璞價誰知 / 淵心埋珠澤容自媚 / 騁駑駘於天廐 / 駕綠駬於鹽車 / 干將鏌鋣未售於薛卞之市 / 梗楠杞梓不培於匠石之園,〈嘆時賦〉.

래하였다. 이 같은 내용은 비단 시대를 탄식하는 이 작품에만 있는 것이 아니라 여행 도중에 지은 도읍부들에서도 결말 부분에 이르면 반드시 언급된다. 예를 들어 〈설경부〉는 다음과 같이 마무리되고 있다.

> 지금 나는
> 비록 기대어 영화롭게 될 만한 연고는 없지만
> 출세하고픈 마음은 있다네.
> 십 년 동안 글공부하며 청운의 꿈을 바랐네.
> 천리 길 여행하니 고향을 그리는 탄식이 간절하기만 하네.
> 나무에 서린 이무기가 얼굴 내밀기 부끄러워하며 하루 이틀 다 보내고
> 쌓아놓은 옥이 제값 받기 기다리다 작년, 올해 다 지나갔네.[34]

자신을 용이 되고는 싶지만 용이 되어 승천하지 못하고 땅에 남아 얼굴 내밀기를 부끄러워하는 이무기와, 시장에서 제값에 팔리지 못하고 상자에 쌓여 있는 옥으로 비유하여, 자기를 알아주는 이를 만나지 못함을 탄식한다. 그래서 급기야는 이 세상에 자기보다 고달픈 이가 없다고 고백하기도 하고[35], 자신의 형편은 쇠뇌 끝처럼 궁하고 발걸음은 장대 끝에 있는 것처럼 위험하다고[36] 진술하면

---

34) 今我 / 雖無緣於附驥 / 盖有志於攀龍 / 十載書燈幾做靑雲之夢 / 千里旅館徒切白首之歎 / 愧蟠木之先容此日彼日 / 待蘊玉之高價昨年今年,〈雪京賦〉.

35) 攬後觀前幾多人憂苦 從今視昔莫如我悲哀(전후를 살펴보면 걱정과 고난 있는 사람 많이 있지만, 예나 지금이나 나만큼 슬프고 고달픈 이는 없을 것이네.)〈嘆時賦〉.

36) 勢窮弩末吹毫於不存之皮 步危竿頭求毛於難括之背(형편이 쇠뇌 끝처럼 궁하니 있

서, 세상에서 **용납되지 못한**[37] 절망과 좌절 속에서의 나약한 모습을 보인다.

이렇게 자신의 생에 대해 한탄하는 감정은 시의 어휘에서도 자주 드러나는데 嗚乎, 哀哉, 嗟我 등의 감탄사를 자주 사용한 면에서 그렇다. 이처럼 불우한 심정을 서정적으로 깊이 토로한 면에서는 굴원의 〈이소부(離騷賦)〉 등에 가까운 모습이다. 그는 또 자신의 생을 "천리 강호에서 향초를 먹고 갈밭에서 자며 백년 천지에 부평초 같이 이리저리 떠다니네(千里江湖菇饋而蘆宿 百年天地蓬轉而萍浮, 〈嘆時賦〉.)"라면서 현달하지 못하여 마음잡기 어려운 심정과 그러면서도 한편으로는 속세의 출세 같은 것에는 초연한 듯한 인상을 주기도 한다.

이런 개인적인 소외의식에서 더 나아가, 서로 비방하고 시기하는 인간세태를 비판하기도 한다. 〈서유록〉에서 밝혔듯이 그는 1824년에 사람들의 비방으로 벼슬에서 물러난 경험이 있으며[38], 그의 조

지도 않은 가죽에서 털을 부는 것 같고, 발걸음이 장대 끝에 있는 것 같이 위험하니 긁기 어려운 등에서 터럭을 찾는 것 같네.) 〈嘆時賦〉.

37) 자신이 소외되었다는 이러한 생각이 얼마나 뼈저렸던지, 여행하던 도중 양성(陽城)의 현옥천(懸玉泉)이라는 샘물이 인조, 숙종 대왕께서 지나시다 마셨던 물이라고 하여 벽돌로 둘러싸여 있고 둥글게 깎은 백옥구슬 같은 돌들로 장식되어 있는 등의 대우를 받는 것을 보고 다음과 같이 탄식하면서 성은을 입지 못해 출세하지 못한 자신의 신세를 비교한 적도 있다. 水本無心之物 而幸蒙聖眷 垂名宇宙. 噫, 東土如此泉者幾處 而俱未免灌蔬汲女之水. 此獨膾煮於人口 名與水而長存呼嗚 泉之幸與不幸 其亦類乎人也歟, (물이라는 것은 본래 무심한 물건인데도, 다행히 성은을 입어 온 세상에 이름을 드리우게 되었구나. 아! 우리나라에 샘물이 몇 백 개 있지만 그것들은 어디에 있는지 채소를 씻거나 물 긷는 아낙의 동이 안에 들어가는 처지를 면할 길이 없을 것이다. 그런데 유독 이 샘물만은 사람들의 입에 오르내려 그 이름과 물건이 모두 오래도록 보존되는구나. 아! 샘물의 행복과 불행도 또한 사람과 같은 것인가.), 〈西遊錄〉 陽城條.

상인 목인길(睦仁吉) 등 목씨 가문에는 유독 시기와 비방으로 유배, 삭탈관직된 경우가 많다.[39] 그 영향인 듯 목태림은 사람들이 눈앞의 이익이나 출세, 돈 때문에 일부러 남의 흠을 잡고 서로 속고 속이는 세태를 싫어했다. 〈탄시부(嘆時賦)〉의 일부를 보자.

> 어찌하여
> 도리어 화를 불러 서로 눈 흘기고
> 일부러 흠을 잡아 괴롭히는가?
> 나는 잠시 산으로 피하였는데
> 남들은 재물 때문에 속이고 의심하네.[40]

　사람들이 재물 때문에 속고 속이고 의심하고 흠잡고 하는 것과는 달리 자신은 그런 세태와는 절별하고 다른 곳으로 피했다고 하였다. 사실은 벼슬에서 쫓겨난 상황인데, 이렇게 표현한 것이다. 한편으로는 속세의 인간들과는 차별되는 고고한 삶을 살고 싶어 하는 경향을 엿볼 수도 있다.

　또 자신이 관직에서 물러나고 어려운 상황이 되니 친구나 친척들이 도와주기는커녕 오히려 눈 돌리고 멸시하는 것을 보고, "친구들도 도연명이 당했던 것처럼 절교의 소식을 보내오고, 친척들도 소진이 곤액을 당했을 때처럼 마음이 멀어졌네. 북궁에서 근심스런 꿈을

---

38) 翌年乙酉二月 爲人撕攬 退蟄窮村. 〈西遊錄〉 泗川縣條.

39) 영조 때의 목호룡(睦虎龍) 사건도 이런 예인데, 이 사건 이후에 목씨는 정계 진출이 더욱 어려워지고 남들이 교유하기도 꺼릴 정도가 되었다 한다.

40) 何乃 / 反齎怒而勃磎 / 故覓疵而斯攬 / 吾暫避於步圮 / 人謾疑於齎寶. 〈嘆時賦〉.

꾸고, 남창에서 새벽연기를 바라보며 위로 받네."[41]라고 하기도 하였다. 도연명, 소진, 한신 같은 인물들의 곤고함에 자신의 곤고함을 빗대어 위안을 삼은 것이다. 그러나 "위험에 처해서는 마땅히 자신을 돌아보아야 하니, 어려움에 임해서 어찌 남을 탓하겠는가."[42]라고 하여 이 모든 것을 남들의 탓으로 원망하지 않고 결국은 자기 탓이라고 해버리고 만다. 너그러운 마음이라고도 할 수 있겠지만, 약간은 체념적이기도 하다.

이상과 같은 개인적인 비판에서 나아가 사회적인 비판으로도 이어진다. 〈진휼부(賑恤賦)〉에서는 자신이 사천의 군수를 도와 온 마을을 돌아다니며 조사하여 장부를 확인하고 진휼창고를 열어 공평하게 쌀을 나눠주었던 과정을 묘사하였는데, 백성들과 같은 입장에서 그들의 배고픔과 헐벗음을 느끼고 있다는 생각이 든다. 일부만 들어본다.

> 어찌하여
> 농가에는 수확이 없고
> 백성들도 먹기가 이리 어려운가.
> (중략)
> 스스로 곡식 구백 곡을 준비하여
> 진휼미를 나누어 날마다 열두 번을 도네.
> 임무를 살펴 굶주린 이들을 뽑으니 지나치게 많이 받아간 집 없고

---

41) 朋亦阻信陶處士之息交 戚猶離心蘇季子之遇困, 纏愁夢於北宮 望晨烟於南昌, 〈嘆時賦〉.

42) 履危宜反己 臨難豈尤人, 〈嘆時賦〉.

사람을 골라 장부를 감시하게 하니 어찌 원통한 백성이 있을까?

일만 명의 가난한 백성을 자식처럼 사랑하고

칠십 주의 수령들 중 으뜸의 정치를 하네.

반 가지 콩잎과 반 그릇 간장도 생명을 이어주는 약이 되고

한 주발 죽과 한 되의 보리쌀도 모두 불사약이네.

어른 아이 노약자 할 것 없이 무게에 따라 나누어주고

산촌 어촌 마을마다 급한 사정에 따라 살아갈 방도를 살펴주네.

깃발을 꽂아 대열을 나누니 갈증 난 쥐가 큰 강을 만난 것 같고

장부에 따라 이름을 부르니 목마른 물고기가 많은 물을 만난 듯

하네.

쭉정이는 버리고 알맹이만 남기니 까부른 진흙미 진주 같고

부수고 없애 좋은 것만 취하니 빻은 쌀 옥 같구나.[43]

너무 배고픈 상황이라 반 가지의 콩잎과 반 그릇 간장, 한 되의
보리쌀도 모두 '속명탕(續命湯)'이고 '불사약(不死藥)'이라고 하거나,
진흙미가 진주, 옥 같다고 한 비유는 너무나도 적실하다. 다음으로
는 지배층들이 나라의 일은 열심히 하지 않으면서 봉록만 분에 넘치
게 받아가고 또 윗사람에게 얼굴 내밀기에만 급급한 세태를 고발하
기도 하였다.

---

43) 夫何 / 田稼失稔 / 民食多艱 / 自備穀九百斛 / 分賑日十二巡 / 察任抄飢旣無濫入之
戶 / 擇人監簿寧有寃漏之民 / 一萬口飢民如子之恩 / 七十州守令居甲之政 / 半條藿半
升醬豈非續命湯 / 一瓢粥一斗牟盡是不死藥 / 壯老兒弱分資給之重輕 / 山海邑邨察生
理之緩急 / 建旗列隊宛如飮鼠之臨長河 / 點簿呼名怳若涸魚之蒙斗水 / 棄穀從實簸揚
之賑粟若珠 / 去碎取精舂正之粥米如玉,〈賑恤賦〉.

외람되이 영화로운 봉록을 받으니, 누가 정말 열심히 일하는 신하일까?

백성들의 피와 살로 짜낸 재물을 탐하기만 하고 높은 사람에게 얼굴 익히기만 바라는 무리들을 참을 수가 없구나.[44]

이렇게 자신의 직분을 다하지 않는 지배층들을 비판하는 것은 양반으로서 느끼는 사회적 책임의식의 소산일 수도 있고, 추기급인(推己及人)을 실천하는 유가적 생각의 발현일 수도 있을 것이다. 그러나 이런 비판은 강도가 더욱 세어지거나 원인을 신랄하게 파헤치는 데에까지 나아가지 못하고 이 정도에서 그치고 마는데, 그 원인은 그의 순환론적인 운명관과 이 모든 것을 주관하는 하늘의 명에 순응해야 한다는 사고방식에 있다고 생각된다. 그는 오히려 어떻게 하면 참된 목민관의 임무를 다하는 것인가, 어떤 모습이 바람직한가에 대해 더 많이 말하고 있다. 그가 생각하는 참된 선비는 이런 모습이다.

자기를 알아주는 이에게 생사를 바쳐 힘쓰고
함께 일하는 동료에겐 계획을 도와 협력하네.
밖으로 남들의 모욕을 막느라 두루 다니며
안으로도 근심에 대비하여 출입하네.
몸을 한 번 허락하기로 이미 결정하였으니
머리가 아홉 번 떨어져도 변하지 않으리라.
주해가 변방을 쳤으니 진비는 죄가 없고

---

44) 猥受榮祿誰是瀝肝輸膽之臣 / 只貪膏粱堪愧希顏求容之輩, 〈雪京賦〉.

조양자가 다리로 내려오니 예양이 누구를 탓하겠는가?
위수가의 동산에 가을이 깊어짐은 소하의 공로가 으뜸이고
촉 땅의 시내에 물이 불어나는 것은 한신의 재주가 비할 데 없기
때문이라.[45]

선비라면 자기를 알아주는 사람을 위해서 목숨을 바쳐야 한다는
지조와 함께 왕을 도와 나라를 평안하게 할 수 있는 능력이 있어야
함을 예양, 소하, 한신 등을 들어 말하였다.

2) 순환론적 운명관과 천명순응

앞에서 본 바와 같이 목태림은 자신이 세상에서 소외된 사람이어
서 살기가 너무 힘들고 불우하다고 말했지만, 왕권이나 체제 자체를
비판하는 데에까지는 이르지 않았다. 나라의 최고 통치자인 왕은
어떤 상황에 놓이더라도 칭송하고 있는데, 심지어 가뭄이 심해 굶고
헐벗어 진흙미를 받아야 할 처지에 놓여 있으면서도 왕은 아무런
잘못이 없다고 한다.[46] 또 수도인 한양을 여행하면서는, 성인이 나
면 하늘도 이에 감응하여 길조(吉兆)를 보이므로 자연과 계절의 변화

---

45) 辨死生於知己 / 協贊畫於同寅 / 外禦侮而周旋 / 內備虞而出入 / 身一許而已決 /
首九殞而未渝 / 朱亥椎邊晉鄙無罪 / 襄子橋下豫讓何尤 / 渭苑秋深蕭何之功第一 /
蜀溪水漲韓信之才無雙, 〈博賦〉.

46) 天實爲之 民何吁矣 …(중략)…, 殷天七曝豈王政之不節歟 湯土九潦非帝德之有遜也,
(하늘이 실로 그 일을 행하니 사람이 걱정한들 무슨 소용이 있겠는가. 은나라 탕왕
시대에 7년간 가문 것이 어찌 왕의 정치가 문란해서였겠으며, 하나라 땅이 9년간
장마 진 것도 황제의 덕이 모자라서가 아니라네.), 〈賑恤賦〉.

도 순조롭고 문물도 번성하게 된다면서 조선왕조를 찬양하였다.[47)]
의주를 여행하면서 쓴 〈용만부(龍灣賦)〉에서도 도읍을 찬양하면서
이를 도읍으로 삼은 왕조도 아울러 칭송하고 있다. 고려의 왕도(王
都)였던 개성에서 지은 〈송경부(松京賦)〉에서는 망해버린 옛 왕조를
아쉬워하고 정몽주 선생의 핏자국에 눈물 흘리기는 했지만 슬픔의
감정에만 잠겨 있기보다는 고려를 망하게 한 요승(妖僧) 신돈(辛旽)
을 비판하고 나서, 고려는 운이 다했기 때문에 그런 나쁜 사람이
없었어도 망했을 것이며 이제는 운이 조선으로 넘어왔다고 말하였
다.[48)] 나라의 흥망은 인간의 힘이 아닌 천명에 의해서 좌우된다는
생각이다. 그러면서 결론 내리기를 "운수는 흥하고 쇠하는 것이 있
으니 고려왕조의 문물은 모두 어두운 거리로 들어가고, 복운(福運)
이 순환하니 조선을 찬양하는 태평한 노래가 진짜 주인에게 절로
돌아가는구나."[49)]라고 하였다. 또 송도(松都) 부분의 산문서술에서

---

47) 옥 같은 임금님의 은혜가 사해를 두루 비치니 '사중지곡'이 널리 퍼지고 / 궁궐에서
   임금님께 만수를 비는 술을 올리니 '만수의 잔'이라 일컫네. / 새로운 시대가 매우
   아름다우니 종사가 오래 이어지기를 모두 축하하고 / 자손들이 깃털같이 많이 늘어
   나 본줄기와 가지가 번성하기를 늘 비네. / 즐겁고 좋은 때를 만나 / 다함없이 축하하
   네. 玉燭調元四海播四重之曲 / 金宮獻酌萬歲稱萬壽之盃 / 鳳曆鴻休咸賀宗社之綿遠
   / 螽羽麟趾恒祝本支之滋繁 / 當其燕喜之辰 / 晉賀曷已, 〈雪京賦〉.

48) "나라의 운과 하늘의 수가 이미 우리 왕조에 속하였으니 비록 요망한 신돈이가
   없었더라도 어쩔 수 있었겠는가?(國之運 天之數 旣屬於我聖朝則雖無妖旽 奈何, 〈西
   遊錄〉 松都條)"라고 한 목태림의 언급과는 조금 다르게, 〈육미당기〉의 저자인 서유
   영은 개성을 둘러보고 쓴 시에서 이성계 등 이조 왕권의 역사 왜곡 사실을 비판하고
   直筆로 正論을 세운 원천석의 충절과 의기를 찬양하였다. 즉 그는 자신이 지금 살고
   있는 왕조를 칭송하기 보다는 구왕조에 지킨 절의의 소중함을 기리는 의식을 강하게
   표출하였다.

49) 噫, 數關興替文物混入於昏衢 運有循環謳歌自屬於眞主. 〈松京賦〉.

도 경순왕이 왕건과 피리 부는 시합을 하고 나서 지게 되자 왕위를 전해주고 갔다는 이야기를 듣고는 왕위라는 것은 한 개인이 사사로이 제멋대로 주고받는 것이 아니라 천명(天命)을 받은 사람에게만 돌아갈 수 있는 것인데 어찌 한 개의 작은 피리로 왕위를 전해 줄 수 있냐고 하여, 역시 나라의 흥망성쇠는 인간이 어찌할 수 있는 것이 아니라 하늘이 하는 것이라는 생각을 보여주었다.

이는 부(賦)가 관변문학(官邊文學)이기 때문에 송도성(頌祝性)을 지니고 있는 경우가 많다는 장르적 특성과 함께 작가 개인이 천명(天命)에 순응하는 사고를 지니고 있다는 증거가 되기도 한다. 이 같은 사고의 저변에는 하늘의 명령으로 인간세계가 돌아가니 인간은 이를 잘 따라야 하고, 또 인간의 영달(榮達)과 낙척(落拓)도 다 천명에 의한 것이라는 생각이 깔려 있다. 이렇게 변화하는 일체의 현상을 천명에 귀결시켜, 하늘을 인간의 운명을 좌우하고 자연과 우주 운행을 主宰하는 절대적 권능의 소유자로 이해하는 태도는 〈서경(書經)〉, 〈맹자(孟子)〉 등에서 보이는 천관(天觀)일 뿐만 아니라, 주자(朱子)를 중심으로 한 송대(宋代) 성리학에서 천(天)을 리(理), 특히 태극지리(太極之理)로 본 것에 반대했던 다산 정약용 등 남인(南人)들의 천관(天觀)과 같은 맥락이다. 즉, 성리학에서처럼 어떤 원리나 관념으로 파악되는 철학적, 사변적 형이상자(形而上者)로서의 천(天)이 아니라 영명하여 지각, 인식 능력이 있어 의지를 가지고 만물을 다스리는 역동적인 천이라는 것이며, 따라서 이 천명(天命)의 소리를 잘 듣는 것이 인간의 가장 인간답고 참된 모습이다.[50]

이처럼 다소 운명론적인 천관(天觀)을 가지고 있던 목태림은 이 운명이 항상 좋기만 하거나 나쁘기만 하기 보다는 이 두 가지가 항상 순환한다고 생각했기에 지금은 힘들지만 운이 돌고 돌아 자신에게도 언젠가는 좋은 날이 올 것이라고 생각하기에 이른다. 이런 생각이 드러나는 몇 구절을 〈탄시부(嘆時賦)〉에서 뽑아 본다.

> · 죄는 하늘을 원망하는 것보다 큰 것이 없고
> 罪莫罪於怨天
>
> · 궁달은 하늘에 달렸으니 위수 가의 태공망 여상은 전팔십은 궁했으나 후팔십은 현달하였고, 진퇴도 운수에 매였으니 추땅의 현인 맹자는 이전과 나중의 상황이 달랐다네.
> 窮達在天渭翁之前八耋後八耋 / 進退關數鄒賢之此一時彼一時
>
> · 천도는 없어졌다 커졌다 하고, 사물의 이치도 영화롭다 쇠해졌다 하네. 달은 이지러진 상태에서 다시 찰 기운을 낳고, 꽃도 이미 떨어진 꽃술에서 새로운 싹을 품네.
> 天道否泰 / 物理榮枯 / 月生魄於已缺之輪 / 花含胎於旣落之蕊.
>
> · 추위가 나아오면 더위는 물러가니 계절의 변화가 끝없음을 깨달았고, 고난이 다하면 행복이 찾아오니 번성과 쇠함에 명이 있음을 알았네.
> 寒進暑往覺炎凉之無窮 / 苦盡甘來識盛衰之有命
>
> · 슬픔과 기쁨은 새옹지마 같고, 얻고 잃는 것도 사실은 똑같다네.
> 悲歡卽塞翁之馬 / 得失乃臧穀之羊

---

50) 이성춘, 「다산 정약용의 천 사상 연구」, 원광대 불교학과 박사논문, 1992 참조.

· 또아리 튼 뱀도 장차 펼 것이요, 물에 잠겨있던 용도 반드시 뛰어
  오를 것이네.
  屈蠖將伸 / 潛龍必躍[51]

이상에서 볼 때 그는 운수나 궁달은 하늘이 내려주시는 것이며
또한 순환되는 것이므로 한때는 궁했지만 나중에 현달하게 된 강태
공이나 맹자처럼 자신의 운수도 앞으로는 좋아질 것이라고 기대하
고 있다는 것을 알 수 있다. 이런 운명관을 지녔기에 신세, 현실
한탄이 강한 세태비판으로 나아가지 못하고 개인적인 감정에 머물
고 말았으며, 체제를 전복하려는 의지보다는 왕을 중심으로 한 유교
정치가 바람직하게 잘 운영되기를 바라는 쪽으로 나아간 것이다.
이런 사고는 19세기 여항인들 중 몇몇 비판적 지식인들이 조선말기
의 사회적 모순과 병폐를 해소하기 위한 개혁방법을 제시하고 있음
에도 불구하고 전체적으로는 여전히 봉건적 체제의 유지와 강화를
그 골간으로 삼고 있는 점과 비슷하다고 하겠다. 즉 하층양반이나
중인 등 중간계급들은 사회의 병폐를 알고 있으면서도 이 봉건적인
체제를 대체할 어떤 새로운 전망을 시도할 단계에 오르지는 못한
것이다.

3) 문학과 불교를 통한 위안

목태림이 자신의 신세와 사회에 대해서 가졌던 고민과 불만은,

---

51) 〈嘆時賦〉.

앞에서 보았듯이 운명은 순환하므로 언젠가는 좋은 날이 올 거라는 기대를 가짐으로써 어느 정도 누그러졌는데, 이는 또 한편으로는 문학과 불교를 통한 자족으로 표출되고 있다.

문학으로 표출되는 면은, 그가 식자층의 소설 창작이 아직 보편적이지 않았을 시기인 19세기 초에 두 편의 소설을 창작했다는 것에서 시작하여, 벼슬에서 쫓겨나게 된 울분을 삭히기 위한 여행의 자취를 〈서유록〉이라는 장편 기행문으로 남긴 데에서도 찾아볼 수 있다. 그러나 자신의 내면을 솔직하게 드러내고 소재나 표현에 있어서도 여러 가지 새로운 시도52)를 한 부(賦) 문학에서 가장 잘 나타난다. 부라는 장르가 옛부터 실의(失意)한 문사의 울분과 애상(哀傷)을 담아내는 데에 자주 이용되었던 것 같이 목태림도 부라는 장르에 특히 애착을 가지고 선호하였다.53) 그렇게 된 데에는 그가 과거공부를 오랫동안 했던 것이 일차적 계기가 되었을 수 있지만, 이런 이유가 가장 컸을 것이다. 또한 형식적으로도 운문 중에서는 가장 산문적인 장르가 부이기 때문에 이미 소설을 써 보았고 설화 채집에도 열을 올릴 정도로 서사문학 편향적이었던 그에게 잘 맞는 문학양식이었을 것으로 생각된다. 다른 소설작가들이나 야담 편찬자들도 부(賦)나 사(詞) 같은 산문적인 운문을 잘 지었던 예를 종종 볼 수 있는데, 서거정은 사(詞) 19수, 부(賦) 7수를, 성현은 사 24수, 부 8수를, 김시습은 부 9수, 허균은 부 11수, 신광한은 부 25수, 이옥은

---

52) 앞에서 그의 부 문학의 특성으로 꼽은 세 가지를 말한다.
53) 심지어 그는 대개는 문장으로 짓는 서(序)도 부(賦)의 형태로 지었다.

부 13수를 남기고 있는 점에서 그러하다. 특히 이옥이 부(賦)를 짓는 솜씨는 김려(金鑢)가 평하기를 '당대 사부(辭賦)의 일인자'라고 할 정도였다고 한다.

목태림이 40대에 처음으로 해 본 국토 기행의 마지막, 의주에서 지은 〈용만부(龍灣賦)〉는 다음과 같이 마무리되고 있어 그가 부를 읊조리며 유유자적하게 은자(隱者) 생활을 하고 싶어 했음을 알 수 있다.

> 나는 이에
> 기나긴 천리 길을 지나
> 외로운 발걸음을 멈추었네.
> 재주는 비록 극초보다 못하나
> 발자취는 잠시 엄무에게 의탁하였네.
> 유신의 짧은 부 읊조리며
> 이밀의 은자 생활 바라네.[54]

문학 외에 그가 마음의 위안으로 삼은 것은 불교 신앙이라고 할 수 있다. 그의 문집은 〈불법론부(佛法論賦)〉[55]가 첫머리를 장식하고

---

54) 余乃 / 支離千里 / 漂泊孤蹤 / 才雖乏於郤超 / 跡暫寄於嚴武 / 詠庾信之短賦 / 望李密之孤雲, 〈龍灣賦〉.

55) 〈불법론부〉는 매우 특이한 부라고 생각되므로 잠시 소개한다. 이 부는 당시의 부로서는 드물게 대장편이며, 각 구절마다 세밀한 각주들을 달아 불교신자이거나 불교에 조예가 깊은 사람이 아니라면 이해하기 어려운 전문적인 불교 용어나 석가의 일화 등을 아주 자세하게 설명해 주고 있다. 서론 부분에서는 불교전파의 역사와, 고통에서 구해주시는 부처님의 자비를 1~25구까지 묘사하였으며, 그 다음 26구부터 75구까지는 부처의 탄생부터 학업, 수도, 출가, 구제, 설법까지 자세하게 서술하였다.

있으며, 〈전라도 광양 백운산 묘각암서〉라는 암자의 서(序)까지 썼
다는 것만으로도 불교에 얼마만큼 경도되어 있는지 알 수 있다. 또
작품의 곳곳에서 힘든 세상일 다 잊고 불교의 청정하고 편안한 세계
에 안기고 싶다는 말을 자주 하였다. 조선이 유교를 국교로 내세우
면서 불교를 배척하였지만, 일부 양반들이나 서얼, 특히 소설을 창
작한 사람 중에는 불교에 대해 비교적 우호적인 태도를 보인 이들이
많은 것이 사실이다. 그들은 경직된 유교에 대한 반대급부나 현실에
대한 실망과 울분을 해소하는 방편으로 불교나 도교 같은 데에 관심
을 보였다. 그도 이와 비슷한 태도이기는 하지만 좀 더 강도가 높지
않은가 싶다. 다른 문인들의 경우 스님과의 교유나 산사(山寺)의 정
경 같은 것을 읊는 경우는 많이 있지만, 이처럼 불교 자체를 논하는
글은 흔하지 않고[56], 각종 불경의 구절들을 인용해 주석을 다는 솜
씨가 매우 전문적이며, 이단시하던 불교에 관한 글을 자신의 문집

76구부터 163구까지는 그 제자들에게 후대로 면면히 내려오는 불법과, 업을 소멸케
해주는 자비를 찬양하였고, 또 절에서 참선하는 조사들과 수도사들을 칭송하였다.
그리고 마지막 부분인 164구에서 188구까지는 한퇴지(韓退之)가 불교를 비방했지만
불교는 여전히 후대에 잘 전해졌으며 도연명(陶淵明)은 승려 혜원(惠遠)과 교유했고
백낙천(白樂天)은 패엽경(貝葉經)을 논했다고 하여, 불교 포교의 당위성과 유불(儒
佛)이 동풍(同風)임을 내세웠다. 이 부 전체를 통해 본다면 목태림의 불교사상은
화두(話頭)와 참선(參禪)을 강조하는 법화경 계열이다. 이 세상을 화택(火宅)이라고
비유하고, 이곳에서 벗어나 성불(成佛)할 수 있는 유일한 도가 바로 불법이라는 일승
(一乘) 사상을 말하기 때문이다.

56) 이 부와 비슷한 맥락으로 '불교 서사시'의 전통을 꼽을 수 있기는 하지만 려말선초
의 한두 작품에 국한되어 있어, 고려 충숙왕 때의 운묵(雲默)이라는 스님이 석가의
행적과 경전의 내용을 776구의 5언시로 쓴 〈석가여래행적송(釋迦如來行蹟頌)〉과 선
초 세종대왕의 〈월인천강지곡(月印千江之曲)〉 정도를 꼽을 수 있겠다. 차현규, 「불
교서사시의 맥락 연구」, 『어문논집』 26, 중앙어문학회, 1998 참조.

제일 앞에 이름 석자를 떳떳이 밝히면서 썼다는 면에서 그러하다.
또 암자의 서문(序文)은 그 암자의 생성경위, 과정 등을 잘 알아야
쓰는 것이므로[57] 아주 밀접한 친분관계이거나 실무에 관여했어야
쓸 수 있었을 텐데 이를 썼다는 면에서 그러하며, 〈종옥전(鍾玉傳)〉
을 쓴 집필 장소도 고향의 암자였다는 면에서도 그러하다. 모든 것
을 떨쳐버리고 불교를 통한 위안을 느끼고 싶어 하는 마음이 드러난
몇 구절이다.

· 시를 쓰기를,
  업으로 이루어진 인연은 모두 응보가 있네.
  (내 생애는) 만겁 중의 하나의 티끌 같으니,
  한없는 고통을 벗어나
  극락 사람이 되고 싶구나.[58]

· 혼미한 길에서 불법의 수레를 희망하고
  고통의 바다에서 깨달음의 뗏목을 기다리네.[59]

앞의 구절에서는 불교를 통해 이생의 현실적인 고통을 잊고 극락
사람이 되고 싶어 하는 귀의(歸依)의 자세를 보여주며, 뒤의 구절에
서는 이 세상의 삶을 혼미한 길이나 고통의 바다로 인식하고 불법을
여기에서의 탈출 도구인 수레와 뗏목으로 비유하여 힘든 세상에서

---

57) 누가 시주를 했다는 것 등등의 사세한 것까지 언급하고 있다.
58) 詩曰 / 業緣皆有報 / 萬劫一沙塵 / 解脫無量苦 / 願爲極樂人, 〈佛法論賦〉.
59) 望法輪於迷途 / 待覺筏於苦海, 〈全羅道 光陽 白雲山 妙覺菴序〉.

의 마지막 남은 끈으로 생각했음을 보여준다. 이상에서 본 것처럼 그의 불교 이해는 남달랐으며 이를 지식의 차원에서뿐만 아니라 힘든 세상에서 구원해 줄 수 있다고 확신하는 신앙의 차원에까지 나아갔다고 할 수 있겠다.

5. 나오며

지금까지 살폈듯이 목태림은 당대의 문인들에 비해 부(賦)를 선호해서 다량 창작했다. 이는 부가 전통적으로 현인(賢人)들의 실지(失志)의 감정을 노래하는 경우가 많았기에 그의 정서에도 맞았을 뿐만 아니라 형식적으로도 운문 중에서 가장 산문적인 양식이기에 소설 작가이면서 설화수집에도 관심이 많아 서사문학 편향적이라고 할 수 있는 그의 문학성향에도 적합한 장르였기 때문인 것으로 파악하였다.

그의 부 작품들은 과체부(科體賦)인 율부(律賦)나 배부(排賦)의 형식을 벗어나 최대한 장편화, 산문화되었음을 볼 수 있었다. 일상적인 소재를 서사적(敍事的)으로 전개해 나가거나 여행의 견문을 사실적(寫實的)으로 표현하였으며, 부의 형식을 파괴하지 않으면서도 그 내부에 팔경시(八景詩) 전통이나 연작시 등의 병렬구조 등 기존의 문학 전통들을 차용하여 독창성을 드러내기도 하였다. 특히 부라는 양식이 18·19세기를 거치면서 더욱 형식이 고정되어60) 그 본연의 문학

---

60) 특히 정조는 문체반정의 일환으로 科文의 모범이 되는 表, 賦, 排律 세 체의 문장을

성과 생명력을 잃어가고 있던 시대에, 소재나 표현 면에서 근대적인 징후들을 수용하여 변화를 주었다는 면에서 사적(史的)인 의의를 지닌다.

이렇게 추출된 목태림의 부 문학의 특성 중에 '일상적인 소재의 취택'이나 '여행 견문의 사실적(寫實的) 표현' 등의 요소들은 그의 기행문 〈서유록〉에서도 드러나는 특징으로, 조선 중기까지는 유산기(遊山記) 등의 기행문들이 여행을 하면서 자연에서 도(道)를 체득하거나 유적에 담긴 이야기에 가치판단적인 논설을 덧붙이는 방식, 즉 도학적이고 관념적인 태도로 쓰였던 것과는 다르다. 또 부에서는 자신이 이미 잘 알고 있던 전통적인 문학양식인 팔경시나, 경기체가식의 병렬구조를 차용하여 재주 자랑을 하는, 조금은 희작적(戲作的)인 성향까지 보이는데, 목태림의 부와 기행문의 이런 특성들은 생활 속의 미시적(微視的)인 현상이나 감정들을 존중하는 태도에서 기인하는 것으로 18세기 말경부터 경화사족층(京華士族層)을 중심으로 하여 시작된 '개인적인 글쓰기'61)의 징후들이기도 하다. 세속적인 일상과 일상적인 사물, 사람들을 소재로 끌어들여 참신한 미감을 살린 다산의 일련의 시들62), 작자의 희로애락을 그대로 드러내어 그 감

모아 〈正始文程〉을 출간하였는데, 역사적 사실에서 取材한 제목 아래 一句六言의 30句로 짓도록 하고, 한 구 안에서는 前三字와 後二字 사이에 以, 於, 之, 與, 兮 등의 虛字를 사용하되 韻은 밟지 않도록 한 것이다. 강석중, 앞의 글 참조.

61) 이지양, 「조희룡의 예술가적 자의식과 문장표현의 특징」, 『고전문학연구』 13집, 1998.

62) 박무영, 「일상성의 대두와 새로운 사유방식」, 『우리 한문학사의 새로운 조명』, 집문당, 1999.

정이 독자에게 감동을 주기를 바랐던 김려나 이옥의 문학관[63]과 통하는 부분인 것이다. 이런 흐름은 19세기가 되면서 더욱 고조되어 문학을 사상이나 철학과 연관시키기보다는 생활 주변의 자질구레한 관심사를 감각적이고 회화적으로 표현하는 데에 더 많은 힘을 기울이게 된다. 1850년경의 조희룡의 〈해외난묵〉이나 〈석우망년록〉 같은 소품 산문집들이 그 한 예로, 시대를 비판하거나 사상을 담지하던 공식적인 격식을 갖춘 중세적 산문 쓰기에서 이탈하여 가볍고 유쾌한 기분을 느끼게 하는 개인적 취향의 산문 쓰기로 나아갔다고[64] 평가된다.

또한 이 글에서 부 문학을 검토하여 드러난 작가의 의식들, 즉 사회와 권력에서의 소외의식과 사리사욕에만 급급한 인간들의 세태를 비판하는 정신, 순환론적인 운명관과 천명에 순응하는 자세, 生에 대한 불만과 답답함을 문학과 불교를 통해 풀려고 한 점 등은 그의 다른 장르의 작품들에서 드러나는 의식세계와 어우러져 목태림이라는 19세기 초의 한 문인을 총체적으로 설명해 줄 수 있을 것이다.

---

63) 박준원, 「담정총서 연구」, 성균관대 박사논문, 1995.
64) 이지양, 앞의 논문.

〈서유록(西遊錄)〉을 통해 본
목태림 문학의 의의

1. 19세기 초 향촌 문인의 전국 기행문

목태림은 경남 사천에 세거(世居)하던 문인(文人)으로 한문소설 〈종옥전(鍾玉傳)〉과 〈춘향신설(春香新說)〉을 창작했으며, 『운와집(雲 窩集)』1)이라는 문집 속에 장편의 기행문 〈서유록(西遊錄)〉과 열 한 수의 부(賦)를 남겼다. 그의 소설 〈춘향신설〉은 1804년에 창작된 것 이어서 〈만화본 춘향가〉와 함께 초기 〈춘향전〉의 모습을 짐작하게 하고 아울러 19세기 초 영남 사족층의 〈춘향전〉 수용태도를 알 수 있게 한다는 면에서 중요한 작품이다. 1803년에 지은 〈종옥전〉도 조선후기의 변화하는 가치관과 시대상황을 담고 있는 세태소설의 한 부류로, 평범한 주인공의 현실적인 문제를 다루고 있다는 면에서 여타의 고전소설에 비해 근대적인 면을 지니고 있다고 할 수 있다. 특히 당시 사람들이 입에 담기를 꺼려했던 애정담들을 소설화한 점

---

1) 총 156면의 한문 필사본. 매면 10행, 매행 25~27자 정도. 동국대학교 소장.

은 그가 그만큼 도학(道學)이나 예(禮) 등의 경직된 관념에 경도되지 않은 자유로운 사고의 소유자였음을 증명한다. 하지만 이를 소설로 형상화하는 방식에 있어서는 당대 양반들의 문화에서 크게 벗어나지 않는 범위 안에서 선택했다. 즉 장회체(章回體)의 사용이나 많은 시(詩)의 삽입 등 정통 한문소설적인 표현기법을 사용하고 사건전개의 합리성을 표방하였으며 우아한 인물형과 전아한 분위기를 만들어 내고 의론(議論)을 펼치기도 한 점이 바로 그것이다. 이처럼 그는 소설이라는 장르에 자신의 개성적인 생각을 담으면서도 이를 효과적으로 전달하기 위해서 당시에 인기 있던 이야기를 소재로 하되 훌륭한 한문 문장으로 인정받을 수 있도록 하는 데에 주의를 기울였다고 할 수 있다.2)

이렇듯 청년기에 창작한 소설에서는 문학을 다소 낭만적으로 인식하는 경향을 보였다고 할 수 있으나, 중년기가 되면서 삶의 경험과 연륜이 축적된 후의 문학은 조금 다른 경향을 보이게 된다. 장르에 있어서도 허구적인 소설보다는 현실을 직접적으로 표현할 수 있는 기행문이나 부(賦)를 주로 선택하게 되었으며, 소설을 쓴다고 할지라도 젊은 시절에 관심을 가졌던 애정소설보다는 향촌의 실상을 담을 수 있는 송사우화소설을 쓰게 된 것이다.3)

즉, 그의 문학세계는 생애 전반기와 후반기에 걸쳐 동일한 문제

---

2) 이에 대해서는 정선희, 「목태림 문학 연구」, 이화여대 박사학위논문, 2001을 참고하기 바람.

3) 필자는 목태림이 말년에 송사우화소설인 〈와사옥안〉을 지었을 것으로 생각하고 있다. 이에 관해서는 정선희, 「〈와사옥안〉 작자고」, 『한국고전연구』 6집, 2000을 참고하기 바람.

의식과 성향을 지니고 있으면서도 그 표현 방식에 있어서는 변화되는 양상을 보인다. 따라서 작가 목태림의 문학적 특징을 제대로 알기 위해서는 청년기의 소설 외에 중년기의 다른 문학들도 살펴 볼 필요가 있다. 물론 목태림은 무엇보다도 소설을 창작한 작가로서 의의가 있는 인물이지만, 그에 대해 총체적으로 알기 위해서는 그 외의 여러 장르의 작품들을 함께 검토할 필요가 있는 것이다.

이에 본고에서는 그의 문학의 특성과 의의를 논하되, 기행문 〈서유록〉을 주된 대상으로 하고자 한다. 그 동안 그의 소설에 대한 연구는 몇 차례 이루어져 왔지만, 이 작품에 대한 연구는 매우 소략하여 아직 널리 알려지지 않은 실정이다. 또한 이 작품은 작자의 삶과 정서가 그대로 녹아들어 있는 여행 견문록이기에 작가의 내면세계와 문학적 경향을 더 잘 알 수 있게 할 것이기 때문이다.

〈서유록〉은 1825년에 목태림이 자신의 고향인 경남 사천에서부터 평북 의주까지 여행한 체험을 시(詩)와 문(文)으로 기록하면서 네 곳의 도읍지에서는 각 100여 구(句) 정도씩 되는 부(賦)도 읊은 방대한 기행문이다. 큰 재력도 없고 높은 관직에 있지도 않던 그가 여행을 시작할 수 있게 된 동기는 '다른 사람들의 비방으로 인해 벼슬을 그만두게 되어 집에서 칩거하다보니 울분이 쌓여서'[4]였다. 울분을 삭히기 위해 여행을 떠나면서 그는 자신의 여행담을 글로 남기고 싶어 한다. 그가 생각하는 좋은 글은 기(氣)에서 나오고, 또 그 기(氣)

---

4) 道光癸未歲 余陪灣府張候洛賢 而甲申三月 張候移麾於薪島. 余仍陪京中宮洪候秉義. 翌年乙酉二月 爲人撕攬 退蟄窮村 積火焚心 新鬱盤肚 乃作西行.〈西遊錄〉泗川縣條.

는 유람으로 인해 북돋워질 수 있는 것이니, 사마천이나 장자가 그랬던 것처럼 유람 뒤에 기가 길러져서 좋은 글을 쓸 수 있기를 바란 것이라 할 수 있다. 그는 또 다음에는 우리나라의 동쪽, 북쪽, 남쪽까지도 여행하여 〈동유록(東遊錄)〉, 〈북유록(北遊錄)〉, 〈남유록(南遊錄)〉을 모두 지어 사유록(四遊錄)을 채웠으면 하는 바람까지 보였다.5) 그러면서 이 글에서는 자신이 여행하면서 보고들은 옛 자취들과 수려한 경관들을 기록하고, 특히 네 개의 큰 도읍에 대해서는 부를 짓겠다고 밝히고 있다.6) 과거를 오랫동안 준비했던 문인이었던 탓에 부에 익숙했던지라 가장 감회 깊었던 도읍지들에서는 부를 지어 고조된 감정과 다양한 볼거리들을 효과적으로 표현해 내고 있다.

2. 〈서유록〉에서 드러나는 문학적 특성

1) 풍속과 실용에 대한 관심 표명

저자는 〈서유록〉의 서문에서 우리나라를 크게 몇 구역으로 나누

---

5) 文者氣也. 遊者數也. 昔董召南遊於燕趙 只緣不平之氣 而子長之龍門 夔翁之釰閣 柰叟之秋水 皆使於氣而吐於文而寓之於遊也. 無是氣則遊而已 無是遊則文而已. …(중략)… 吾偶然西行 作西遊錄一篇. 然何以 則東遊關東 陟金剛甂八景 作東遊錄. 北遊利北 跨白頭越黑龍 作北遊錄. 南遊湖南 履方丈涉滄溟 作南遊錄耶. 非無氣也 而未暇於遊. 始識遊亦有數也. 誰借好風於滕閣 使男兒盡平生之願. 雲窩居士睦台林記. 〈西遊錄〉跋.

6) 吾東地方 南北東西 各不過千里 而這間山水之佳麗 人物之繁華 雄州大都 名區巨刹 撮而觀者凡幾人焉. 噫, 生於窮鄕 步不出里閈之外 而所見多不過百里之內者, 其於遊難矣. 吾偶然西行 作西遊錄一篇. 〈西遊錄〉跋.

어 삼남지방, 경기지방, 해서, 평안남북도 등의 특징을 간략하게 짚고 있다.[7] 이로 보아 저자가 이번 여행에서 주안점을 둔 것이 '각 지방마다 제각기 다른 풍속과 지형, 농사형태 등에 대한 관찰'임이 드러난다. 따라서 지방마다 자연이 다르고 사람들의 의복이나 생활 습관, 성격도 다르며 풍습과 농사법, 특산물이 다름을 인식하고 이들을 비교 서술하는 경우가 자주 발견된다. 예를 들어 평안도 철산 지방에서는 자신이 살고 있는 경남과는 다르게 방의 네 모서리에 온돌이 있기는 하지만 연기 창을 따로 두지 않고 대신에 나무 굴뚝을 방 한 가운데로 통과하도록 만든 건축 방법에 감탄하며,[8] 평안도 신도의 신도진(薪島鎭), 충청도 청주 성의 특이한 모습 등에 관심을 기울이고 있다. 또한 해산물에 대한 조예도 남달랐는데, 남쪽에서와는 다르게 평북 신도에서는 돈어(豚魚)가 인기도 있고 상품성도 있음에 의아해 하는 부분[9]이 있다. 신도의 토질, 많이 나는 해산물

---

7) 歲在乙酉暮春. 余有事西行 所過諸處 有雄州大都. 山川風物 衣冠謠俗 各隨其方而不同. 盖嶺南湖南湖西 則山川峻深 道路險惡 所謂三惡者 是也. 且業於農者 專事坪農 故若值小旱 易致逢歉. 京畿 則雖萬物輻湊之地 土地瘠 居民多 故人心淆薄. 海西 則厥土赤壤 只宜粟稷 而坪農則罕 俗近愚蠢. 淸北淸南 則山不甚高 野多平闊 然川低坪高 水畎不多 土性宜桑 故民多蠶業, 其間或有水田 然乃乾播也 別無損益於潦旱之歲 且勤於田農 黍稷糖粟 隨播?蕪 比於三南則遇歉必小, 俗尙侈靡 此則地遠資饒之致耶. 〈西遊錄〉序.

8) 度長坪 至鐵山館. 村容櫛比 歷路刱見 富商饒戶 居以萬數. 其造家之法 房堗四隅 不置烟窓 以數丈通穴之木 下揷房堗 上穿屋甍 正在屋之中央. 及其朝夕 點點靑烟 湧出屋上 此亦可觀矣. 〈西遊錄〉鐵山條.

9) 島中土性 惟宜粟稷, 雖不糞壤 注種輒茂. 水則有鱸魚豚魚石花白蛤細蝦 而鱸魚擅名於西關. 山則環島四山 無非吉更草也. 島中有造金沙邨 卽一島之大都會也. 黃平列邑之沿海商船 無不來泊於此. 皆以貿豚魚爲業, 豚魚之大 大如大口. 噫, 豚魚能傷人之魚也, 魚則一也 而南沿則以毒味而棄之, 西海則以佳饌而取之者 何也. 物之性味 或隨風

과 식물 등을 설명한 후에 그 중에서 돈어[복어]에 특히 주목하면서 이 고기가 남해안에서는 독이 있다고 버리는 것에 반해, 여기서는 좋은 반찬으로 잘 팔리고 있는 점을 의아해 한다. 풍토에 따라 사물의 성질이 바뀌어서 그런가 하고 나름대로 해석하면서도 다른 것들과는 달리 복어만 반대로 북쪽의 성질이 순함을 지적한 것이다.

이렇듯 지방마다 다른 풍속과 문화에 주목함과 동시에, 각 지방의 농업 방식과 그에 따른 소득의 차이 등 실용적인 면에도 큰 관심을 보인다. 즉 자연 감상보다는 현실적인 삶 그 자체에 관심이 있는 것이다. 충청도의 특산물인 인삼을 재배하는 밭을 지날 때에는 인삼 농사가 일반적인 농사보다 훨씬 많은 수익을 낼 수 있다는 사실에 놀라 이런 특용작물을 경작하게 된 솜씨가 대단하다고 하면서 비슷한 특용작물인 누에를 거론한다.10) 단(丹)을 굽는 모습을 보고서 "…검은 것이 붉게 되는 것처럼 붉은 것도 또한 황금으로 변할 수 있지 않을까?"11)라고 하고, 아름다운 폭포를 보고도 그 자체를 감상하기보다는 이 폭포수를 끌어다가 갈라진 농지를 적셔줄 수 있기를 바란다.12) '용굴(龍窟)'이라는 곳을 지나면서도 "그 용이 연못을 뛰어올

土而變耶. 然則南北風土 强柔不同, 故 人之性 自來躁於北而裕於南 則物之味 何獨南於毒而甘於北也. 理固未可知也.〈西遊錄〉薪島鎭條.

10) 其設施之工 巧且巧矣. 問治圃者曰, 一年所獲 近三千金云. 其生殖之利 至於是乎. 薺根荊土薄 芋價蜀山低. 誰識硏桑計 治生問范蠡.〈西遊錄〉沃川郡條.

11) 噫, 黔金卽染黑之物 而今乃煮而爲丹, 豈物之性然也 陶而鎔之 惟在造化之鑪歟. 黑豈爲丹 則丹亦可化爲黃金也.〈西遊錄〉平山條.

12) 東望則有大興山城. 城內有瀑布水 兩條白練 橫亘靑嶂 萬斛銀河 倒瀉碧落. 若使李謫仙 更生則不必吟廬山之瀑矣. 余嘆曰, 水哉水哉, 美則美矣. 然在空山 而但遊人之賞 値此穴膜 何無一勺沾漑之利也. 朱夫子 西疇枕泉之吟 尤切於騷人今夜之夢矣.〈西遊

라 한 개의 굴을 옮겨 비를 뿌려 모든 농부들을 위로해주었으면"13) 한다. 항상 빚더미에 쌓여 살면서 많은 동생들을 책임져야 하는 장남의 위치에 있었고 벼슬도 변변치 않아 직접 농사도 지어야 하는 처지였기 때문에 이렇듯 소득이나 실용에 관계되는 면에 관심을 보이고 있는 듯하다. 또한 이렇게 풍속과 농사, 소득에 관련된 생활 현실을 기록한 점은, 문학에는 반드시 도를 담아야 한다고 생각했던 유자(儒者)들의 생각과는 다른 면이며, 문학이라는 것은 현실에 발을 붙이고 자기 주위의 구체적인 일들에 눈을 돌리며 현실 속의 크고 작은 보통 일들을 있는 그대로 진실하게 반영하는 것이라는 사실주의적 문학관의 소산이라고 할 수 있을 것이다.

2) 소외감, 객수 등 개인적인 감정의 진솔한 표현

그의 글에서 자주 보이는 탄식은 자신이 글재주가 있음에도 불구하고 쓰임 받지 못하는 처지에 관한 것이다. 그래서 같은 처지에 있는 불우지사(不遇之士)들에 대해 깊이 공감하는 언급들이 종종 나오는데, 예를 들어 진주에서 만난 선비가 짚신을 삼고 방석을 짜서 먹고사는 모습을 보고는 궁벽한 마을의 보잘 것 없는 집에서 불우하고 허망하게 늙어 가는 선비가 어찌 이 사람뿐이겠는가14)고 한탄하였으며, 무주에서 만난 선비 최씨가 대서(代書)를 하면서 살아가는

錄〉松都條.

13) 躍淵移一窟 施雨慰三農. 〈西遊錄〉瑞興府條.

14) 噫, 窮村華蔀之下 不遇空老之士 安知無幾箇此人. 〈西遊錄〉晉州牧條.

모습을 보고는 옛 말에 붓 농사에는 흉년이 없다고 했으나 지금 보니 아니라고[15] 탄식하였다. 그러면서 이런 소외된 처지에서 자신을 변화시켜 줄 높은 분이 있었으면 하는 바람을 드러내었는데, 자신을 녹이(綠駬) 같은 재주를 가졌으나 한갓 소금 수레나 끌고 있는 신세라고 표현하거나, 간장, 막야 같은 명검이지만 제 값을 알아봐 줄 사람을 찾지 못한 상황에 처해있다고 비유한 적도 있고,[16] 용이 되고는 싶지만 용이 되지 못하고 땅에 남아 얼굴 내밀기를 부끄러워하는 이무기, 시장에서 제값에 팔리지 못하고 상자에 쌓여 있는 옥으로 비유하면서 지기(知己)를 만나지 못함을 탄식하기도 하였다.[17] 그리하여 급기야는 이 세상에 자기보다 고달픈 이 없다고 고백하기도 하고[18], 자신의 형편은 쇠뇌 끝처럼 궁하고 발걸음은 장대 끝에 있는 것처럼 위험하다고 하면서[19], 세상에서 용납되지 못한 절망과 좌절 속에서의 나약한 모습을 보인다.

자신이 소외되었다는 생각이 얼마나 뼈저렸던지, 여행하던 중에 보게 된 양성(陽城)의 현옥천(懸玉泉)이라는 샘물이 인조, 숙종대왕께서 지나다가 마셨던 물이라고 하여 특별한 대우를 받는 것을 보고, "물이란 본래 무심한 물건인데, 이것은 다행히 성은을 입어 온 세상

---

15) 此村有崔上舍 本居昌人也. 妙年登科 今則舌耕云. 古人所謂 硯田無惡歲者 乃虛語也. 〈西遊錄〉茂朱府條.

16) 然而, 石腹藏玉璞價誰知 淵心埋珠澤容自媚, 騁駑駘於天廐 駕綠駬於鹽車, 干將鏌鋣未售於薛卞之市 梗楠杞梓不培於匠石之園, 〈嘆時賦〉.

17) 今我, 雖無緣於附驥 盖有志於攀龍, 十載書燈幾做靑雲之夢 千里旅館徒切白首之歎, 愧蟠木之先容此日彼日 待蘊玉之高價昨年今年, 〈雪京賦〉.

18) 攬後觀前幾多人憂苦 從今視昔莫如我悲哀, 〈嘆時賦〉.

19) 勢窮弩末吹毫於不存之皮 步危竿頭求毛於難括之背, 〈嘆時賦〉.

에 이름을 드리우게 되었다. 아! 우리나라에 샘물이 몇 백 개 있지만 그것들은 어디에 있든지 채소를 씻거나 물 긷는 아낙의 동이 안에 들어가는 처지를 면할 길이 없을 것이다. 그런데 유독 이 샘물만은 사람들의 입에 오르내려 그 이름과 물건이 모두 오래도록 보존되는 구나. 아! 샘물의 행복과 불행도 또한 사람과 같은 것인가."20)라고 탄식하기도 하였다.

이렇듯 자신을 알아주지 않는 세상이기에 어쩌다 마음이 맞는 친한 사람을 만나거나 정성스런 대우를 받으면 매우 기뻐하고 감격하는 모습을 발견하게 된다. 산청(山淸)에서 신생(申生)의 집에 머무르고는 "그 정성스러움이 아주 기분 좋게 하는구나. 타향에서 이처럼 다정한 사람을 만나리라고 어찌 생각이나 했겠는가? 나를 알아주는 사람을 만나기가 쉽지 않음을 이제야 알겠다."21)라고 하거나 한양(漢陽)에서 이생(李生)의 집에 머무르고는 "천리 밖에서의 다정한 정 때문에 금방 떠나고 싶지 않았다."라고 하면서 사람들과 정을 나누는 것을 귀하게 생각한다. 또 진주(晉州)에서는 오랜만에 박서방을 만나, "손을 잡고 안부를 묻고는 그 동안의 일들을 이야기하니 기분이 좋고 편안하였다. …(중략)… 그리고는 여기서 묵었는데, 들에서 뽑은 채소와 강에서 잡은 물고기가 모두 시골의 맛좋은 음식들이었다."22)라고 하면서 소박한 즐거움을 말하기도 하였다. 평산(平山)에

---

20) 水本無心之物 而幸蒙聖眷 垂名宇宙. 噫, 東土如此泉者幾處 而俱未免灌蔬汲女之水. 此獨膾煮於人口 名與水而長存呼鳴 泉之幸與不幸 其亦類乎人也歟.〈西遊錄〉陽城條.

21) 其款曲之意 令人健羨 豈意他鄕 獲見此繾綣之人也. 始覺知人之亦未易也.〈西遊錄〉山淸縣條.

22) 握手寒喧 閱論前事 怳若華胥界人也. …… 仍宿於此 野蔬江鱗 僻村滋味 極矣.〈西遊

서는 그곳에서 처음 만난 젊은이들과 친해지고 난 뒤 헤어지면서
다시 만날 수 있기를 기원하는 시를 써 주기도 하고,23) 친구 김자행
과 헤어지면서 서로 그리워하나 만나기 힘든 애틋한 정을 표현하기
도 하였다.24) 아울러 객수(客愁) 때문에 슬픈 마음이 들어 시를 짓는
경우가 종종 있는데, 한가한 새벽 풍경에 슬퍼하기도 하고25) 비바
람 치는 소리 때문에 밤에 깨어 홀로 술잔을 기울이기도 하며,26)
산 속을 거닐며 문득 슬퍼져 시를 짓기도 한다.27)

이렇게 세상에 대해 느낀 소외의식, 같은 처지의 사람들에게서
느끼는 측은함, 여행하면서 겪게 되는 좋은 사람들과의 만남, 객수
등 인간관계에서 느끼는 다양한 감정들을 예민하게 드러냄과 동시
에 지극히 개인적인 기분까지도 글로 표현하는 데에서 짐짓 놀라게
된다. 예쁜 여자를 보았을 때에 흔들리는 남자의 마음을 적나라하게
적고 있는 경우도 있다.28) 주막의 술 파는 여인과 눈길을 주고받은

錄〉晉州牧條.

23) 有李東浩張致鴻者 皆妙少年也. 余各一聯曰, 風謠同嶺海 道路隔山川. 情談相邂逅
此亦有佳緣. 初筵開好面 遠地慰孤蹤. 男兒他日事 安識不相逢. 〈西遊錄〉平山條.

24) 翌曉 遂分袂 作別章 贈子行 以寄雲樹之思. 植杖詢前路 霽雲太白城. 三年新面目
千里舊心情. 論抱非緣酒 辭留只爲程. 此逢知不偶 何日更相逢. 〈西遊錄〉平山條.

25) 樹陰曚曨 溪響汩㶁 清蹊一道 家住東西. 余乃愀然 而感不勝心懷 〈西遊錄〉居昌
府條.

26) 余未成寐 撫枕時起 但吟遠客坐長夜之句而已. 〈西遊錄〉茂州府條.

27) 長鞭騎馬客 短笛牧牛兒. 落日窮山裏 居然不勝悲. 〈西遊錄〉郭山條.

28) 入岸上酒店 則有一少娥 年纔二八 綽約多姿. 方當壚壓酒 暗暗回顧 似有邀人之態.
余沽飮數酌 酒氣微醺 或注以秋波 或挑以微意. 雖無冷落之心 而白晝青帘 十目難掩
遂脉脉相視而起. 余行且自謂曰, 吾以一時行踪 暫入渠家 而彼姝子者 對客接語 頓無
羞容 盖知其賣笑生涯憐錢本智 而亦可見 倚市門 從古 無傾國者 希矣. 〈西遊錄〉茂朱
府條.

일 같은 것은 체면을 깎는 일이라고 생각하여 보통의 양반이라면 적지 않을 일임에도 불구하고 솔직하게 적은 것이다. 또 어떤 곳에서는 강변에서 고기 잡는 것을 구경하고 있는 사람들을 보고, 이를 보는 자신의 즐거움은 그 고기를 얻어 나무 가지에 꿰어 아내에게 주어서 갑자기 필요할 때에 요긴하게 쓰도록 하는 것[29]이라고 말하는 등 가난한 집안의 가장으로서 늘 아내에게 가지고 있던 미안함 같은 것을 나타냈다. 이렇듯 그는 여행하는 곳곳에서 생활인으로서 느끼는 감정과 생각들을 솔직하게 표현해 내고 있다. 이는 유학에 침잠해 있거나 계층이 높은 양반이라면 하지 않았을 일이기에 그가 이들과는 확실히 다른 성향을 지니고 있음이 드러난다.

3) 인간 세태와 집권층에 대한 비판

그는 먼저, 사람들이 상대방의 지위나 신분에 따라서 대우를 달리하는 것에 대해 비판하고 있다. 세속의 얇은 교유에 대해 비판하는 것인데, 장단(長湍)이라는 곳에서는 예전에 재상을 지냈던 이지연(李止淵)의 옛 집 담장이 무너지고 온통 나무들만 무성한 것을 보고 '적공(翟公)의 사람 알아보는 그물'[30]을 비유로 들며 씁쓸해 하면서, 서로 비방하고 시기하는 인간세태를 비판하기도 하고 사람

---

29) 歎曰, 行人 但看獵者之樂 而不知魚之樂. 獵者 只取取魚之樂 而不知余觀魚之樂. 其樂也 何以 則得魚穿柳 更謀不時之需於山妻也. 〈西遊錄〉山淸縣條.

30) 한나라 때에 적공이라는 사람이 정위가 되었을 때에는 방문객들이 앞을 다투어 밀려들어 왔으나 退官후에는 방문객이 없었다. 그러나 그 후에 또다시 정위가 되니 다시 많이들 와서 그를 찾으므로 적공이 그 문에다 "一死一生乃知交情 一貧一富乃知交態 一貴一賤交情乃見"라고 크게 써놓고 인정이 경박한 것을 탄식했다는 고사이다.

이라면 누구나 두 마음을 품어서는 안 된다고도 하였다. 특히 신하는 임금에게, 여자는 남자에게 그래야 한다면서 이를 잘 실천한 기생 화월(花月)이를 칭찬했으며, 같은 맥락에서, 관리이면서도 자신의 할 바를 수행치 못하고 적당(賊黨)들에게 투항하고만 부사(府使) 익순(益淳)은 한심하다고 하면서 절의를 강조하였다.31) 자기 목숨을 위해 의(義)를 저버리지 않으면서 세태에 따라 사람을 가벼이 대하지도 않고 신(信)을 지키는 사람만이 참된 선비라는 것이다. 그래서 선비라면 자기를 알아주는 사람을 위해서 목숨을 바치는 지조를 지녀야 하고 아울러 왕을 도와 나라를 평안하게 할 수 있는 능력도 지녀야 함을 예양, 소하, 한신 등의 유명한 인물들을 들어 말하여,32) 자신도 왕을 도와 뭔가 큰일을 하고 싶다는 욕망을 드러내었다.

치자(治者)들을 비판하는 부분도 있다. 진주(晉州)의 소남촌(召南村)에서 백성들이 바위산으로 둘러싸인 험한 곳을 깎아서 보(洑)를 만드는 일을 하는 것을 보고 이는 돌을 쌓아 바다를 막는 일이나 산을 옮기는 일처럼 너무나 힘든 일이어서 이루기가 어렵다고 하면서 이런 일을 시킨 사람들을 비판하였다. 그리고는 예부터 조금이라도 돈이 있는 사람은 이익을 볼 만한 구멍이 있으면 헛되이 지나친 욕심을 부려 마침내는 몸과 마음이 모두 손해만 볼 뿐 이익이 없게

---

31) 府使益淳則屈膝投降 寧不寒心而膽掉哉. 〈西遊錄〉宣川府條.

32) 辦死生於知己 協贊畫於同寅, 外禦侮而周旋 內備虞而出入, 身一許而已決 首九殞而未渝, 朱亥椎邊晉鄙無罪 襄子橋下豫讓何尤, 渭苑秋深蕭何之功第一 蜀溪水漲韓信之才無雙. 〈博賦〉.

되니 이는 돈을 녹이는 굴이 아니면 사람을 함정에 빠뜨리는 구덩이
가 아니겠느냐고[33] 비난하였다. 관(官)에서 백성들의 노고를 생각
하지 않고 막무가내로 일을 시키는 것을 보고 비판한 것이다.

청주(淸州)에서는 그곳의 태수가 백성들에게 관할지역의 숲에서
사냥하고 낚시할 수 있게 한 것을 보고, 즐거움을 백성과 함께 나
누는 것이 태수의 도리라고 역설하기도 하였다.[34] 관리들이 사리
사욕만 밝히거나 무리한 업무진행으로 백성들에게 많은 부담을 주
는 것을 비판하는 일화[35]도 소개되어 있다. 파주의 강가에서 배를
탔는데 삯이 터무니없이 많기에 그 이유를 물었더니 맑은 날과 흐
린 날의 손님의 차이 때문에 官의 수입이 달라지므로 수입을 일정
하게 미리 정해 놓고 배 삯을 그에 맞추어 올렸다 내렸다 한다고
하는 작태를 보고 개가 먹다 남은 찌꺼기도 달게 먹을 것이라고 비
꼬았다.

한편, '홍경래의 난'의 발발지(勃發地)였던 평안도의 가산(嘉山)이
나 정주(定州) 등지를 여행할 때에는 이 난과 관련된 이야기들만을

---

33) 自前以來 粗有錢財者 看作利竇 妄生壑慾 畢竟心力 徒歸於有損而無益, 豈非銷金之
窟 而亦一陷人之坑歟.〈西遊錄〉晉州牧條.

34) 若罝罘者則許其往來 網罟者則任其出入, 盖知太守之樂 亦與民共之之義 不然則特
是罔民之一陷穽也.〈西遊錄〉清州牧條.

35) 渡江 江勢洶湧. 舟子到中流停櫓 而索船價曰, 步行則五葉 馬上則一錢. 余笑曰 江雖
永矣 錢何多也. 舟子曰 吾非私也 乃公也. 吾儕數人 分番觀津 每日三錢 納于別將.
若乃日和浪靜 人馬多涉 則足當其錢. 至於潦生風惡 商旅不行 則難充其數. 通而計之
則所剩者猶不能補其所乏. 故吾之爲此者 此也. 噫, 所謂別將與津卒輩爭利 坐受嗟來
之物, 笑矣乎. 其人也 不直一文錢者也. 三老停舟語 行人盡刮囊. 監門者誰子 甘食狗
頭糠.〈西遊錄〉坡州牧條.

기록하고 있는데, 여기서도 백성을 중시하는 태도가 드러난다. 난
이 일어났던 때와 그가 여행한 1825년과는 불과 10여 년의 거리밖
에 떨어져 있지 않았으므로 가산에서 묵었던 주막집 노인에게 난리
의 경과를 상세하게 듣게 되는데, 이를 노인의 말 그대로 옮긴 후에
자신의 감회를 표현하고 있다. 당시에 적당(賊黨)에게 항복하지 않
고 순절한 군수 정공(鄭公)을 어질다고 칭찬하거나 홍경래 일당을
무뢰배, 도적이라고 하면서, 그들 때문에 죽은 수많은 백성들을 안
타까워하고 슬퍼하였다. 지나가는 밭두둑 옆에 무덤이 즐비한 것을
보고 "이는 병화(兵禍)의 여파로 묻힌 자들이 아닌가? 아! 저 흉하고
추한 놈들이 감히 하늘의 위엄을 가리고 이 무고한 백성들을 길거리
에서 죽고 피가 온 풀밭을 물들게 했으니, 그 때의 광경을 생각하면
나도 모르게 마음이 아파 처량하고 비통하다."[36]라고 하였고, "서
까래 위의 제비가 거만하게 비틀거리며 날다가 마침내 솥 안의 물고
기들을 불에 타 죽게 하였구나."[37]라고 하면서 홍경래 일당 때문에
죄 없는 백성들이 억울하게 죽은 것을 통탄(痛嘆)하였다. 이렇듯 난
을 일으킨 이들을 일차적으로 비난하고, 아울러 난을 진압한답시고
백성들의 가축과 식량을 불태운 관군이나, 난군(亂軍)을 다스리기는
커녕 오히려 항복하여 나라의 은혜를 저버리고 구차하게 생명을 건
진 관리들을 신랄하게 비판하였으며, 난리를 틈타 지위가 높아지기
를 바라거나 재물을 얻기를 바라서 남이 죽인 머리를 사고팔기도

---

36) 田畔江側 有塚纍纍 無乃兵燹之餘 所埋者耶. 唉, 彼兇醜敢梗天威 使此無辜之氓 肝
　　腦塗地 脂膏貼草, 想其伊時光景 不覺傷心而悽悵者矣.〈西遊錄〉博川郡條.
37) 彼棟上之燕 謾自甕飛 竟使釜中之魚 即看焦爛.〈西遊錄〉定州牧條.

했던 사람들을 비난하였다. 적당(賊黨)이나 관군(官軍), 어느 한 쪽에 만 우호적이기보다는 백성들에게 끼친 영향에 따라 그들을 평가했 다고 하겠다.[38)]

4) 사실적(寫實的)인 묘사와 과학적인 설명

〈서유록〉의 서술방식은 대체로 그 지역에 들어가기까지 걸어온 여정을 적는 것으로 시작하여, 그곳의 전체적인 느낌, 산의 크기, 농경지의 규모, 지형적 특성 등을 기록하는 것으로 이어진다. 특히 지나온 길의 험함, 아슬아슬하고 힘들었던 상황, 그 때의 느낌들을 자세하게 표현하고 있는데, 옥천군의 호령(狐嶺)을 넘을 때는 "중첩 한 산봉우리와 좁은 돌길이 겨우 한 가닥 길이니 촉도(蜀道)의 구불 구불함도 이보다 더하지는 않을 것이다.(疊巘危磴 僅通一條小逕, 蜀西 九折坂之險 應未過也.)"라고 서술하였고, 청주목의 작천(鵲川)을 건널 때에는 "마침 강가에 배가 한 척 있었으나, 비가 온 후라 물의 깊이 가 고르지 못해 배를 타고 건너려 하니 사이사이에 얕은 여울이 있 고, 옷을 걷고 걸어서 건너려 하니 가끔 깊은 못이 있었다. 부득이 하여 깊은 곳에 이르면 배를 타고, 얕은 곳에 이르면 옷을 걷고 걸어 서, 겨우겨우 강을 건넜다.(有一艇 泊在岸側. 潦後川勢 深淺不均, 欲濟以 舟則間有淺灘 欲涉以厲則或有深潭, 不得已 就其深則舟之 就其淺則揭之 僅僅涉

---

38) 그러나 홍경래 난의 원인이 되었던 서북민들에 대한 누적된 차별이나 봉건사회의 모순 같은 것들을 제대로 간파해 내고 이에 대해 성찰하는 데에까지는 미치지 못한 점은 한계로 지적될 수 있다.

越.)"라고 하여 그 상황을 실감나게 서술하였다.

어떤 곳에서는 그 지역의 관아(官衙), 진(鎭), 병영(兵營)의 모습을
세밀하게 설명하였는데, 그 한 예로 신도(薪島)의 경우39)를 들 수
있다. 이곳은 청나라와 바다를 사이에 둔 우리나라 최전방 지역이므
로 군사 요충지이면서 섬이기 때문에 진의 형태가 특이하므로 정확
한 수치까지 예시하면서 설명한다. 한양의 지형을 스케치한 부분40)
도 현재 서울의 모습을 떠올릴 수 있을 정도로 사실에 가깝다. 경기
도 화성에서는 새로 만들어진 저수지에 관해 설명하였는데, "수문
(水門)이 동서 양쪽으로 놓여 있었는데, 동쪽은 땅을 파서 둑을 열어
장맛비가 통하게 하였고, 서쪽은 바위를 뚫어 구멍을 만들어 양쪽
가장자리에 돌을 쌓고 나무 판으로 물고기 비늘처럼 입구를 막게
하여, 가뭄이 들면 물을 저장해 두고 장맛비를 만나면 물을 통하게
하였다. 대개 수문의 높낮이는 물의 증감에 따라 높고 낮아지는 것
이다."41)라고 하여 수문이 어느 쪽으로 뚫렸으며 둑의 형태는 어떻

---

39) 신도의 진을 설명하는 일부분만 인용한다. 踰石峙 到彌串鎭 乃防守營而爲陸鎭.
薪島在海中 距陸爲四十里而爲島鎭. 鎭則一也. 風和六朔處島 風高六朔處於陸. 陸鎭
有統海亭龍首寺 島鎭有橫海堂 而僉使則皆以士夫差出 而許其邊地履歷者也. 當初 只
有彌串鎭 而大抵薪島 名雖我地 處在僻海 水路甚險 最近於彼地 而灣府之鴨綠江一帶
分作三江 汗漫縈迴 至薪島後洋 合爲一水 名曰 大摠江.〈西遊錄〉薪島鎭條.

40) 由南泰嶺 渡銅雀津 望終南山. 一帶長江 自東而西流 東爲漢江 西過銅雀 又西北過龍
山 又西南遏江華 西入于海. 且三角山一脉 自咸鏡道鐵嶺而來 自艮而爲道峯 轉坤而爲
三角山 又轉旋而爲萬景臺. 中爲北嶽 西爲寅王 又屈曲而南爲木覓山. 壯哉美哉. 道峯
三角山勢矗立 而雖無輔弼 然依然若千鎗萬旗 自半空中而來. 始知山精水氣 作萬萬世
基址也.〈西遊錄〉果川縣條.

41) 水門則分置東西 而東則鑿地 開堠以通霖水 西則斲岩 穿穴而兩邊築石 以木板如鱗塞
口. 値旱則貯水 遇潦則通流. 盖閘之高下 隨水之盈縮而低昻焉.〈西遊錄〉水原留守條.

고 그 원리는 무엇인지를 조목조목 짚어갔다. 자신이 본 사물을 정확하게 전달하고 그 원리를 따져보려 한 과학적인 사고방식이 엿보인다.

충청도 옥천에서는 그곳의 특산물인 인삼을 재배하는 모습을 묘사하였는데,42) 마치 작은 집의 담장처럼 사방을 나무로 울타리를 친 후에 얹어 놓은 가시나무로 만든 발, 도둑을 지키기 위해 밭 모서리에 만들어 놓은 원두막 같은 작은 방, 흙을 돋우어 이랑을 만들어 심은 것, 뱀이 못 들어오게 막아놓은 대나무 엮은 것, 햇볕을 막기 위해 덮은 대나무 발에 이르기까지 차례차례 빠뜨리지 않고 묘사, 설명해 주었다.

그 외에도 철산지방의 특이한 건축법을 설명하면서 굴뚝이 방의 한 가운데를 지나 지붕을 뚫고 나오는 모습을 묘사한 대목이 매우 사실적이다. 아울러, 자신이 직접 본 것이 아니라 들은 것도 재현해 낸다. 개성에 있는 신돈(辛旽)의 법당터를 돌아보면서 듣게 된 옛 법당의 모습을 묘사한 대목이 바로 그것인데, 공중에 떠 있는 철불(鐵佛)은 얼핏 상상이 가지 않는 모습이기에 독자가 그 원리를 이해할 수 있도록 자세히 설명해 주었다.43) 방 가운데에 철불이 떠 있으려

---

42) 有蔘圃一處 方可數里. 築石成墻 間揷長木 束荊鱗掛 圃之四隅 皆置一室 此禁其穿竊者也. 圃之內 有一精舍 極其蕭灑 觀其種蔘 則不植盆中 而鋪土成畝 逐行列種. 其四邊則編竹揷地 高可尺餘 以防虫蛇之闌入. 其上則織竹爲簾 次第罨覆 以遮日陽之曝照. 〈西遊錄〉沃川郡條.

43) 大闕後 有辛旽法堂舊址云矣. 余聞 僧旽 作一佛宇 以珠翠飾簾 黃金塗屋 房內設一卓子 而卓上則覆板作屋 卓下則鑿地爲坎 以數斛指南石 鋪設於屋之內坎之中. 鑄得一鐵佛 懸在中央 則上下磁氣 互相牽引 佛坐空中 人皆以爲神佛. 〈西遊錄〉松都條.

면 위아래에서 잡아당겨 주어야 하므로 지붕 안, 방바닥의 탁자 밑에 지남석을 깔아놓아 자기가 서로 끌어당길 수 있도록 했다는 것이다. 친구에게서 들은 연경의 모습[44]에서도 대여섯 가지의 환술(幻術)이 사실적(寫實的)으로 묘사되고 있다.

〈서유록〉은 이상에서처럼 여행지의 지형이나 여정 등을 사실적으로 묘사하고, 신기한 경물이나 농사법에 대해서는 과학적인 설명까지 곁들여 가면서 서술하고 있다. 이런 사실적 묘사는 네 개의 큰 도읍지에서 지은 부들에서도 발견되는데, 특히 〈설경부(雪京賦)〉에서 잘 드러난다. 여기서는 한양의 지형과 유적, 거리 풍경 등 수도(首都)가 갖고 있는 번화함과 웅장함을 감정의 이입을 자제하면서 본 그대로 그려내고 있다. 경복궁, 성균관, 좌포청, 우포청, 남대문, 동대문 등의 건물들과 지나가는 선비들, 병사들, 그리고 빙 둘러선 산, 강물 등을 죽 훑어가거나, 좀 더 대상에 밀착된 시선으로 한양의 사람들과 거리의 모습을 도회적인 느낌이 나게 묘사하였다.[45] 시골

---

44) 柵門開市時 彼人有戲子宴. 各以其術 賣之者也. 或有稱名醫 而以劍剖人之腹 出其五臟 以水洗滌 還入腹中 以細馬鬃 縫其肚皮 傅以屑藥 其人卽爲行步 宛若平人. 或有以劍挿入渠口 曰, 此劍入喉過腹 必透穀道 吾將死矣. 少選 入口之劍 果出穀道 血染劍頭 其人卽爲轉身而起. 或有以一片黃紙 塞其兩鼻孔 移時 拔出則無數紙片 出鼻如縷 霎時之間 積如丘壑. 或有以細針一掬 呑入口中曰, 此針不能善下於咽喉. 傍有一人 以大刀 撞衝其口 乃以紅絲 投入口中 則所呑細針 箇箇穿絲而出 狀如貫珠之形. 或有猛虎突出 有一少年 騎驢而過 則攖而噬之 幷與人驢 嚥如甘花 少頃 猛虎自口中 吐出人驢 則人自人 驢自驢矣. 或有以尺餘之木 數千箇 次弟撑連 直上空中 不見其端 俄而挨次捲撤 不差一毫. 〈西遊錄〉燕京條.

45) 甲榜乙科士通金門之籍 寅入申退人携御爐之香, 紫袖花鈿擅昭容之獨步 紅衣草笠見掖隸之雙行, 若夫 月榭風楹 錦市繡廛, 輪蹄溢街盡是豪兒貴价 綺羅遍體無非公子王孫, 珠箔靑樓 金鞍白馬, 捲簾懸燈處沽家 倚門賣笑者遊妓. 〈雪京賦〉.

에서는 보지 못했던 비단이 넘쳐나는 시장과 가게, 무수히 지나가는 수레와 말들, 거리의 번화함, 바쁘게 오가는 관리들과 액예, 소용들을 열거하고, 기생집과 그곳에 온 부귀한 사람들의 모습을 묘사하면서 그런 것들을 보고 느끼는 약간의 부러움을, 기생을 폄하하는 말로 대신하기도 하였다. 상업과 무역의 중심지이기도 했던 개성과 의주에서 쓴 〈송경부(松京賦)〉나 〈용만부(龍灣賦)〉에서도 마찬가지로 그 지역의 문물과 경치, 부딪치는 사람들, 비석과 가게들을 파노라마식으로 시선을 옮겨가며 특징을 잡아내고 있다.46)

5) 적극적인 설화 채록과 민족자존의식 표출

목태림은 이미 20대 초반에 소설을 창작해 본 사람이다. 특히 이 소설들은 당시에 유행하던 설화나 판소리를 소재로 한 것이기 때문에 그가 전반적인 이야기 문화에 관심이 많은 사람임을 알 수 있다. 이런 관심 때문에 그는 여행을 하면서도 곳곳에 얽힌 많은 이야기들을 채록한다. 양반이라는 신분과 관직을 모두 벗어버리고 일반 백성들과 똑같은 위치에서 허물없이 대화하면서 여행했기에, 그들이 알고 있던 구전설화나 실제 이야기들을 풍부하게 전해들을 수 있었을 것이다. 그 이야기 중에는 지명유래담, 풍수담, 왕이나 유명 인물에 얽힌 역사적인 기록이나 신화가 있으며, 홍경래의 난에 관한 이야기

---

46) 若洒 四十里靑石洞山開鎭西之關 一千年白狸灘水遮捍北之口, 梧桐秋井聽佳人之轣轆 楊柳春樓弄豪兒之綦博, 至於 人鍾茂異 地誕精靈, 家或高麗忠臣義士之間 巷多朝鮮孝子烈女之碣, 藏珠剖腹無非大賈富商 擲金纏頭盡是娼樓歌妓, 掛冠之客忽焉沒兮 戴笠之人是何多也, 人戶卽東部西府 市井乃千窓萬簾. 〈松京賦〉.

도 있다.

단성현의 '효자담(孝子潭)' 이야기, 신숭겸의 화상과 연관된 '주상동(鑄像洞)' 이야기, 천안의 '외부치(外富峙)' 이야기, 개성의 '취적교(吹笛橋)' 이야기 등의 지명유래담이 가장 많이 채록되고 있는데, 각 이야기를 채록하고 나서는 간단한 평을 덧붙이는 형식이다. 효자담 이야기에서는 장한 효성에 감탄한다고 했고, 외부치 이야기에서는 색(色)을 밝히는 중을 지옥에 떨어질 놈이라고 욕했으며, 취적교에서 경순왕과 왕건이 피리를 부는 일로 왕위를 결정했다는 이야기에서는 왕업 같이 중요한 것을 어찌 피리 부는 것과 같은 하찮은 일로 결정할 수가 있느냐고 비판하였다. 특히 외부치 이야기[47] 같은 것은 보통의 양반이라면 기록의 가치가 없다고 생각했을 정도로 민망한 내용이어서, 이를 채록한 작자가 설화를 유교사상으로 미리 재단하지 않는 유연한 사고의 소유자임을 알 수 있다.[48] 주막 이름이 원래는 아낙들이 수치를 당한 곳이라는 뜻으로 부치(婦恥)였으나 주막 주인이 이 말을 싫어해서 음은 같고 뜻은 다른 부치(富峙)로 바꿔 부르게 되었다는, 일종의 지명유래전설이다. 여행 도중에 만난 선

---

47) 適逢忠州赴擧士人 尹其姓也. 聯袂而行 宿外富峙(店名, 作者註). 尹生忽笑曰, 君知此店有此名之義乎. 店前有一澗水 適値潦漲 人未通涉. 有姑婦兩女 臨流未渡, 忽有一少僧 荷鉢囊而來. 兩女請其扶涉, 厥僧初爲佯辭 後乃許涉. 先負其婦而渡, 野渡無人 遂褰裙而作奸. 其姑望呼曰, 汝不得飛脫耶. 其僧自量曰, 我淫其婦而不私其姑 則其生勃磎之地 必將見逐於其姑, 莫如兩好并全. 仍涉水而來 亦奸其姑, 其婦嘲之曰, 俄以我謂飛脫 而亦不得飛脫耶. 是故 店有此名 而店人惡聞其說, 今則變称富峙者 是也.〈西遊錄〉天安郡條.

48) 이는 서거정 같은 소화집(笑話集) 편찬자들이 소화나 음담에 유연한 모습을 보였던 것과 비슷한 면모이다.

비가 해준 이 이야기는 음담(淫談)에 가까우며 고부를 둘 다 간음한
중은 실로 나쁜 사람임에 틀림없지만, 몇 가지 기발한 데가 있기는
하다. 순간적인 욕정 때문에 젊은 아낙을 겁탈하기는 했지만 그녀가
겪게 될 뒤탈을 없애기 위해 시어머니도 겁탈했다는 중의 논리가
우습기도 하면서, 시어머니라는 한 가정의 절대적 권위자도 며느리
앞에서 꼼짝 못하게 만들어 버리는 장면이 통쾌하기도 한 이야기이
기 때문이다.

한편, 산송(山訟)이나 풍수(風水)에 얽힌 설화도 몇 편 채록했는데,
그 중 하나는 명나라 사신 주지번(朱之蕃)이 점지해 주었다는 파평
윤씨의 묘자리를 심씨가 뺏으려 하여 산송이 끊이지 않는다는 이야
기이고, 또 하나는 평산에 있는 이괄(李适)의 부친 묘에 얽힌 것으로
부친이 죽고 몇 년 뒤에 묘를 파보니 시신의 반 이상이 물고기 비늘
로 덮여 있었다는 이야기이다. 이야기를 다 전하고 나서는 이괄의
품성이 원래 나쁜 사람이므로 아버지를 좋은 곳에 장사지냈더라도
땅이 그를 받아들이지 않았을 것이고, 지금 그 묘가 파헤쳐져 있는
것도 땅의 징험함이라고 하였다.[49] 조상의 묘를 반드시 잘 써야 한
다고는 하지 않았지만 땅의 영험함은 기본적으로 인정하는 태도인
데, 개성에서는 그 곳의 터에 관해 고려의 유명한 풍수가인 김관의
(金寬毅)나 신라의 스님 도선(道詵)이 한 말을 인용하였으며 평양에서
는 그 지형을 이른바 '행주형(行舟形)'이라고 진단하는 것으로 보아
도 풍수설을 어느 정도 신뢰하는 듯하다.

---

49) 是豈理也哉. 此不道之論也. 惟彼兇括 素以梟獍之腸 其射天之計 固非一日 則設令其
父葬於吉地 天必厭之 地必不受之. 今此夷塚而露棺者 其非明驗耶.〈西遊錄〉平山條.

기생에 얽힌 설화도 몇 편 들어있는데 모두 의(義)를 위해 목숨을 바친 이들에 관한 것이다. 김덕량(金德良) 장군이 왜놈 장수 조서비(鳥西飛)를 죽일 수 있도록 도운 화월(花月)이 이야기와, 홍경래 난 때에 군수 정공(鄭公)이 죽자 이를 본 관기(官妓) 월애(月愛)가 그 시체를 안고 통곡하고는 정공의 나이 든 부친과 어린 자식을 그 어지러운 상황에서 구해냈다는 이야기 등이다. 특히 화월이 이야기를 전하고 난 뒤의 평어(評語)50)에서는 작자가 사람의 신분보다는 의(義)와 절개를 더 중요하게 생각하는 사람임을 알 수 있었다.

고구려의 수도였던 평양에서는 이곳에 동명왕이 승천했던 기린굴과 조천석이 있으며 단군묘도 있다고 하면서, 단군께서는 태백산에 하강하시어 8조를 설치하고 소중화(小中華)를 만드셨는데 이를 기자가 이었고 다시 고구려로 이어졌다고 서술하고 있다. 많은 유가(儒家)들이 단군을 전설로 치부해버리는 것과는 달리 단군을 정통으로 내세워 우리나라의 역사는 단군조선에서부터 시작되어 기자조선을 거치고 고구려 등 삼국시대를 거쳐 조선까지 내려왔다고 생각하는 이러한 역사인식에는 우리도 중국과 마찬가지로 천손족(天孫族)의 후예라는 자부심이 들어있다. 이익과 안정복 등 근기(近畿) 실학파(實學派)들의 역사인식 태도가 목태림에게서도 발견되는 것이다.

그가 우리 민족에 대한 자존의식을 지녔음은, 어떤 경물을 보았

---

50) 噫, 花月以一箇娼樓之蹤 忠肝義腸 不變於百萬軍中, 以女子 而能行男子所不能行之 事, 設智殉國 此晋陽義妓之匹也(名論介). 女中之妓 猶尙如此 況爲男子之身 而貪榮負 國 懷二心於天下者 寧不汗於背 而泚於顔乎. 〈西遊錄〉 平壤條.

을 때에 우리나라의 이것이 중국의 유명한 어떤 것보다 낫다고 비교
서술하는 점에서도 드러난다. 송도에 있는 폭포를 보고는 "만약 이
적선이 다시 살아난다 해도 굳이 여산 폭포를 읊을 필요는 없을 것
이다."라고 했고, 평양의 연광정에 올라 경치를 감상하면서 쓴 시에
서는 "황학루의 무한한 경치 최호까지 들먹일 필요는 없네."라고 하
였다. 수원에 만들어 놓은 제방의 과학적인 모습을 보고는 "용문에
서 수로사업을 했던 우임금의 도끼는 말할 것도 없고, 항주에서 둑
을 쌓았던 소식(蘇軾)도 당연히 이보다 아래 급이다."라고 하였으며,
황해도 봉산의 기암괴석들을 보고는 "비록 오도자(吳道子)가 그림을
그리고, 가륭(嘉隆) 연간의 칠재자(七才子)들이 글을 써서 신선이 사
는 단구(丹邱)가 생겨나게 하고 무산(巫山)의 병풍을 옮겨 놓는다고
해도 이 경치에는 견줄 수 없을 것이다."라고 하는 등 여러 곳에서
이러한 표현을 발견할 수 있다.

3. 〈서유록〉의 위상과 목태림 문학의 의의

이상에서 보았듯이 〈서유록〉은 작가가 평범한 한 사람으로 여행
하면서 보고들은 모든 것을 낱낱이 기록한 보고문학적(報告文學的)인
성격의 기행문이며, 풍속과 실용의 면을 중요하게 기록한 인문지리
적인 성격이 강한 글이기도 하다. 한편 극히 일상적이고 개인적인
일이나 사소한 감정까지도 솔직하고 구체적으로 담고 있으며, 어떤
현상이나 사물의 원리와 형태를 분석적으로 설명하는 면에서는 미

시적(微視的)인 담론(談論)을 지향했다고 할 수 있다. 유교 경전이나 교리, 도(道), 정치, 지배층의 문화 같은 거시적인 문제보다는 일상적인 삶이나 작은 감정의 변화, 평범한 사람들의 이야기들을 놓치지 않고 쓰려 했다는 뜻에서 관념적이거나 추상적인 문학이 아닌 구체적이고 일상적인 문학이라고 할 수 있는 것이다.51) 또한 여행 도중에 많은 설화와 일화들을 채록한 점에서 저자가 민간의 문화, 이야기 문화에 큰 관심을 지니고 있던 사람임을 다시 한번 느낄 수 있었으며, '외부치 이야기' 같은 민망한 내용의 설화를 채록한 점이나 채록 후의 평을 보았을 때 해학적인 면도 엿볼 수 있었다.

〈서유록〉에서 드러나는 이러한 특성들이야말로 그가 소설 작가임을 보여주는 대목이기도 한데, 소설이라는 것이 바로 인정물태(人情物態)를 담는 장르이기 때문이다. 풍속과 일상에 대한 관심이 지대한 사람이었기에 소설을 통해 서민들의 생활상, 양반들의 명분이나 체면을 중시하는 경직된 사고방식, 인간의 사랑에 대한 감정 등을 효과적으로 표현해 낼 수 있었다고 생각되며, 특히 19세기 초만 해

---

51) 그는 부 작품들에서도 비록 보통의 부가 지니고 있는 송도성(頌禱性)이나 전고(典故)의 사용 같은 기본적인 장르 규범을 보이고는 있지만 일상적인 소재를 많이 사용한 면에서 특징적이었다. 동네 친구들끼리 차가운 사랑방에 모여 앉아 장기를 두는 모습을 재현하였으며 장기를 둘 때의 미묘한 심리적 경쟁이나 헛된 큰소리, 지고 난 뒤에 벌주를 장만하는 과정까지를 재미있게 묘사하였다. 또한 마을의 젊은이들에게 열심히 공부하고 효도하라고 당부하거나, 자신의 일생을 되돌아보며 신세를 한탄하기도 하였으며, 여행에서 보았던 경치나 문물들, 시장의 모습, 번화가를 오가는 사람들을 寫實的으로 묘사하기도 하여 〈西遊錄〉에서와 같은 문학적 경향들을 보여주었다. 그의 부에 대해서는 앞의 글, 「부(賦)를 통해 본 작가 목태림의 의식세계」를 참고하기 바람.

도 양반들이 문학으로 인정하지 않으려 했던[52] 〈춘향전〉같은 판소리에도 관심을 갖고 한문으로 개작할 수 있었다고 생각되는 것이다.

그의 소설들의 표현적 특성 중에서 눈에 띄는 것은 삽입시문(挿入詩文)을 활용한 점이었는데 〈서유록〉에서도 마찬가지로 50여 편의 오언절구(五言絶句) 또는 율시(律詩)와 4편의 부(賦)가 활용되고 있어서, 산문과 운문의 교직을 통해 글에 변화를 주고 감정을 곡진하게 표현하는 수단으로 활용하는 작가의 일관된 문예취향을 읽을 수 있었다. 특히 기행문의 산문서술 중간에 시를 적절히 써 넣음으로써 하나의 여행지에서 느꼈던 고조된 감정을 그때그때 집약적으로 표현해 내었고, 커다란 도읍지처럼 볼 것이 많은 곳에서는 부라는 산문적인 운문을 통해 견문을 상세히 펼쳐 보이는 수단으로 삼은 점이 돋보였다.

〈서유록〉에서는 또 인간 세태와 현실에 대한 비판이 종종 행해지고 있는데, 이런 면은 그의 소설에서도 발견되는 바이다. 〈춘향신설〉에서는 이도령이 과거에 급제하고 나서 전라어사로 제수 받는 과정에 작가의 정치·사회관이 들어 있었는데, 임금님께서 정치를 잘 하시기는 하지만 그 덕화가 산골짜기나 바닷가 등의 궁벽한 마을에는 서울과 경기 지방만큼 펼쳐지기 힘들다는 점을 꼬집어 말하고는 그렇기 때문에 이런 폐단을 막기 위해 어사가 필요하다고 했으

---

52) 그 무렵 양반들의 판소리 인식태도는, 1754년에 만화 유진한이 〈춘향가〉 공연을 보고 나서 한시 형태의 춘향가를 짓자 당시의 양반들이 상민의 타령가를 읊었다면서 조롱했다는 일화에서 단적으로 드러난다. 〈춘향신설〉이 나온 1804년과 50여 년의 편차가 있기는 하지만, 그 후에도 50여 년이 더 지나서야 한문본 춘향전들이 나오는 것을 볼 때에 19세기 초까지도 18세기와 비슷한 상황이었을 것으로 추정된다.

며,[53] 춘향이가 신임 부사에게 쓴 원정(原情)에서도 마찬가지로 지방관의 임무가 더욱 중요함을 역설하였다.[54] 이런 경향(京鄕)의 차이 같은 문제는 작가 자신이 경상도 해안의 궁벽한 시골에 살았기에 더욱 민감하게 느꼈을 것이다. 이어사가 남원에 당도하여 부사의 잔치자리에 참석해서 지은 시[55]에서도 작자가 평소에 지녀왔던 현실에 대한 비판이 표출되는데, 정치에 힘을 쏟아야 할 관리들이 잔치나 하고 있으니 그 음식들은 모두 백성들의 피와 땀이라는 뜻의 시[56] 한 수로는 부족하여 두 수를 더 지어 자신의 뜻을 강조한 것이 그것이다. 특히 임금님 은혜가 하늘의 태양처럼 골고루 비춰져야

---

53) 對日 伏以殿下乘龍御極 文慈武競 旋乾轉坤 雷厲風飛 張禮羅於一國 聘蒲輪於八埏. 旁求俊彦 甄拔賢良 朝有攀鱗附翼之士 野無歌石抱玉之人. 臺省之任 無非周召伊呂之才 閫鉞之帥 摠是韓頗孫吳之智. 宰相調和鼎鼐 尙書理燮陰陽 如此聖明之世 豈有一物不得其所者哉. 雖然輦轂之間 郊畿之內 先被聖化之處 而殿下躬親聽斷之地 其如千里之外 嶺海之表哉. 殿下雖有明見萬里之威德 前聖惟有博施之病 唐堯之時 猶患四凶 周文之時 尙有十惡 廉察然後 可知生靈之疾苦 閭里之姦邪. 是以丙吉 聞牛喘而諫君 周公作豳詩而敎王. 今臣以不才 幸不爲明主之棄 猥荷恩賜 早題名於玉管, 聖恩弘大 天地莫量. 伏願殿下以臣爲御使 則臣鞠躬盡瘁 察黎庶之善惡 考官吏之臧否 荒陬銖兩之事 遐濱纖芥之寃 每每馳傳 一一奏聞. 殿下雖在九重之內 能見千里之外 而紕繢塞耳 可以聽於無聲 冕旒蔽目 可以視於無形. 然則蒼生庶幾無覆盆之嘆 小臣可以答昇平之恩矣 故願爲御使. 〈春香新說〉, 박헌봉편 『唱樂大綱』, 국악예술학교 출판부, 1966. (『한국고전연구』 2집, 1996.에 재수록된 것을 대본으로 함.) 378~379면.

54) 聖上之愛斯民也 一視如赤子 惟恐遐遐遠海濱 未霑其化而一物不得其所 故擧賢良而爲之方伯 選仁厚而治之郡縣 雖在千里之外嶺海之陬 待之一如畿甸之間輦轂之下 有善而必聞 有惡而必見矣 〈春香新說〉 376면.

55) 다른 이본들과는 달리 세 수의 시를 짓는데, 그 중 둘째 수를 들어본다.
千里烟花雨露痕 諸君何以答皇恩. 幾多匹婦含寃處 天日向遲照覆盆. 〈春香新說〉 382면.

56) 添唇美酒千人血 適口佳肴萬姓膏. 燭淚落時民淚落 歌聲高處怨聲高. 〈春香新說〉 382면.

하지만 아직 그늘진 곳에는 미치지 못하여 보통 사람들의 원한이 풀리지 않고 있음을 지적하였는데, 평생 가난하게 궁벽한 곳에서 살아야 했던 비판적 지식인의 태도가 묻어난 것이라고 생각된다.

이렇듯 중세적이고 경직되고 부패한 것들에 대한 비판의식은 목태림의 문학 전반에서 발견되는 사항이다. 하지만 이것이 청년기에 쓴 소설에서는 왕은 어떻게 해야 하고 신하는 또 어떻게 해야 하며, 따라서 올바른 정치는 어떤 것이라는 식으로 이야기되었던 것에 비해, 중년기에 쓴 기행문학에서는 저수지를 만드는 현장을 직접 방문한 후에 백성들에게 지나치게 힘든 부역을 시켜서는 안 된다고 하거나, 강을 건넌 후에는 나루터에서 뱃삯을 터무니없이 많이 받는 그곳 별장(別將)의 하수인들을 비난하는 등 보통의 백성들이 직접 대면할 수 있는 범위 내에서 이야기되는 경우가 많았다는 차이가 있다. 그가 이처럼 중년기에 더욱 삶에 밀접한 비판을 할 수 있었던 것은 이런 일들이 자신에게 전혀 낯설지 않은, 향촌에서 늘 경험했던 바였기 때문일 것이다.

따라서 그의 문학은 19세기 전반기를 살다간 향촌 사족층의 문학을 보여준다는 면에서도 의의가 있다. 앞에서 잠시 언급했듯이 18세기의 향촌 사족들은 대체로 처사 지향적이고 유교적 정명론에 입각해 있었다. 또 그들의 기행가사는 주로 자기 고장을 유람하고 나서 쓴 것이 많은데 은거하고 있는 처사로서의 청고절속(淸高絶俗)적인 자태와 도도한 흥취를 담고 있거나 자기 고장을 현양하려는 의식을 표출하고 있기 때문에 당시의 경화사족들의 기행가사가 실경(實景)을 사실적으로 묘사하던 것과는 차이를 보였다.[57] 목태림의 문학은

보통의 향촌 사족들의 문학에 비해 성리학적 규범 표출이나 처사의
식은 약화되고, 생활 현실에 밀착된 모습을 보이면서도 실경 묘사
위주의 문풍을 함께 보이고 있었다. 그와 동시대의 향촌 사족의 작
품들은 이상계의 〈초당곡〉의 예처럼 동요하는 향촌 세거 사족의 삶
과 의식이 선유(仙遊)와 같은 풍류로 미화되어 표현되고 있는 경우가
많으므로58) 목태림의 작품과 차이가 있다. 목태림의 〈서유록〉은
오히려 구강의 〈교주별곡〉이나 〈북새곡〉 같은 환유(宦遊) 가사와 비
슷한 점이 많다고 하겠다. 백성들의 고충과 삶 등 사회현실을 사실
적으로 기록59)하는 면에서 그러하다. 여기서 주목할 것은 구강과
목태림이 모두 향촌 사족이면서도 일정 기간 동안 외지로 여행을
했으며 관직 생활의 경험이 있는 사람들이라는 점이다. 그들은 향촌
사족이었지만 외유(外遊)를 통해서 견문과 인식의 폭을 넓혔기에 삶
에 밀착된 문학, 현실을 직시하는 문학을 할 수 있게 된 것으로 파악
할 수 있다.

4. 나오며

본고는 19세기 초반의 소설작가인 목태림의 한문기행문 〈서유
록〉을 통해서 그의 문학적 성향과 사적 의의를 알아본 연구이다.

---

57) 유정선, 「18·19세기 기행가사의 작품세계와 시대적 변모양상」, 이화여대 박사논
문, 1999. 46~53면.
58) 남정희, 「18세기 사대부 시조 연구」, 이화여대 석사논문, 1994.
59) 유정선, 앞의 논문.

그는 경남 사천에서 한평생 살면서 말단 관직에 머물렀던 지방 양반
으로서, 20대 초반에 〈종옥전〉, 〈춘향신설〉 등 한문소설을 창작한
인물이다. 〈서유록〉은 그가 관직에서 물러난 1825년에 고향인 사천
에서 평북 의주까지 여행한 기록으로, 그의 글쓰기 태도와 사상의
일면을 보여준다는 면에서 의의가 있다. 〈서유록〉에서는 그가 풍속
과 실용성에 대해 지대한 관심을 지니고 있음이 드러났으며, 아울러
사람들의 얕은 교유실태와 탐욕스러운 집권층에 대한 비판이 나타
났다. 한편으로 세상에 대한 소외감과 쓸쓸한 여행자의 심리 등이
진솔하게 표현되어 있으며, 보고들은 것들이 사실적으로 묘사되고
과학적으로 설명되어 있다. 또 민간의 이야기들을 많이 수집하고
있어 소설가다운 면모를 보였다. 이렇게 풍속과 세태에 대한 관심이
지대한 인물이었기에 소설을 통해 서민들의 생활상, 양반들의 명분
이나 체면을 중시하는 경직된 사고방식, 인간의 사랑에 대한 감정
등을 효과적으로 표현해 낼 수 있었다고 생각하며, 특히 19세기 초
만 해도 양반들이 문학으로 인정하지 않으려 했던 〈춘향전〉 등의
판소리에 관심을 갖고 한문으로 개작할 수 있었다고 본다.

〈서유록〉에서의 기록의 상세함, 묘사의 사실성, 적극적인 설화
채록 등의 특성은 그 이후의 기행문학에서 점점 강화되는 추세를
보이게 된다. 특히 중국 사행의 기록인 저자 미상의 〈부연일기(赴燕
日記)〉, 김경선의 〈연원직지(燕轅直指)〉 등에서 저자가 북경 체류기
간 동안에 경험한 다양한 선진 문화와 방대한 규모의 연희(演戱)들을
빠짐없이 기록한 점[60]에서 발견된다. 또한 19세기 중반으로 갈수록
저변으로 확대된 유산체험(遊山體驗)으로 인해 그 작자층이 한미한

시골양반층으로 옮겨간 금강산 기행가사들, 예컨대 박희현의 〈금강산유산록(金剛山遊山錄)〉, 조윤희의 〈관동신곡(關東新曲)〉 등에서도 비슷한 경향들이 발견된다.61) 작자인 박희현과 조윤희가 모두 향촌 사족이라는 면에서 목태림과 계층적 유사성을 보이는 점도 주목할 만하다.

조선후기의 소설작가들 중에서 향촌 사족이라 불릴 만한 인물은 아직 많지 않다. 윤치방(尹致邦 : 1794~1877)과 정태운(鄭泰運 : 1849~1909) 정도를 꼽을 수 있겠는데, 그는 전남 보성의 몰락 양반에 가까운 향촌사족으로서 1869년에 〈만옹몽유록〉을 쓴 인물이다. 이 작품은 몽유자(夢遊者)가 원유지지(遠遊之志)를 마음껏 펼칠 수 있도록 하기 위해 꿈속 여행 모티프를 서사전개방식으로 수용하는 등 전대 몽유록의 정치, 사회에 대한 비판의식은 약화, 변형되고 산수 유람을 통해 지기(志氣)를 확충하려는 작가의 소박한 원망을 담고 있어서,62) 목태림과 마찬가지로 소설에서 치열한 정치현실이나 원론적인 이야기들은 최소화하고 있음을 볼 수 있다. 비판의식이 없는 것은 아니고 비판의식은 있되 그 문제의 기저에 숨어 있는 봉건체제 전반의 모순 같은 것을 짚어 내지 못하고 개인적 차원에서 언급하고 마는 데에 한계가 있는 것이다. 한편, 이들 향촌 사족 소설 작가들과 비슷한 계층적 위치에 있으면서도 거주지가 다른 '서울의 중간층 소설 작가들'은 흥미로운 놀이를 추구하거나 도시문화적이며 상업

---

60) 임기중, 「연행록의 연희기와 관희시」, 『문학한글』 13호, 1999.
61) 염은열, 「19세기 금강산 가사의 특징과 문화적 의미」, 『고전문학연구』 14집, 1998.
62) 김정녀, 「만옹몽유록 연구」, 『고소설연구』 9집, 2000.

적인 소설을 쓰는 경우가 많았다는 면에서[63] 향촌 사족들과 차이가 있다. 목태림을 비롯한 향촌 사족들은 새로운 생각을 표현하거나 실생활에 가까운 언어구사를 한다고 할지라도 좀 더 진지하고 전아(典雅)한 분위기의 문학을 지향했으며 나름의 가치관도 뚜렷하게 반영했기 때문이다. 앞으로 서울의 중간층 소설 작가의 실례가 발견되어 그들의 문학경향에 대해 더 구체적으로 알 수 있게 된다면 이상에서 살핀 목태림 문학의 특성과 좋은 비교가 될 것이다.

---

63) 전성운, 「장편국문소설의 변모와 영웅소설의 형성」, 고려대 박사논문, 2000.

참고문헌

제1부 국문장편 고전소설 인물론

1. 자료

〈소현성록〉 연작 15권 15책, 이화여대 소장본. (조혜란·정선희·허순우·
　　　최수현 역주, 『소현성록』 1~4권, 소명출판사, 2010.)
〈조씨삼대록〉 40권 40책, 서강대 소장본. (김문희·조용호·정선희·전진
　　　아·허순우·장시광 역주, 『조씨삼대록』 1~5권, 소명출판. 2010.)
〈현몽쌍룡기〉 18권 18책, 한국학중앙연구원 소장본. (김문희·장시광·조
　　　용호 역주, 『현몽쌍룡기』 1~3권, 소명출판, 2010.)

2. 논저

강진옥, 「고전 서사문학에 나타난 가족과 여성의 존재양상」, 『한국 고전문
　　　학 속의 가족과 여성』, 월인출판사, 2007. 102~103면.
규장각한국학연구원편, 『조선 여성의 일생』, 글항아리, 2010. 108~238면.
김경미, 「주자가례의 정착과 소현성록에 나타난 혼례의 양상─본전을 중심
　　　으로」, 『한국고전연구』 13, 2006. 5~28면.
김경미, 「18세기 여성의 친정, 시집과의 유대 또는 거리에 대하여」, 『한국고
　　　전연구』 19, 한국고전연구학회, 2009. 5~30면.
김경숙, 「자하 신위의 아내와 딸에 대한 인식 고찰」, 『한국고전여성문학연
　　　구』 13, 한국고전여성문학회, 2006. 175~204면.
김문희, 「국문장편소설의 중층적 서술의식 연구」, 『한국고전여성문학연구』

18, 2009. 97~129면.

김정녀, 「고소설의 '여성주의적 연구'의 동향과 전망」, 『여성문학연구』 15, 한국여성문학학회, 2006. 33~69면.

김정녀, 「가부장적 가족구조 속의 여성의 존재 방식」, 『한민족문화연구』 28, 2009. 33~61면.

김종철, 「장편소설의 독자층과 그 성격」, 『고소설의 저작과 전파』, 아세아문화사, 1994. 433~471면.

김현미, 「슬픔과 탄식 속의 지아비/아버지 되기」, 『한국고전여성문학연구』 13, 한국고전여성문학회, 2006. 229~250면.

김현주, 「'악처'의 독서심리적 근거」, 『한국고전연구』 22, 2010. 12. 203~231면.

문용식, 「〈소현성록〉의 인물형상과 갈등의 의미」, 『한국학논집』 31, 한양대 한국학연구소, 1997. 99~118면.

박영희, 「소현성록 연작 연구」, 이화여대 박사학위논문, 1994. 1~250면.

박영희, 「소현성록에 나타난 공주혼의 사회적 의미」, 『한국고전연구』 12, 2005. 12. 5~36면.

박영희, 「17세기 소설에 나타난 시집간 딸의 친정 살리기와 '출가외인' 담론」, 『한국고전여성문학연구』 13, 한국고전여성문학회, 2006. 251~289면.

박일용, 「소현성록의 서술시각과 작품에 투영된 이념적 편견」, 『한국고전연구』 14, 2006.12. 5~39면.

백순철, 「〈소현성록〉의 여성들」, 『여성문학연구』 1, 1999. 127~154면.

서경희, 「소현성록의 '석파' 연구」, 『한국고전연구』 12, 2005. 12, 69~100면.

서영숙, 「딸-친정식구 관계 서사민요의 특성과 의미」, 『한국고전여성문학연구』 18, 한국고전여성문학회, 2009. 171~206면.

송성욱, 『조선시대 대하소설의 서사문법과 창작의식』, 태학사, 2003. 13~205면.

양민정, 「대하 장편가문소설에 나타난 여성인식과 의의」, 『연민학지』 8, 2000. 131~167면.

양민정, 「〈소현성록〉에 나타난 女家長의 역할과 사회적 의미」, 『외국문화연구』 12, 한국외대, 외국문학연구소, 2002. 101~125면.

유광수, 「옥루몽에 나타난 성애 표현의 의미-은밀한 폭력과 정당화된 폭력」, 『고소설연구』 20, 2005. 137~178면.

이순구, 「조선시대의 성리학과 여성」, 한국여성연구소 여성사 연구실 저, 『우리 여성의 역사』, 청년사, 1999. 1~421면.

이지하, 「고전장편소설과 여성의 효의식」, 『한국고전여성문학연구』 10, 한국고전여성문학회, 2005. 171~199면.

이지하, 「조선후기 여성의 어문생활과 고전소설」, 『고소설연구』 26. 2008. 12.

임치균, 『조선조 대장편 소설 연구』, 태학사, 1996. 1~242면.

임치균, 「소현성록에 나타난 혼인의 양상과 의미」, 『한국고전연구』 13, 2006. 29~48면.

장시광, 「대하소설의 여성반동인물 연구」, 서울대 박사학위논문, 2004. 1~176면.

장시광, 「조선후기 대하소설과 사대부가 여성독자」, 『동양고전연구』 29, 2008. 147~175면.

정길수, 「17세기 장편소설의 형성경로와 장편화 방법」, 서울대 박사학위논문, 2005. 1~265면.

정병설, 『완월회맹연 연구』, 태학사, 1998. 1~271면.

정병설, 「장편 대하소설과 가족사 서술의 연관 및 그 의미」, 『고전문학연구』 12집, 1997. 221~248면.

정선희, 「소현성록 연작의 남성 인물 고찰」, 『한국고전연구』 12, 2005. 12. 37~68면.

정선희, 「소현성록에서 드러나는 남편들의 폭력성과 서술 시각」, 『한국고전여성문학연구』 14, 한국고전여성문학회, 2007. 453~487면.

정선희, 「조씨삼대록의 악녀 형상의 특징과 서술 시각」, 『한국고전여성문학연구』 18, 한국고전여성문학회, 2009. 389~419면.

정선희, 「17세기 후반 국문장편소설의 딸 형상화와 의미-〈소현성록〉연작을 중심으로」, 『배달말』 45, 2009.

정창권, 「〈소현성록〉의 여성주의적 성격과 의의-장편 규방소설의 형성과 관련하여」, 『고소설연구』 4집, 1998. 293~328면.

정출헌 외, 『고전문학과 여성주의적 시각』, 소명출판사, 2003, 87~115면.

조광국, 「소현성록의 벌열 성향에 관한 고찰」, 『온지논총』 7, 2001. 87~113면.

조용호, 「삼대록 소설 연구」, 서강대 박사학위논문, 1995. 1~230면.

조혜란, 「소현성록에 나타난 가문의식의 이면」, 『고소설연구』 27, 한국고소설학회, 2009. 73~107면.

지연숙, 「소현성록의 공간 구성과 역사 인식」, 『한국고전연구』 13, 2006. 49~89면.

최기숙, 『17세기 장편소설 연구』, 월인, 1999. 1~480면.

최수현, 「현몽쌍룡기에 나타난 친정/처가의 형상화 방식」, 『한국고전여성문학연구』 15, 한국고전여성문학회, 2007. 326~360면.

최호석, 「옥원재합기연의 남과 여」, 『고전문학연구』 23, 한국고전문학회, 2003. 275~300면.

한국고문서학회, 『조선시대 생활사』 2, 역사비평사, 2002. 1~341면.

한길연, 「장편고전소설에 나타나는 어머니의 존재방식과 모성」, 『한국고전여성문학연구』 14, 한국고전여성문학회, 2007. 223~264면.

허순우, 「현몽쌍룡기 연작의 소현성록 연작 수용 양상과 서술시각」, 『한국고전연구』 17집, 한국고전연구학회, 2008. 317~359면.

황수연, 「17세기 사족 여성의 생활과 문화-묘지명, 행장, 제문을 중심으로」, 『여성문학연구』 6, 한국여성문학학회, 2003. 161~192면.

제2부 고전소설 비평론

1. 자료

곽송림편(1987), 『西廂記編』, 산동문예출판사.

김려, 『薄庭遺藁』, 『한국문집총간』 289권.

남공철, 『金陵集』, 『한국문집총간』 272권.

박제가, 『貞㽅閣集』, 『한국문집총간』 261권.

박지원, 『燕巖集』, 『한국문집총간』 252권.

성대중, 『靑城集』, 『한국문집총간』 248권.

심익운외, 『江天閣消夏錄』, 국립중앙도서관 위창문고 소장본.

안정복, 『順菴集』, 『한국문집총간』 229~230권.

유득공, 『泠齋集』, 『한국문집총간』 260권.

유만주, 『欽英』, 서울대 규장각, 1997.

이가원 역주, 『西廂記』 - 완당역본 및 한문원전 병간, 일지사, 1974.

이광사, 『圓嶠集』, 『한국문집총간』 221권.

이덕무, 국역 『靑莊館全書』, 민족문화추진회, 1979.

이만수, 『屐園遺稿』, 『한국문집총간』 268권.

이상황, 『桐漁遺輯』, 고려대 소장본.

이서구, 『惕齋集』, 『한국문집총간』 270권.

이옥, 『李鈺全集』 실시학사연구회편, 소명출판사, 2001.

이용휴, 『탄만집』, 『한국문집총간』 223권.

이의현, 『陶谷集』, 『한국문집총간』 180~181권.

이하곤, 『頭陀草』, 『한국문집총간』 191권.

장혼, 『而已广集』, 『한국문집총간』 270권.

허균, 『惺所覆瓿稿』, 민족문화추진회 고전국역총서, 중판본, 1989.

홍낙인, 『安窩遺稿』, 국립중앙도서관 소장본.

홍대용, 『湛軒書』, 『한국문집총간』 248권.

홍석주, 『淵泉集』, 『한국문집총간』 293~294권.

홍양호, 『耳溪集』, 『한국문집총간』 241권.

홍의호, 『澹寧甁錄』, 국립중앙도서관 소장본.

靑柳綱太郎 편, 『原文 和譯 對照 漢唐遺事 全』, 조선연구회 간행, 1915.

『朝鮮王朝實錄』

『弘齋全書』

2. 논저

간호윤, 『한국 고소설비평 연구』, 경인문화사, 2001. 87~240면.

강민구, 「영조대 문학론과 비평에 대한 연구」, 성균관대학교 박사논문, 1998. 1~380면.

김경미, 『소설의 매혹』, 월인, 2003. 9~301면.

김경미·조혜란 역주, 『19세기 서울의 사랑-절화기담, 포의교집』, 여이연. 2003. 7~126면.

김영진, 「조선후기의 명청소품 수용과 소품문의 전개양상」, 고려대 박사논문, 2004. 1~179면.

김풍기, 「수산 광한루기의 평비에 나타난 비평의식」, 『어문논집』 31, 고려대 국문학연구회, 1993. 217~241면.

김학주, 「조선간 〈서상기〉의 주석과 언해」, 『조선시대 간행 중국문학 관계서 연구』, 서울대 출판부, 2000. 277~298면.

남덕현, 「김성탄의 문예비평이론연구」, 외대 석사논문, 1998. 1~156면.

민혜란, 「김성탄의 소설기법론에 대하여-「독제오재자서법」을 중심으로」, 『중국학연구』 7집, 중국학연구회, 1992. 125~153면.

박준호, 「혜환 이용휴 문학 연구」, 성균관대 박사논문, 2000. 68~98면.

성현경 외 공저, 『광한루기 역주·연구』, 박이정, 1997. 117~162면.

신양선, 『조선후기 서지사 연구』, 혜안 출판사, 1997. 114~237면.

이금순, 「김성탄 〈서상기〉평점의 인물결구론 고찰」, 『중국어문학논집』 16집, 중국어문학연구회, 2001. 97~117면.

이문규, 『고전소설비평사론』, 새문사, 2002. 136~164면.

이상엽 역주, 「讀第六才子書西廂記法」, 『중국어문학역총』7집, 1997. 213~
240면.

이승수, 「김성탄의 사유와 글쓰기 방식」, 『한국언어문화』26, 한국언어문화
학회, 2004. 37~56면.

정길수, 「절화기담 연구」, 서울대 석사논문, 1999. 1~105면.

정선희, 「조선후기 문인들의 김성탄 평비본에 대한 독서 담론 연구」, 『동방
학지』129집, 연세대 국학연구원, 2005. 305~345면.

정하영, 「광한루기 평비 연구」, 『한국고전연구』1집. 한국고전연구학회,
1995. 5~45면.

조숙자, 「第六才子書西廂記 硏究」, 서울대 중문과 박사논문, 2004. 1~292
면.

조혜란, 「한당유사 연구」, 『한국고전연구』1집, 한국고전연구학회, 1995.
161~186면.

최봉원 외 공저, 『중국역대소설 서발 역주』, 을유문화사, 1998. 91~94면.

한매, 「조선후기 김성탄 문학비평의 수용양상 연구」, 성균관대 박사논문,
2003. 1~181면.

홍상훈, 「김성탄과 동아시아 서사이론의 기초-김성탄 소설 평점」, 『현대비
평과 이론』9집, 1995. 177면.

제3부 한문고전소설 작가론

1. 자료

睦台林, 『雲窩集』, 동국대학교 도서관 소장, 1~151면.

睦台林, 『浮磬集』, 국립중앙도서관 소장, 1~108면.

2. 논저

강명관, 『조선후기 여항문학 연구』, 창작과 비평사, 1997.

강석중, 「한국 과부(科賦)의 전개양상 연구」, 서울대 박사논문, 1999.

고석규, 『19세기 조선의 향촌사회연구』, 서울대 출판부, 1998. 146~158면.

고연희, 「조선후기 산수기행문학 연구」, 이화여대 박사학위논문, 2000.

김균태, 『이옥의 문학이론과 작품세계의 연구』, 창학사, 1991.

김석회, 『존재 위백규 문학 연구』, 이회문화사, 1995.

김성수, 「한국 부(賦)의 연구」, 성신여대 박사논문, 1994.

김아리, 「〈노가재 연행일기〉 연구」, 서울대 석사학위논문, 1999.

김재희, 「조선후기 영남지방 향리지식인의 성장」, 서울대학교 석사학위논
문, 1999. 6~88면.

김현주, 『판소리와 풍속화, 그 닮은 예술 세계』, 효형출판사, 2002. 55~
64면.

남은경, 「동명 정두경 문학의 연구」, 이화여대 박사학위논문, 1998.

류준경, 「한문본 춘향전의 작품세계와 문학사적 위상」, 서울대학교 박사학
위논문, 2003. 1~274면.

박성규, 「최자의 〈삼도부〉에 대하여」, 『한국한문학연구』 12집, 1989.

박준원, 『담정총서』 연구, 성균관대 박사논문, 1995.

실시학사고전문학연구회 편역, 『조희룡전집』 3권, 한길아트, 1999. 1~93면.

심경호, 『한국 한시의 이해』, 태학사, 2000.

안장리, 「한국 팔경시 연구」, 정신문화연구원 박사학위논문, 1997. 1~239
면.

안혜진, 「18세기 향촌사족 가사 연구」, 이화여대 박사학위논문, 1~243면.

유봉학, 『연암일파 북학사상 연구』, 일지사, 1995.

유정선, 「18·19세기 기행가사의 작품세계와 시대적 변모양상」, 이화여대
박사학위논문, 1999.

이기순, 「조선후기 사천목씨의 가족 규모」, 『민족문화』 19집, 1996.

이상주, 「담헌 이하곤의 〈남유록〉에 대한 고찰」, 『한문학연구』 15집, 1992.

이지양, 「조희룡의 예술가적 자의식과 문장표현의 특징」, 『고전문학연구』
　　　13집, 1998.

이혜순·박무영 외, 『우리 한문학사의 새로운 조명』, 집문당, 1999.

이혜순·정하영 외, 『조선중기의 유산기 문학』, 집문당, 1997.

이훈상, 「조선후기의 향리와 근대이후 이들의 진출」, 『역사학보』141집, 한
　　　국역사학회, 1994. 243~274면.

임기중, 「연행록의 연희기와 관희시」, 『문학한글』13호, 1999.

장효현, 『한국고전소설사연구』, 고려대 출판부, 2002. 171면.

장효현, 『서유영 문학의 연구』, 아세아문화사, 1988.

전수연, 「신도팔경의 서경시적 특성」, 『민족문화』16집, 1993.

정량완 외, 『조선후기 한문학 작가론』, 집문당, 1994.

정민, 「조선전기 유선사부 연구」, 『한양어문연구』13집, 1995.

정선희, 「목태림 문학 연구」, 이화여대 박사학위논문, 2001.

진필상 저, 심경호 역, 『한문문체론』, 이회출판사, 1995.

차현규, 「불교서사시의 맥락 연구」, 『어문논집』26집, 1998.

최강현 엮음, 『한국 기행문학 작품 연구』, 국학자료원, 1996.

찾아보기

ㄱ

가권 14, 31, 32, 43, 50, 79
가문 35, 39, 44, 45, 47, 73, 77,
    79, 85, 87, 88, 89, 93, 94,
    98, 99, 102, 103, 104, 105,
    106, 107, 108, 125, 209, 210,
    211, 213, 221, 222, 227, 247
가문소설 88, 143
가문의식 14, 17
가문중심적 15, 35, 45
가부장제 이데올로기 79
가산 275, 276
가족주의 88
개성 112, 134, 137, 189, 228,
    252, 279, 281, 282, 283
경화사족 152, 213, 261, 289
공안파 120, 128, 134, 144, 146,
    156, 176, 180
과거 33, 211, 212, 213, 224, 225,
    266, 287
과거 시험 18

과부(科賦) 225
관아 157, 211, 212, 213, 214,
    222, 278
광한루기 177, 185, 186, 188,
    190, 191, 192, 193, 194, 196,
    197, 198, 200, 201, 203, 204
교영 19
국문장편 고전소설 85, 86, 88,
    89, 98, 105
국문장편소설 13, 49, 86
군자상 31, 41
극원유고 133, 147
금병매 123, 142, 146, 148, 149,
    150, 151, 168
금산부 228, 242, 243
기린굴 242, 284
기생 20, 203, 274, 281, 284
기성부 216, 228, 240
기성십승 228, 240, 242
기행문 214, 216, 218, 219, 229,
    236, 256, 261, 263, 264,
    265, 285, 287, 289, 290

길복 23, 35, 45, 91, 97
김려 133, 150, 257, 262
김성탄 125, 128, 129, 130, 131,
    132, 134, 136, 141, 142, 147,
    149, 151, 152, 153, 154, 156,
    157, 158, 159, 160, 162, 164,
    165, 166, 167, 168, 169, 170,
    173, 174, 175, 176, 177, 179,
    180, 182, 183, 184, 185, 186,
    188, 189, 190, 191, 192, 194,
    196, 197, 199, 200, 201, 202,
    203, 204
김인서 151, 152, 158, 165
김현 88, 100, 101

ㄴ

난교속현법 138
남공철 133, 150, 157, 174
남성 15, 18, 22, 23, 30, 31, 33,
    34, 37, 38, 40, 42, 44, 45,
    51, 55, 76, 79, 80, 81, 82,
    85, 94, 100, 103, 108
남성 욕망 51, 82, 84
남성 인물 16, 17, 28, 30, 38, 51,
    79, 83, 84
남성적인 목소리 79, 83
남성중심적 15, 35, 45, 48, 80

노궁 158, 175
노신 116, 117
논어 192
농인법 138

ㄷ

단군묘 284
달미법 138
대중문화 85
도곡집 133, 143
도덕군자 20, 40, 44
도삽법 138
도읍 229, 235, 236, 245, 252,
    265, 266, 280, 287
도읍부 216, 235
독법 162, 186, 188, 189, 190,
    194, 198, 199, 204
독서 13, 45, 112, 126, 127, 128,
    129, 132, 140, 141, 142, 143,
    145, 147, 148, 149, 150, 151,
    152, 156, 159, 160, 167, 168,
    169, 170, 173, 176, 177, 179,
    183, 185, 186, 187, 188, 193,
    197, 203, 204, 210, 239
독서문화 168
독서실태 132
독서일기 152, 154, 169, 174

독서평 152, 170
독서후시 174, 176
독서후평 159, 173, 174
동명왕 242, 284
동상기 162
동심설 133
동양 111, 112, 113, 119
동홍선생 190, 191

ㄹ

루샤오펑 117, 118
류최진 175

ㅁ

명말청초 128, 148, 150, 158,
　　170, 173, 176, 203
명현공주 25, 27, 38, 56, 57, 58,
　　59, 61, 62, 64, 66, 73, 77,
　　78, 105, 106, 108
목태림 209, 214, 215, 218, 219,
　　221, 224, 225, 229, 239,
　　240, 241, 244, 247, 251, 253,
　　255, 256, 257, 260, 261,
　　262, 263, 265, 281, 284,
　　289, 290, 292, 293
무송 137

무인 29, 30, 31, 42
문예미학 177, 179, 203, 204
문장 구성법 180, 194, 195, 196
문장 표현법 194, 196, 204
문체반정 128, 170, 176

ㅂ

박부 227, 230, 242
박제가 133, 144, 146, 147, 164,
　　237
박지원 120, 133, 146, 168, 174
백운산 묘각암서 227, 258
벌열 14
별전 48
병법 24
본전 48
부(賦) 214, 215, 218, 222, 223,
　　224, 225, 229, 233, 236,
　　240, 243, 253, 256, 257,
　　260, 263, 264, 265, 287
부경재부 214, 215, 228
부경집 214, 215, 216, 218, 219,
　　220
부부 14, 17, 49, 50, 51, 61, 85,
　　86, 100, 106
부부관계 49, 80, 86
북학파 120

불교 19, 135, 218, 227, 229, 256,
　257, 258, 259, 260, 262
불법론부 218, 227, 234, 257
비교문학 118, 122, 123
비평 114, 116, 117, 127, 128, 132,
　133, 134, 147, 154, 156, 166,
　177, 178, 179, 180, 183, 184,
　185, 192, 193, 204
비평론 169, 181
비평법 190, 204
비평사 116

ㅅ

사기 128, 134, 135, 136, 164, 192
사대부 15, 18, 19, 23, 35, 42, 44,
　45, 49, 50, 55, 125, 126, 129,
　173, 213
사신 125, 126, 147, 169, 283
사실적 14, 90, 229, 233, 237,
　260, 261, 277, 279, 280,
　289, 290, 291
사씨남정기 81
사천 209, 211, 218, 221, 227,
　228, 248, 263, 265, 291
사혼(賜婚) 26, 61
산송 283
삼국시대 284

삼국지 122, 123, 142, 151, 159
삼대록 15
상호비평 178
색탐 32, 43
서모 19, 23, 25, 54, 76, 89
서사 16, 38, 41, 42, 44, 48, 49,
　79, 86, 88, 98, 108, 111, 112,
　113, 118, 119, 184, 185, 193,
　196, 197, 199, 200, 204, 229
서사기법 138
서사론 111, 112
서사이론 112, 113, 114
서사적 113, 229, 230, 233, 234,
　260
서사학 118
서상기 128, 129, 131, 132, 135,
　136, 139, 140, 141, 146, 147,
　149, 150, 151, 154, 156, 157,
　158, 160, 161, 162, 164, 165,
　168, 175, 176, 181, 182, 183,
　186, 187, 188, 190, 193, 194,
　197, 198, 200, 201
서유록 142, 214, 219, 222, 236,
　246, 256, 261, 263, 265,
　266, 277, 280, 285, 286,
　287, 290, 291
서적 125
서적 수입 126, 169

서쾌 125

석부인 20, 21, 23, 24, 25, 31,
    32, 36, 39, 41, 42, 43, 55,
    56, 57, 58, 59, 64, 68, 69,
    76, 80, 81, 90, 93, 94, 95,
    96, 97, 98, 100, 102

석씨 55, 69, 70, 71, 72, 73, 76,
    89, 92

석참정 70

석파 19, 22, 23, 25, 36, 52, 69,
    74, 76, 79, 80, 81, 83

설경부 216, 228, 235, 236, 245,
    280

설화 112, 122, 242, 256, 260,
    281, 282, 283, 284, 286, 291

성대중 133, 145, 178, 179

성소부부고 132, 142, 169

세정소설 115

세태소설 263

소경수 88, 104

소광 29

소상팔경시 239

소설 14, 15, 16, 17, 38, 42, 44,
    45, 47, 85, 86, 88, 99, 111,
    112, 113, 114, 115, 116, 117,
    118, 119, 121, 122, 123, 124,
    127, 128, 129, 133, 134, 135,
    136, 137, 139, 141, 142, 143,
    144, 145, 146, 147, 148, 149,
    150, 151, 154, 160, 162, 164,
    165, 166, 167, 168, 169, 170,
    171, 173, 177, 180, 181, 184,
    185, 186, 188, 190, 191, 192,
    194, 196, 199, 200, 202, 203,
    204, 210, 221, 222, 233, 256,
    258, 263, 264, 265, 281,
    286, 287, 289, 291, 292, 293

소설론 115, 121, 122, 123, 131,
    132

소설비평 115, 127, 168, 169, 180

소설비평론 177, 186, 203, 204

소설사 14, 16, 47, 111, 114, 115,
    116, 117, 127

소설이론 114, 115, 122, 124, 132

소설작가 213, 256, 260, 290,
    292

소설 평비본 127, 128, 159, 168,
    169, 170, 173, 174, 176, 177,
    179, 182, 184, 185, 186, 203,
    204

소씨삼대록 15, 42

소영 25, 27, 28, 66, 73, 74, 75,
    83

소외 106, 246, 251, 262, 270,
    272, 291

소운명 31, 41, 43, 68, 94, 97

소운성 24, 29, 31, 38, 41, 42
소월영 88, 97
소중화 111, 284
소현성 14, 15, 16, 17, 18, 19, 20,
    21, 22, 23, 24, 26, 28, 34,
    35, 38, 41, 44, 45, 49, 52,
    54, 55, 56, 57, 59, 68, 76,
    80, 81, 83, 91, 94, 96, 100,
    102, 105
소현성록 13, 14, 15, 16, 17, 18,
    31, 35, 40, 41, 45, 47, 48,
    49, 50, 71, 73, 76, 79, 81,
    82, 83, 84, 88, 89, 90, 99,
    105, 143
송경부 216, 228, 237, 252, 281
송도 252, 285
수빙 88, 100, 101, 102, 107
수산 192, 194
수신서 18
수호전 123, 128, 132, 134, 135,
    136, 137, 138, 142, 143, 144,
    145, 146, 147, 148, 149, 150,
    151, 153, 154, 157, 158, 159,
    160, 165, 175, 179, 180, 181,
    194
수호지 127, 129, 145, 149, 151,
    157, 160, 164, 168
순암잡록 132, 144, 151

신도(薪島) 267, 278
신도진(薪島鎭) 267
신돈 228, 252, 279
실록이론 115
실학파 284

ㅇ

아내 교육 52, 83
안정복 132, 144, 151, 284
앵앵 139, 141, 182, 190, 193,
    195, 196, 198, 200, 201
앵혈 25
약범법 138
양부인 15, 16, 17, 19, 23, 24, 31,
    32, 41, 42, 43, 52, 68, 69,
    70, 76, 79, 81, 83, 90, 91,
    92, 93, 97, 106
양인광 88, 102
여가장 16, 17, 79, 83
여부인 21, 23, 38, 94
여성인물 48, 87, 89
여성주의 14, 16, 47, 48, 51, 84
여성중심적 40, 41, 79, 83
역사 30, 111, 114, 115, 118, 134,
    143, 147, 227, 284
연경 143, 219, 280
연광정팔경 228, 240

연암 130, 146, 156, 158, 174

연암집 133, 146, 158

연작 13, 14, 17, 40, 41, 45, 48

연작시 241, 242, 260

연작의 전편 14, 15, 41

영웅호걸 29, 38, 41, 42, 44, 48

영이록 41

옥소 권섭 15

온양정씨 129

외국 서적 125, 126, 147, 150,
    170, 205

용만부 216, 228, 237, 238, 241,
    252, 257, 281

용만팔경 228

용인 이씨 15, 143

운경 31, 32, 43, 49

운남국 29, 30, 42

운명 16, 17, 19, 22, 31, 32, 33,
    34, 35, 36, 37, 38, 39, 40,
    41, 42, 43, 44, 45, 48, 49,
    59, 60, 67, 68, 71, 72, 73,
    76, 77, 78, 79, 80, 81, 83,
    93, 96, 97

운성 16, 17, 19, 24, 25, 26, 27,
    29, 30, 31, 32, 33, 34, 35,
    37, 38, 39, 40, 41, 42, 43,
    48, 49, 56, 57, 58, 59, 61,
    62, 63, 64, 65, 66, 67, 68,

    73, 74, 75, 76, 77, 78, 79,
    81, 83, 101, 106, 107

운와집 214, 215, 216, 218, 219,
    222, 263

원굉도 120, 130, 134, 157, 158,
    174

월염 103

월영 52, 74, 93, 94, 99

위백규 132, 145, 214

유득공 133, 147

유만주 130, 133, 148, 152, 153,
    156, 157, 168, 169, 170, 174,
    176, 180, 181

유씨삼대록 89, 106

의주 228, 241, 252, 257, 265,
    281, 291

의주팔경 241

이계집 132, 145

이광사 133, 144

이규 137

이덕무 130, 133, 144, 146, 152,
    164, 166, 168, 169, 170, 174,
    178, 179

이만수 133, 147

이방인 87, 88, 97, 105, 106, 107,
    108

이상황 133, 162, 164, 168, 174

이서구 133, 148

이씨 22, 34, 35, 36, 37, 39, 40,
　　 44, 60, 67, 68, 71, 72, 77,
　　 78, 93, 95, 104, 143
이옥 133, 149, 160, 168, 224,
　　 256, 257, 262
이용휴 130, 133, 144, 156, 174
이의현 133, 143
이이엄집 133, 149
이재운 175
이하곤 133, 144
인물 16, 17, 18, 22, 24, 25, 28,
　　 29, 30, 31, 32, 34, 38, 39,
　　 40, 41, 42, 43, 44, 45, 49,
　　 50, 51, 76, 77, 79, 83, 84,
　　 85, 86, 88, 90, 94, 98, 99,
　　 103, 104, 107, 112, 113, 124,
　　 131, 134, 135, 137, 140, 152,
　　 154, 170, 183, 185, 190, 192,
　　 193, 198, 199, 201, 202, 204,
　　 221, 248, 265, 274, 281, 291,
　　 292
인물결구론 139
인물론 140, 180, 197, 198, 204
인물 연구 86
임씨 32, 33, 34, 35, 37, 40, 41,
　　 44, 59, 68, 71, 79, 80, 81,
　　 83, 96, 97

ㅈ

작품 감상법 186, 204
장기 227, 228, 230, 233, 243
장자권 32, 43
장혼 133, 149, 159
절화기담 182
정범법 138
정사 150
정약용 166, 168, 253
정조 126, 128, 133, 148, 150,
　　 164, 170, 176, 221
정화 88, 100
제오재자서수호전 135, 136
제육재자서서상기 135, 139, 186,
　　 189
제화시 215
조귀명 174, 178, 179
조선후기 40, 49, 51, 85, 126,
　　 127, 131, 132, 141, 151, 169,
　　 170, 173, 176, 177, 204, 205,
　　 225, 235, 263, 292
조수삼 158
조씨삼대록 88, 99, 102
조월염 88, 102, 104
조자염 88
조희룡 262
존재집 132, 145

종옥전 209, 211, 221, 259, 263, 291

주변인 77, 105

중간계급 255

중국 30, 111, 112, 113, 114, 116, 117, 118, 119, 120, 121, 122, 123, 124, 126, 127, 128, 132, 142, 143, 144, 145, 146, 147, 148, 149, 150, 160, 166, 169, 170, 173, 182, 197, 224, 284, 285, 291

중국문학 112, 122, 131

중국 서적 125, 126, 132, 142, 144, 145, 146, 147, 148, 149, 150, 151, 169, 173

중국 소설 112, 113, 117, 121, 122, 124, 127, 128, 132, 142, 143, 144, 145, 146, 151, 160, 167, 169, 173, 204

중국 소설사 116, 117

지감(知鑑) 96

지명유래담 281, 282

지명유래전설 282

진홀부 211, 222, 227, 229, 248

ㅊ

창기 18, 38, 56, 59, 62, 100, 104

처가 21, 51, 55, 65, 70, 77

청성집 133, 145

청장관전서 133, 146, 170

춘향 193, 200, 201, 202, 203, 288

춘향가 197, 201, 263

춘향신설 209, 221, 263, 287, 291

춘향전 131, 193, 196, 197, 200, 201, 202, 203, 204, 221, 263, 287, 291

충의수호전 136

충청도 267, 268, 279

친정 21, 25, 35, 52, 55, 62, 65, 66, 69, 70, 76, 87, 94, 101, 102, 106, 107

칠성검 27, 29, 66

ㅌ

탄시부 219, 227, 244, 247, 254

투기 38, 39, 87, 91, 92, 94, 101, 107

ㅍ

판소리 197, 281, 287, 291

팔경시 239, 240, 241, 242, 260, 261

평비 139
평비본 125, 127, 128, 129, 131,
    132, 141, 142, 146, 147, 152,
    154, 156, 158, 159, 164, 168,
    169, 170, 175, 176, 177, 179,
    181, 182, 183, 194, 197, 204
평비자 184, 185, 188, 191, 193,
    196, 201, 202
평안도 267, 275
평양 228, 240, 242, 283, 284,
    285
평점 133, 178, 179, 180
폭력 51, 73, 76, 82
폭력성 50, 51, 60, 65, 76, 81,
    82, 83
폭력적 28, 42, 50, 51, 54, 59,
    60, 65, 69, 72, 74, 76, 77,
    78, 82, 83, 84, 86

ㅎ

한당유사 184
한문소설 184, 209, 214, 221,
    263, 291
한문 춘향전 186, 209, 221
한양 202, 228, 235, 236, 251,
    271, 278, 280
한어사 88, 99

향임 211, 212
향촌 213, 214, 244, 264, 289
향촌 사족 145, 209, 214, 289,
    290, 292, 293
허균 132, 142, 169, 256
허실이론 115
협비 185, 204
협서법 138
형부인 25, 27, 58, 65, 75, 81
형씨 26, 27, 57, 61, 62, 63, 64,
    65, 66, 68, 73, 74, 75, 77,
    78, 106, 107
호걸 30, 31, 137, 153
혼인 17, 18, 20, 22, 23, 25, 32,
    34, 35, 36, 37, 44, 45, 60,
    61, 62, 67, 68, 69, 76, 78,
    80, 83, 85, 90, 91, 92, 96,
    97, 100, 103, 106, 210
홍경래 275, 276, 281, 284
홍길동 31, 219
홍대용 133, 145
홍양호 132, 145
홍의호 175
홍한주 168
화부인 14, 20, 22, 24, 31, 32,
    35, 36, 38, 39, 41, 43, 45,
    55, 58, 59, 72, 76, 80, 81,
    90, 91, 92, 93, 94, 95, 96,

97, 99, 100, 105, 108

화씨 18, 22, 52, 53, 54, 55, 71,
　　88, 89, 92, 93, 94

화씨팔대충의록 40

환기이론 115

회수평 182, 183, 185, 192, 204

회진기 182, 186

횡운단산법 138

효(孝) 18, 41

효용론 115

흠영 133, 148, 152, 154, 169, 174

기타

17세기 13, 16, 30, 47, 127, 132,
　　138, 141, 150, 168, 169

18세기 102, 125, 127, 128, 129,
　　130, 132, 133, 141, 142, 150,
　　152, 168, 169, 170, 173, 174,
　　176, 177, 178, 179, 203, 225,
　　260, 261, 289

19세기 132, 141, 168, 173, 175,
　　177, 186, 201, 203, 225, 237,
　　255, 256, 260, 262, 263,
　　286, 289, 290, 291

정선희(鄭善姬)

이화여자대학교 국어국문학과를 졸업하고 동 대학원에서 문학박사학위를 받았으며, 이화여대 한국문화연구원 전임연구원, 국어국문학과 강의전담교수를 거쳐 현재는 한국문화연구원 학술연구교수로 재직 중이다. 조선후기의 한문소설과 문학담당층에 관한 연구, 소설론과 소설비평론의 발전과정에 관한 연구를 해왔으며, 최근에는 국문장편 고전소설의 인물형상과 서술시각, 작품에서 드러나는 여성들의 생활과 문화 등에 대해 탐구하고 있다. 고전소설의 현대역과 주해 연구에 지속적인 관심을 갖고 있으며, 국문장편소설『소현성록』,『조씨삼대록』역주 및 현대역본(공역)을 출간하였다. 논문으로「고전소설 속 여성생활문화의 교육적 활용방안 연구」,「삼대록계 국문장편소설에 나타난 상례 서술의 변모양상과 그 의미」,「조씨삼대록의 보조인물의 양상과 서사적 효과」등이 있다.

고전소설의 인물과 비평

2011년 9월 5일 초판 1쇄 펴냄

지은이 정선희
펴낸이 김흥국
펴낸곳 도서출판 보고사

책임편집 황효은
표지디자인 윤인희

등록 1990년 12월 13일 제6-0429호
주소 서울특별시 성북구 보문동7가 11번지 2층
전화 02) 922-5120~1(편집), 02) 922-2246(영업)
팩스 02) 922-6990
메일 kanapub3@chol.com
http://www.bogosabooks.co.kr

ISBN 978-89-8433-938-5 93810
ⓒ 정선희, 2011

정가 16,000원